El último caso
de Unamuno

Luis García Jambrina

El último caso de Unamuno

NEGRA
ALFAGUARA

Papel certificado por el Forest Stewardship Council®

MIXTO
Papel | Apoyando la
silvicultura responsable
FSC® C117695

Penguin
Random House
Grupo Editorial

Primera edición: enero de 2026

© 2026, Luis García Jambrina
© 2026, Penguin Random House Grupo Editorial, S. A. U.
Travessera de Gràcia, 47-49. 08021 Barcelona

© Diseño: Penguin Random House Grupo Editorial, inspirado en un diseño original de Enric Satué

Printed in Spain – Impreso en España

ISBN: 978-84-10496-89-7
Depósito legal: B-19684-2025

Compuesto en MT Color & Diseño, S. L.
Impreso en Unigraf, Móstoles (Madrid)

AL96897

A la memoria de Miguel de Unamuno,
autor de nivolas y personaje nivolesco

A Manuel Menchón, compañero
de fatigas y pesquisas unamunianas

A mi madre y a mi hija siempre

Cuando las dudas nos invaden y nublan la fe en la inmortalidad del alma, cobra brío y doloroso empuje el ansia de perpetuar el nombre y la fama, de alcanzar una sombra de inmortalidad siquiera. Y de aquí esa tremenda lucha por singularizarse, por sobrevivir de algún modo en la memoria de los otros y de los venideros.

MIGUEL DE UNAMUNO, 1913

Volveré, no con mi libertad,
que nada vale, sino con la vuestra.

MIGUEL DE UNAMUNO, 1924

Yo, estudiantes, os ofrezco todo, todo menos un partido. Partido, no. Entero. Algo más que un partido significa esto, porque creo que, más que un hombre, soy un pueblo, dentro del cual luchan varios partidos entre sí. [...] Siempre he vivido en duelo íntimo, alimentando contradictorias posiciones y sintiendo la necesidad de disentir de cualquiera que defendiese una de ellas.

MIGUEL DE UNAMUNO, 1931

Yo no estoy a la derecha ni a la izquierda. Yo no he cambiado. Es el régimen de Madrid el que ha cambiado. Cuando esto pase, estoy seguro de que yo, como siempre, me enfrentaré con los vencedores.

MIGUEL DE UNAMUNO, 1936

1

La felicidad siempre llega de forma inesperada y la desgracia cuando se la espera. Esa tarde Aurelia Bernal tenía mucho que hacer en la cocina, pues era el último día del año y, aunque no había mucho que celebrar, dado que estaban en guerra, la familia de Unamuno había decidido reunirse para la cena de Nochevieja y recordar a los que se encontraban fuera de Salamanca. La mañana había sido tranquila y no hacía presagiar nada malo. En la calle, eso sí, hacía mucho frío y la nieve caída durante las primeras horas amenazaba con helarse y provocar más de un resbalón. La contienda, por lo demás, seguía su curso inexorable tanto en el frente como en la retaguardia.

Después de la comida, las hijas de don Miguel, Felisa y María, abandonaron la casa; la primera se fue con su sobrino Miguelín a ver el belén del Hospital Provincial y la segunda acudió a casa de la vecina del rellano y propietaria de la vivienda, Pilar Cuadrado, para ayudarla a cuidar a su hija Paquita, que estaba enferma en la cama. De modo que en el domicilio se habían quedado solos don Miguel y ella. Aurelia andaba por los veintisiete años; tenía la cara redonda y la mirada muy viva, y llevaba el pelo recogido por detrás. Era una mujer honrada, responsable y trabajadora. Había entrado en la casa para cuidar de Miguelín como ama de cría, pero había acabado ocupándose también de todos los demás, y ahora parecía una más de la familia. A don Miguel le gustaba mucho cómo hablaba y de ella había aprendido algunas palabras, como «brezar» o «brizar», que de ambas formas se decía y significaba «mecer la cuna».

Poco después de las cuatro y media se presentó un joven profesor con una carpeta llena de papeles bajo el brazo derecho. A Aurelia le pareció que tenía un aspecto agradable, cortés y educado, con el pelo bien cortado y repeinado y esas gafas que le daban un aire de seminarista o de empleado de banca; sin embargo, había en él algo que no acababa de gustarle. ¿A quién se le ocurría presentarse en casa ajena en una tarde como esa? ¿Qué podía ser tan urgente como para acudir a esas horas a un hogar que se prepara para festejar la Nochevieja? Si todavía fuera un amigo del señor, tendría un pasar, pero a ese hombre apenas lo conocía, y, para remate, llevaba en la solapa de la chaqueta la insignia de la Falange, lo que disgustaba mucho a don Miguel; al menos vestía traje gris y corbata a juego, y no la camisa azul, que era algo que lo sacaba de quicio, pues le parecía una prenda ridícula y pueril. A don Miguel nunca le habían gustado los uniformes, y menos ahora que la ciudad se había llenado de militares y fascistas.

Unamuno no lo recibió en su despacho, sino en la salita, más acogedora y luminosa, ya que daba a un patio interior con una higuera y la mesa camilla tenía faldillas y brasero de cisco; en el resto de la casa hacía tanto frío que hasta se helaba el agua de las jarras y jofainas por las noches. También cabía la posibilidad de que no hubiera querido dejarle ver la intimidad de su estudio, debido a que allí siempre estaba todo revuelto, aunque no para él, que en cualquier momento sabía dónde se encontraba cada cosa, como si tuviera un plano en la cabeza. El señor tampoco se mostró demasiado entusiasmado con la visita; si la acogía, era porque últimamente se aburría mucho, algo a lo que no estaba acostumbrado, y cualquier compañía le parecía aceptable con tal de que escuchara sin rechistar sus diatribas y, de vez en cuando, le planteara alguna objeción, pues sin discrepancias la plática no tenía gracia.

Aurelia cerró la puerta de la habitación y regresó a la cocina. Allí trató de concentrarse en la tarea de preparar la cena, pero la mente se le iba para otro lado. No sabía por qué, se le había metido en la sesera la idea de que ese día a don Miguel iba a sucederle algo, que su vida corría peligro, que no iba a acabar bien el año. Y no es que hubiera observado nada raro o que el señor le hubiese transmitido algún temor o preocupación fuera de lo común, pues solía ser discreto. Era más bien una sensación, tal vez una intuición, algo instintivo, sin ningún fundamento racional ni real, salvo ciertos indicios apenas perceptibles.

Tampoco se trataba de que ella fuera muy aprensiva; en su pueblo natal de Martín de Yeltes había llevado una vida muy dura y eso la había acostumbrado a todo tipo de conflictos y situaciones, así que no era de las que se inquietaban o se amedrentaban a las primeras de cambio. Pero el caso era que, a cada rato, dejaba la cocina y salía al pequeño patio, desde donde podía verse el interior a través de un balcón —si bien en ese momento los cristales estaban llenos de vaho y apenas distinguía nada, tan solo bultos en torno a la mesa—, o se acercaba a una de las puertas de la salita, para ver si lograba captar algo al otro lado. Pasado un rato, eso sí, se sentía tan ridícula que tenía que dejarlo y regresar a sus quehaceres, en los que iba ya muy retrasada.

En esas estaba cuando creyó oír que alguien abría la puerta de casa y luego la cerraba, tratando de no hacer ruido. ¿Habría vuelto alguna de las señoritas? ¿Se habría ido el visitante inoportuno? Y, de ser así, ¿lo habría echado don Miguel con cajas destempladas? Tampoco sería nada extraño. Salió al pasillo y no vio a nadie; luego se acercó a la salita con discreción y comprobó que seguían hablando, así que pensó que había oído mal y que debía despreocuparse. Volvió al trajín de la cocina con cierta zozobra. Como no anduviera más viva, la iba a pillar el toro, y esa noche tan importante la familia no tendría mucho que llevarse a la boca; con lo que le había costado conseguir ciertos ingredientes, y no solo por el precio. En Salamanca no estaban desabastecidos, aunque sí que escaseaban algunos alimentos y productos, lo que en el día a día no era demasiado preocupante, pero sí en unas fechas señaladas como esas; de ahí que le hubiera tocado ir de un lado para otro pidiendo favores.

Mientras preparaba la carne para el estofado, oyó gritos en la salita y un golpe fuerte. Asustada, se limpió las manos con un trapo y se dirigió con presteza hacia la puerta. Pegó la oreja a la hoja de madera, y permaneció inmóvil y atenta durante unos segundos. Al otro lado se oían algunos murmullos en un tono reposado, lo que parecía indicar que todo había vuelto a la tranquilidad. Ella ya sabía que el señor a veces hablaba con gran vehemencia, como si le fuera la vida en ello, pues tenía mucho temperamento, y hasta daba algún que otro puñetazo sobre la mesa para subrayar sus palabras, pero enseguida se calmaba. Seguramente era eso lo que había ocurrido. Debía, por tanto, volver a la faena. Si don Miguel la descubría fisgando en el pasillo, le echaría una buena reprimenda, y con razón.

En la cocina, todo estaba manga por hombro, y con tanto retraso no sabía por dónde continuar. Tras dejar la cazuela con la carne sobre el fogón, se puso con el postre, procurando no inquietarse más de lo que estaba. Andaba ya metida en harina, nunca mejor dicho, cuando volvió a oír la puerta de la entrada; esta vez acudió rauda, la abrió de par en par y se asomó a las escaleras, pero tampoco detectó ninguna presencia. ¿Cómo era posible? Extrañada, bajó los peldaños, inspeccionó el portal y hasta salió a la calle, donde no encontró a nadie, salvo a la hija de unos vecinos de la casa de al lado, una niña de diez años llamada Filomena que solía jugar a la rayuela frente al portal y siempre saludaba al señor con mucha efusividad; don Miguel, entonces, le hacía una carantoña y ella sonreía, unos gestos que se habían convertido ya en costumbre. Pero en esta ocasión la muchacha parecía más bien asustada.

—¿Has visto salir a alguien del portal? —le preguntó Aurelia.

Filomena negó con la cabeza muy seria.

—¿Estás segura? —insistió la asistenta.

La niña asintió y se marchó corriendo en dirección a las Úrsulas.

«¡Qué extraño!», comentó Aurelia para sí. Pero ahora no tenía tiempo de pensar en ello; de modo que entró en el zaguán y subió los escalones de dos en dos, como si de pronto se hubiera acordado de que había un guiso en el fuego y podría quemarse. En realidad, otra cosa la inquietaba, y era que había dejado desatendido a don Miguel. ¿Y si la llamaba para pedirle auxilio o solicitarle algo? Nada más cruzar el umbral de la puerta, vio surgir de la estancia al visitante con el rostro desencajado.

—¡Don Miguel ha muerto! —comenzó a gritar este con tono angustiado—. ¡Yo no he sido, yo no lo he matado!

Aurelia lo miró con asombro y, a la vez, como si no le sorprendieran sus palabras. Lo que tanto había estado temiendo de manera confusa ese día al final se había consumado. Entró en la salita y se dirigió hacia don Miguel, que parecía un muñeco de trapo derrumbado sobre la mesa camilla. Se acercó a él y comprobó que, en efecto, no respiraba. Luego observó que uno de los cristales de las gafas se había roto al golpear la cabeza contra el borde de la mesa.

—¡Que Dios lo acoja en su seno! —exclamó al tiempo que se persignaba.

—¡Hágase su voluntad! —añadió el profesor de forma mecánica detrás de ella.

—¿Por qué huele a quemado? —preguntó Aurelia de pronto, arrugando la nariz.

—Don Miguel, la zapatilla, el brasero... —respondió el otro algo aturullado, mientras señalaba con una mano hacia el suelo.

En él se encontraba una de las pantuflas de estar en casa del señor con la suela de goma chamuscada, y en la tarima se observaba una marca oscura.

—Por eso supe que había muerto —explicó el joven, que parecía haber recuperado el sosiego—, porque no se movía ni se quejaba, a pesar de que la zapatilla estaba quemándose. Tuve que retirársela y sacarla del brasero.

Aurelia seguía estremecida por la postura de don Miguel, de modo que pidió ayuda al visitante, y entre los dos trasladaron el cadáver a un diván que había junto a una pared; la cabeza le colgaba a Unamuno de una manera extraña, a él, que siempre la había llevado muy erguida, como si fuera un caballero andante o un senador romano. Una vez tumbado, ella le quitó las gafas, pues le afeaban el rostro, y le cerró los ojos. Visto así, daba la impresión de que se había dormido y en cualquier momento podía despertar y retomar la conversación que había quedado interrumpida.

En ese instante llamaron a la puerta.

I

Ni la guerra ni la ocupación de la ciudad de Salamanca desde hacía casi mes y medio por parte de las tropas sublevadas habían logrado cambiar los hábitos de Eloísa Cifuentes. Todos los días, pasara lo que pasase, iba a misa de once y, por las tardes, nunca dejaba de acudir a rezar el santo rosario en la iglesia de la Purísima. Nadie podía negar que era una mujer profundamente religiosa, amén de piadosa y caritativa. Rondaba ya los setenta años y vestía de forma austera y sencilla, a pesar de ser una persona acomodada. Era de estatura mediana, complexión delgada y aspecto anodino, como si durante toda su vida hubiera querido pasar inadvertida. Esa mañana había estado rezando por su marido, Daniel Carbajo, al que cada día notaba más preocupado. Ella solía preguntarle con cariño y delicadeza si le ocurría algo, y él no le contaba nada, sin duda con la intención de que no sufriera. Pero llevaban mucho tiempo juntos como para no darse cuenta de que algo lo atormentaba. ¿Tendría que ver con la guerra o con la política, o se trataría de una dolencia que no quería confesarle?

Su esposo había sido catedrático de Derecho Penal y un prestigioso jurista. Normalmente, la acompañaba a misa. Sin embargo, ese día había preferido quedarse en casa, pues tenía que atender un asunto relacionado con su antigua profesión. Doña Eloísa y él vivían en la calle de Arriba, entre el Campo de San Francisco y la fuente del Caño Mamarón. Se trataba de un caserón de piedra con muebles de estilo castellano, ya muy antiguos y usados; todos ellos, al igual que la vivienda, herencia de su familia. Nada más entrar en el recibidor llamó a su marido, pero este no le contestó. Le pareció raro. Su vida estaba hecha de pequeños rituales cotidianos y, cuando estos fallaban, no podía evitar sentirse alarmada, como si la armonía de la existencia dependiera de esos actos y gestos tan nimios. Después de dejar el bolso sobre un taquillón que había cerca de la puerta de la calle, se dirigió hacia el despacho de su marido. Este se encontraba ubicado en el piso de arriba, junto al dormitorio matrimonial. Una vez allí, dio unos golpecitos en la puerta, y él tampoco contestó. Luego trató de abrirla, pero parecía cerrada con llave, algo que no era habitual. ¿Le habría sucedido algún percance?

—¿Estás ahí? ¿Te ocurre algo? —insistió doña Eloísa con tono angustiado.

Al ver que no respondía, se fue al dormitorio en busca de un duplicado de la llave que guardaba en un cajón de la cómoda. Estaba tan nerviosa que tardó mucho en hallarla, y lo mismo le sucedió a la hora de abrir. Cuando por fin lo consiguió, el mundo se le vino encima. Era imposible, no lo podía creer, pero allí estaba su marido colgado de una de las vigas de madera del techo. En un primer momento, lo agarró por las piernas y trató de alzarlo un poco, como si quisiera evitar que la cuerda lo siguiera asfixiando, mas no aguantó mucho tiempo. Luego se dirigió a la cocina, donde cogió un cuchillo grande de sierra, regresó junto a su marido y se subió en la silla que había tirada en el suelo con la intención de cortar la soga. Esto le llevó un buen rato; mientras lo hacía, el cuerpo no paraba de balancearse, como el péndulo de un reloj descontrolado, hasta que por fin la maroma se partió y el cadáver cayó al suelo con gran estruendo.

Doña Eloísa se arrodilló junto a él y, tras quitarle la cuerda del cuello, trató, inútilmente, de reanimarlo. Luego lo colocó sobre su regazo sujetándolo con fuerza; parecía la imagen de la *Piedad* de Miguel Ángel. Mientras lo sostenía, pudo comprobar que su marido tenía un golpe en la cara y heridas o raspaduras en las manos.

Desolada, llamó por teléfono al Hospital General de la Santísima Trinidad, que estaba muy próximo, pero allí le dijeron que no podían atenderla, pues estaban desbordados con los numerosos heridos que llegaban del frente. Telefoneó también a su médico de cabecera, que se encontraba haciendo una visita urgente. De modo que tuvo que llamar a la policía; como pudo, explicó entre sollozos lo que ocurría y el agente que la atendió le prometió que irían enseguida. La mujer, desesperada, no sabía qué hacer. Tan pronto se arrodillaba junto al cadáver de su marido para hablar con él como miraba a su alrededor en busca de alguna señal. Junto a una de las patas del escritorio encontró la llave del despacho de su marido, lo que indicaba que la puerta la había cerrado él, ya que no había más copias. En cualquier caso, la mujer estaba convencida de que su esposo no se había ahorcado y, por lo tanto, la escena tenía que haber sido amañada para que pareciera un suicidio.

Movida por esa hipótesis, doña Eloísa volvió a echar un vistazo. En el cuarto, desde luego, no había huellas aparentes de que por allí hubieran pasado otras personas y todo estaba en su sitio, todo... salvo una cosa: el abrecartas. Por una extraña manía o superstición, él siempre lo dejaba encima de la mesa apuntando hacia la puerta, no hacia el sillón en el que se sentaba, como estaba en ese momento. Y, si era así, alguien había tenido que moverlo, o tal vez lo hiciera su marido para dejarle una pista de que algo extraño había ocurrido, de que se había producido una grave alteración en su pequeño mundo.

Sobre la mesa, además, había un libro abierto por una página en la que se veía una línea subrayada: «Es mejor vivir en el dolor que no dejar de ser en paz». ¿Sería de nuevo una especie de mensaje? Desde luego, eso no lo habría subrayado una persona que estuviera a punto de suicidarse, pues más bien invitaba a seguir existiendo y luchando a pesar de todos los pesares. Cogió el libro y vio que se trataba de un ejemplar del ensayo titulado *Del sentimiento trá-*

gico de la vida de Miguel de Unamuno, alguien a quien su marido respetaba y admiraba y del que eran casi vecinos, pues vivía unas calles más allá. Es verdad que, en el pasado, había oído comentar que algunos lo consideraban un inductor al suicidio a causa de su obsesión por la inmortalidad, valga la paradoja, pero ese era más bien un libro de esperanza, ella lo sabía por experiencia. No obstante, lo retiró de la mesa para que no lo descubriera la policía, ya que ellos podrían interpretarlo de otro modo.

Abajo sonó la aldaba de la puerta. Eran dos hombres, que se presentaron como el inspector Méndez y el agente Miñambres. El primero le pidió que lo condujera de inmediato al lugar de los hechos. Cuando entraron en el despacho, este se sintió bastante contrariado.

—No tenía que haber tocado nada —le dijo a la mujer con tono seco, impropio del momento.

—¿Y qué quería, que lo dejara como estaba? —replicó ella.

—¿Acaso daba señales de vida?

—No, señor.

—Pues ¿entonces? —le soltó él con desprecio.

—Yo no sabía...

—¿Estaba usted en casa cuando ocurrió? —la interrumpió.

—Me encontraba en misa, como todos los días a esa hora —comenzó a explicar muy alterada—. Mi marido no pudo ir, pues tenía algo que hacer, no me dijo qué ni yo le pregunté.

Aquí la mujer se detuvo, como si se hubiera quedado sin voz.

—Cálmese de una vez, se lo ruego —le ordenó el policía con muy poco tacto.

—Cuando llegué, lo llamé, pero no me contestó —prosiguió ella a duras penas—. La puerta del despacho estaba cerrada por dentro, cosa que me extrañó. Así que la abrí con mi llave y lo encontré ahí..., colgando de la viga —añadió rompiendo a llorar.

—¿Y usted qué hizo? —la apremió el inspector.

—En un primer momento, pensé que, aunque no se moviera, podría estar vivo y traté de ayudarlo, pero todo fue inútil. Luego en el hospital, cuando telefoneé, me dijeron que no podían enviarme a nadie y por eso los llamé a ustedes.

—Por lo que me dice, es un caso claro de suicidio —le soltó el policía.

—¡Eso es imposible! Mi marido era muy creyente y, además, no tenía ningún motivo para hacer algo así.

—Eso es algo que siempre suelen decir los familiares, pues no son capaces de aceptarlo, pero la mente humana a veces es un misterio incomprensible.

Doña Eloísa negó con la cabeza y replicó:

—Mi marido tenía las cosas muy claras y yo lo conocía bien, y le digo que no ha podido quitarse la vida.

—Entonces, ¿cómo explica que lo encontrara colgado de una viga y con la puerta cerrada por dentro?

Desde luego, los modales del policía dejaban mucho que desear, y ello hacía que la angustia de doña Eloísa fuera en aumento.

—No lo sé, pero estoy segura de que a mi marido lo han matado —insistió ella con gesto de impotencia.

—El ahorcamiento homicida es algo muy inusual —le informó el policía como quien repite algo que ha leído en un manual de su profesión—. ¿Acaso tiene alguna sospecha?

—Ninguna; mi marido era un trozo de pan.

—Pues ya me dirá... En todo caso, lo que haya ocurrido o no lo determinarán las autoridades competentes —sentenció el inspector Méndez para dejar zanjado el asunto—. Para empezar, pediré que avisen al juez para que proceda al levantamiento del cadáver, y luego, en el depósito, le harán la pertinente autopsia.

—¿Y cuándo podré enterrarlo?

—Cuando lo autorice el magistrado; de modo que cuantos menos problemas le planteemos mucho mejor.

—¿Qué quiere decir?

—Que, si se empeña en mantener que su esposo no se quitó la vida, la cosa podría dilatarse.

Doña Eloísa debía hacer frente, pues, a un difícil dilema. Ahora que había aceptado que su marido estaba muerto, lo que más le preocupaba era poder enterrarlo en sagrado lo antes posible, concretamente en la sepultura familiar, pero para ello iba a ser muy importante que quedara claro que no se trataba de un suicidio o al menos que cabían dudas razonables al respecto, y eso exigiría abrir una investigación. Y la pregunta que ella se hacía era si podía confiar en unos policías, forenses y jueces que estaban al servicio de los sublevados, dado que su marido siempre había dado muestras de simpatizar con los republicanos de orden, aunque no militara en ningún partido.

Mientras el inspector telefoneaba desde el vestíbulo, la mujer fue a buscar el libro de Unamuno que había encontrado sobre la mesa y se puso a hojearlo con impaciencia para ver si hallaba en él algún signo o mensaje que le sugiriera qué le había pasado a su marido y, sobre todo, qué le convenía hacer a ella en ese momento.

2

Nunca se muere a gusto de todos. La noticia del fallecimiento de Miguel de Unamuno en la tarde del jueves 31
de diciembre de 1936 fue recibida con división de opiniones en la ciudad de Salamanca, donde Francisco Franco
había instalado hacía tres meses su Cuartel General. Para
unos, suponía un inmenso dolor y una triste pérdida, una
verdadera tragedia; para otros, un gran alivio y una enorme
alegría, aunque luego lo disimularan en público. También
hubo quienes la acogieron con absoluta indiferencia, como
si no les importara, ya bastante tenían con sus propias penalidades como para preocuparse por alguien que no les
era cercano ni especialmente simpático; o, incluso, con
cierta irritación, ya que les había estropeado la fiesta de Fin
de Año. «Bien podría haber elegido otro día para irse, este
hombre siempre fastidiando y haciéndose notar», llegó a
comentar un político local con un desprecio acumulado
a lo largo de años.

El óbito había tenido lugar a eso de las cinco y media
de la tarde, en el domicilio del escritor, en el número 4 de
la calle de Bordadores, un piso de alquiler en la casa anti-
guamente conocida como del regidor Ovalle Prieto, construida en el siglo XVIII con piedra arenisca de Villamayor,
y, según el único testigo del hecho —un joven profesor
falangista llamado Bartolomé Aragón—, la muerte había
sido repentina y apacible: sentado ante su mesa camilla,
junto a un brasero de cisco para protegerse del frío rei-
nante; un adiós doméstico y burgués, sin agonía y sin épi-
ca, como una vela o una bombilla que se apaga de pronto
y deja de alumbrar; una muerte, por tanto, impropia de

un hombre agónico y valiente que se había pasado la vida luchando contra todo y, especialmente, contra sí mismo. Ese día, además, había nevado con fuerza en Salamanca y la nieve había cuajado, si bien no había llegado a helarse, como si todo se hubiera confabulado para componer una bonita estampa navideña en medio de tanta guerra y tanto desastre. El año moría y con él el hombre más ilustre de la ciudad, descanse en paz. «Paz en la guerra», habría dicho él, gran amante de las paradojas hasta el final de su existencia.

En cuanto a las circunstancias de la muerte, casi todos daban por buena la versión que desde el primer momento había circulado por la ciudad, ¿por qué iban a desconfiar? Al fin y al cabo, era un hombre de setenta y dos años con el corazón roto por diversos reveses y desgracias. Es verdad que había habido rumores de que podían haberlo envenenado, pero, para la mayoría, carecían de toda realidad y fundamento. Si los sublevados hubieran querido deshacerse de él, ya haría tiempo que lo habrían fusilado o le habrían dado el *paseo*, algo que, por desgracia, se había hecho muy habitual; no sería por falta de motivos y ocasiones para ello. Pero ¿quién querría matar a ese pobre anciano? Si acaso, le habían acortado algo la vida a fuerza de disgustos, lo que no quitaba para que su fallecimiento hubiera sido natural. Tan solo algunos amigos y admiradores recelaban de que pudiera haber algo turbio y sospechoso en esa muerte tan, cómo decirlo, oportuna y conveniente para los insurrectos y sus afines.

En cualquier caso, a esas alturas del conflicto, casi todos le habían dado ya la espalda, pues lo consideraban un traidor, aunque fuera por motivos diferentes. Los fieles a la República no le perdonaban que hubiera apoyado el alzamiento militar con el pretexto de que esa era la única forma de poner un poco de orden en España, mientras que los adeptos a los golpistas no podían aceptar que al final se hubiera distanciado de ellos y los hubiese criticado con dureza, como por lo demás hacía siempre, en eso no tendrían que haberse llamado a engaño, ya que a lo largo de su vida, y sobre todo en la última década, no había querido casarse con nadie, ni con *hunos* ni con *hotros*, como escribía él, con esa hache que venía a simbolizar la estulticia y la barbarie de ambos bandos. Era en consecuencia, según ellos, traidor por partida doble, dado que, por puro egocentrismo y soberbia, había traicionado de manera sucesiva a las dos facciones. Claro que también cabía pensar que, en realidad, don Miguel no había traicionado a ninguno y que lo único que había hecho era ser fiel a sí mismo. Eran los demás, no él, los que habían cambiado, y ese era desde luego el caso de la República; o los que lo habían engañado, como le había ocurrido con los sublevados.

Por otra parte, ni el frío ni la nieve impidieron que algunos falangistas se movilizaran de inmediato para que lo enterraran a la mayor brevedad posible, aunque fuera el 1 de enero, una fecha para la alegría y la celebración. Una muerte como esa no se daba todos los días y había que sacarle el máximo partido y, de paso, disipar las sospechas que pudiera haber en relación con ella; lo importante era quitarse el muerto de encima cuanto antes. Al tiempo que la familia, algunos amigos y los representantes de la Falange y de la Universidad velaban su cadáver en la intimidad, en el palacio de Anaya los principales colaboradores de la Oficina de Prensa y Propaganda, dirigida por José Millán Astray, se dedicaban a redactar sus respectivos obituarios para que al día siguiente pudiera anunciarse *urbi et orbi* que había muerto el gran escritor y lo había hecho en paz, a pesar de su espíritu batallador y de estar continuamente en guerra. Esa noche, en fin, las máquinas de escribir no pararon de disparar como ametralladoras en el sepulcral silencio de la madrugada salmantina para lamentar su pérdida. Solo unos pocos en la ciudad del Tormes se habían atrevido a celebrar en público el nacimiento del nuevo año y, de paso, el fallecimiento del viejo catedrático con una sonrisa beatífica y una copa de champán. «Unamuno ha muerto, ¡viva el Año Nuevo!», gritaron a modo de brindis.

Mientras tanto, en el interior del Cuartel General de los sublevados, ubicado muy cerca de la Universidad, en el palacio episcopal, brillaba una luz que nunca se apagaba, una luz tenue pero constante. Era la del despacho del general Francisco Franco Bahamonde, que nunca dejaba de velar por España y los buenos españoles, amenazados por la anti-España y la hidra del comunismo y la masonería; ni siquiera de madrugada, en pleno invierno y en un día festivo como aquel. Si uno se fijaba bien, podía ver la silueta del Caudillo a través de los cristales moviéndose de un lado para otro, con el pecho relajado, la cabeza inclinada y las manos enlazadas por detrás de la espalda, como si estuviera meditando o tal vez soñando despierto con un futuro victorioso al paso alegre de la paz. Pasaban las horas, y la luz allí seguía, perenne, como un lucero en lontananza, sobre el que hacía guardia el Generalísimo.

Con frecuencia la muerte no viene sola, sino que va acompañada de un triste cortejo de ultrajes y humillaciones de los que es víctima de nuevo el difunto. Cuando en la tarde del 1 de enero de 1937 Manuel Rivera Jambrina acudió al entierro de su amigo, no se imaginaba lo que iba a encontrarse, aunque debería haberlo previsto, dadas las circunstancias. Desde la distancia tuvo que observar con dolor e indignación cómo los fascistas del yugo y las flechas le daban sepultura a su estilo, con los gritos, las consignas, los cánticos y las ceremonias de rigor, ante la mirada impotente y avergonzada de la familia, algo que habría encolerizado a don Miguel. Después de un breve forcejeo con varios catedráticos de la Universidad, los falangistas se habían hecho con el féretro desde el principio y lo habían portado a hombros y con paso marcial —uniformados con camisa azul, correajes e insignias—, desde la casa de la calle

26

de Bordadores hasta el cementerio de San Carlos Borromeo, a las afueras de la ciudad. No se trataba de unos falangistas cualesquiera; eran el escritor Víctor de la Serna, que acudía también en representación del jefe nacional de la Falange, Manuel Hedilla; el conocido tenor Miguel Fleta, el cineasta Antonio de Obregón y el periodista Emilio Díaz Ferrer. Los catedráticos Manuel García Blanco, Isidro Beato Sala, Francisco Maldonado y Nicolás Rodríguez Aniceto, como buenos subalternos, tuvieron que conformarse con llevar los galones o cintas del ataúd. Este iba cubierto con una bandera de la Falange y un birrete académico a fin de complacer a los dos grupos. Por lo visto, cuando salían del domicilio se había oído gritar a su nieto Miguelín con desesperación: «¡Que se llevan al abuelo, que lo van a tirar al río!»; algo debía de intuir el niño de lo que le aguardaba a Unamuno.

La comitiva fúnebre se había detenido en el Campo de San Francisco para hacer un relevo y rezar un responso por el alma del difunto, y luego continuó por un paseo de tierra, que se hizo eterno a causa del frío. Una vez que llegaron al camposanto, lo enterraron en el nicho número 340, en la llamada galería de san Antonio, el mismo en el que yacía su hija Salomé. Frente a él desfilaron decenas de camaradas uniformados saludando con el brazo en alto y la palma extendida en señal de veneración y respeto, como si el difunto, en efecto, fuera uno de los suyos, casi como un caído por Dios y por España. Tras ello, todos se pusieron firmes y el jefe de milicias de Salamanca, un tal Manuel Gil Ramírez, gritó de forma estentórea:

—¡Camarada Miguel de Unamuno y Jugo!

—¡Presente! —respondieron los demás con una sola y atronadora voz que retumbó en todas las tumbas y panteones.

Y así tres veces, las mismas que Pedro negó a Jesús, solo que aquí con la intención de afirmarlo falsamente, ¡otra paradoja!, para luego añadir:

—¡Arriba España!

Más que un homenaje póstumo a don Miguel, aquello le pareció al abogado un acto de propaganda de la organización fascista y, por lo tanto, un escarnio para el gran escritor e intelectual, algo que el propio Unamuno no habría dudado en calificar de esperpento valleinclanesco, en honor a su compañero de generación, fallecido hacía un año. De esa forma no solo trataban de quitarse de encima las sospechas de haberlo asesinado, sino que también daban comienzo al secuestro de su figura, ahora que el ilustre escritor no podía protestar ni defenderse. No cabía imaginar mayor ignominia ni desvergüenza. Entre los presentes, por cierto, no estaba Bartolomé Aragón, el joven profesor falangista que acompañaba al escritor cuando falleció. Tampoco había ningún representante de relevancia del Cuartel General de Franco.

Acabado el sepelio, Manuel dejó que se fueran todos y él se quedó un rato paseando entre las tumbas. Casi había anochecido. El camposanto estaba cubierto de una leve capa de nieve y envuelto en una niebla espesa, como una necrópolis doblemente fantasmal, un lugar muy propicio, por tanto, para la meditación sobre las postrimerías. «¿Y ahora qué, don Miguel? ¿Ha visto usted a Dios? ¿Realmente existimos o tan solo somos un sueño suyo? ¿Es verdad que hay un más allá? Y lo más importante: ¿hay alguna forma de pervivencia o inmortalidad, como usted anhelaba? ¿Mereció la pena tanta lucha y tanto desvelo, tanta agonía para alcanzar la eternidad?», le preguntó.

Trató de imaginar también a cuántos habrían fusilado ya junto a las tapias de ese mismo cementerio cuya población había aumentado de manera considerable en esos últimos seis meses, y eso que la mayoría de los asesinados por los falangistas estaban en zanjas y fosas comunes. Alguien le había contado que el guardabarrera de un paso a nivel había enloquecido por haber tenido que presenciar todos los días, al amanecer, las brutales ejecuciones; por lo visto, los disparos no paraban nunca de resonar en su cabeza. Otros, sin embargo, acudían por gusto a contemplar los fusilamientos antes de desayunar chocolate con churros en la plaza Mayor, como una manera de comenzar bien la jornada, sintiéndose vivos. Entre los asesinados se encontraban algunos amigos y familiares de Manuel, como el pobre Benjamín del Árbol, su cuñado. Su esposa no tenía constancia de su supuesta filiación ideológica, pero, al parecer, unas almas caritativas lo habían acusado de ser masón. «¡¿Masón, él?! ¡Si ni siquiera creo que supiera qué era eso!», había exclamado ella. ¿Y desde cuándo ser masón era delito, vamos a ver? Si hasta se decía que el propio Franco había intentado ingresar en una logia, y lo habría hecho si no lo hubieran rechazado. Debía de ser por ese motivo por lo que ahora los perseguía con tanta saña e inquina.

Sin darse cuenta, Manuel se había extraviado entre los sepulcros blanqueados por la nieve, que todo lo unifica, lo disimula y lo reviste por unas horas de inocencia, perdido entre tanto difunto, entre tanta muerte desenfrenada. De repente, como si hubiera salido de un panteón o brotado de una sepultura cercana, se le apareció Teresa Maragall López. Una vez repuesto del susto, el abogado se frotó los ojos y la observó con atención. ¡Sí, era ella! Se conservaba muy bien a pesar de sus sesenta y tantos años; la edad exacta nadie la sabía con certidumbre, pues ella se quitaba unos cuantos, con lo que su mentira autopiadosa venía a coincidir aproximadamente con su aspecto. Manuel lo llevaba peor, pues había ganado algo de peso y perdido mucho pelo. De lo que no cabía ninguna duda era de que ella seguía siendo una mujer enérgica y hermosa. Tenía, eso sí, el cabello gris, si bien mantenía sus rizos, esos que tanto le gustaban a don Miguel, aunque él nunca lo reconociera ante nadie, pero la verdad era que con frecuencia sus pensamientos se quedaban enredados en ellos y perdía el hilo del discurso como un colegial que de repente se olvidara de la lección delante de la maestra.

Hacía mucho tiempo que Manuel no sabía de ella, y llevaban sin verse dos décadas; de hecho, pensaba que habría muerto tras la revolución de Asturias o tal vez en la cárcel de Barcelona, donde sabía que había estado encerrada como sospechosa de haber colaborado en algún que otro atentado o acción política, algo que don Miguel siempre le había recriminado, pero que ella asumía con coherencia y perfecta naturalidad. Si había algo de lo que no se la podía acusar era de no ser consecuente con su pensamiento. La mayoría predicaba una cosa y hacía otra, generalmente la contraria. «Donde pongo la idea pongo la bala», solía bromear ella, con una sonrisa que desarmaba al contrario.

Tras los saludos y abrazos, Teresa le explicó que se había enterado de la muerte de Unamuno por un periodista republicano en el bar de un hotel de Madrid. Sin pensárselo dos veces, esa misma noche se había procurado una identidad falsa —la de una corresponsal de guerra francesa llamada Marguerite Legendre, que acababa de morir en un bombardeo— y una plaza en un convoy de prensa que salía de madrugada para Salamanca. Conocía bien la lengua francesa y hasta la hablaba con acento de París, ciudad en la que había vivido exiliada durante algunos años. El viaje estuvo plagado de peligros e incidentes varios, pero allí estaba, sana y salva y a tiempo para el entierro. Manuel se mostró muy contento de que se encontrara en la ciudad y le contó lo que sabía sobre los últimos meses de su amigo, advirtiéndole, eso sí, que se habían distanciado un tanto a causa de algunas discrepancias ideológicas con respecto al alzamiento militar.

—Sí, ya me dijeron que, al principio, apoyó a los sublevados, y eso me entristeció y enfureció a partes iguales —le confesó Teresa—. Pero lo cierto es que todos nos equivocamos alguna vez por engreimiento o desesperación.

—Y él enseguida debió de arrepentirse —añadió Manuel.

Luego el abogado le refirió lo que había trascendido hasta ese momento sobre la muerte de su amigo.

—¿Qué tal andaba de salud? —quiso saber ella.

—Que yo sepa, nada serio, los achaques propios de su edad. Por lo demás, llevaba una vida bastante saludable: como él decía, nunca se intoxicaba con alcohol ni con tabaco, comía con frugalidad, se acostaba temprano, antes que el sol, dormía bien, paseaba todos los días una o dos horas... Desde luego, él estaba convencido de que iba a vivir hasta los noventa años y no paraba de repetir que se sentía mejor que nunca.

Teresa no pudo evitar sonreírse, pero enseguida volvió a ponerse seria.

—Sé que la muerte de su esposa hace dos años le afectó mucho.

—Y también la guerra y todo lo que ha traído consigo: el repudio por parte del bando republicano, la muerte o el encarcelamiento de algunos amigos, el rechazo de los otros tras el incidente del 12 de octubre, supongo que habrá oído hablar de ello —comentó el abogado, y ella asintió—, el casi obligado confinamiento en su casa, el silencio forzado..., lo que sin duda aumentaría su ansiedad y haría que le subiera la tensión, pero no como para morir de una manera tan fulminante.

—Entonces, ¿cree usted que pueden haberlo asesinado?

Teresa había formulado la gran pregunta, esa que Manuel no se había atrevido a plantearse a sí mismo de forma explícita, aunque le rondara la cabeza con insistencia desde que se enteró de la noticia.

—Yo ni niego ni afirmo todavía, pero sí que creo que ha sido una muerte muy sospechosa —comentó con tono aparentemente neutral.

—Pues yo estoy del todo convencida de que ha sido provocada —aseveró Teresa—. Y lo peor es el trato que ahora está recibiendo por parte de los fascistas. Los muy canallas están manipulando su pensamiento y se están sirviendo de él, y no podemos consentirlo.

—¿Y qué propone?

—Tenemos que investigar el caso para que no se salgan con la suya. Si no lo hacemos nosotros, no lo hará nadie.

Aunque las dijo en voz baja, las palabras de Teresa rebotaron con fuerza en el cerebro de Manuel.

—¡¿Investigarlo?! ¿Y cómo? Estamos en zona ocupada por los sublevados desde el primer momento; por si no lo sabe, ¡aquí está su Cuartel General! —le recordó el abogado—. Yo, además, tengo mujer e hijos que viven en la ciudad.

—Se lo debemos —insistió ella—. El mundo tiene que saber cómo murió nuestro amigo y cómo lo están utilizando ahora los falangistas, ya ha visto usted el entierro que le han dado; a punto he estado de ponerme a pegar tiros. De modo que no podemos abandonarlo a su suerte, él nunca habría permitido que algo así nos sucediera a nosotros. Esta ceremonia ha sido un ultraje y una profanación, la profanación pública y simbólica del cadáver de uno de los mejores hombres que ha dado este país en varios siglos. No bastaba con matarlo, tenían que apropiarse también de su figura y destruir su legado. Y ya que no pueden eliminar su nombre ni todo aquello que lo recuerde, como hacían en la antigua Roma cuando moría un enemigo del Estado, al menos intentarán alterar su memoria.

—Estoy convencido de ello. Pero nosotros no somos él. No estamos a su altura ni tenemos su inteligencia ni su valor —constató Manuel.

—Pues eso habrá que remediarlo —sentenció Teresa con una sonrisa irónica—. Por fortuna, tuvimos un buen maestro, nada menos que un detective andante, y nosotros no vamos a ser menos.

El abogado la miró a la vez con miedo y admiración.

—Salamanca es ahora como una cárcel en la que todos nos vigilamos. En cuanto se den cuenta de nuestro interés por la muerte de Unamuno, nos convertiremos en sospechosos de conspirar y al final nos fusilarán o nos darán el *paseo* —le advirtió Manuel—. Y, en el caso de que no nos descubran,

32

¿cómo se lo vamos a contar luego al mundo? ¿Qué podremos hacer si averiguamos que en efecto lo han asesinado?

—Ya se nos ocurrirá algo. Vayamos por pasos.

—Pues desde aquí le digo que no llegaremos lejos.

—No sea usted derrotista. Eso ya se verá. Aunque estemos ahora en un cementerio, nosotros no estamos muertos.

Al final al abogado no le quedó más remedio que dar su brazo a torcer. Tal vez las cosas fueran como él había dicho, pero había que intentarlo. Era su obligación. No podía abandonar de nuevo a su amigo y mantenerse al margen.

—Está bien. ¿Cuál es su plan?

—De entrada, no conviene que nos vean mucho juntos —explicó ella—. Así que cada uno deberá trabajar por su cuenta y, cuando tengamos algo importante que compartir, nos reuniremos en algún lugar apartado o en el que podamos pasar inadvertidos. Para concertar la cita, nos llamaremos por teléfono; yo estoy alojada en el hotel Novelty.

—De acuerdo; este es mi número —le dijo el abogado, tras anotarlo en un papel.

—¿Cómo quiere que nos repartamos las pesquisas?

—Si le parece, yo me ocuparé de hablar con los hijos de don Miguel, pues los conozco y sé que confían en mí; también con Aurelia, la asistenta, y el médico que certificó su defunción —propuso el abogado.

—En mi caso, aprovecharé mi falsa condición de corresponsal de prensa extranjera para entrevistar a gente del ámbito de los sublevados que pueda tener información sobre el caso, y especialmente al único testigo, ese tal Bartolomé Aragón.

—Lo veo bien, pero debe usted tener mucho cuidado, pues la retaguardia en esta ciudad se ha vuelto últimamente tan peligrosa como el frente de batalla.

—Lo tendré, no se preocupe. La defensa de Madrid tampoco era un lecho de rosas, y menos para una anarquista, y aquí estoy.

II

El alzamiento militar triunfó sin demasiados problemas en Salamanca. Aunque no hubo apenas enfrentamientos, el 19 de julio tuvo lugar, eso sí, un trágico incidente en la plaza Mayor. Como era domingo, esa mañana don Miguel de Unamuno había salido a tomar un café y se había instalado con varios amigos en uno de los veladores del Novelty, donde departieron sobre diversos asuntos. A eso de las once entraron en la plaza un escuadrón de caballería mandado por el capitán José Barros y un piquete de infantería, que enseguida tomaron posiciones en el centro de la explanada. El lugar a esas horas estaba lleno de gente que había acudido a dar su paseo matinal o que acababa de la salir de misa de la iglesia de San Martín, y que, en un principio, no sabía muy bien si esos militares estaban con el Gobierno legítimo de Madrid o con los sublevados. Bajo los soportales, se había reunido también un pequeño grupo de militantes de las Juventudes Marxistas Unificadas, que aguardaba expectante los acontecimientos.

En la mesa de Unamuno, había cierta preocupación por lo que todo eso pudiera significar.

—Esto no pinta bien —comentó uno de los presentes, un profesor de instituto ya jubilado.

—Tranquilícese. Estamos ante un pronunciamiento militar que no viene a acabar con la República, sino a salvarla de aquellos que no la saben gobernar, pues no podemos seguir por más tiempo por esos malos derroteros —apuntó don Miguel, incapaz de disimular su entusiasmo.

—Lo que no quita para que la intervención se les pueda ir de las manos; estas cosas se sabe cómo empiezan, pero no cómo acaban —replicó el otro.

—No sea usted agorero —soltó don Miguel.

—Yo solo digo que el ambiente está muy caldeado.

—De eso se trata, de apagar el fuego antes de que las llamas se lo lleven todo por delante.

El capitán Barros, sin bajarse del caballo, comenzó a leer el bando de declaración del estado de guerra dictado desde Valladolid por el general Saliquet. El escrito prohibía, entre otras cosas, las reuniones, las manifestaciones, las huelgas y, por supuesto, la posesión de armas. El militar terminó con un «¡Viva España!», que fue coreado por buena parte de los asistentes. Parecía que el acto había concluido cuando alguien gritó desde uno de los laterales «¡Viva la República!», que también fue asentido por el público. Animado por la buena acogida, un joven proclamó «¡Viva la revolución social!». En ese momento, un disparo procedente de los soportales hirió a un cabo del piquete de sublevados. Estos reaccionaron de inmediato con una descarga contra los que se encontraban en la zona de la que había salido el tiro, seguida por los gritos horrorizados de los que huían en desbandada hacia los arcos de la plaza.

—¡Qué le decía! Mal comenzamos —exclamó el profesor jubilado poniéndose en pie.

—En todo caso, ha de reconocer que los otros dispararon primero —le recordó Unamuno.

—Sí, pero los militares podían haberse limitado a detener y formarle un consejo de guerra a los responsables, en lugar de disparar de forma indiscriminada contra la gente —arguyó el otro.

Don Miguel no supo qué contestar. Su amigo tenía razón. Se trataba de un mal inicio y una muy mala señal, para qué se iba a engañar. Por lo demás, era evidente que, en sus disquisiciones sobre lo que él pensaba que era un mero pronunciamiento militar, no había contado con el hecho de que pudiera derramarse sangre inocente. Y, si eso había ocurrido un plácido domingo en Salamanca, ¿qué podría esperarse que sucediera en otros lugares más conflictivos?

A lo largo de la tarde, el escritor se fue enterando de que la descarga había matado en el acto a cuatro hombres y a ¡una niña de cinco años!, algo trágico e imperdonable para él, y dejado a varios heridos de gravedad, algunos de los cuales murieron posteriormente. Se trataba de las primeras víctimas de la guerra en Salamanca; con ellas el miedo se había instalado de golpe en la ciudad y se había acabado con cualquier conato de oposición. Por otro lado, los golpistas no podían haber tropezado con una ciudad más predispuesta y comprensiva con sus intenciones. Sin encontrar resistencia, se fueron apoderando enseguida de los lugares estratégicos de la ciudad: el Ayuntamiento, el Gobierno Civil, el edificio de Correos, el de Telefónica, la emisora Inter-Radio Salamanca y la estación de tren; también fueron militarizados los trabajadores de Electra y de otros servicios públicos. Y, para demostrar que todo aquel despliegue iba en serio, iniciaron una redada que llevó a la cárcel y otros centros de detención a centenares de personas. Muchas de ellas fueron víctimas de *sacas* ilegales por parte de grupos de falangistas y de extremistas de derechas y, más tarde, fueron asesinadas en las afueras de las poblaciones o en pleno campo, con el fin de sembrar el terror en toda la provincia, y vaya si lo consiguieron. Como cabía esperar, los pueblos más represaliados fueron los más afectados por la reciente reforma agraria. Por otra parte, varios dirigentes del Frente Popular trataron de huir a Portugal, a la sierra de Gredos o a los Montes de León. Pero la mayoría permaneció en sus casas o en los alrededores, o se refugió en domicilios de familias afines a los sublevados. Sin embargo, Unamuno seguía confiando en los militares, a los que en ese momento consideraba un mal menor y algo temporal.

Después del tiro en la plaza Mayor, esta se había quedado vacía, y así permanecía al día siguiente, hasta que apareció por el arco de la calle del Prior don Miguel, que la atravesó con cierta parsimonia y fue a sentarse solo ante uno de los veladores de la terraza del café Novelty, el mismo de la jornada anterior, como si allí no hubiera pasado nada. Su intención era dar a entender que resultaba muy importante mantener la calma y, en última instancia, mostrar su adhesión a los sublevados, pues todavía pensaba que se trataba de un simple pronunciamiento que venía a rectificar el rumbo de la República y a restaurar el orden, y no de un golpe de Estado que, debido a su fracaso en las grandes ciudades y en algunas regiones, pronto había derivado en guerra civil.

¡Quién lo iba a decir! Él, que había laborado tanto como el que más por el advenimiento de la República y que la había proclamado el 14 de abril de hacía cinco años desde el balcón del ayuntamiento, a dos pasos de donde ahora se encontraba. No en vano había sido propuesto de manera espontánea por un buen número de intelectuales para presidirla y nombrado por las autoridades republicanas ciudadano de honor de la República y alcalde honorario de la ciudad, amén de rector vitalicio de la Universidad de Salamanca tras su jubilación, a lo que había que añadir la creación de una cátedra con su nombre. Por otra parte, no era el único intelectual que se había desencantado con la Segunda República; ahí estaban figuras tan diversas como Ortega, Baroja, Marañón, Madariaga y Pérez de Ayala. La diferencia era que Unamuno había sido el más crítico y el más sincero y vehemente a la hora de expresarlo, como siempre había ocurrido, pues no tenía miedo ni pelos en la lengua. Pero eso no significaba que estuviera contra la República, ni mucho menos; él solo estaba contra el gobierno de turno y contra el rumbo que este estaba siguiendo. Frente a eso, lo que don Miguel anhelaba o soñaba era una República honorable y liberal, una República civil, social y laica, y no una que permitía que se cometieran toda clase de tropelías y desmanes en su nombre. Así las cosas, no era él quien había renegado de la República; era la República la que había renegado de los ideales con los que había nacido.

Pasaban las horas y él seguía sentado en esa plaza que había descrito una vez como un cuadrilátero irregular pero asombrosamente armónico. Allí estaba el Unamuno de siempre, erguido y retador, con su aire severo y su testa como tallada en piedra; su pelo blanco y acerado, su nariz perfecta y su barba triangular, terminada en punta y curvada un poco hacia arriba; con su traje de color azul oscuro, como de pastor protestante; su camisa blanca y sin corbata, símbolo para él de esclavitud, y su sombrero flexible, a pesar del intenso calor; los ojos de búho, la mirada de águila y las gafas de carey. Y, por supuesto, su ademán soñador y a la vez orgulloso, como si quisiera decir con su actitud que no había que asustarse, o intentara dar apariencia de sosiego y seguridad, de que aquello iba a ser algo pasajero, una mera operación de limpieza o acaso de cirugía. Pero los pocos transeúntes que a esa hora se atrevían a cruzar por allí lo miraban temerosos, con reproche y estupefacción, o agachaban la cabeza para no verlo y tener que saludarlo. Muchos debían de pensar que lo único que pretendía era, como de costumbre, llamar la atención y dar que hablar, posar de original, en definitiva, para seguir estando en el candelero, dada su gran ansia de nombre y fama. Pero lo que don Miguel deseaba, en realidad, era convertirse en una especie de elemento de unión entre el pasado y el presente, la República y los sublevados, la legalidad constitucional y la momentánea insurrección.

El día estaba ya declinando y Unamuno continuaba en su puesto, observado por todos, elogiado por unos y criticado por otros, como si estuviera en el centro del mundo, como si el destino de España girara alrededor de esa plaza en la que los viandantes solían pasear dando vueltas en el sentido de las agujas del reloj, como en un tiovivo, solo que sin luces y sin música. De cuando en cuando, a lo lejos, sonaban descargas de fusiles o ráfagas de ametralladora cuya finalidad era terminar de aterrorizar a la población y disuadir a los rojos de cualquier intento de rebeldía, oposición o protesta; por lo visto, ese era el plan de los sublevados, y se estaba cumpliendo a rajatabla.

Don Miguel apenas pestañeaba, obcecado e impertérrito, con el gesto desafiante y la mirada en el horizonte, un horizonte interior e imaginario, desconectado de la inmediata realidad. Nadie se atrevía a acercarse ni a sentarse junto a él, ni siquiera a saludarlo, como si fuera un apestado o un intocable. Solo, como había estado siempre, ni con unos ni con otros, a la intemperie y a pecho descubierto, como don Quijote en sus primeras aventuras. Para Unamuno, en ese momento, lo importante era dejar que los militares actuaran y se volvieran a los cuarteles cuanto antes y con el menor daño posible. Él siempre había sido muy crítico con el ejército, sobre todo con algunos de sus mandos, pero había situaciones en que los soldados podían ser necesarios y útiles. De todas formas, don Miguel a esas horas tan solo pensaba ya en sus hijas Felisa y María y en su nieto Miguelín, que estaban pasando unos días de veraneo en Candelario, en la sierra de Béjar, en la casa de la carretera alta, donde vivían sus amigos Cristino y María Victoria. Allí estaban a resguardo de la epidemia de sarampión que en los últimos días había tenido en jaque a la ciudad de Salamanca, pero, en cuanto pudiera, pensaba acercarse a buscarlos. Miguelín era hijo de Salomé, fallecida tres años antes, y del escritor José María Quiroga Pla, al que el alzamiento había sorprendido en Madrid, al igual que a sus hijos Ramón y José, que se habían alistado voluntariamente en las milicias republicanas, uno en el Batallón Numancia y otro en el arma de artillería, y no se sabía qué iba a ser de ellos. Si en ese instante tenía alguna preocupación, era solo por su nieto, sus hijos y su yerno.

A la caída del sol acudió a hablar con él su amigo Manuel Rivera. Al verlo solo en la plaza, con la mirada perdida y el gesto altivo, lo primero que el abogado pensó fue que don Miguel había enloquecido, como el ingenioso hidalgo de la Mancha, al que con frecuencia emulaba; que allí donde él veía militares sublevados contra la legalidad vigente el viejo escritor veía caballeros andantes que venían a salvar España, para, una vez restaurado el orden, hacer mutis por el foro, lo cual era una gran ingenuidad, por no decir otra cosa. Sin duda su amigo había perdido el juicio crítico. Y así se lo comentó.

—No tiene usted ni idea —replicó Unamuno de forma tajante.

—Mentira me parece que se haya usted convertido en figura emblemática y en el principal garante de la legitimidad del golpe de Estado y de la causa de los sublevados. ¿Por qué hace eso? —le reprochó—. Usted siempre estuvo contra el poder y contra los militares.

—Yo sé quién soy o, lo que es lo mismo, yo sé quién quiero ser. Yo no me escondo; a veces es preciso bajar de la atalaya o de la torre de marfil y mancharse con el barro de la historia. Hay momentos, en fin, en que es necesario actuar como don Quijote, símbolo de la fe, y dejar de analizarlo todo como Hamlet, símbolo de la duda —arguyó don Miguel.

—¿Está seguro?

—Créame, esa es la única forma de poner orden y arreglar lo que está ocurriendo en España; acabar, por ejemplo, con la persecución a la que son sometidos los curas y las monjas, con la quema de iglesias y conventos, con la violencia generalizada y la falta de modales y de educación... La República no puede ser eso, de ningún modo.

—Pero ¿no se da cuenta de que con su postura está priorizando el orden por encima de la libertad? Usted, que tanto presume de liberal.

—Porque lo soy, y también una persona de orden, como bien sabe —le recordó a su amigo—. Esa es ahora la única forma de preservar la República y con ella el bien más preciado, que es la libertad, pues ambas cosas son compatibles; con lo que no es compatible es con el caos.

Manuel se removió en su asiento. No podía creer lo que acababa de escuchar.

—¿Levantarse contra la República para salvar la República? ¿Dar un golpe de Estado contra el Gobierno legítimo para preservar la libertad? Demasiado paradójico, incluso para usted, ¿no le parece? —objetó con incredulidad.

—Como Job, yo también soy hijo de la contradicción y siempre he vivido en lucha íntima y en continua rebeldía, ya lo sabe.

—Lo que usted diga. Pero me temo que lo que los militares quieren es acabar con la República y la libertad e imponer otra cosa.

—Se equivoca —rechazó el escritor—. Si se fija, los discursos de los generales alzados siempre terminan con un «¡Viva la República!». Y el pasado sábado el general Franco publicó un bando que al final proclamaba «Fraternidad, Libertad e Igualdad», que yo lo he leído, no me lo han contado. Por otra parte, se trata de salvar la civilización cristiana occidental de la amenaza de la barbarie bolchevique o frentepopulista.

—¿No será usted de los que piensan, con Spengler, que, a última hora, siempre ha sido un pelotón de soldados el que ha salvado la civilización?

—¿Y por qué no? Los soldados saben muy bien lo que es la disciplina y cómo imponerla. Son ellos los únicos que pueden combatir el caos y reimplantar el orden, que es ahora lo urgente y necesario. Eso no quiere decir que me haya convertido en alguien de derechas ni que haya traicionado la causa de la libertad.

Manuel no daba crédito a lo que decía el viejo profesor, el mayor heterodoxo de su tiempo, el que siempre estaba en contra del poder y el autoritarismo y la injusticia.

—Pero los sublevados han detenido ya a algunos de sus amigos, entre ellos al alcalde, que es una persona honesta e intachable; y se rumorea que a varios ya los han asesinado o piensan darles el *paseo*, como ellos dicen de manera frívola, en cualquier momento. Y no sé si sabe que ha sido liberado de la cárcel el periodista y jefe de la Falange salmantina, Francisco Bravo, al que usted bien conoce, y que ha empezado ya a organizar una milicia falangista para ir a la caza de rojos y republicanos por los pueblos.

—Eso son bulos —rechazó don Miguel con voz chillona y el ceño fruncido.

—¿Por qué es usted tan terco?

—Porque soy vizcaíno, y a mucha honra —se jactó Unamuno para provocar.

—Me parece muy bien, pero le ruego, por lo que más quiera, que no se fíe de esos militares ni de los falangistas. Ya no estamos en los tiempos de Espartero o en los de Prim, cuando los soldados, o al menos algunos, tenían honor y podían ser auténticos caballeros andantes. Ahora los generales y los fascistas sublevados lo van a utilizar a usted para sus fines, y, que yo recuerde, Unamuno nunca se dejó manipular. ¿Piensa estropear acaso su impecable trayectoria con un terrible final? ¿Qué va a pensar Teresa de usted?

Unamuno reflexionó antes de contestar. Se le veía un poco desconcertado por la mención de su amiga, como si hasta ahora no hubiera pensado en ese aspecto de la cuestión.

—No creo que ella vaya a enterarse de nada; debe de andar muy ocupada haciendo la revolución en Madrid o en Barcelona con sus amigos anarquistas.

—Allá cada uno con sus ideas o su carencia de ellas. Esa mujer lo quiere y se preocupa por usted, aunque a veces no se lo merezca.

—Más vale que se preocupe por su persona, y usted métase en sus asuntos, que, en cuestiones de amor, no está para dar lecciones a nadie.

A Manuel esas palabras no le sentaron muy bien, incluso le dolieron en el alma. ¿Estaría aludiendo Unamuno a las malas relaciones que tenía con su mujer? Si era así, se había excedido más de lo tolerable.

—Eso haré, no le quepa duda. Ya vendrá luego a disculparse por ser tan testarudo y, perdóneme, tan zoquete —le soltó.

—Zoquete usted, que no ve más allá de las apariencias.

—¡Mire quién fue a hablar!

Manuel se marchó muy pesaroso, sin darle ocasión a su amigo a replicarle, pues, a su juicio, se había vuelto totalmente insoportable. Unamuno, por su parte, se cruzó de brazos, como un niño que ha logrado salirse con la suya y hacerse con la pelota en disputa, al tiempo que descubre con tristeza que se ha quedado solo y no tiene a nadie con quien jugar.

3

De buena mañana, Manuel Rivera salió con cierto sigilo de su casa para no despertar a su esposa, con la que llevaba casado cerca de treinta años si bien hacía tiempo que no se entendían y apenas hablaban, sobre todo a raíz del fallecimiento de su hijo mayor. De momento, había decidido no contarle que pensaba visitar a la familia de Unamuno con el fin de conocer de primera mano las circunstancias de su muerte, pues era una persona muy aprensiva y en todo veía peligros y problemas. Su intención, como había acordado con Teresa, era hablar con los hijos y la criada. A esas horas, Salamanca comenzaba a desperezarse muy lentamente, como si sus habitantes prefirieran quedarse dentro de la cama bajo un montón de mantas, en una especie de trinchera acogedora y caliente que los protegiera de las bombas, de las balas perdidas y de las detenciones. De vez en cuando se oían a lo lejos, como en sordina, algunos disparos sueltos. Aunque estaban en plenas fiestas navideñas, el terror y el peligro se palpaban en las calles, por lo general vacías u ocupadas por soldados que desfilaban de un lugar para otro, haciendo sonar con fuerza los tacones de sus botas, cual hormigas atareadas, con uniformes de todos los colores, desde el negro de los oficiales fascistas italianos hasta el rojo de las boinas requetés, pasando por el caqui de los aviadores de la Legión Cóndor. Algunos marcaban el paso hasta cuando iban de paisano, arrancando un ruido atronador al empedrado e imponiendo su ritmo a la ciudad. Nunca esta había sido tan cosmopolita y babélica; si hasta se veían grupos de alemanes cantando el *Deutschland über Alles* por los soportales de la plaza Mayor.

En las casas, las familias habían cerrado bien las puertas y los cuarterones de las ventanas y procuraban no hacer ruido para pasar inadvertidas. Más que hablar, bisbiseaban; más que vivir, hibernaban, a la espera de que escampara alguna vez. La mayoría tenía miedo; eran tantas las historias que se contaban por ahí. Los vecinos hablaban de patrullas que aparecían en plena noche o a la hora de comer y se llevaban detenido a algún miembro de la familia por no se sabía qué delaciones o qué secretos rumores de pertenecer a vaya usted a averiguar qué clase de organización. Unos denunciaban a otros con el fin de no suscitar recelos por parte de los sublevados y todos vivían con el alma encogida y el corazón en un puño, en estado de alerta, como conejos asustados en sus oscuras madrigueras, tratando de comportarse con normalidad para no parecer sospechosos. Cualquier cosa valía para ser acusado: haber participado en listas electorales, haber sido interventor de alguno de los partidos condenados, haber pertenecido a la Casa del Pueblo o a organizaciones de izquierdas... Bastaba una palabra o gesto inconveniente, o caerle mal a alguien que tuviera algún contacto con las autoridades, para que acabaras muerto en una cuneta o delante de la tapia del cementerio, o te pudrieras en una fosa común o en una celda llena de humedades. Se rumoreaba de un tal Beonza que por gusto había llevado al paredón o a la cárcel a decenas de personas, de lo cual se vanagloriaba. Y esto en una ciudad en la que casi todo el mundo había recibido a los sublevados con los brazos abiertos desde el principio, y lejos del campo de batalla. ¿Qué estaría pasando en aquellos lugares donde se les había ofrecido la más mínima resistencia? Era mejor no pensarlo. Era más sensato no querer saber.

Para distraerse, Manuel se acordó de los casos que don Miguel y él habían investigado a lo largo de treinta años, y especialmente del primero, el de Boada. En aquel asunto, don Miguel había demostrado un gran valor y una gran inteligencia y, sobre todo, un compromiso inquebrantable con los inocentes que sufrían persecución por la justicia, a pesar de que en aquella época era ya rector y eso lo constreñía mucho. Fue también en aquel entonces cuando Unamuno conoció a Teresa Maragall, que lo dejó completamente deslumbrado, a él, que siempre presumía de monógamo y de puritano y de ser fiel a doña Concha, y sin duda lo había sido durante toda su vida, lo que no quitaba para que pudiera sentir debilidad por aquella mujer tan extraordinaria. Le constaba que a lo largo de los años habían vuelto a verse varias veces, casi siempre con motivo de algunas pesquisas o en momentos en los que Unamuno estaba fuera de Salamanca, y su amistad se había ido estrechando pese a ser muy distintos, algunos dirían que antitéticos o contrapuestos.

¡Cuánto echaba de menos aquellos tiempos! Desde que había abandonado la abogacía y sus otros hijos se habían independizado, Manuel dedicaba buena parte de su tiempo a la escritura, una vocación que le había despertado don Miguel, si bien nunca se lo había confesado a este por pudor. Gracias a ella había podido mantenerse a flote en medio de sus tribulaciones y había logrado superar la desaparición de su primogénito, muerto en la guerra del Rif pocos días antes de que se firmara la paz, lo que hizo que el hecho fuera más trágico y a la vez más absurdo. De momento, había logrado terminar varias novelas en las que daba cuenta precisamente de algunos de los casos de Unamuno, incluidos aquellos en los que había contado con la ayuda de Teresa, como hiciera el doctor Watson con los de Sherlock Holmes. Pero no se había atrevido a publicarlas, ni siquiera se las había mostrado a su protagonista, por miedo a que no le agradaran. ¿Se atrevería a darlas a la imprenta ahora que había fallecido, como una especie de homenaje póstumo? Todo dependería de cómo terminara la maldita guerra y las pesquisas que ahora iba a iniciar para intentar esclarecer la muerte de su amigo.

Cuando llegó a casa de don Miguel, desnuda y austera, como su estilo y su espíritu, carente, por tanto, de lujos y comodidades, encontró allí a Aurelia y a varios de sus hijos: Felisa, María, Rafael, que vivía con ellas y había sido movilizado como oficial de sanidad, y el hermano mayor, Fernando, que aún no había regresado a Palencia, donde trabajaba como arquitecto. Pablo, que era odontólogo, estaba con su hijo de un año y su esposa en el pueblo donde habitaba la familia de esta, Crespos, a unos sesenta kilómetros de la capital. A Miguelín lo habían llevado con una de las hermanas del que fuera discípulo y gran amigo de Unamuno Salvador Vila, que era maestra y vivía a las afueras de la ciudad. Fallecida su madre hacía tres años y con su padre lejos, en el bando republicano, la muerte del abuelo constituía para el niño como una segunda orfandad.

A simple vista, estaba claro que todos en la casa recelaban algo en relación con la desaparición de Unamuno, pero tenían miedo de hablar, incluso con Manuel, que había sido uno de sus principales amigos, aunque hubieran estado varios meses sin verse. En tales circunstancias y en una ciudad ocupada por los militares, poner en cuestión la causa de la muerte de su padre era muy peligroso y los podía llevar a una celda o al paredón, y de ahí a una fosa común en cuanto se descuidasen. Pero había que intentarlo.

En el momento del fallecimiento, tan solo estaba Aurelia en la vivienda con don Miguel. De ahí que ella fuera la primera a la que se dirigió el abogado.

—¿Le importaría contarme qué sucedió? —le rogó.

—Nos lo han matado, don Manuel, nos lo han matado, y yo no supe impedirlo —estalló de pronto la mujer.

—¡Calle, Aurelia, calle, o nos condenará a todos! —le rogó Rafael con preocupación.

—¿Tiene usted alguna prueba de ello? —inquirió Manuel.

—No señor, no, no la tengo; no sé por qué lo he dicho. Es que me da mucha pena que haya muerto así, tan de repente —comentó la mujer entre lágrimas.

Tan pronto como se serenó, Aurelia le refirió que a eso de las cuatro y media el señor recibió la visita de Bartolomé Aragón. Por lo visto, a media mañana este había solicitado una cita por teléfono a través de Rafael y don Miguel había accedido a ello.

—¿En la tarde del 31 de diciembre? No parece un día muy apropiado para hacer visitas.

—Eso mismo se me antojó a mí —convino ella.

—¿Se conocían? —inquirió Manuel, dirigiéndose ahora a todos.

—Habían coincidido en alguna reunión de la Universidad, según hemos sabido después —le informó Rafael—. Algunos dicen por ahí que era un antiguo alumno, pero eso no es cierto; de hecho, él es de Huelva y estudió fuera de aquí. Y tampoco era discípulo ni, que sepamos, admirador de mi padre.

—¿Les ha llegado algún dato más de él?

—Al parecer es un camisa azul —apuntó el hijo de don Miguel—, cosa que no nos sorprendió, ya que últimamente las únicas visitas que recibía mi padre eran jóvenes de Falange, la mayoría periodistas, escritores y profesores, o sea, gente de cultura.

—En realidad, se trata de uno de esos merodeadores pseudoliterarios infiltrados entre sus carceleros de última hora que descaradamente se atreven a proclamarse «discípulos» suyos, creyendo que uno puede alzarse con un discipulazgo como quien roba una cartera —intervino María con tono enfadado—. Acudían a hacerle compañía y a tratar de convencerlo de que accediera a unirse a ellos, a hacerse de la Falange, vaya, dada su gran autoridad como escritor e intelectual. Y mi padre a veces se dejaba querer, pues se sentía muy solo y con ganas de hablar, si bien no ocultaba su rechazo hacia cualquier forma de fascismo y de violencia. Por otra parte, intentaba a través de ellos ayudar a algún amigo o conocido que estuviera preso u obtener noticias del frente, de esas que no daban por la radio ni aparecían en la prensa y que nosotros le ocultábamos para que no sufriera demasiado.

—Conocí bien a don Miguel y entiendo lo que me dice —indicó Manuel antes de preguntarle otra vez a Aurelia—. ¿Y qué más pasó esa tarde?

La asistenta le contó que, en un momento dado de la conversación entre el visitante y don Miguel, había oído voces y un golpe en la mesa. Preocupada, se había acercado a ver qué sucedía, pues le había dicho Felisa que no convenía que su padre se enfadara o se excitara demasiado, ya que eso podía provocarle un aumento de la tensión arterial. Pero, tras comprobar que el asunto ya se había calmado y todo parecía en orden, regresó a sus tareas. Aun así, como no se sentía tranquila, se encaminó de nuevo hacia una de las puertas de la salita, ya que tenía dos. Al cabo de un rato, oyó que alguien abría la otra. Era la visita, que iba gritando fuera de sí: «¡Don Miguel ha muerto! ¡Yo no he sido, yo no lo he matado!». Después de comprobar que don Miguel no se movía ni respiraba, lo trasladaron entre los dos a un sofá, y ella le quitó las gafas, pues uno de los cristales se había roto cuando se derrumbó sobre la mesa. Luego le cerró los ojos. Y justo entonces llamaron a la puerta. Eran María y la vecina, que habían oído ruido en la casa, y, a continuación, llegaron Felisa y Miguelín, del que se hizo cargo la propia Aurelia para que no viera a su abuelo en ese estado.

—¿Alguna cosa más?

Aurelia frunció el entrecejo, como si estuviera dándole vueltas a algo.

—No sé si será importante, pero hasta dos días antes de su muerte don Miguel tenía previsto que nos marcháramos todos de Salamanca durante la Nochevieja, ya que su vida y la de la familia corrían peligro —reveló.

—¡No es posible! Nosotros no sabíamos nada —comentó Rafael, sorprendido.

María y Felisa tampoco daban crédito a lo que acababan de escuchar. El abogado, por su parte, no salía de su asombro.

—¿Es eso cierto? —inquirió.

—Pues claro.

—¿Y cómo es que lo sabía usted?

—Porque yo iba a ser la persona encargada de recoger el dinero para el viaje y tenerlo todo listo. Don Miguel no quería que sus hijos lo supiesen, para que no se pusieran nerviosos y acabaran delatándose. Íbamos a marcharnos en dos automóviles con chófer justo antes de las campanadas —precisó Aurelia.

—¿Y por qué hasta ahora no nos lo había contado? —preguntó Rafael.

—Fue don Miguel el que me pidió que no lo hiciera. «Total, para qué; la cosa ya no tiene remedio», recuerdo que me comentó. Pero, después de lo ocurrido, he pensado que debían saberlo —explicó ella.

—¿Cree usted que eso tuvo algo que ver con su muerte? ¿Es por ello por lo que antes dijo que lo habían matado? —intervino Manuel.

—Yo lo único que puedo decirle es que dos días antes de la fecha fijada para la huida murió la persona que le iba a dejar el dinero para los gastos y todo se fue al garete, si se me permite la expresión.

—¿Sabe quién era esa persona?

—No me lo llegó a decir. Solo sé que era una mujer, nada más —comentó la asistenta, con la cabeza gacha, mirando al suelo.

—¡¿Una mujer?! —exclamaron Felisa y María a la vez.

—Pero ¿cómo es que no sabíamos nada de esto? —se extrañó de nuevo Rafael.

Manuel esperó a que los hijos digirieran la información. La mención del plan de huida y de esa mujer desconocida los había desconcertado. Por otra parte, cabía pensar que no era una casualidad el hecho de que Unamuno hubiera muerto el mismo día en que tenía proyectado escapar, aunque luego su plan se hubiera visto frustrado. ¿Qué había pasado para que el escritor tomara esa drástica decisión? ¿Acaso se sentía en peligro? ¿Y cómo pensaba llevar a cabo la fuga? ¿Quién sería esa misteriosa mujer que iba ayudarlo con el dinero? ¿Qué relación los unía?

A continuación, les tocó el turno a las hijas de don Miguel, que seguían muy alteradas por lo que acababan de descubrir. Felisa tenía treinta y siete años y era algo tímida y retraída. Estaba tan asustada y afectada por la reciente revelación que apenas habló; tan solo lo hizo para sugerir que su padre ya había anunciado su muerte meses atrás, antes del comienzo de la guerra.

—¿A qué se refiere?

—El día 15 de mayo —rememoró—, al cumplirse el segundo aniversario de la muerte de nuestra madre, fuimos al cementerio y al marcharnos, ya fuera del recinto, justo antes de montar en el coche, ¡no se me olvidará!, se echó a llorar y nos dijo: «Pronto vendréis a verme a mí». Parecía como si él no se sintiera ya muy bien y hubiera tenido esa rara impresión al contemplar la tumba de su añorada esposa —añadió echándose a llorar.

Al verla tan apenada, María le dio un abrazo. Esta contaba tres años menos y era más expansiva y resuelta que su hermana. En un principio, comentó que, cuando entró en la vivienda y vio lo que había ocurrido, avisó al médico por teléfono, a uno de confianza:

—Y fue él, Adolfo Núñez, quien después de examinar a mi padre certificó su defunción.

—¿Cuál era, según el doctor, la causa de la muerte? —quiso saber Manuel.

—Hemorragia bulbar —le informó Rafael, que era más joven que María y parecía el más calmado de todos—. Se trata de un sangrado intracraneal a la altura del bulbo raquídeo, esto es, por debajo del encéfalo. Y, si he de serle sincero, le confesaré que ese dictamen me extrañó, pues ese tipo de hemorragia es muy poco frecuente e imposible de diagnosticar en un cadáver si no se hace la autopsia.

A Manuel no le sorprendió mucho el apunte, ya que sabía que Rafael había estudiado Medicina y tenía consulta, si bien su especialidad era la oftalmología.

—¿Le pidió usted alguna explicación al doctor Núñez?

—En ese momento, estaba demasiado afectado para hacerlo, y luego no he tenido ocasión, la verdad. Tampoco quiero ponerlo en un compromiso, pues conozco sus circunstancias, y todo esto está siendo muy confuso. Pero le aseguro que en casa nos fiamos plenamente de don Adolfo.

—¿Y cuál pudo ser la causa de esa hemorragia bulbar?

—Según consta en el certificado de defunción, la causa fundamental fue la arterioesclerosis y la hipertensión arterial que mi padre padecía desde hacía algún tiempo, como tantos otros de su edad, aunque eso también me llamó la atención, pues su estado no era tan grave como para provocarle algo así de forma repentina.

—¿A qué hora ocurrió la muerte?

—A eso de las cinco y media, más o menos —indicó Aurelia.

—O sea, una hora después de la llegada de la visita. ¿Y cómo es que pudieron enterrarlo al día siguiente a primera hora de la tarde?

—Porque en el acta de defunción figura que murió a las cuatro de la tarde, para que así diera tiempo a sepultarlo el 1 de enero, antes de que se hiciera de noche. Ya sabe que tienen que transcurrir al menos veinticuatro horas —explicó María—. En todo caso, nos dijeron que eso sería lo mejor, y que era muy frecuente.

—¿Quién se lo aconsejó?

—Ahora no lo recuerdo; me imagino que alguien de la Universidad, o tal vez algún amigo o vecino que tenía contactos en el Registro Civil. Como ya le ha dicho mi hermano, todo fue muy confuso, y, tras enterarse de la muerte de mi padre, vino mucha gente por aquí.

—Y los falangistas, ¿les pidieron a ustedes permiso para portar el féretro y enterrarlo como a uno de los suyos?

—De ninguna manera. De hecho, ni mi hermana ni yo fuimos al cementerio para no tener que contemplar esa farsa. Prácticamente se apropiaron del cadáver de mi padre, y la cosa empezó ya en el velatorio —comentó María con tono irritado.

—Al parecer, lo del entierro fue idea de la Jefatura de la Falange —apuntó Rafael—. Me imagino que lo harían para demostrar que no eran responsables de su fallecimiento, dado que el único testigo presente era de los suyos, y, al mismo tiempo, utilizarlo políticamente en su beneficio. Hay que tener en cuenta que muchos falangistas admiraban a mi padre, o al menos lo aparentaban, pues eran conscientes de su estatura intelectual. Fíjese que hasta su jefe nacional, Manuel Hedilla, nos hizo llegar enseguida sus condolencias en su nombre y en el del partido.

Manuel asintió comprensivo y se puso en pie. Había notado que los hijos de don Miguel estaban muy cansados y alterados, y no quería abusar de su tiempo en esa primera visita; su idea era volver pronto, cuando se hubieran sosegado un poco.

—¿Ya se marcha? —preguntó María.

—Sí, de momento, con eso es suficiente. No quiero molestarlos más ni interferir en su duelo.

El hijo mayor, Fernando, que no había hablado durante el encuentro, pues no estaba presente el día de la muerte, dado que vivía en Palencia, lo acompañó hasta el portal. A Manuel le resultaba llamativo lo mucho que a sus cuarenta y cuatro años se parecía al padre.

—¿Está usted seguro de lo que está haciendo? —le preguntó el hijo al abogado con preocupación—. Si las autoridades militares o los propios falangistas se enteran, podría ponernos a todos en peligro.

—Comprendo muy bien lo que me dice, se lo aseguro, y lamento mucho haberlos importunado, pero me siento en la obligación de investigar.

—No creo que a mi padre le gustara.

—Al contrario. Si algo me enseñó don Miguel es a no fiarme de las apariencias, y en este asunto hay motivos para pensar que la muerte pudo no ser natural.

—Tal vez tenga razón, don Manuel, pero, dada la actual situación, hay que ir con mucho cuidado —comentó Fernando en voz baja.

—¿Y qué quiere usted, que lo olvidemos y lo dejemos estar? Yo, desde luego, estoy casi convencido de que a su padre lo mataron y pienso hacer lo que esté en mi mano para averiguar qué pasó. Se lo debo, y conste que no lo hago solo por lealtad, también por justicia y, sobre todo, para que dejen de utilizarlo a su antojo los falangistas, como si fuera de su propiedad.

De Teresa no quiso hablar para no complicar más las cosas, claro está, ya que se trataba de una mujer no muy bien vista por la familia desde hacía años. Los hijos la culpaban de haber querido seducir y perder a su padre en más de una ocasión, algo muy reprobable para ellos.

—Es posible que esté usted en lo cierto —reconoció Fernando—, yo también tengo mis sospechas. Como me comentó alguien: «Unamuno no murió en 1936, murió de 1936, no digo más». Pero ¿qué podemos hacer si no queremos que a nosotros y a nuestras familias también nos pase algo? Por eso creo que debemos ser muy cautelosos, no vaya a ser que se enteren de las pesquisas y nos lo hagan pasar mal. Mi padre sería el primero que se lo pediría, aunque solo fuera por proteger a los suyos, ya que a él el peligro nunca lo arredró.

—Por supuesto, seré muy discreto, por la cuenta que me tiene; yo también estoy casado y siento aprecio por mi vida —aseguró el abogado—. Como tal vez sepa, en estos últimos meses no nos hablamos, pues manteníamos posturas contrarias sobre los sublevados y la situación política presente, al menos al principio, y no queríamos pelearnos después de media vida siendo buenos amigos. ¿Sabe usted si su padre albergaba alguna sospecha de que lo fueran a matar?

Fernando se acarició la barbilla con expresión concentrada.

—Si he de serle sincero, le reconozco que él estaba más que persuadido de ello. Así que no es extraño que quisiera escapar con los suyos. Por lo visto, tenía buenas razones para pensar así, sobre todo a raíz de lo ocurrido el 12 de octubre. Poco tiempo después del incidente, me llegó una carta de Francisco Bravo, el jefe de la Falange de Salamanca, conocido mío y admirador de mi padre, en la que me decía que había gente muy descontenta con lo que había dicho en el paraninfo de la Universidad y había habido protestas violentas de algunos asistentes. Por tal motivo me aconsejaba que viniera a Salamanca y tratara de convencerlo de que, mientras durara esta situación, evitara actuaciones públicas que pudieran indignar o alarmar a aquellos que andaban metidos en la guerra, entre los cuales había seres mezquinos incapaces de controlar su ira. «Sería doloroso», añadió, todavía me acuerdo bien, «que a tu padre pudiera sucederle algún incidente desagradable».

—¿Lo ve usted? La amenaza parece evidente —comentó el abogado con vehemencia.

—Yo más bien lo entendí entonces como una advertencia. En cualquier caso, el asunto me preocupó y así se lo hice saber por teléfono a mi padre. Él me prometió que andaría con cuidado, que no me inquietara, que no creía además que fueran a fusilarlo o a permitir que algún exaltado lo matara, pues eso sería un error estratégico muy grave por parte de los sublevados, ya que era una figura respetada en Europa y América, y a los golpistas les inquietaba mucho su imagen en el exterior. Y lo cierto es que optaron por no hacerle nada, salvo expulsarlo del Casino y del Ayuntamiento y cesarlo luego como rector vitalicio de la Universidad, claro está.

—Y así fue mientras su padre se mantuvo en silencio y se comportó con la debida discreción. Pero supongo que las cosas irían cambiando. Ya sabe usted que don Miguel no podía permanecer callado mucho tiempo, y menos con todo lo que estaba sucediendo: el asesinato de algunos amigos muy queridos, la saña y la crueldad de los que supuestamente habían venido a poner orden, traer la paz y salvar la civilización cristiana occidental...

—Claro que lo sé, y, por lo que él me dijo, lo vigilaban cada vez más de cerca, controlaban sus visitas y le tenían intervenido el correo, tanto las cartas que enviaba como las que recibía.

—¿Sabe usted si entre los papeles de su padre hay alguna misiva, algún escrito o alguna nota relacionada con las últimas semanas, algo que pudiera arrojar luz sobre lo acontecido? —inquirió el abogado.

—Es curioso que me pregunte eso. Mi hermana María me dijo que la otra noche, durante el velatorio, alguien debió de aprovechar para entrar de forma subrepticia en el despacho de mi padre y registrar sus archivadores y cajones.

—¿Qué cree usted que buscaban?

—Supongo que papeles comprometedores.

—¿Y los encontraron?

—Por suerte, si los había, ya estaban a buen recaudo. La tarde misma del fallecimiento de nuestro padre, María, que es muy previsora, ya había escondido en un lugar seguro aquellos que a simple vista le parecieron más peligrosos o aventurados —le informó Fernando.

—Y usted, ¿los ha leído?

—No he tenido tiempo.

—¿Podría verlos?

—Hablaré con mi hermana. Si hubiera algo de interés para su propósito, se los dejaremos, pero tiene que prometerme que será discreto y que no revelará nada que pueda ser de importancia hasta que toda la familia, incluida Aurelia, esté a salvo.

—¿Piensan irse?

—Hasta ahora no lo había considerado, pero, si fuera necesario, lo intentaríamos —reconoció.

—Por mi parte, le doy mi palabra de que no haré nada sin su consentimiento.

—Está bien. Ya le avisaremos.

—Si no les importa, me gustaría también volver a hablar con Aurelia y con sus hermanas cuando estén más tranquilas y menos afectadas.

—Cuente con ello. Si usted averigua algo, no deje de comentármelo —le rogó el hijo de Unamuno.

—Así lo haré —se comprometió Manuel dirigiéndose hacia la calle.

Frente al portal había una niña jugando a la rayuela. Sin poder evitarlo, la observó durante un rato. Así se sentía él en ese momento, como alguien que tuviera que ir desplazando un tejo por una serie de casillas numeradas y dibujadas con tiza en el suelo, a puntapiés y a la pata coja, procurando no salirse de la zona marcada ni pisar las rayas, o tratando de evitar que el tejo se quedara detenido en ellas, porque, si algo de eso llegara a suceder, lo eliminarían y se acabaría el juego de la vida.

III

A los pocos días de la declaración del estado de guerra, se organizó una manifestación espontánea de apoyo y adhesión al alzamiento que recorrió algunas calles de la ciudad. Estaba claro que Salamanca era ya una ciudad azul y hasta se rumoreaba que podría llegar a ser en el futuro la sede del Cuartel General de la España sublevada. Unamuno, por su parte, fue designado miembro del nuevo consistorio municipal, como lo había sido en 1931 por la Conjunción Republicano-Socialista. Él aceptó de forma natural, pues creía que así podría convertirse en un elemento de continuidad con la República, que, de algún modo, él seguía representando. Pero con ello su adhesión a los militares golpistas quedaba patente, al menos para los interesados en que así fuera.

—El pueblo me trajo acá, al Ayuntamiento, al traer la República en las elecciones del 12 de abril del 31, y me llevó luego a las Cortes Constituyentes como su diputado —recordó en su discurso con motivo de la constitución del consistorio—. Aquí y allí a servir a España en el régimen que ella se ha dado. Y ahora —añadió—, al llamarme lo que de sano queda del pueblo regularmente armado, acá vengo a seguir sirviendo, como antes, a España.

Sin pretenderlo, estas declaraciones un tanto confusas de Unamuno tendrían más influencia en el ámbito internacional en favor del alzamiento que las de todos los generales involucrados en el mismo. Su palabra aún tenía valor y credibilidad, a diferencia de la de ellos. ¿Por cuánto tiempo?

—¿Y no cree usted que el hecho de ser concejal lo convierte en un colaborador de los sublevados? —le planteó su hija María esa noche, durante la cena.

—Si no estuviera yo ahí, sería mucho peor, ¿no te parece? Desde el Ayuntamiento, algo podré hacer, digo yo —se justificó don Miguel.

—Pero ¿a qué precio?

—Ahora mismo, es mejor mancharse un poco las manos de barro que limitarse a lavárselas y mirar para otro lado.

—Pues yo no lo tengo tan claro.

—Porque hablas desde la pura teoría, no desde la práctica concreta, que es algo muy diferente —sentenció el padre.

—Espero que sepa usted lo que dice y lo que hace —dejó caer María.

—Yo también lo espero —apuntó él con resignación.

Pero aquella esperanza no duró mucho. Ni una semana había pasado cuando le llegó a don Miguel la noticia de que el que fuera alcalde de Salamanca, Casto Prieto Carrasco, del partido Izquierda Republicana, y el presidente de la Federación Obrera, José Andrés y Manso, habían sido fusilados por los falangistas después de sacarlos ilegalmente de la cárcel, y luego arrojados a una cuneta en la carretera de Valladolid, donde los encontró un agricultor cuando iba a trabajar. Todo un símbolo del nuevo orden que se estaba construyendo en Salamanca. También comenzó a recibir decenas de cartas, visitas y llamadas, sobre todo de mujeres, para que intentara hacer algo por sus maridos, padres, hermanos o hijos, que habían sido detenidos y encarcelados sin ningún motivo o habían desaparecido, y en cualquier momento podían ser ejecutados. Se lo pedían con total convencimiento, como si pensaran que él lo podía conseguir todo, cuando en realidad carecía de autoridad y relevancia para exigir nada, ni siquiera sabía con quién hablar en cada caso ni cómo hacerlo.

No tardó en darse cuenta, por otro lado, de que, como le había advertido su amigo Manuel Rivera, los sublevados, inspirados en principio por el general Mola, tenían la intención de acabar con la República y el liberalismo, y no solo con el bolchevismo, y de que sus acciones represivas resultaban mucho más bárbaras y crueles que las de los sectores extremos del Frente Popular. El hecho de que el golpe militar no hubiera triunfado en una parte de España había dado lugar a una guerra civil que se preveía larga y sangrienta, una cruzada, como la empezaban a llamar ellos, los rebeldes, los blancos, de los que poco a poco Unamuno se iba distanciando con la debida cautela, pues temía por su familia.

Para él estaba claro que entre los rojos y los blancos o azules, los *hunos* y los *hotros*, estaban descuartizando España. Peores, eso sí, los *hotros* que los *hunos*, más inhumanos, ya que, para él, nada de lo que pasaba en territorio republicano podría compararse a la fría, metódica, científica y sádica represión de los sublevados, perpetrada, además, por las mismas autoridades, o bien por elementos empujados o consentidos por estas, hasta llegar a crear un estúpido régimen de terror. El que una horda de locos energúmenos, de desesperados, matara a unos cuantos ricos sin razón alguna, por pura bestialidad, no le parecía a don Miguel tan grave como el que unos señoritos armados sacaran a un profesor o a un tendero de su casa con una orden militar o sin ella y lo asesinaran por suponerlo... ¡masón!

—En cuanto a las mujeres —les comentó una noche a sus hijas después de la cena—, es verdad que del lado rojo van a luchar al frente. En este, desde luego, no toman parte en la lucha, pero, por lo que sé, asisten a los fusilamientos portando medallas y escapularios, y aplauden con entusiasmo tras las descargas o acuden a contemplar los cadáveres de los asesinados el día anterior con el libro de misa en la mano, como quien va a ver un espectáculo. ¿Y cuál es la diferencia entre uno y otro bando? Que en Madrid y en Barcelona se intenta asesinar a Dios y en Salamanca y en Burgos se asesina en nombre de Dios, lo que ya es el colmo de la brutalidad.

—Si esto sigue así, no sé adónde vamos a ir a parar —comentó Felisa.

—Y no solo matan personas —prosiguió don Miguel, más enardecido—. Ahora también les ha dado por quemar libros. Esta tarde, cuando fui a la Universidad, me encontré con que en el Patio de Escuelas un grupo de falangistas y varios militares, algunos de ellos muy jóvenes, habían hecho una pira delante de la estatua de fray Luis de León, mudo testigo de la barbarie, él que fue víctima de la Inquisición, a la que arrojaban sin piedad los ejemplares que sacaban de la biblioteca universitaria. Así que me encaré con ellos y les exigí, como rector, que no continuaran, que cada una de esas obras valía mucho más que todos ellos juntos. Y varios de ellos me miraron y se echaron a reír, como si me hubiera vuelto loco. Por suerte, uno de los presentes me conocía y la cosa se arregló de forma pacífica, por lo que pudimos salvar una buena parte de los volúmenes condenados a la hoguera. Por lo visto, cuando los sublevados entran en una población, una de las primeras cosas que hacen es incautarse de aquellos libros y folletos que consideran peligrosos, tanto de las bibliotecas públicas y particulares como de las librerías e imprentas, con el fin destruirlos, pues los consideran envenenadores del alma de la gente y responsables de muchos crímenes. ¿Qué os parece?

—Que debería andarse con más cuidado, no vaya a ser que al final lo arrojen al fuego también a usted —dejó caer María.

—Ya lo dijo Heine: «Allí donde queman libros, acaban quemando seres humanos».

Mientras llegaba ese momento, Unamuno no paraba de ir de un lado para otro. Pero todos los días volvía a casa descompuesto y desmoralizado. Su empeño en seguir ayudando a algunos detenidos y represaliados, como única forma de redimirse del error cometido con su apoyo a los sublevados, resultaba cada vez más frustrante, pues no era mucho lo que al cabo de la jornada conseguía tratando de favorecer viudas, amparar doncellas, honrar casadas o socorrer huérfanos, como su querido don Quijote, con el que cada vez se sentía más identificado. Una parte de las autoridades le volvía la espalda y la otra no acababa de fiarse de él y le daba largas para ver si así se rendía o se cansaba.

Una vez recibió un telegrama de la Unión Paneuropea en el que se le pedía que transmitiera al Gobierno rebelde el ofrecimiento de una mediación por parte de este organismo internacional, pero sus gestiones fracasaron de nuevo, y esto aumentó su sensación de impotencia. Para remate, en los periódicos locales salió publicado que Unamuno había contribuido con una donación de cinco mil pesetas, ¡nada menos!, para sufragar los gastos del ejército golpista, la misma cantidad que había aportado una importante latifundista de la provincia, una suma muy abultada para él, dado que su sueldo en ese momento era de mil ciento noventa y tres pesetas mensuales, y ya no colaboraba en prensa ni recibía nada en concepto de derechos de autor por sus libros y, además, tenía que ayudar todavía a varios de sus hijos.

—¿No le da a usted vergüenza, don Miguel? —le espetó en plena calle un sindicalista al que todavía no habían detenido, sin duda un hombre honesto y comprometido con su causa.

—Yo no he pagado ese dinero, créame usted, alguien debe de haberlo hecho por mí —se defendió Unamuno—. Para empezar, no lo tenía ni lo tengo y cualquiera que me conozca sabe lo mucho que me cuesta soltar un céntimo. Por otra parte, estoy obligado a contribuir a la suscripción nacional para atender a los gastos de los sublevados lo quiera o no, al igual que todos aquellos que somos o hemos sido funcionarios y cobramos del erario público. Y ahora lo han sacado en la prensa para significarme y para tratar de que cunda el ejemplo y otros, al ver mi nombre, se animen a donar. Pero yo no he realizado ninguna entrega ni he firmado ningún recibo ni apruebo ese tipo de donaciones impuestas. Lo que se dice de mí es todo burda propaganda.

Después de eso, sus viejos amigos empezaron a considerarlo un ser mezquino y un traidor, y ello lo atormentaba mucho. En el bando republicano, como cabía esperar, no cesaban de atacarlo en los periódicos y en las emisoras o de tomar medidas o resoluciones contra él por su apoyo al alzamiento militar. En su añorada Bilbao, por ejemplo, le habían quitado su nombre a la calle que hacía años le habían dedicado, y eso le había dolido en lo más profundo de su ser. También sabía de algún centro de enseñanza de cuya fachada habían arrancado con rabia las letras metálicas de su nombre, si bien su marca seguía en la piedra, como un recuerdo o una mancha. Pero lo que más lo atormentaba era que lo tildaran de fascista. Un día se enteró por un vecino, que lo había escuchado en la radio, de que el diario comunista *Mundo Obrero* había publicado un artículo muy virulento contra él cuyo titular lo decía todo: «Unamuno es un fascista. Unamuno al servicio del fascismo en Salamanca». El hecho de que lo calificaran de ese modo lo torturaba no solo por el terrible significado de la palabra, sino también por el empeño que ponían en etiquetarlo. «No me gusta que me clasifiquen, no soy un coleóptero», solía decir. Y la verdad era que, a lo largo de su vida, lo habían identificado con toda clase de animales —incluso Ortega lo había llamado una vez ornitorrinco— y de ideologías. Pero él era una especie única, como, por otra parte, debería intentar serlo cualquier hijo de vecino.

Por lo demás, don Miguel se debatía entre la conciencia de culpa y el miedo a ser fusilado. Asimismo, se sentía condenado al silencio y al ostracismo, como un muerto en vida. Hacía ya algún tiempo que no podía publicar nada; tan solo en algunas cartas y en las notas que redactaba para sí mismo se permitía un cierto desahogo y escribir con la sangre de su corazón y no con la tinta neutral. Por primera vez en su vida se veía superado por los acontecimientos. Todo había dejado de tener sentido para él; las pautas del pasado ya no servían para interpretar lo que estaba sucediendo. Los viejos conceptos se habían demostrado falsos o caducos. Como don Quijote al final de su vida, comenzaba a atisbar que todo había sido un engaño o un espejismo y que, como su amigo Manuel le había insinuado en la plaza Mayor, allí donde él veía temibles gigantes solo había vulgares molinos de viento; y los ejércitos salvadores no eran más que rebaños de carneros. Y ahora ya era demasiado tarde para echarse atrás; las únicas opciones que le quedaban eran mantener hipócritamente la adhesión a los sublevados o enfrentarse a ellos, esto es, la mordaza o la muerte. Por el bien de su familia, debía elegir la primera, pero sabía de sobra que, si no hablaba y daba rienda suelta a las palabras que rebosaban de su corazón y se le agolpaban en la boca, explotaría como una olla a presión cargada de metralla dialéctica. Para él, el hecho de no poder expresarse o escribir públicamente, la privación de la palabra y el silencio forzado eran mucho peor que la muerte, o, mejor dicho, eran la auténtica muerte, algo así como vivir sumido en la nada, en la niebla y la inexistencia más absoluta. «El día que me quiten la palabra —le había dicho en una ocasión al político republicano Alejandro Lerroux— me han matado».

4

Teresa Maragall había decidido aprovechar su fingida condición de corresponsal extranjera y su aspecto de abuelita atractiva para tratar de entrevistar a Bartolomé Aragón, el único testigo de la muerte de Unamuno, hasta donde ella sabía. Para la Justicia, *testis unus, testis nullus*, esto es, un único testigo no es ningún testigo, lo que equivale a decir que un solo testigo no tiene ningún valor, ya que no debe darse demasiado crédito a un único testimonio. Y, sin embargo, sobre ese único testimonio se había empezado a construir la versión oficial. Ella había tenido ya la oportunidad de leer lo que había publicado la prensa local, incautada por los sublevados. *La Gaceta Regional de Salamanca* decía en concreto:

Poco antes de morir el señor Unamuno, recibió la visita del profesor auxiliar de la Facultad de Derecho, Bartolomé Aragón, al que manifestó, al preguntarle por su salud, que se encontraba perfectamente y como nunca de bien. Sentados frente a frente en la mesa camilla que don Miguel ocupaba, llevaba este, como era corriente en él, el peso de la conversación, que versaba, por cierto, sobre el porvenir de España, máxima preocupación de don Miguel de Unamuno en estos últimos tiempos. De pronto, el señor Unamuno inclinó la cabeza y se puso intensamente pálido, comenzando a salir humo del brasero, circunstancia a la que atribuyó el señor Aragón el repentino mareo, que tal creía fuera el que había hecho perder el sentido al ilustre pensador. Se levantó a retirarlo y vio que se quemaba una de las babuchas de don Miguel y advir-

tió al mismo tiempo la verdad de una desgracia irreparable, avisando a la familia, que acudió con la ansiedad natural, procurando los auxilios de la Ciencia y de la Religión para el ilustre catedrático.

El Adelanto, por su parte, comentaba lo siguiente:

A las cuatro y cuarto de la tarde, el señor Unamuno recibió la visita de un amigo, con el que estaba charlando en su despacho cuando sintió un desvanecimiento repentino. Momentos más tarde, expiraba rodeado de sus familiares.

Por suerte para ella, Bartolomé Aragón estaba alojado en su mismo hotel, el Novelty, situado en la plaza Mayor. Inaugurado dos años antes, disponía de cuarenta habitaciones y tenía la entrada por la calle de Pérez Pujol. No obstante, conseguir la entrevista no le fue fácil, pues el joven profesor falangista se había encerrado en su cuarto y había pedido que no lo molestaran. Durante la cena, el día del entierro, Teresa se había enterado por otras personas de que no había acudido al velatorio ni al funeral de Unamuno, algo que le extrañó mucho. ¿Tan afectado estaba como para no ir? ¿O es que tenía miedo de que fueran a sospechar de él y lo culparan en público de la muerte de su admirado escritor?

Así las cosas, trató de indagar sobre el señor Aragón entre el personal y otros huéspedes del hotel, incluidos algunos corresponsales de guerra; quería saber quién era en realidad, cuál era su pasado inmediato, a qué se dedicaba en la actualidad. Pero casi nadie admitía conocerlo. Lo único que consiguió averiguar fue que había regresado inesperadamente a Salamanca a mediados de noviembre, unos cuarenta días antes de la muerte de Unamuno. ¿Por qué motivo? ¿A instancias de quién? Y, si llevaba tanto tiempo en la ciudad, ¿por qué había decidido ir a visitarlo en la tarde del último día del año? ¿Con qué objeto? ¿De veras se conocían? ¿Qué relación había, en ese caso, entre ellos? Desde luego, Teresa dudaba que fueran amigos.

Sin más datos que estos y una somera descripción del individuo en cuestión, la falsa corresponsal se apostó en el vestíbulo del hotel con un libro entre las manos. Mientras aguardaba, se acercó a ella un individuo muy corpulento con la nariz enrojecida y el andar algo vacilante, como de persona que no le hace ascos al alcohol.

—Me han dicho que es usted una corresponsal de guerra francesa —le dijo el hombre en su lengua tendiéndole la mano, una mano grande y peluda.

—Le han informado bien —comentó ella estrechándosela con fuerza.

—Me llamo Antoine Durand y soy de origen normando.

—Y yo Marguerite Legendre, nacida y criada en París.

—¿En París? Nadie es perfecto —exclamó él con tono burlón—. ¿Le apetece a usted una copa?

—No, gracias; a estas horas no suelo beber y usted parece que va bien servido.

—Ya veo que me ha calado.

—Salta a la vista.

Al normando le dio un ataque de risa.

—Me resulta usted simpática. Dígame: ¿en qué periódicos escribe?

—En aquellos que me paguen bien. Voy por libre.

—Hace tiempo conocí a una tal Legendre, pero no se parecía a usted.

Teresa comenzaba a sentirse incómoda. Tenía miedo de que ese hombre la acorralara y terminara por desenmascararla. Por suerte, apareció en la puerta Bartolomé Aragón y ella aprovechó para pedir disculpas y levantarse, lo que no sentó muy bien al normando, pues le apetecía mucho hablar. Tras abordar cortésmente al falangista y decirle su nombre, se presentó como corresponsal de guerra francesa y le solicitó amablemente una entrevista para un periódico de su país.

—Créame, yo no soy nadie —indicó el otro con falsa modestia.

—A mis lectores les encantará saber cómo fueron las últimas horas de Unamuno, pues es un autor muy querido en Francia —le explicó en un español con un marcado acento francés, arrastrando mucho las erres.

Bartolomé le comentó que eso no iba a ser posible, ya que estaba todavía muy afectado y no se encontraba bien. Pero ella insistió haciendo uso de todo tipo de cumplidos y coqueteos, que halagaron su vanidad, y ya no supo resistirse. Antes de que se arrepintiera, ella lo condujo hasta un rincón apartado del vestíbulo y allí se acomodaron, frente a frente, en sendos sillones, lejos del ajetreo de la entrada.

—Comprendo que ahora no quiera conversar sobre la muerte del escritor; hábleme entonces de usted —le rogó Teresa.

—¿Y qué quiere que le cuente? —preguntó él, esponjándose un poco.

—¿Estudió aquí, en Salamanca?

—Yo soy de Huelva; allí nací hace veintisiete años, dentro de una familia de comerciantes, lo que condicionó mi vocación inicial. Cursé estudios superiores en Sevilla y en Madrid, donde terminé los de Intendencia Mercantil a finales de los años veinte. Luego me fui a París, a su tierra.

—¡No me diga!

—Allí trabajé en la Banque de l'Union Parisienne y asistí a algunas clases en la Sorbona, al tiempo que me examinaba por libre de Derecho en la Universidad Central de Madrid, hasta obtener la licenciatura.

—Eso es muy meritorio —comentó ella—. Entonces, ¿habla usted francés?

—*Bien sûr* —respondió él—. *Et comment se fait-il que vous parliez si bien espagnol?*

—Porque he pasado mucho tiempo en su país y mi madre era española. De modo que, si le parece, continuaremos en su idioma —propuso ella.

—Como usted quiera. El caso es que, a mi regreso de París, trabajé con un conocido catedrático de Derecho Mercantil de la Universidad madrileña, que me consiguió una beca en 1932 para estudiar en la Escuela de Ciencias Corporativas de la Universidad de Pisa, en la que me diplomé dos años después.

—¿Y por qué en Pisa?

—Porque de ese centro han surgido los más importantes teóricos del corporativismo fascista, un sistema económico y político del que yo era un gran defensor y que quería difundir en España. Ahora estoy convencido de que, después de la guerra, va a ser muy necesario para reconstruir el Estado y hacerlo funcionar como es debido, y es que sin una buena economía no puede hacerse nada —añadió con cierta presunción.

—¿De modo que es usted un fascista convencido formado en la Italia de Mussolini? —comentó ella.

—Así es, y eso es algo de lo que muy pocos pueden presumir.

Teresa observó que lo decía con arrogancia, pero también con mucho candor.

—¿Y luego qué pasó?

—Cuando volví de Pisa, fui profesor ayudante de mi mentor, hasta que en septiembre de 1935 me nombraron catedrático por oposición de Legislación Mercantil Comparada en la recién creada Escuela Profesional de Comercio de Salamanca, que depende del Ayuntamiento y la Diputación Provincial. Meses después, en diciembre de 1935, conseguí una plaza de profesor auxiliar temporal de Derecho Mercantil y Economía Política de la Facultad de Derecho de la Universidad de Salamanca. En esa época fragüé amistad con el catedrático de Historia del Derecho Manuel Torres López, que ahora trabaja para la Oficina de Prensa y Propaganda y que sin duda es alguien que llegará lejos cuando termine la contienda, pues ha prestado ya grandes servicios al alzamiento. Otro querido y admirado compañero es el catedrático de Derecho Político Nicolás Rodríguez Aniceto, seguro que lo conoce.

A Teresa no le interesaban nada todos esos datos, que su interlocutor le lanzaba con jactancia para presumir, pero también para no tener que referirse a Unamuno.

—Hablando de alzamiento —lo interrumpió Teresa—, ¿dónde lo sorprendió a usted la guerra?

—Me pilló de vacaciones en Huelva. En agosto, me alisté como voluntario en el Tercio Virgen del Rocío de los requetés. Mire, aquí tengo una foto con mis compañeros —comentó al tiempo que echaba la mano a la cartera y se la mostraba—. Antes de incorporarnos a filas, organizamos un viacrucis bajo el lema «Por la salvación de España».

En la foto se veía a Bartolomé junto a un grupo de jóvenes que posaban alegres y desenfadados frente a la cámara; él aparecía algo agazapado en primer término, con traje y gafas. Nadie diría, al verlos, que acababa de empezar una guerra civil y esos muchachos estaban a punto de participar en ella.

—¿Por qué se alistó tan tarde?

—Mis camaradas preferían que me quedara en la retaguardia, donde podía ser más útil, pero al final no fui capaz de permanecer al margen y quise conocer de cerca el frente —reconoció.

—¿Y qué pasó?

—Por orden del general Gonzalo Queipo de Llano —continuó Aragón—, nuestro Tercio se integró pronto en la Columna Redondo, formada por infantería, caballería, zapadores, ametralladoras, aviación y Guardia Civil. Confluimos todos en la cuenca minera de Riotinto y participamos en la ocupación de Tharsis, Minas de Riotinto y Nerva entre el 20 y el 26 de agosto. Recuerdo que, cuando esta última localidad se rindió, el alcalde y varios centenares de hombres huyeron como conejos, dejando atrás a los niños y a las mujeres, muchas de ellas viudas.

Teresa se dio cuenta de que, al llegar a ese punto, se había puesto nervioso y le temblaba un poco la voz. Ella había oído contar en Madrid que ese pueblo minero había sido víctima de una brutal represión por parte de los sublevados: con unas doscientas mujeres asesinadas y otras muchas violadas y rapadas de forma humillante. Pero se contuvo y no dijo nada, pues quería que Bartolomé siguiera hablando y llevarlo poco a poco al terreno que le interesaba; ya trataría de ajustarle las cuentas en otro momento.

—¿Y estuvo mucho tiempo en el frente?

—La verdad es que no, pues enseguida me reclamó la Falange de Huelva para llevar a cabo labores de retaguardia, ya que era jefe local de Prensa y Propaganda —le informó.

—Entonces, ¿era usted militante de esa organización?

—Me afilié a mi vuelta de Pisa, como es natural.

—¿Y cómo es que se alistó en el Tercio de Requetés? Yo creía que ambas cosas eran incompatibles.

—A veces no se puede elegir; yo quería combatir en el frente y, en mi tierra, estos fueron los primeros en entrar en acción. La milicia requeté se caracteriza, además, por su ímpetu guerrero, y eso me interesaba más allá de mis ideas —se justificó él.

Bartolomé bajó la voz, pues se había acercado a ellos un pequeño grupo de militares de permiso, y se ve que no quería que lo escucharan.

—¿Y en la retaguardia qué hizo?

—Como falangista, participé en la organización de diversos actos en mi ciudad y el 25 de octubre me estrené, de manera oficial, como director del periódico *La Provincia*, que acabábamos de requisar a sus propietarios, y habíamos refundado y rebautizado como *La Provincia (Diario de Falange Española de las JONS)* o, de manera simplificada, *La Provincia de FE*. En ese tiempo tuve también ocasión de conocer a Millán Astray a su paso por Huelva, donde, por cierto, se afilió a la Falange, yo fui testigo de ello; desde allí emprendió más tarde viaje para reunirse con el general Franco y sumarse al alzamiento —le explicó Bartolomé.

—¿Se hicieron ustedes amigos?

—¿Por qué me lo pregunta?

—¿No es usted colaborador de la Oficina de Prensa y Propaganda en Salamanca?

—¡En absoluto! —exclamó él.

—Dados sus antecedentes y algunas de sus amistades, he pensado que esa era la labor que le habrían asignado en esta ciudad, y que por eso estaba usted aquí —conjeturó ella.

—De ninguna manera —rechazó Bartolomé con firmeza—. Yo aquí he venido por razones académicas y laborales.

Su tono resultaba muy poco convincente.

—¿Y qué opina, por cierto, del encontronazo que Millán Astray tuvo con Unamuno el pasado 12 de octubre?

—Le recuerdo que yo no estaba entonces en Salamanca. Además, ya le dije que no quería hablar de don Miguel.

—Pensé que se refería solo a su muerte. ¿Acaso lo sucedido aquel día tuvo algo que ver con su fallecimiento?

—Se acabó la conversación —sentenció él poniéndose en pie.

—Le pido perdón si he dicho alguna inconveniencia, ya sabe que soy extranjera y a veces no mido bien mis palabras —se disculpó ella.

—No, no se trata de eso. De todas formas, debo irme. Que tenga usted un buen día —le deseó antes de emprender la retirada.

Teresa se sintió un poco frustrada, pues habían quedado muchas preguntas sin responder, demasiadas. ¿Por qué Bartolomé había abandonado su importante puesto en Huelva y había regresado a Salamanca? ¿Qué organismo lo había reclamado en realidad? ¿Cómo alguien así, con ese historial, podría ser admirador de Unamuno? ¿Cuál fue el motivo de su visita? ¿Qué ocurrió exactamente esa tarde del 31 de diciembre? Tendría, pues, que buscar el modo de hablar otra vez con él. De momento, subió a la habitación para tomar buena nota de todo lo que le había dicho en una libreta, que luego escondió detrás de un espejo grande que había en el pasillo, fuera de la habitación, para que no la descubrieran en caso de registro. La militancia clandestina en Barcelona la había hecho muy precavida.

IV

Para Unamuno, las cosas cada día iban más deprisa y todo le parecía un vaivén. El 22 de agosto fue cesado como rector vitalicio por el Gobierno de la República por sumarse de modo público a la facción en armas y, tan solo una semana después, fue repuesto en el cargo por la Junta de Defensa Nacional con cuantas prerrogativas se le habían conferido en su momento. En el periódico daban también la noticia de la muerte del catedrático jubilado de la Universidad Daniel Carbajo. Don Miguel se dio cuenta enseguida de que el articulista hablaba de ello con los eufemismos y circunloquios que solían emplearse cuando alguien se quitaba la vida. Asimismo, pensó que se trataría de una víctima indirecta de la guerra. Ese mismo día, en una alocución emitida por Inter-Radio, el catedrático de Derecho Penal de la Universidad Isaías Sánchez Tejerina exigía, con tono agresivo y discurso violento, nada menos que el retorno y la reposición del Santo Oficio, y, tras argumentarlo con todo tipo de razones jurídicas y penales, terminaba con estas palabras: «¡Salmantinos, viva la nueva Inquisición española!».

Unamuno, escandalizado, apagó de un golpe la radio. Su hija María, que también la estaba escuchando, lo riñó como una madre que reprendiera a su niño por una rabieta y eso empeoró aún más su ánimo.

—¿Es que no te das cuenta de lo que está pasando? —se quejó don Miguel.

—Y me lo dice usted, que al principio los apoyó y les dio alas. ¿En qué estaba usted pensando entonces? —le replicó ella.

Su hija tenía razón, y por eso no contestó; por eso y porque era una difícil contrincante, pues había salido a él, vaya que sí, más que ninguno de sus otros hijos, y no había quién pudiera con ella.

—En cuanto al cargo, debería usted rechazarlo —le recomendó María—. Ya bastante se ha implicado y significado con esa gente. Y, oficialmente, sigue con ellos, no lo olvide; de ahí ese nombramiento.

—Pero tú sabes de sobra que la Universidad de Salamanca ha sido mi vida durante más de cuarenta años —le recordó él—. Le he entregado una buena parte de mi existencia, y, como capitán que soy de ese barco, ahora no puedo abandonarlo. Yo soy el único que puede evitar que naufrague del todo, y a mí es lo único que me queda, aparte de mis hijos y mis nietos, claro.

—Pues yo creo que va siendo hora de cerrar ese periodo y retirarse a los cuarteles de invierno hasta que todo esto acabe; usted está ya muy mayor, y nadie se lo va a reprochar —dejó caer María poniéndose en pie para ir a su cuarto, pues no quería seguir discutiendo.

—Como si uno pudiera elegir... —se justificó don Miguel.

—Siempre se puede —replicó ella.

¿Estaría María en lo cierto? ¿No sería mejor dejarlo todo pretextando algún achaque o enfermedad? ¿Y quedarse de brazos cruzados? Estaba claro que con su nombramiento los sublevados querían comprar su silencio y halagarlo para que siguiera apoyándolos sin fisuras. Pero él no estaba dispuesto a hacerles el juego, faltaría más; si hasta la fecha nunca se había dejado corromper ni sobornar, no pensaba hacerlo ahora, en la última etapa de su vida, y por unos militares y fascistas.

Al día siguiente, le comunicaron que, entre las atribuciones del cargo, estaba la de presidir la Comisión Depuradora de Responsabilidades Políticas en el distrito universitario de Salamanca para la enseñanza primaria, secundaria y superior, con la potestad de suspender de empleo y sueldo a aquellos cuyos informes sobre sus actuaciones no fueran favorables. Esto implicaba la firma de ciertas resoluciones de carácter represivo con las que, desde luego, no estaba de acuerdo, pero también la posibilidad de ayudar a algunos profesores y maestros y librarlos del castigo que se les pudiera imponer, y a ello se agarraba en su intimidad para no dimitir del cargo.

Por la tarde, cuando Unamuno volvía a casa completamente desolado, con la mirada gacha y arrastrando casi los pies por el empedrado, una mujer se acercó a él. Iba vestida de riguroso luto, con la cara cubierta con un velo de encaje negro, sujeto al pelo con una horquilla, y las manos enguantadas. Tras saludarlo de forma educada, le comentó en voz baja:

—Perdone que lo moleste, don Miguel, pues sé que es una persona muy ocupada. Me llamo Eloísa Cifuentes y quisiera hablar con usted sobre mi marido, Daniel Carbajo.

El escritor se acordó de lo que había leído en el periódico sobre su muerte.

—Usted dirá.

—Preferiría no hacerlo aquí, en la calle. Le ruego que me acompañe un momento a la iglesia.

Se refería a la de la Purísima, junto al palacio de Monterrey, muy próxima al domicilio de Unamuno. Después de echar un vistazo alrededor para comprobar que nadie los observaba, entraron en el templo. A esa hora tan solo había unas cuantas beatas rezando en sus reclinatorios. Los recién llegados se situaron al fondo, en la penumbra, cerca de un confesionario, un lugar que invitaba a las confidencias.

—La escucho —la apremió Unamuno en voz baja.

—A mi marido lo han asesinado, don Miguel, y de la peor manera posible —bisbiseó la mujer, muy compungida.

—¿A qué se refiere? —se sorprendió él.

—A que los muy canallas, en lugar de hacerlo abiertamente, simularon que se había ahorcado. ¿Se da usted cuenta de la atrocidad? Pero a mí no me la dan —añadió con gesto grave.

—¿Y qué dice la policía?

—El inspector que acudió a casa está convencido de que fue un suicidio y el juez no quiere que se investigue más —explicó la mujer—. Y encima ahora el cura le niega las exequias eclesiásticas a mi marido y se opone a que lo entierren en el camposanto, a él, que era un bendito que nunca hizo daño a nadie y creyente como el que más, al igual que yo, de misa diaria.

—Eso del entierro no debería ser una preocupación, pues con la llegada de la República, y bajo el mandato de Casto Prieto, el cementerio se hizo de titularidad municipal y se derribó la tapia que separaba la zona religiosa de la civil —le recordó Unamuno.

—Eso ya lo sé. Pero la barrera entre uno y otro sigue existiendo, aunque sea un espacio abierto, y más ahora con la que nos ha caído encima, y es el cura de la parroquia, y en última instancia el obispo, el que decide quién puede ser inhumado en tierra sagrada, aunque no tengan autoridad para ello. Y yo quiero que lo entierren con los suyos, en la tumba familiar, donde a no tardar me sepultarán también a mí.

Don Miguel se quedó pensativo.

—¿Ha hablado usted con el prelado?

—Hace unos días.

—¿Y qué le dijo?

—Por lo visto se lo ha tomado como algo personal y no quiso dar su brazo a torcer por más que se lo imploré. Según él, el suicidio es un pecado muy grave e imperdonable, ya que la vida humana es algo que solo le pertenece a Dios, y quitársela uno mismo es como arrebatársela a Él y cuestionar, por tanto, su sagrada voluntad. Yo le repliqué que, en realidad, mi marido no se había suicidado, pero no me hizo caso. Por eso tiene usted que ayudarme a limpiar el nombre de mi esposo y a lavar su honor, pues no tengo a nadie más a quien recurrir.

—¿Y qué quiere que yo haga?

—Hablar con el obispo e investigar el crimen. Es usted el único que puede llevarlo a cabo —añadió con gesto suplicante.

Unamuno la miró desconcertado y, al mismo tiempo, halagado.

—Pero ahora mismo estoy atado de pies y manos y no creo que sea la persona más adecuada para ocuparse de ello. Nadie se fía de mí, no sé si me entiende, y con el prelado nunca me he llevado bien, ni con la Iglesia católica en general, para qué nos vamos a engañar. Para ellos soy una oveja descarriada.

—Yo confío en usted —le hizo saber ella.

—Se lo agradezco, pero me es imposible —insistió don Miguel—. No porque no quiera, se lo aseguro; es que no van a escucharme ni a permitir que lleve a cabo las pesquisas.

—Usted es la única persona honrada y valiente que queda en Salamanca, los demás han muerto o han huido o están en la cárcel. Y en el pasado ha dado pruebas de ser un buen investigador. Mi marido también lo admiraba por eso.

Don Miguel no pudo evitar sentirse complacido; siempre le habían agradado los elogios, y más en ese momento, cuando su orgullo estaba por los suelos y necesitaba algo a lo que aferrarse.

—¿Por qué está tan segura de que lo han matado?

—Porque es inconcebible que él se haya quitado la vida.

La mujer parecía tan convencida que Unamuno se preguntó si no tendría algo de razón; al fin y al cabo, era su esposa, y parecía que había sido un matrimonio muy unido.

—Y, según usted, ¿quién ha podido ser?

—Eso es lo que deseo que averigüe. Pero me imagino que habrá sido alguien que nos quiere mal y ha aprovechado la confusión del momento para hacernos daño —aventuró doña Eloísa—. O tal vez fueran los falangistas, pues están desmandados, vaya usted a saber.

—Si esos salvajes hubieran querido acabar con él, lo habrían fusilado, como hacen con otros, incluidos muchos profesores y juristas, por cierto. Ya estamos empezando a acostumbrarnos a ello.

—Algún motivo tendrán para no haber actuado así, sino de forma disimulada; algo tendrán que ocultar.

—¿A qué se refiere?

—No lo sé. Todo esto es una locura que se me escapa —reconoció la mujer, cada vez más afligida.

—¿Y de qué serviría averiguar la verdad en medio de este caos, de esta locura, como dice usted? La legalidad ha sido subvertida y ellos, los asesinos, sean quienes sean, no van a ser juzgados, y más si lo han hecho por motivos supuestamente políticos; y, en ese caso, es posible que nos maten también a nosotros si descubren nuestras intenciones —argumentó don Miguel.

—Como usted sabe, mi marido era un eminente jurista y catedrático, miembro destacado de la Asociación Francisco de Vitoria, aunque él nunca se metió en política. Él era un liberal y una persona de orden, al igual que usted, pero nada más —le explicó ella.

Las últimas beatas estaban abandonando ya la iglesia, que debía de estar ya a punto de cerrar; de hecho, el sacristán había comenzado a apagar las luces y a hacer sonar su manojo de llaves a modo de aviso.

—Insisto en que no puedo ayudarla.

—Claro que puede —insistió doña Eloísa mirándolo a los ojos—. ¿O es que ya se ha rendido y piensa permanecer impasible mientras la gente muere injustamente a su alrededor? Eso no es ser liberal, sino cobarde, perdóneme que lo diga; además, es usted el actual rector de la Universidad, a la que mi marido entregó su vida —le soltó entre lágrimas.

Unamuno no pudo evitar sentirse muy tocado por las palabras de la pobre mujer. Por otra parte, se acordó de otro suicidio, hacía unos treinta años, en el llamado caso de Boada, el primero que investigó. Tampoco la viuda aceptaba que su marido se hubiera matado y resultó que estaba en lo cierto. ¿Quién podía conocer a su esposo mejor que ella después de tanto tiempo viviendo juntos?

—Está bien, muéstreme dónde ocurrió —concedió él.

La mujer le dio las gracias y lo condujo a su casa. Durante un buen trecho fueron por separado, para que no sospecharan que se traían algo entre manos. Don Miguel la seguía a cierta distancia. La vivienda no estaba lejos de la suya. Una vez en ella, se dirigieron al despacho del jurista; en él todas las paredes salvo los vanos estaban cubiertas de estanterías, y estas, llenas de libros, sobre todo de derecho, colecciones enteras dedicadas a esa materia, aunque también se veían obras literarias.

Doña Eloísa le explicó que esa mañana la puerta estaba cerrada y había tenido que abrirla con su llave. Dentro, estaba su marido colgado de una de las vigas de madera con una silla volcada en el suelo, bajo sus pies. También le refirió sus desesperados intentos de salvarlo, primero sujetándolo por las piernas y luego cortando la cuerda, y, por último, le dio cuenta del hallazgo de la llave.

—Pero insisto en que mi marido no se ahorcó; a mi marido lo ahorcaron. Él nunca me habría dejado sola y a merced de las circunstancias en un momento como este —concluyó.

Tras escucharla con atención, Unamuno cerró la puerta del despacho y se agachó delante de ella para ver el espacio que había entre la madera y el suelo.

—Es posible que alguien la cerrara por fuera y echara luego la llave por debajo de la puerta —propuso.

—Tiene razón, no lo había pensado. Ya sabía yo que a usted no se le iba a escapar nada.

—¿Echó en falta algo en el despacho?

—Nada. Tan solo había un detalle que me llamó la atención, y es que mi marido siempre dejaba el abrecartas encima de la mesa apuntando hacia la puerta, no hacia el sillón, como lo encontré.

—Es una cosa muy nimia, pero podría ser un indicio de algo —comentó don Miguel.

—Cada vez estoy más convencida de que él lo colocó así para que yo me diera cuenta.

Unamuno se rascó la coronilla.

—Y hay algo más —añadió la mujer, mientras sacaba de un estante el ejemplar de *Del sentimiento trágico de la vida*—: sobre la mesa estaba este libro abierto por una determinada página.

Don Miguel leyó con sorpresa la frase subrayada en ella, inasumible para un suicida, pues, como él bien sabía, animaba a luchar y a aceptar el dolor frente a la paz que otorgaba la muerte o inexistencia, aunque también cabía la posibilidad de que Daniel Carbajo hubiera querido contradecirla con su acto desesperado.

—Ese es otro de los motivos de haber recurrido a usted —comentó doña Eloísa—. Mi marido debía de estar leyéndolo poco antes de que lo asesinaran; como puede ver en esa estantería —añadió señalando a una de las que estaban justo detrás de la mesa—, mi esposo tenía muchas de sus obras, algunas de ellas anotadas de su puño y letra.

Era cierto; había un anaquel entero dedicado a sus libros, y, a juzgar por el estado de sus lomos, todos habían sido leídos.

—Eso es algo que me conmueve, pero, si he de serle sincero, creo que es prematuro hablar de asesinato —confesó don Miguel—. ¿Sabe si el cuerpo de su marido tenía alguna marca de que se hubiera defendido? —inquirió por fin.

—Me pareció que tenía heridas en las manos y algún golpe en la cara —le informó doña Eloísa.

—Ese detalle es importante, aunque también podría habérselas causado él en algún intento fallido; perdone que le hable con franqueza. ¿Dejó su marido alguna nota?

—Por supuesto que no —respondió ella de forma tajante.

—¿Llevaba por casualidad algún diario personal?

—No, que yo sepa. De ser así me imagino que me lo habría confesado alguna vez o yo lo habría visto escribiéndolo.

—Es posible que, por algún motivo, lo hiciera en secreto. ¿Hubo algún incidente, algo que le llamara a usted la atención en las últimas semanas?

—No, que yo recuerde ahora.

—¿Y sabe si su marido había recibido alguna amenaza?

—Si la hubo, no me lo contó, imagino que para no preocuparme.

—¿Y enemigos? ¿Tenía alguno declarado, alguien que pudiera haberlo denunciado por algún motivo, aunque fuera falso?

—Me resulta imposible pensar en algo así, pero tal y como están las cosas ahora... —dejó caer doña Eloísa.

—¿Se refiere a la guerra?

—Así es.

—¿Se le ocurre alguna razón por la que alguien quisiera asesinar a su esposo? ¿Tiene alguna sospecha?

—Ya le he dicho que todo esto se me escapa, pero la hipótesis del suicidio carece de sentido.

—Entiendo. ¿Les preguntó a las vecinas si esa mañana vieron algo extraño?

—Lo hice, pero, al parecer, ninguna había observado nada digno de mención, y eso que algunas son muy chismosas.

Movido por la piedad y el deseo de hacer justicia, al fin y al cabo era un detective andante y entre sus principales objetivos estaba el de socorrer a las viudas desprotegidas y maltratadas, Unamuno aceptó en principio entrevistarse con el obispo y hacerse cargo del caso. Luego ya se vería si convenía seguir adelante. Ella le cogió una mano con la intención de besársela, pero él la retiró, avergonzado.

—No tiene por qué hacer eso ni darme las gracias —le pidió—. Y de este asunto no le cuente ni una palabra a nadie, por lo que más quiera.

—Descuide. Pero dígame si necesita dinero para cubrir algún tipo de gasto, no sé, alguna gestión, alguna obra de caridad, algún soborno, lo que sea.

—No creo que nada de eso vaya a ser necesario, al menos por ahora.

De regreso a casa, Unamuno comenzó a sentir la misma excitación que en anteriores casos, ese hormigueo en el estómago y ese deseo irrefrenable de averiguar la verdad y descubrir lo que se escondía en las sombras o detrás de las engañosas apariencias. Pero esta vez esa sensación se mezclaba con la compasión que sentía por esa mujer, por esa viuda, sola y perdida en una ciudad ocupada y en un país en guerra. Él también había perdido a su esposa e imaginaba cómo debía de sentirse, y más en su situación. Por otra parte, si era cierto lo que doña Eloísa pensaba, esa investigación podría ser arriesgada, y ello la hacía más tentadora todavía, pues, como había escrito el poeta Hölderlin, «allá donde está el peligro crece también lo que salva», y don Miguel necesitaba redimirse, aunque fuera a costa de su propia vida.

5

Manuel Rivera acudió a la consulta de Adolfo Núñez Rodríguez, el médico que había certificado la muerte de Unamuno, fingiendo ser un paciente. Esta se encontraba en la calle del Doctor Riesco, 35, frente al teatro Liceo, justo en el chaflán. Por lo que sabía, el facultativo era amigo y compañero de tertulia de don Miguel. Era, por tanto, persona de confianza de la familia, así como un profesional muy experimentado y un cirujano de prestigio que había impartido clases de Patología Quirúrgica, como profesor auxiliar, durante varios años. Había sido también amigo de Casto Prieto, el alcalde de Salamanca fusilado por los falangistas. Al igual que Unamuno, en abril del 31 había resultado elegido concejal del Ayuntamiento de Salamanca, dentro de la Conjunción Republicano-Socialista, si bien había renunciado al acta dos años después por incompatibilidad con su trabajo en la Beneficencia Municipal. Se trataba, pues, de una persona significada como republicana, con todo lo que ello suponía en ese momento en Salamanca. Después del alzamiento, había sido militarizado con el grado de teniente como cirujano jefe de un grupo sanitario al servicio de las nuevas autoridades. Como muchos otros salmantinos, tuvo que donar tres mil pesetas para los sublevados. Y, según había informado la prensa un mes antes, el gobernador civil le había impuesto una multa, por sus ideas políticas, de setenta y cinco mil pesetas, que era una cantidad muy elevada, casi una fortuna.

Tras hacerlo esperar un rato, la esposa condujo a Manuel a la consulta, donde lo aguardaba un hombre de rostro apacible y mirada limpia y despierta, que superaba con creces los cuarenta años.

—Gracias por recibirme. Me llamo Manuel Rivera y soy...

—Sé quién es y también que ejerce o ejercía de abogado —lo atajó el médico.

—Tengo entendido que últimamente no pasa consulta privada, pero necesitaba verlo con cierta urgencia.

—Dígame qué le ocurre —le preguntó tan pronto se sentó frente a él.

—En realidad, quería hablar con usted de la muerte de don Miguel.

El doctor dio un respingo y el abogado le aseguró que no había motivos para preocuparse, que lo único que quería era hacerle unas preguntas de forma confidencial, que nada de lo que dijera saldría de allí. En un principio, Adolfo Núñez se mostró reacio a hablar del asunto por miedo a las posibles represalias que ello le pudiera acarrear; le contó que últimamente lo tenían muy vigilado y temía también por su familia. Desde aquella aciaga tarde, vivía aterrado y apenas dormía; de hecho, lucía grandes ojeras. Manuel trató entonces de convencerlo invocando su amistad con Unamuno y sus ideas republicanas.

—Mis ideas ya me han causado bastantes disgustos, y, como imagino sabrá, ahora estoy militarizado; no soy una persona libre —le confesó.

—Estoy informado de todo y no es mi intención causarle más problemas. Pero, como amigo y antiguo colaborador de don Miguel, es muy importante para mí conocer la verdad —le explicó.

El médico lo miró con desconfianza.

—Ignoro a qué verdad se refiere exactamente.

—A la de la causa de su muerte —dejó caer Manuel—. La familia me ha mostrado su extrañeza por lo que figura en el certificado de defunción, si bien confían del todo en usted, que quede claro. ¿Tiene algo que añadir a su diagnóstico?

—No se me ocurre nada más.

—¿Está seguro?

—No le comprendo —comentó el médico, cada vez más escamado.

—Si hay algo que explicar a ese respecto, este es el momento. Por mi parte, no tiene nada que temer.

Lejos de tranquilizar al médico, esas palabras le produjeron más inquietud. Por otra parte, no le gustaban los rodeos.

—¿Por qué no me habla claro?

—Verá, tengo la sospecha de que la muerte de don Miguel no fue natural —se sinceró el abogado—, y necesito saber su opinión.

—¿No me estará diciendo eso para sonsacarme?

—Le aseguro que no. Lo que quiero es su opinión como médico, pero no deseo causarle problemas.

El médico le confesó entonces que la causa indicada en el certificado de defunción era algo aventurada y, por tanto, discutible, lo reconocía, pero había motivos para poner eso. Entre otras cosas, había observado la huella de un posible pinchazo en el cuello, bajo la nuca de don Miguel, por lo que era probable que alguien le hubiera clavado una aguja larga o una especie de estilete hasta llegar al bulbo raquídeo; de ahí la muerte inmediata.

—Si ese fue el caso, quien lo llevara a cabo —añadió— tuvo que hacerlo de un solo golpe, con fuerza suficiente y gran habilidad, y debía de conocer bien la anatomía del cerebro, porque una punzada de esas no es fácil; hay demasiados huesos rodeando y protegiendo esa zona como para no tropezar con alguno de ellos. Y, dada la dificultad, el pinchazo tuvo que ser por la espalda con la víctima debidamente inmovilizada.

—Se le ve bastante convencido de lo que dice.

—No del todo —precisó el doctor—, pero lo veo verosímil, sí. Otra posibilidad es que a don Miguel le fracturaran las vértebras superiores, ejerciendo sobre el cuello una gran violencia; de hecho, me pareció observar que la cabeza le colgaba de forma poco natural. Sea como fuere, eso también le habría provocado una hemorragia intracraneal.

—¿Y por qué entonces un diagnóstico tan específico? Hemorragia bulbar, anotó usted.

—Y tuve mis razones para hacerlo.

—¿Cuáles?

—Si me incliné por la bulbar fue porque esta es muy poco frecuente, casi excepcional, y ello llamaría la atención de los hijos del difunto, como era mi intención, ya que sabía que dos de los que viven en Salamanca habían estudiado Medicina. Esta clase de hemorragias puede ser espontánea o provocada por un pinchazo como el mencionado, una lesión o una fractura, ya sea un traumatismo, una dislocación o tal vez un estiramiento forzado del cuello. Pero lo cierto es que, para poder diagnosticarla con certeza, habría tenido que examinar a Unamuno en vida, lo que ya no era posible, o haber pedido que le hicieran la autopsia, algo impensable dadas las circunstancias, pues el único testigo en el momento del óbito era miembro de la Falange.

—Entiendo, entonces, que usted no lo tenía del todo claro, pero sí evidentes indicios de que la muerte podía haber sido provocada —apuntó el abogado.

—Así es, y más si tenemos en cuenta que, en los últimos meses, don Miguel había mostrado públicamente su desafección hacia los golpistas. Pero en ese momento no podía hacer constar mis sospechas. De modo que, en el certificado de defunción, me limité a indicar que la causa fundamental de la hemorragia bulbar y, por tanto, de la muerte, fue la arterioesclerosis y la hipertensión arterial. Otra cosa habría constituido un gran riesgo para mí y, en consecuencia, también para la familia del fallecido, pues, si en verdad había algo turbio o ilícito, querrían mantenerlo oculto y, por tanto, silenciar a aquellos que lo descubrieran o llegaran a saberlo.

Aquí hizo una pausa. Se le veía muy afectado por lo que estaba contando y por las posibles consecuencias de esa conversación.

—Como le decía —prosiguió—, fue un diagnóstico deliberadamente enigmático. Mi idea era poner sobre aviso a los hijos de don Miguel sin alarmar a las autoridades ni a los que pudieran estar detrás de esa muerte, dejarles una especie de pista oculta para darles a entender, sobre todo a los que habían estudiado Medicina, me refiero a Pablo y Rafael, que en ese fallecimiento había algo oscuro, tal vez de índole criminal; una pista convenientemente solapada y a la vez a la vista para que alguien que supiera algo de la cuestión se fijara en ella y se preguntara qué podía significar. Era, en fin, un decir sin decir, pues no quería comprometerme, hasta que pudiera hablar con ellos sin peligro cuando todo esto acabara.

—¿Y cómo se le ocurrió?

—Como ya podrá figurarse, falsear o disimular la causa de la muerte en los certificados de defunción es algo muy habitual en estos tiempos. ¿Sabe usted, por ejemplo, lo que nos piden que pongamos en los de muchos fusilados? «Muerto por hemorragia interna», que es tanto como no decir nada, pero de eso se trata, de encubrir sin que lo parezca.

Y algo así era lo que había hecho él, solo que con la intención contraria, que era suscitar sospechas, en lugar de encubrir la verdad. Una solución muy ingeniosa, había que reconocerlo, si bien no exenta de algún peligro.

—¿Eso quiere decir que quien estaba con don Miguel fue quien lo mató?

—Es posible, aunque es muy difícil que lo hiciera una persona sola, si es que estoy en lo cierto. Lo más probable es que contara con la ayuda de alguien —conjeturó.

—Pero, aparte de Aurelia, la asistenta, no había nadie más en casa —objetó el abogado.

—¿Y qué quiere que le diga? Yo no soy policía ni detective, tan solo soy médico y hablo como tal, sin querer entrar en otras consideraciones —replicó el otro.

El doctor Núñez parecía sincero, además de inteligente y preparado.

—¿Conocía usted a Bartolomé Aragón?

—No. Cuando llegué, él se presentó como amigo de don Miguel y miembro destacado de la Falange de Huelva, así dijo.

—¿Y cómo lo vio?

—Muy alterado, la verdad —señaló el doctor Núñez—. Para distraerlo y alejarlo un momento de allí, le pedí que fuera a la farmacia a comprar una medicina. Mi idea era poder hablar a solas con la familia, pero él me dijo que, si no me importaba, prefería quedarse, de modo que hice el certificado, le di el pésame a las hijas y a su hijo Rafael, que acababa de llegar, y regresé a casa, pues me estaban esperando. Recuerdo que salí con el tal Bartolomé, pero en la calle nos separamos.

—En conclusión, ¿cree usted que la muerte pudo haber sido provocada?

El doctor Núñez lo miró a los ojos.

—Aunque ahora no dispongo de pruebas, yo diría que es muy probable; en realidad, estoy casi persuadido de ello, pero sin la autopsia no podemos confirmarlo, y las autoridades competentes no van a consentir nunca que esta se haga, por las razones que ya le he comentado, ya que aparentemente se trata de una muerte natural.

—Le agradezco mucho lo que me ha contado. Si se acuerda de algún detalle más que pueda ser relevante para el caso, avíseme.

—Le ruego, por favor, que, de momento, no hable de esto con nadie —le pidió el médico con preocupación—. Es mucho lo que me juego, mejor dicho, lo que nos jugamos todos, incluidos los hijos de don Miguel. Yo lo quería y admiraba mucho, pero ahora debo velar por los míos.

Manuel abandonó la consulta con la convicción de que la muerte de Unamuno, como sospechaba Teresa desde el principio, había sido provocada, pero también con la certeza de que, a partir de ese momento, había que redoblar las cautelas para que nadie más saliera perjudicado por ese asunto.

V

Una vez superadas las dudas y recelos iniciales, Unamuno no deseaba otra cosa que comenzar las pesquisas. Pero lo más urgente era ir a ver al prelado. Se llamaba Enrique Pla y Deniel y había nacido en Barcelona en el seno de una familia muy adinerada. Había sido obispo de Ávila y, desde hacía algo más de año y medio, lo era de Salamanca. El palacio episcopal estaba situado frente a las catedrales; de inspiración clasicista, tenía dos plantas en forma de U y la fachada principal estaba adornada con pilastras y frontones curvos. En ese momento había mucha actividad, pues, según le dijeron, estaban de mudanza. Por lo visto, el obispo pensaba ceder en fecha próxima su morada para que se pudiera instalar en ella el Cuartel General del bando sublevado y su excelencia reverendísima se trasladaría al seminario diocesano de San Carlos. Así que la entrada era un ir y venir de clérigos y sirvientes muy atareados y cargados con enseres y cajas. En la portería preguntó por el prelado y le dijeron que estaba en su despacho de la primera planta, y allí lo encontró dando órdenes a sus asistentes y secretarios sobre lo que había o no había que transportar. El obispo tenía sesenta años y era de corta estatura; de ahí que muchos se refirieran a él, con intención burlesca, como Su Menudencia.

Las relaciones del prelado con Unamuno no eran muy buenas, dado el carácter y la forma de pensar del escritor, pero no tan tensas como las que este había tenido en su día con uno de sus antecesores, el padre Cámara, que lo consideraba poco menos que un corruptor de la juventud universitaria, o sea, un nuevo Sócrates, amén de otras lacras igual de graves.

—¿Qué se le ofrece? —le preguntó el obispo a don Miguel cuando lo descubrió en la puerta.

—Perdone que lo moleste en estas circunstancias, pero el motivo que me trae requiere de cierta urgencia.

—Usted dirá —dijo el prelado con sequedad, mientras con un gesto se asentaba sobre el puente de la nariz las gafas redondas.

—Vengo de parte de doña Eloísa Cifuentes, la viuda de don Daniel Carbajo, para rogarle encarecidamente que le conceda la autorización eclesiástica para enterrar a su marido en sagrado, en la sepultura familiar —le comunicó Unamuno sin rodeos.

—De modo que se trata de eso. —Al fruncir el ceño, el rostro del obispo, severo de por sí, parecía aún más adusto—. Pues sepa usted que tal cosa no es posible, por lo que le pido a mi vez que no me haga perder el tiempo.

—Le recuerdo que el cementerio fue municipalizado y secularizado por el alcalde Casto Prieto durante la Segunda República y aún no ha sido restituido a la diócesis de Salamanca, por lo que en realidad usted no tiene jurisdicción.

—Eso son minucias legales que muy pronto serán subsanadas —alegó el prelado con displicencia—. De todas formas, lo que en este caso en concreto rige son las normas y leyes de la Iglesia.

—Si no le importa, me gustaría debatir ese asunto con usted.

—Aquí no hay debate que valga —sentenció el obispo con firmeza—; sobre estas cuestiones la doctrina católica es taxativa, y, que yo sepa, usted no es un teólogo.

—Según yo lo veo, hay circunstancias que pueden atenuar la responsabilidad del suicida, como la angustia o el temor al sufrimiento, o si lo hace para preservar la vida de otros. Lejos de ser un acto de libre albedrío, en la mayoría de los casos el suicidio es un intento desesperado de terminar con un dolor insoportable, como cuando alguien se tira por una ventana porque su ropa está en llamas.

El obispo estaba tan indignado que se subía por las paredes.

—Ese es un argumento falaz —replicó—. Los suicidas no pueden tener sepultura en camposanto ni recibir exequias cristianas, y punto; es lo que ahora dicta la ley canónica. Y le recuerdo que también está condenada la asistencia a la conducción pública del cadáver de un impenitente, salvo que sean parientes cercanos.

—Pero me consta que en Salamanca ha habido excepciones, como la del historiador Manuel Villar y Macías. Recuerdo que se arrojó al río porque un periodista le corrigió un simple error de datación y, pese a ello, lo enterraron en sagrado.

—Por lo que yo sé, pudo tratarse de un accidente, y era una persona ilustre de la ciudad —arguyó el prelado.

—También lo era Daniel Carbajo. Y, si no le parece suficiente motivo, hágalo entonces por su esposa, que es una mujer muy devota y piadosa. Ella está convencida de que su marido no se suicidó, ya que siempre fue un buen cristiano, de misa diaria.

—Mire usted. Cuando alguien cercano a nosotros muere de esa forma, sufrimos tanto su pérdida que el dolor nos puede llevar a confusión, y esta, a conclusiones equivocadas, como le ocurre a esa señora.

—En cualquier caso, el suicidio no tiene por qué poner a nadie fuera del alcance de la misericordia de Dios.

—¡Y usted qué sabrá!

—He reflexionado mucho sobre ello.

El obispo lo miró con una mezcla de desprecio y conmiseración.

—La verdad es que no me extraña que piense así. Recuerdo ahora que un jesuita llegó a decir que era usted un inductor al suicidio por alentar el pesimismo y la obsesión por la muerte; de hecho, si no me equivoco, hubo un estudiante que se ahorcó en su cuarto junto a un ejemplar de su libro *Del sentimiento trágico de la vida*.

Hasta ese momento don Miguel no había caído en la cuenta de la coincidencia. ¿Significaría eso algo o se trataba de una mera casualidad? En el caso del estudiante, no era esa la única obra suya que había sobre el escritorio, pero sí la que más recelos suscitaba entre los jerarcas de la Iglesia, eso estaba claro.

—Se trata de un infundio, la cosa no fue realmente así —rechazó.

—¿Me está usted acusando de mentir? Y en mi propia casa. ¡Eso ya sería el colmo! —exclamó el prelado, muy ofendido.

—Solo le digo que está mal informado.

—Lo importante ahora es que esa obra suya debería estar prohibida por las reglas generales del código de derecho canónico —advirtió el obispo—. Sus posturas son muy cercanas al protestantismo y al puro ateísmo. Es usted el mayor hereje español de los tiempos modernos, hereje máximo y maestro de herejías, por lo que, si de mí depende, tampoco será enterrado en tierra sagrada —añadió con tono amenazador.

—Puede que sea un hereje, pero desde aquí le digo que soy mejor cristiano que usted —replicó airado don Miguel—. Y lo que su excelencia llama cruzada o guerra justa no solo pretende dividir a los españoles y acabar con la mitad de ellos, sino que también quiere enterrarlos separados, muchos de ellos en zanjas o en fosas comunes.

—Váyase inmediatamente si no quiere que mande que lo echen —le ordenó el prelado extendiendo el brazo hacia la puerta, como si portara una espada flamígera.

—No hace falta, conozco el camino, y soy yo el que se va, pues no quiero seguir respirando el mismo aire mefítico que usted. Este palacio huele a sacristía y mausoleo.

—Y usted despide un fuerte olor a azufre, que es el perfume del diablo —rugió el prelado.

No era la primera vez que don Miguel se enfrentaba de esa forma a un mandamás de la Iglesia católica o que el mencionado ensayo era puesto en entredicho por un obispo. Pero sabía que muchos clérigos, frailes y seminaristas lo leían en secreto, aunque algunos le arrancaran parte de sus páginas por temor a verse tentados por ellas.

Don Miguel estaba tan disgustado que de buena gana habría abandonado las pesquisas y se habría vuelto a su casa para refugiarse en la lectura de un buen libro. Pero, después de ese enfrentamiento y del fracaso tan estrepitoso con el obispo, no podía dejar a la viuda de Daniel Carbajo en la estacada. Lo que no sabía era por dónde empezar las indagaciones. Investigar no consistía solo en observar con atención y llevar a cabo una deducción lógica, como hacía Sherlock Holmes, sino en algo mucho más complejo. Como buen filólogo que era, don Miguel examinaba el caso como quien analiza un texto escrito. Se trataba, en definitiva, de leer la realidad de unos hechos para tratar de encontrar la verdad escondida en ellos, bajo su apariencia y literalidad. Y para eso había que interpretar signos, descifrar mensajes, entender entre líneas, buscar sentidos ocultos, establecer analogías, plantearse las preguntas adecuadas, ensayar respuestas, resolver incógnitas, aclarar enigmas e implicarse emocionalmente, como le había enseñado en su día Teresa.

Lo primero que Unamuno hizo fue acercarse al depósito de cadáveres de Salamanca, anejo al Hospital General de la Santísima Trinidad, adonde iban a parar muchos de los soldados heridos en el frente. Ya en los jardines el panorama era desolador, pues en el interior no daban abasto para atenderlos a todos, y aquí y allá se veían mutilados y heridos pidiendo auxilio en jergones de campaña y médicos reclamando ayuda para ocuparse de ellos. En medio de todo ese caos, las únicas que parecían guardar la calma eran las pobres monjas que los cuidaban, pero estas no podían desdoblarse y resultaban insuficientes.

En el depósito estaba de guardia un médico forense al que don Miguel conocía desde hacía tiempo, ya que daba algunas clases prácticas en la Universidad. Se llamaba Pascual Vega y rondaría los cincuenta años, de los cuales había pasado algo más de la mitad en contacto directo con la muerte. El despacho era frío y desangelado, muy acorde con su trabajo y con el resto del edificio.

—¿Y cómo usted por aquí? —le preguntó, al tiempo que le señalaba una silla frente a él.

—He venido a interesarme por el caso de Daniel Carbajo.

—¿Se refiere al catedrático que apareció ahorcado en su casa?

—Así es.

—Me temo que no haya mucho que decir.

El forense hablaba con mucha indolencia, como persona habituada a conversar con los difuntos en la mesa de disección.

—Entonces, ¿está claro para usted que se trata de un suicidio? —quiso saber Unamuno.

—¿Por qué me lo pregunta? ¿Acaso tiene alguna duda? —se sorprendió el otro—. Desde luego no murió en un accidente.

—¿Alguna cosa que le llamara la atención?

—Tenía algún golpe en la cara y raspaduras en las manos, que bien pudo hacerse en un intento previo; tal vez se cayera al subirse a la silla o no anudara bien la cuerda —apuntó—. Pero al final lo consiguió, eso está claro.

—¿Podría ver el cuerpo?

El médico lo miró con extrañeza.

—¿Es que no se fía de mí? ¿Por qué le interesa tanto?

—La viuda quiere que lo entierren en sagrado y, para ello, necesita poner en cuestión el hecho de que se suicidara.

—Pues me temo no voy a poder ayudarla, ni tampoco a usted. El caso está cerrado y bien cerrado —le informó el forense.

—¿Y por qué no le han devuelto el cadáver a la viuda?

—Me imagino que para darle largas a sus pretensiones de que su marido sea enterrado en sagrado —señaló el forense—. Pero yo no quiero entrar en esas consideraciones, lo mío son los cuerpos de los finados, no las almas. Y ahora, si me lo permite, hay varios muertos que me están esperando impacientes.

Don Miguel se alejó del hospital con gesto apesadumbrado. El asunto no pintaba bien, pero él no podía abandonar a las primeras de cambio. Así las cosas, aprovechó su recuperada condición de rector vitalicio de la Universidad para intentar hacer algunas averiguaciones entre los profesores de la Facultad de Derecho, dado que Daniel Carbajo había sido un eminente jurista y catedrático. Ahora que no había clase, varios de ellos solían reunirse en el café Las Torres para hablar de sus cosas y ponerse al día sobre la guerra. La mayoría le dijeron que no podían contarle mucho, pues el fallecido era una persona retraída y de poco trato. Ya había perdido toda esperanza de conseguir algo de interés, cuando Andrés Galán, un catedrático de Derecho Civil con el que Unamuno tenía confianza y que era liberal como él, aunque mucho más discreto y bastante complaciente con los sublevados, se ofreció a acompañarlo hasta su casa.

—Es mejor que esto lo hablemos de forma confidencial, mientras damos un paseo, como dos amigos que acaban de encontrarse por azar en la calle —le explicó.

Tenía cinco años menos que don Miguel y era alto y esbelto, con el rostro afilado y el pelo entrecano.

—¿Tan secreto es lo que tiene que contarme? —preguntó Unamuno, intrigado.

—Tanto que debe prometerme que no revelará nada.

—Delo por hecho.

—Pues, si le parece, caminemos un poco y le explico.

Según le informó el catedrático, el doctor Carbajo había sido uno de los juristas encargados de legitimar el alzamiento militar y la causa de los rebeldes, con el fin de justificar, desde un punto de vista legal, todas sus acciones, y, de paso, deslegitimar el Gobierno de la República, a pesar de haber salido de las urnas, lo que venía a confirmar que los militares sublevados tenían la intención de acabar con el sistema vigente y contaban, además, con un proyecto político que no pasaba tampoco por la restauración de la monarquía, como algunos adeptos a los golpistas creían, sino por la creación de un nuevo Estado.

Unamuno se mostró sorprendido, ya que siempre había pensado que el alzamiento había sido algo defensivo y espontáneo, y no algo premeditado y de largo alcance. Por otra parte, ignoraba que todo aquello estuviera sucediendo en su universidad, de la que él se consideraba el principal responsable. Una cosa era que la institución académica hubiera tenido que ceder algunos de sus edificios e instalaciones a los sublevados y a las legaciones diplomáticas y militares de Alemania e Italia, y otra muy distinta que algunos insignes catedráticos estuvieran colaborando de esa forma con el Movimiento y el nuevo régimen que se quería construir, a fin de darle cobertura legal. ¡Hasta ahí podíamos llegar! De modo que pidió más detalles a su informante.

Por lo que sabía Andrés Galán, eran varios los profesores de la Universidad de Salamanca que habían sido captados bajo cuerda, tan pronto comenzó la guerra, para llevar a cabo esas labores, no menos importantes que las bélicas, entre ellos lo más granado de la Facultad de Derecho y de la Asociación e Instituto de Derecho Internacional Francisco de Vitoria, vinculados a dicha Facultad, que se estaba convirtiendo en vivero de propuestas y argumentos jurídicos para invalidar la República y, en consecuencia, bendecir el Movimiento, así como en cantera y fábrica de ideas para el nuevo Estado. Su intención era también combatir y rebatir a todos aquellos intelectuales y profesores que consideraban antiespañoles y que con sus nocivas ideas habían envenenado, durante la Segunda República, a los que sí que lo eran y corroído las instituciones. Por lo visto, para los «verdaderos patriotas», había llegado por fin la hora del desquite y de la restitución de lo que por derecho histórico y gracia divina creían que era suyo. Ahí estaban, entre otros, Teodoro Andrés Marcos, Wenceslao González Oliveros, Manuel Torres López e Isaías Sánchez Tejerina, todos ellos firmes partidarios de los sublevados, así como aquellos que no eran adeptos y no habían tenido más remedio que aceptar, como él mismo, sin ir más lejos.

En el caso de Daniel Carbajo, estaba claro que no se había incorporado tampoco a ese selecto club por voluntad propia, sino obligado por las circunstancias, pues tenía miedo de que tomaran represalias contra él y su esposa; por suerte o por desgracia, no tenían hijos ni parientes cercanos. En las reuniones con los otros profesores, había provocado, eso sí, más de un encontronazo por defender lo que estimaba ajustado a derecho y no lo que le habían sugerido u ordenado desde arriba. Andrés Galán recordaba perfectamente el día en el que el penalista Sánchez Tejerina propuso la tesis, compartida por casi todos los demás, de que la represión desencadenada a partir del mes de julio en la zona sublevada era un ejemplo claro de legítima defensa, esto es, una respuesta justa y proporcionada a las agresiones y provocaciones de los rojos. Daniel Carbajo protestó de inmediato e indicó que no todos los republicanos eran comunistas ni todos los comunistas, criminales, por lo que había que hacer las debidas distinciones. El primero lo llamó tibio, vendido, pusilánime y cosas mucho peores, y el otro se tuvo que callar. Pero aquello fue a mayores cuando Tejerina proclamó que, para luchar contra los enemigos de hoy, hacía falta volver a la Santa Inquisición, que para él representaba lo mejor de la tradición española en esa materia. Aquí el doctor Carbajo, a pesar de su carácter tolerante y bonachón, no fue capaz de contenerse y acusó a su colega de fanático y ultramontano por querer imponer por la fuerza, y no por derecho, su fe y su ideología. El otro replicó que era una necedad hablar, a ese respecto, de ideologías políticas en liza, pues no había más que una fe, en lucha contra la anarquía y el ateísmo, y el comunismo ruso no era más que la absoluta negación de la civilización europea construida a lo largo de veinte siglos de cristianismo, cultura helénica y herencia latina.

—Y así continuaron durante varios días —prosiguió Andrés Galán—, hasta que llegó un momento en el que Daniel Carbajo no pudo soportarlo y quiso dejar de colaborar, ya que no estaba de acuerdo ni con las ideas ni con el espíritu ni con los procedimientos de sus colegas y se sentía sin fuerzas para contradecirlos. Los demás lo acusaron entonces de desobedecer las órdenes e instrucciones recibidas directamente de los militares y de tener demasiados escrúpulos morales a la hora de proporcionar la cobertura legal y jurídica que se le había requerido. Por supuesto, yo también los tenía —aclaró el catedrático por si don Miguel albergaba alguna duda al respecto—, pero en mi caso se da la circunstancia de que, a su vez, tengo a mi padre amenazado y un hermano en la cárcel por republicano, por no entrar en otras cuestiones más delicadas. Ya el mero hecho de hablar ahora con usted podría costarme muy caro —añadió para que el rector se hiciera cargo.

—Lo comprendo, y se lo agradezco mucho. Cuente con mi absoluta discreción —le aseguró Unamuno—. En cuanto a las labores que usted me comenta, debo decirle que, como rector, no las veo nada bien. Los catedráticos de esta ilustre Universidad no están para servir a los militares golpistas y blanquear sus presuntos crímenes, sino para buscar y difundir la verdad.

—La verdad ahora es lo que ordenen los militares —le indicó el otro en voz baja—. Así que le recomiendo que no se meta en camisas de once varas, si no quiere usted salir trasquilado.

—¿Qué quiere decir?

Andrés Galán suspiró antes de contestar.

—Que esta gente no se anda con chiquitas.

—Eso ya lo sé yo. Pero a mí no podrán hacerme nada, dado que me debo a mi cargo, un cargo para el que ellos me eligieron, y entre mis funciones está la de velar por el buen nombre y prestigio de la Universidad de Salamanca.

—Lo del buen nombre a ellos les importa poco en este momento; así que usted sabrá lo que hace. Y recuerde que yo no le he contado nada.

Sin darse cuenta, en su caminata habían llegado hasta el convento de San Esteban, un lugar muy querido por don Miguel. Estaban atravesando la explanada cuando se cruzaron con un empleado del Ayuntamiento al que ambos conocían, así que guardaron silencio, no fuera a ser que pillara alguna palabra al vuelo y la interpretara a su gusto y la transmitiera luego adornándola un poco.

—Yo creía que los sublevados estaban tan ocupados con la guerra y la represión que no les importaba demasiado la legalidad, que para esas minucias no tenían tiempo —comentó Unamuno con ironía, una vez que se alejaron.

—Al contrario —rechazó Andrés Galán—. A los golpistas les interesa mucho que el mundo los vea como auténticos salvadores de la patria, como gente que actúa porque las leyes han sido vulneradas por la República. De modo que es muy importante justificar legalmente su sublevación y lo que llaman su cruzada para salvar a España del marxismo y la masonería, y no solo España, sino también la civilización cristiana occidental. Para ellos, la ley, como la cruz, ha de ser siempre compañera de la espada; una y otra se sostienen mutuamente. Y, como ya le insinué, en Salamanca se están sentando las bases para un nuevo Estado nacional; de momento, claro, es tan solo un Estado campamental, pero conforme vayan arrasando la España republicana, lo que ellos denominan la anti-España, van a ir cambiando los cimientos y sustituyendo el edificio entero. Su objetivo es una nueva y vieja España, presente y eterna, una especie de Estado totalitario, yo diría que entre fascista y tradicionalista; de ahí que a Daniel Carbajo le resultara algo inasumible y contrario a sus principios. Él era persona de orden, pero liberal y republicano, al fin y al cabo, y lo que los sublevados pretendían era una transformación radical, en las antípodas de sus ideas políticas y de su sentido de la justicia.

—Pero antes tendrán que ganar la guerra —puntualizó Unamuno.

—¿Acaso lo duda? Y ganarán también la posguerra, no lo olvide, y lo que se les ponga por delante. Lo que está claro es que los golpistas no han venido a salvar la República ni a restaurar la monarquía ni el orden constitucional del 31. Lo suyo es otra cosa —sentenció el catedrático.

—Lo que me cuenta es terrible. ¡Quién lo habría pensado!

—Parece como si acabara de caer del guindo. Y eso que es usted un sabio y un intelectual comprometido.

—En realidad, no soy un intelectual, sino un pasional; no un pensador, sino un sentidor —puntualizó don Miguel—, lo que explica que a veces me equivoque en mis diagnósticos, pues confundo mis deseos con la realidad. En todo caso, he de reconocerle que con estos militares he andado muy despistado, demasiado, diría yo.

—No me extraña. Son gente muy cínica, habituada a mentir y a manipular, que conoce bien los puntos flacos de los demás. Pero usted no debería ser tan inocente, don Miguel. Tampoco tenía que haberse significado tanto.

—Lo que no tenía que haber hecho es abrir la boca.

—Eso es: no decir nada, que no sepan en ningún momento qué es lo que pensamos ni cuáles son nuestras intenciones.

—Me temo que, en mi caso, ya es demasiado tarde para eso.

—Lo importante ahora es no empeorar las cosas —aconsejó Andrés Galán.

—Lo tendré en cuenta.

—¿Quiere saber algo más?

—¿Dónde se celebran las reuniones del grupo?

—En el viejo seminario que hay junto a la biblioteca histórica y la general. Es un lugar tranquilo y apartado.

—Ya lo creo.

—¿Y a usted por qué le interesa tanto el caso de don Daniel?

—Como bien imaginará, es mi obligación como rector preocuparme por los profesores de la casa, aunque estén jubilados. Y ya sabe que a mí siempre me ha intrigado el fenómeno del suicidio —pretextó don Miguel, pues, por precaución, no quería revelarle la verdad—. ¿Cree usted, por cierto, que el de Daniel Carbajo puede haber tenido algo que ver con lo que me ha contado? —dejó caer.

—Yo jamás imaginé que podría acabar así. Una persona tan estricta y religiosa como él... Para mí el alma humana sigue siendo un misterio —se limitó a decir el otro por prudencia.

—¿Y qué es lo que comentaron los otros juristas cuando se enteraron?

—No dijeron nada, pero se los veía contentos y aliviados —dejó caer—. Y usted, ¿qué piensa del asunto?

—Pues lo mismo que usted —convino don Miguel, decidido a extremar la cautela a partir de ese momento.

Tras despedirse con renovadas muestras de afecto, Unamuno regresó a su casa desconcertado y sin acabar de digerir todo lo que Andrés Galán le había contado, que no era poco. ¿Estaría ahí la clave del presunto asesinato de Daniel Carbajo? Desde luego, no se podía descartar, aunque había que reconocer que semejante crimen no cuadraba con la manera habitual de proceder de los militares, y menos durante una guerra. ¿Para qué iban a andar ellos ocultando o disimulando lo que ahora podían hacer abiertamente y a la luz del día? No en vano tenían la sartén por el mango y una corte de juristas capaces de legitimarlo todo, y especialmente la violencia y la mentira. De modo que, si en verdad habían recurrido al crimen encubierto, debía de ser por algo, por algún motivo de fuerza mayor. ¿Tal vez impedir que aflorara a la superficie todo ese asunto del que él acababa de enterarse por boca de Andrés Galán? Si era así, mal presagio, pues ello significaría que se estaba metiendo en un avispero.

6

Por el café Novelty, al que acudían muchos corresponsales y periodistas, circulaban todo tipo de noticias y rumores, la mayoría falsos o exagerados, pero algunos bastante ajustados a la realidad. Una mañana Teresa se enteró de que una parte de la prensa republicana estaba siendo muy injusta con la muerte de Unamuno, al que consideraban poco menos que un fascista y al que por tanto lo sucedido le estaba bien empleado. Otros, por el contrario, aseguraban que lo habían asesinado los falangistas por no haberse sometido a sus requerimientos. Pero el más cruel era un artículo publicado en el *ABC* de Madrid, donde entre otras cosas se decía:

> *Unamuno ha muerto. No ha muerto ahora. Estaba muerto. Murió el mismo día que se pronunció por lo que más había combatido, por los militares, los banqueros y los obispos, al servicio del III Reich y de Italia; es decir, por lo que él llamaba civilización occidental. Desde ese día era un cadáver, un cadáver insepulto.*

A Teresa esas palabras la indignaron sobremanera, pues, además de ser falsas, destilaban mucho odio y tenían muy mala intención. Era, pues, urgente y necesario hacer algo para acallar esas voces y demostrar que Miguel había muerto asesinado por los sublevados por haberse enfrentado a ellos y haber querido denunciar sus crímenes.

Por la tarde, se apostó cerca de la puerta del hotel y, en cuanto vio salir a Bartolomé Aragón, comenzó a seguirlo a cierta distancia; quería saber a qué se dedicaba, adónde iba, con quién se relacionaba. Vestía un abrigo de paño de color pardo y llevaba una carpeta bajo el brazo. Después de andar un buen rato, el falangista entró en una librería llamada La Facultad, que por lo que ella pudo leer en un cartel que había en la entrada estaba especializada en derecho y era también una especie de editorial. Desde la acera, observó a su objetivo hablando con el dependiente al fondo de la tienda. Este desplegó sobre el mostrador algunas muestras de papel; el visitante comprobó su grosor y calidad y, sin darle muchas vueltas, se decidió por uno. Antes de irse, Bartolomé le entregó al librero la carpeta y le estrechó la mano como si acabaran de cerrar un trato. Parecía contento y relajado. Tan pronto puso el pie en la acera, Teresa se hizo la encontradiza con él.

—Pero ¡qué casualidad! —exclamó.

—¿Me estaba siguiendo? —preguntó él, receloso.

—De ningún modo —rechazó ella—. Pero, ya que nos hemos tropezado, ¿le importa que demos una vuelta juntos? Y así reanudamos la conversación que dejamos pendiente el otro día.

—Ya le dije que...

—Venga, no se haga el duro conmigo —insistió ella con tono zalamero.

—Está bien, está bien —concedió él, pues se sentía de buen humor.

—Se lo agradezco mucho.

—¿Y ahora qué quiere saber?

—Nos habíamos quedado en Huelva durante los primeros meses de la guerra. ¿Cuándo y por qué volvió a Salamanca? —le espetó de inmediato.

Ambos comenzaron a caminar lentamente en dirección al río, donde se suponía que estarían más tranquilos y al abrigo de miradas indiscretas, alejados de las calles de la ciudad, donde hasta las paredes tenían ojos y oídos.

—Emprendí viaje el 20 de noviembre. Cuando llegué a Salamanca, alguien me dijo que por algunas emisoras republicanas corría el rumor de que habían fusilado en el patio de la cárcel de Alicante a nuestro padre fundador, José Antonio Primo de Rivera, al que aquellos que lo admiramos y añoramos llamamos el Ausente, si bien el Cuartel General de Franco sigue sin confirmar la noticia —le explicó Bartolomé—. Yo había venido con el fin de cumplir las órdenes y disposiciones ministeriales que obligaban a los profesores de universidad y de los Institutos Nacionales de Segunda Enseñanza y asimilados, entre ellos las Escuelas de Comercio, a reintegrarse a sus destinos para llevar a cabo algunas de sus tareas académicas, como la de examinar a aquellos alumnos que estaban con asignaturas pendientes.

—¿Y qué hizo durante esos días?

—Además de examinar, participé en varios claustros de la Escuela de Comercio, uno al poco de llegar; clases, por supuesto, no tuve. Luego, a comienzos de diciembre, fui nombrado vocal de la Comisión C para la depuración del profesorado, encargada de recabar los informes, instruir los expedientes y proponer las resoluciones sobre todo el personal adscrito a los Institutos de Segunda Enseñanza y Escuelas de Maestros, de Comercio y de Artes y Oficios. Asimismo, fui designado como vocal del Tribunal Contencioso-Administrativo de Salamanca. Y en los ratos libres me dediqué a revisar mi libro sobre economía corporativa; precisamente, acabo de entregar el original para su publicación —aclaró Bartolomé.

—¡Ah, enhorabuena! —lo felicitó ella—. ¿Y durante todo ese tiempo no fue a ver a don Miguel de Unamuno?

—La verdad es que, con tanto trajín, no tuve ocasión.

—¿Y por qué acudió a visitarlo precisamente la última tarde del año? —quiso saber Teresa.

—Me habían llegado noticias del incidente del 12 de octubre en el paraninfo y pensé que, en esas fechas, se encontraría muy solo. No sé por qué, sentí verdadera necesidad de estar ese día a su lado. También quería solicitarle un prólogo para el libro del que le he hablado y que acababa de terminar, lo reconozco. Así que lo llamé por teléfono; se puso su hijo, y le pregunté si podría ir a saludarlo. La contestación fue de lo más cordial, o eso me pareció.

En ese momento, se cruzaron con un hombre que llevaba un brazo vendado y paseaba con su perro junto a la orilla del río, y eso puso a Teresa en guardia; nunca se sabía quién se podría esconder detrás de una presencia aparentemente inocua.

—¿Se conocían ustedes ya? —preguntó ella.

—Tuve un primer contacto con don Miguel cuando asistí al claustro de profesores de la Universidad que se celebró en enero del año pasado. Como le dije, yo impartía clases como auxiliar temporal en la Facultad de Derecho y todavía no me había presentado ante el rector. En esa reunión coincidí con él y, para decirlo llanamente, creo que le caí muy bien. Como ya le habrán dicho, era una persona difícil, a quien le gustaba que le llevasen la contraria —prosiguió Aragón—. Ese día en que nos vimos por primera vez discutimos mucho. Acababa yo de regresar de Italia, donde había estado becado, y no paraba de soltar alabanzas sobre ese país y su régimen político. Don Miguel, que en público siempre defendía opiniones muy distintas a las mías, comenzó entonces a echar pestes de Mussolini. Y, como yo insistía en mostrar mi admiración por el Duce, me agarró por las solapas y exclamó:

»—¡No me negará que Mussolini solo es un vulgar asesino!

»A lo que yo repliqué con firmeza y cierta desfachatez:

»—Si eso es así, entonces necesitamos un vulgar asesino en España lo antes posible.

»Mi respuesta lo dejó sin palabras, algo harto difícil con Unamuno, como si hubiera removido algo en su interior o le hubiese sorprendido mi sinceridad.

A Teresa las palabras del joven profesor también le causaron mucha impresión. De una persona tan agresiva y dogmática cualquier cosa podría esperarse.

—Varios meses más tarde —prosiguió—, ya en primavera, nos encontramos en los baños de la Universidad. Esta vez me habló con amabilidad y me invitó a acompañarlo, como ha hecho usted ahora. Desde el principio, me dio la impresión de que, en la pasada ocasión, me había ganado su simpatía precisamente por plantarle cara; de modo que decidí tratarlo de igual a igual, y eso también le gustó, aunque en esas cosas él solía ser muy formal.

—¿Podría hablarme de la visita a su casa? —lo apremió Teresa, aprovechando que Aragón se había abierto.

—Yo llegué poco después de las cuatro y media. La criada acudió a abrir la puerta y me condujo a la habitación de atrás, donde Unamuno me aguardaba junto al balcón que daba al jardín, sentado ante su mesa camilla con faldillas de color azul marino, no sé por qué recuerdo ahora este detalle. Después de pedirme que ocupara la silla de enfrente, empezó a hablar sin parar, como si llevara varios días sin hacerlo y necesitara desquitarse conmigo. Yo traté de contarle algo sobre la Falange y el papel que estábamos desempeñando en favor de la cultura. Pero él no quiso saber nada de eso. Hubo un punto en el que, de repente, la conversación derivó hacia Ortega y Gasset. Luego don Miguel se enfadó e intenté calmarlo. Y, entonces, le dije:

»—A veces pienso si no habrá vuelto Dios la espalda a España disponiendo de sus mejores hijos.

»A lo que él me replicó con mucha vehemencia:

»—Dios no puede volverle la espalda a España. España se salvará porque tiene que salvarse

»Y esas fueron sus últimas palabras, pues al instante se puso muy pálido y se desplomó sobre la mesa —concluyó Bartolomé con la voz algo quebrada por la emoción.

A pesar de su tono estremecido, o tal vez por eso, Teresa no se creyó nada. Por un lado, el relato del momento de la muerte de su amigo no le resultaba demasiado verosímil. Por otro, conocía bien a don Miguel, y esas palabras finales no le cuadraban en tales circunstancias; más bien parecían propias del ideario de la Falange, como si, de forma deliberada, Bartolomé Aragón hubiera invertido los papeles para que diera la impresión de que Unamuno había fallecido justo después de haber expresado su profesión de fe falangista.

—¿Está usted seguro de que esas fueron sus últimas palabras? ¿No se estará equivocando en la atribución? —objetó ella con suspicacia.

—¿Qué quiere decir? —preguntó él, sorprendido.

—Que, por lo que sé de Unamuno, me resulta más coherente imaginar que fue él quien se preguntó, retóricamente, si Dios no le habría vuelto la espalda a España, a juzgar por cómo estaba disponiendo de sus mejores hijos, que no cesaban de morir aquí y allá —se atrevió a decir ella—. Asimismo, me parece más lógico pensar que fue usted, el joven y entusiasta falangista, quien se mostró optimista y confiado en la ayuda de Dios y en la salvación de España. Al fin y al cabo, para eso se han sublevado algunos militares, secundados por los falangistas, los tradicionalistas y la Iglesia, para salvar a España de la amenaza de lo que ustedes denominan la anti-España.

Bartolomé se mostró escandalizado.

—¿Me está usted llamando mentiroso?

—Yo solo digo que podría haberse equivocado.

—Usted pensará lo que quiera, pero yo sé muy bien lo que me digo y recuerdo perfectamente lo que él comentó —insistió el joven profesor.

—¿Me quiere usted hacer creer que Unamuno, en sus últimos momentos, tenía fe no solo en Dios, sino también en la Falange? Él, que se pasó la vida dudando y combatiendo el fascismo.

—Se olvida usted de que compartía nuestro ideario, si bien se negaba a reconocerlo en público.

—¿Tiene pruebas de ello?

—No las hay porque él nunca quiso admitirlo de puertas para afuera, pero en su fuero interno...

—De acuerdo, prosiga con su relato —le rogó Teresa plegando velas, pues no quería que Bartolomé se disgustara y volviera a marcharse espantado.

—Tan pronto se derrumbó, comencé a oler a quemado. Miré debajo de las faldillas y vi que una de las zapatillas de don Miguel echaba humo. Así que la cogí, la arrojé al suelo y la pisé para que dejara de arder. A partir de ahí, yo estaba tan alterado que se me nubla un poco el recuerdo. Sé que salí gritando de la habitación y que en el pasillo me encontré con la criada.

—¿Y ella qué hizo?

—Me miró aterrada, como si hubiera visto un fantasma. Creo que entre los dos llevamos a don Miguel a un sofá, donde lo tumbamos, para que su visión impresionara menos. Uno de los cristales de las gafas se le había roto al caer sobre la mesa y la asistenta se las quitó. Luego empezó a llegar gente: las hijas, creo que un nieto y una vecina del mismo rellano. Y ahí todo vuelve a ser confuso.

Para hacer visible su estado de entonces, el profesor falangista se cubrió los ojos con las manos y agitó un poco la cabeza. Teresa se daba cuenta de que lo que le estaba contando era un relato elaborado por él, una ficción que había narrado tantas veces en esos días que casi se la había acabado por creer. Así y todo, ella quería que hablara, para ver si, en algún momento, se le escapaba algo o se contradecía o lo traicionaba el inconsciente.

—Me imagino que la situación tuvo que ser muy dolorosa y difícil para usted —comentó ella para seguir ganándose su confianza—. Pero ¿qué pasó después?

—Alguien debió de avisar al médico —prosiguió Bartolomé intentando hacer memoria—. Cuando este llegó, me mandó a buscar un medicamento. Pero don Miguel ya estaba muerto, así que puede que la medicina fuera para mí, por mi estado de nervios, no estoy seguro. En todo caso, no fui a por ella, ya que había entrado en pánico y era incapaz de salir a la calle solo. Al rato, apareció uno de los dos hijos varones que viven en Salamanca, Rafael, y el médico y yo nos fuimos de la casa, cada uno por su lado —concluyó.

—¿Y usted adónde se dirigió?

—A mi hotel. Deprimido y asustado, me encerré en la habitación para tranquilizarme y descansar un poco.

—¿Y por qué no fue luego al velatorio? —inquirió Teresa.

—Aquella noche, a pesar de ser de celebración, acudió mucha gente a hacerme preguntas al Novelty; entre otros, algunos periodistas locales y varios colaboradores de la Oficina de Prensa y Propaganda —comenzó a explicar.

—¿Recuerda quiénes?

—Eran tantos que ya ni me acuerdo, y enseguida me negué a ver a nadie más. Uno de los visitantes había traído la alarmante noticia de que una emisora roja estaba difundiendo ya la noticia de que Unamuno había sido envenenado, y, aunque me parecía imposible que se hubieran enterado tan pronto de su muerte, eso me causó mucha desazón. También por Salamanca comenzaron a correr rumores en el mismo sentido. «¿Y si ahora me culpan a mí? ¿Cómo podré defenderme si yo soy el único testigo?», me preguntaba. Como comprenderá, en ese estado de nervios no podía ir al velatorio, y tampoco festejar el Año Nuevo con nadie —añadió con cierto dramatismo.

—¿Y por qué no fue al entierro?

—Al día siguiente estaba mucho peor, pues no había pegado ojo en toda la noche —le explicó el joven falangista.

—¿Tan sobrecogido y consternado estaba? ¿Tan destrozado por una muerte natural, alguien que acababa de estar en el frente de Riotinto? Unamuno no era de su familia, ni siquiera un amigo cercano, ni nadie con quien hubiera mantenido una relación asidua o continuada en el tiempo. Y, según su propio testimonio, su fallecimiento había sido plácido, tranquilo, sin grandes sufrimientos. ¿A qué venía entonces tanta aflicción? ¿Tanto lo apreciaba y admiraba?

—Lo que pasaba era que no podía soportar la idea de que cuchichearan a mi alrededor o me señalaran con la mirada o con el dedo. Eso es todo. Supongo que es comprensible. Y ahora, si me lo permite, me tengo que ir.

De nuevo se le veía muy afectado, como si el recuerdo de esa noche lo torturara y le provocara un gran disgusto y malestar. ¿Por qué?, habría que preguntarse. ¿Significaba eso que fuera culpable? Teresa no estaba completamente segura de ello, pero sí de que Bartolomé no le había contado todo, de que se guardaba una parte para sí, una parte que prefería olvidar. Su declaración, en principio, parecía convincente y sincera; sin embargo, en ella había algunas incoherencias y lagunas, que él achacaba a su estado y a la confusión del momento, y ella, a su intención de tergiversar las cosas y ocultarle algo de forma deliberada.

VI

Mientras la guerra seguía adelante en el frente, en la retaguardia salmantina no cesaban los fusilamientos ni las detenciones. Una de las noticias más tristes para Unamuno fue la del ingreso en prisión de su amigo Filiberto Villalobos, el que fuera ministro de Instrucción Pública y Bellas Artes durante la República, médico y miembro del Partido Centrista, una persona honesta, íntegra y altruista con la que había compartido muchas causas y participado en diversas campañas. «¿Seré yo el siguiente?», se dijo don Miguel, lleno de inquietud. «¿A qué están esperando para venir a buscarme? ¿Por qué no me encarcelan de una vez? Debe de ser que prefieren que la gente continúe pensando que estoy de su lado y seguir utilizándome a su antojo, pero yo ya no lo estoy, no lo estoy de ninguna manera».

Tampoco se le iba de la cabeza el pastor protestante Atilano Coco, al que apreciaba y con el que también tenía gran amistad. Este había sido detenido a finales del mes de julio y, unos días después, don Miguel recibió la visita de su esposa. Se la veía asustada, demacrada, al borde de la desesperación, y casi no podía hablar. Tan pronto se calmó, le contó que su marido había sido encarcelado por ser masón. Este era el pretexto que utilizaban para los que no eran abiertamente comunistas o anarquistas; lo de menos era que en efecto lo fueran, como ocurría en esta ocasión, aunque ya no lo era de forma activa. Como ser miembro de una logia era algo que, por lo general, se llevaba en secreto, bastaba la mera sospecha para ser trasladado a prisión, sin ninguna posibilidad de poder probar lo contrario. Unamuno le aconsejó a la mujer que acudiera a ver al obispo, pero ella le confesó que ya lo había hecho y que el prelado se negaba a recibirla, como si ella fuera una enviada del diablo.

En ambos casos, don Miguel realizó numerosas gestiones ante el Gobierno militar y otras autoridades, pero no le prestaban la menor atención o le respondían con evasivas, e incluso llegaron a burlarse de él en más de una ocasión. Se sentía tan culpable por ello que casi a diario iba a ver a la hija de Filiberto Villalobos con el fin de pedirle perdón por no poder hacer más para liberar a su padre, y ella le contestaba que no había nada que perdonar y que, de momento, se conformaba con que no lo fusilaran. La esposa de Atilano Coco no tenía tantas esperanzas, pues conocía la animadversión de los sublevados hacia los masones y su desprecio por los protestantes. Pero ella no se rendía, pues todavía confiaba en Dios.

Todo esto hacía que el distanciamiento de Unamuno con respecto a los sublevados fuera cada día mayor, si bien trataba de que no se notara demasiado para así proteger a su familia y poder seguir intentando ayudar a sus amigos y conocidos, mas de poco le servía su cautela. Como presidente de la Comisión Depuradora de Responsabilidades Políticas en el distrito universitario de Salamanca, tampoco podía hacer mucho por los maestros y profesores, ya que los sublevados no acababan de confiar en él. Así y todo, llegó a leer muchos informes, que en su mayoría le parecieron absurdos y descabellados, si bien simulaban estar imbuidos de una autoridad jurídica y una lógica aplastantes. Con frecuencia, en ellos había un comentario del párroco del pueblo indicando que el maestro en cuestión no iba a misa o, si iba, no se confesaba ni comulgaba; en tales casos, don Miguel trazaba una línea al margen y escribía debajo: «Yo tampoco», como una forma de solidarizarse con las víctimas; él mismo no se confesaba con un cura desde hacía varias décadas. Pero casi todos sus esfuerzos por librar del castigo a los depurados fueron en vano, lo que hacía que su descontento y su zozobra aumentaran cada día y su vida fuera un continuo y agotador tira y afloja.

Era tal su impotencia y desasosiego que trató de concentrarse en la investigación de la muerte de Daniel Carbajo como una forma de purgar sus pecados y no volverse loco. Aun así, no sabía qué pasos seguir, ya que todo parecía estar contra él. En una guerra civil, la vida diaria se vuelve, además de peligrosa, muy complicada. En apariencia, todo sigue adelante fuera del frente de batalla, pero hay muchas cosas que ya no se pueden hacer, que están prohibidas o canceladas o no son convenientes, y el prójimo se vuelve un enemigo en potencia, ya que nadie se fía del otro, ni siquiera del hermano o del amigo. En cualquier caso, las pesquisas eran lo único a lo que podía aferrarse para sentirse vivo.

Se imaginaba a sí mismo como un detective andante frente a su última aventura o como un Sherlock Holmes crepuscular ante su problema final, aquel que lo acabaría dejando como un héroe para la posteridad o como un triunfador sobre el mal, a pesar de sus recientes errores. ¿Quién sería entonces su gran enemigo, su Caballero de la Blanca Luna o su Moriarty? ¿Y su Sancho Panza o su doctor Watson después de que Manuel Rivera se enfadara con él y lo abandonara en la plaza? ¿Y su Dulcinea del Toboso o su Irene Adler ahora que ni su esposa ni Teresa Maragall se encontraban a su lado? En fin, estaba claro que, a la hora de la verdad, en su investigación más difícil e importante, aquella que con seguridad sería la postrera, estaba absolutamente solo, ya que a sus hijos no les había querido hablar del asunto para protegerlos.

De todas formas, él tampoco pensaba rendirse; bajo ningún concepto, podía defraudar a doña Eloísa. De modo que se fue a verla a su casa para intentar recabar nuevos datos sobre Daniel Carbajo. La pobre viuda estaba destrozada y desesperada, pues acababa de recibir la noticia de que su marido sería enterrado al día siguiente fuera de sagrado. Las autoridades, en efecto, le habían estado dando largas durante mucho tiempo para ver si así la viuda se cansaba y cedía en sus pretensiones, y de repente ordenaban que lo sacaran de la cámara del depósito de inmediato y lo sepultaran en secreto. Y había pasado tanto tiempo que ella ya no podía oponerse y demorarlo más.

Don Miguel le pidió perdón por no haber podido hacer nada al respecto e intentó consolarla; para ello le habló de la misericordia de Dios —él, que, como el cura de su novela, don Manuel Bueno, no era capaz de creer— y se mostró convencido de que su esposo, por su fe y su bondad, alcanzaría la gloria eterna, que era lo que en verdad importaba. No obstante, la mujer insistía en que, para un cristiano, también era muy importante el lugar en el que descansaban sus restos y la única manera de conseguir que al final lo enterraran en la sepultura familiar era demostrar que su marido no se había suicidado. Dado su estado de ánimo, don Miguel optó por respetar el dolor de la viuda y no contarle nada en ese momento sobre las últimas averiguaciones en torno a su marido; ya habría ocasión más adelante, cuando ella estuviera menos afectada.

El día del entierro de don Daniel amaneció frío y lluvioso, con unas nubes tan negras que parecía que se había hecho de noche. El obispo se había mantenido en sus trece y el ilustre jurista fue sepultado en la parte civil, sin misa previa ni la presencia de un cura ni un breve responso, a pesar de haber sido un católico modélico y un buen cristiano. En la lápida únicamente podían leerse el nombre y, debajo, las fechas del nacimiento y la muerte; ninguna cruz ni ningún otro símbolo religioso adornaba la sepultura. A la austera ceremonia tan solo asistieron la viuda, un antiguo discípulo de la Universidad, que se había enterado de forma casual, y el propio don Miguel, que tampoco había querido desentenderse de doña Eloísa en ese trance, a pesar de las amenazas del prelado; a esas alturas, ya no tenía ningún sentido andar ocultándose o fingir que no se conocían. Un poco apartado, medio escondido detrás de un panteón, un hombre lo observaba todo, probablemente un policía. El acto apenas duró unos minutos; los operarios tenían prisa, ya que debían acudir a otra inhumación en la zona sagrada. Esos días moría tanta gente que no daban abasto y tenían que trabajar a destajo desde la salida del sol, cuando se efectuaban los primeros fusilamientos, hasta el comienzo de la caída de la tarde, y con frecuencia bajo la lluvia pertinaz, que no hacía distinciones entre unos muertos y otros.

Doña Eloísa consiguió mantener casi todo el tiempo la compostura, pero el ruido de la lápida al caer sobre la tumba, un sonido seco y apagado, como si resonara en el vacío, hizo que la acabara perdiendo y diera rienda suelta a su llanto. La lluvia comenzó entonces a arreciar de tal manera que las gotas en la cara de la mujer se confundían con sus lágrimas. Don Miguel trató de confortarla con palabras de ánimo y de consuelo. Emocionada y agradecida, ella se abrazó al escritor y le pidió entre sollozos que no la abandonara, que la ayudara a rescatar a su marido de ese purgatorio en el que lo habían encerrado, que era una afrenta y un martirio lo que estaban haciendo con él. Por un momento, Unamuno pensó que la pobre mujer lo iba a largar todo delante del agente que los estaba vigilando a distancia. Por suerte, poco a poco se fue serenando y entre don Miguel y el antiguo alumno tuvieron que llevársela de regreso a su domicilio casi a rastras, ya que no quería dejar solo a su añorado Daniel en ese lugar tan adverso.

Días después, Unamuno se puso en marcha de nuevo y se dirigió al Casino, del que él mismo era presidente honorario, con la intención de entrevistarse con algunos de los amigos del jurista para ver si conseguía nueva información sobre el caso. Tan sagrada institución se encontraba en el palacio de Figueroa, en la calle de Zamora, pasada la plaza Mayor. Se trataba de un edificio renacentista con un hermoso patio de columnas monolíticas y arcos airosos. Nada más entrar, a don Miguel le dio la impresión de que allí la vida seguía igual; es verdad que se notaba la ausencia de algunos socios, que habían sido detenidos o habían muerto fusilados o habían desaparecido, pero los demás se comportaban como si en la ciudad y en el resto del país no estuviera sucediendo nada. Los compañeros habituales de don Daniel estaban absortos en su partida de cartas cotidiana y no parecía que tuvieran intención de hablar de nada que no fueran los lances del juego o sus típicas bromas. El escritor se armó de paciencia y esperó a que alguno de ellos tuviera que abandonar la mesa, lo que no tardó en ocurrir.

—¿Qué, don Miguel, se anima usted? —lo invitaron.

—Si ustedes se empeñan...

Unamuno tenía buena mano para las cartas, pues era muy buen estratega y un gran observador, aunque lo que mejor se le daba, como cabía esperar, era jugar al solitario. De hecho, en los viajes siempre llevaba consigo una pequeña baraja para entretenerse mientras pensaba en sus asuntos

—¿Y qué tal andamos?

—Así, así.

—Que no es poco, en estos tiempos.

—Hace ya mucho que no veo al señor Carbajo —dejó caer de pronto don Miguel, como quien no quería la cosa.

—Pero ¿dónde ha estado usted metido? ¿Es que no se ha enterado? —le preguntó el de más edad, un registrador de la propiedad.

Unamuno puso cara de despistado.

—¿De qué?

—De que murió.

—¡No lo sabía! —exclamó fingiendo sorpresa.

—La verdad es que la noticia no circuló mucho y el velatorio y el entierro debieron de llevarse a cabo muy en secreto —le informó el otro.

—¿Y eso por qué?

—Verá usted. Es un asunto delicado —indicó el registrador con un gesto vago que daba a entender lo que, al parecer, había sucedido, ya que el suicidio era un tema del que no se solía hablar, y más si tocaba de cerca.

—Ya comprendo. ¿Y se ha averiguado qué le pasaba o por qué lo hizo?

—Eso solo Dios lo sabe. Lo cierto es que en los últimos días Daniel no era el mismo de siempre. No quería conversar con nadie y, cuando jugaba con nosotros a las cartas, lo hacía de forma distraída, como si estuviera pensando en otra cosa.

»—¿Qué le ocurre? —le dije una vez.

»—Que estoy harto —me respondió.

»—¿Harto de qué? —insistí.

»—De todo —me confesó.

»Le pregunté si podía hacer algo por él y me dijo que se temía que nada. Y de ahí, por desgracia, no lo saqué.

—Es verdad —corroboró otro.

—Supongo que estaría afectado por la guerra y todo lo demás —apuntó Unamuno.

—Sobre eso no soltaba ni una palabra. Tampoco es que fuera muy hablador; por lo general era más bien reservado. Pero no se le veía muy contento ni muy conforme con lo que estaba aconteciendo. No es que dijera nada, insisto; era su actitud como de desgana, como si ya todo le diera igual.

—¿Había tenido algún problema con los militares o la Falange?

—¿Y por qué habría de tenerlos una persona tan recta y cabal como él?

—Tiene usted razón. ¿Les habló de si estaba trabajando en algo?

—No lo creo, nos lo habría dicho. Por otra parte, cada día venía menos por aquí —comentó el antiguo registrador.

—¿Y eso por qué?

—Él nos decía que tenía que cuidar a su esposa, que se encontraba mal. Pero yo una vez la vi en misa y no me lo pareció; de hecho, estaba mejor que él. El caso es que un día ya no volvió, ni aquí ni a ninguna parte. Es una pena.

A partir de ese momento, la conversación empezó a languidecer; ninguno de los presentes quiso entrar en más profundidades ni indagar en por qué se habría suicidado su apreciado amigo, ya que a nadie le agradaba que alguien cercano se hubiera quitado la vida, pues eso provocaba siempre una sensación de desasosiego e impotencia y hasta de cierta culpabilidad por no haberse dado cuenta de lo que pasaba ni haber hecho nada para impedirlo. Así que Unamuno miró el reloj de pared que había en la sala y anunció que se tenía que ir.

A juzgar por lo que llevaba visto y oído en relación con el caso que se traía entre manos, mucho se temía que iba a ser difícil culminarlo con éxito, pero, en las circunstancias en las que se encontraba, don Miguel no podía permitirse el lujo de detenerse; si se paraba, se desmoronaría, y ya no sería capaz de levantarse y ponerse de nuevo a andar. Para animarse, le dio por pensar que, en realidad, ninguno de los crímenes a los que había tenido que enfrentarse a lo largo de su vida, que eran numerosos y muy variados, había sido fácil, aunque este amenazaba con llevarse la palma o, en última instancia, llevárselo a él por delante.

7

Manuel volvió a hablar con la familia de Unamuno, que cada día mostraba más miedo a sufrir represalias. Era la víspera del día de Reyes y Miguelín había salido con Aurelia para ver la animación de las calles. Por la mañana, Felisa y María habían recibido la visita de dos policías que andaban pidiendo información sobre los hijos de don Miguel que estaban en zona republicana, así como sobre el yerno, el padre de Miguelín, del que sabían que trabajaba para la Subsecretaría de Propaganda del Gobierno de Madrid. ¿Buscaban un pretexto para tomar medidas contra aquellos miembros de la familia que vivían en Salamanca? ¿O de momento era solo una advertencia para que se comportaran como era debido? Lo que estaba claro era que los descendientes del escritor, por el mero hecho de serlo, estaban en entredicho y bajo sospecha para los sublevados. De modo que Manuel se debatía entre su fidelidad a Unamuno y a la verdad y la protección a toda costa de los que en esa casa residían. Así las cosas, resolvió que fueran ellas las que decidieran hasta dónde querían que él llegara en la investigación. Y estas concluyeron que había que seguir adelante con las pesquisas, aunque con las debidas precauciones. De hecho, esa misma mañana, las dos hermanas y la vecina del rellano, la que ocupaba el primero o principal izquierda, le contaron con más detalle, alrededor de la mesa camilla ante la que había muerto don Miguel, lo que vieron aquella tarde.

Como ya le habían dicho, las primeras en llegar a la vivienda fueron María y Pilar. La hija había entrado corriendo en el cuarto de estar y, de un vistazo, se había hecho cargo de lo que acababa de suceder.

—Me resultó muy extraño ver a mi padre tumbado en el sofá, sin sus gafas y sin pronunciar palabra, como si fuera un muñeco roto y abandonado. Y ese olor a goma quemada...

—¿Se refiere a la zapatilla? —asintió don Manuel, que lo había leído en *La Gaceta de Salamanca*.

—¿Quiere usted ver la huella que dejó la suela quemada en la tarima?

—Si no le importa...

María les pidió con un gesto que se levantaran y retiró con presteza la mesa camilla hasta que dejó al descubierto la marca, una mancha oscura de forma redondeada. Ese era el único rastro visible e indeleble que quedaba de lo que había sucedido aquella aciaga tarde, pero no había en ello nada que, en principio, apuntase a un homicidio ni a ninguna otra clase de crimen. Era tan solo el símbolo de una vida que se había extinguido.

—Si no recuerdo mal, fue usted la que avisó al médico —inquirió Manuel.

—Así es.

—¿Por qué al doctor Núñez?

—Porque era amigo de mi padre y el mismo que había certificado la muerte de mi madre, y, por lo tanto, era de fiar.

Manuel la miró con más atención.

—¿Quiere decir eso que, en ese momento, tenía alguna sospecha o presentimiento de que su padre pudiera haber sido asesinado?

—En un primer momento no pensé en ello, se lo confieso. Y, entre el dolor por su muerte, los preparativos del velatorio y todo lo demás, ya no tuve tiempo de reflexionar, pero le reconozco que, después de su primera visita, cierto recelo se ha ido abriendo paso en mi mente, como una pequeña mancha de aceite que se va extendiendo poco a poco, de forma casi imperceptible. Aun así, no me he atrevido a hablar de ello con mis hermanos, pues en el fondo no quería que fuera cierto.

—¿Y esto último por qué?

—Porque una verdad como esa nos obligaría a actuar, lo que no es fácil ni está exento de riesgos y sufrimientos, mientras que una muerte natural hay que aceptarla con la debida resignación y ya está.

Aunque no acababa de expresarlo de forma explícita, María parecía convencida de que a su padre, si no físicamente, al menos «moralmente» lo habían asesinado.

—En el caso de que su muerte fuera provocada, ¿se le ocurre quién podría estar detrás de ello? —inquirió el abogado.

—No lo sé. Es posible que entre todos lo mataran, y él solo se murió —dejó caer ella sin comprometerse.

De momento, el abogado no quería revelar nada sobre la conversación que había tenido con el médico, pues consideraba que era mejor ir por partes y tratar de averiguar lo que cada uno pensaba y había observado por sí mismo.

Pilar, la vecina, se limitó a corroborar lo que al principio había dicho María, si bien añadió un detalle que hasta ese instante no había salido a relucir, y era una insignia de la Falange que la mujer había encontrado caída en el suelo de la salita y que, por lo visto, era de Bartolomé Aragón.

—¿De quién iba a ser si no? —comentó ella con ironía.

Una vez que se la entregó a su propietario, este le dijo que había debido de perderla con tanto ajetreo y volvió a ponérsela en la solapa de la chaqueta con cierto nerviosismo y prevención, como si temiera pincharse con ella. María, en aquel momento, no le había dado ninguna importancia a ese hecho, pero ahora se quedó pensativa, como si lo estuviera contemplando bajo otra luz.

Luego le tocó el turno a Felisa, que ese día estaba mucho más comunicativa. Según su declaración, cuando llegó con su sobrino al portal, enseguida observó que había gran agitación en la casa; de modo que subió la escalera de forma apresurada, casi a trompicones, con el alma en vilo y el niño colgando de la mano. La puerta de la vivienda estaba abierta de par en par y, en el pasillo, se encontraron con un hombre que parecía muy angustiado y al que no conocía, luego supo que se llamaba Bartolomé Aragón. Aurelia salió del cuarto de estar con el rostro desencajado y, sin decir nada, se llevó a Miguelín al otro lado de la vivienda con el fin de que no accediera a la salita ni oyera nada. Felisa entonces se temió lo peor. A toda prisa, cruzó el umbral y allí descubrió a su hermana María y a doña Pilar, junto al cuerpo exánime de su padre y sin saber muy bien qué hacer. Mientras tanto el hombre no paraba de repetir que él no había sido, que, de repente, don Miguel se había desplomado sobre la mesa camilla, como si se hubiera quedado dormido, y que se había dado cuenta de que estaba inconsciente gracias al olor a quemado de la suela de la babucha, pues no se movía; y que incluso había llegado a pensar que había muerto a causa del tufo del brasero.

—Poco después llegó el médico —continuó Felisa—. Cuando entró en la casa, el señor Aragón seguía muy alterado, mucho más que cualquiera de nosotras, aunque a veces daba la impresión de que exageraba un poco, como si quisiera dejar bien claro que estaba realmente apenado y no había tenido nada que ver con la muerte de mi padre, e insistía una y otra vez en el detalle de la zapatilla, como si fuera un conjuro. El doctor Núñez habló con él y le pidió que se calmara y se quedara fuera de la salita. Después, examinó con calma a mi padre y certificó su muerte. Tras firmar el documento, nos dijo que quería lavarse las manos. Y, entonces, apareció mi hermano Rafael, que habló un momento con él. Y creo que eso fue todo, al menos lo que me viene a mí a la memoria, aunque puede que algunos detalles no los recuerde bien o sean solo cosas mías —añadió por precaución.

—¿Y qué fue de Bartolomé Aragón?

—Que se marchó con el médico, creo que más tranquilo. Y ya no lo hemos vuelto a ver; no vino al velatorio ni fue al entierro ni se ha acercado a hacernos una visita de cortesía.

—¡Qué extraño! —exclamó el abogado—. ¿Había tenido don Miguel algún indicio, alguna amenaza explícita de que fueran a matarlo?

—No, que nosotras sepamos, al menos ninguna concreta, si bien la hostilidad hacia él se palpaba cada vez más en el ambiente —indicó María, después de hacer memoria.

—Un día —intervino Felisa—, cuando acompañé a mi padre a visitar a los dominicos de San Esteban, de los que era muy amigo, un fraile me contó que uno de los soldados que lo vigilaban le había dicho que si veían a mi padre subiendo a un automóvil tenían orden de disparar contra él. Pero nada que pudiera presagiar que iba a producirse un homicidio a sangre fría en nuestra propia casa.

—Les agradezco de nuevo que hayan hablado de nuevo conmigo.

Antes de que Manuel abandonara la vivienda, María le pidió que la acompañase al cobertizo del jardín, en el que había escondido las notas y las copias de las cartas que su padre había ido escribiendo durante los últimos meses, por si contenían algo de interés para el caso.

—Le confieso que yo no he querido leer todos estos papeles; mejor dicho, no he sido capaz. Hay cosas que por ahora prefiero no saber, por el motivo que antes le comentaba —reconoció con naturalidad—. Si se los dejo es con el ruego, eso sí, de que no se los muestre a nadie ni hable de ellos con ninguna otra persona, para evitar riesgos.

María los había guardado en una carpeta de color azul, de esas con gomas y solapas, junto a algunos documentos sin importancia, para que los otros, los relevantes, pasaran inadvertidos en el caso de que los policías o los militares descubrieran el escondrijo.

—Los sublevados debían de saber por alguna carta que le habían interceptado que mi padre estaba escribiendo un libro sobre la guerra y, por lo que él me dio a entender, debieron de registrar su despacho en alguna ocasión, por supuesto a escondidas y de manera ilegal.

—¿Cree que fue por eso, por el libro, por lo que podrían haberlo matado?

—Supongo que por eso y por mucho más, pues mi padre nunca se arredraba. A pesar de que estaba siendo vigilado, durante las últimas semanas estuvo muy activo, y no me refiero ahora a las gestiones que hizo para intentar librar de la cárcel o de la pena de muerte a algunas personas —dejó caer.

—¿A qué otras tareas se dedicaba?

—No nos lo quiso decir, me imagino que para no ponernos en peligro o para que no tratáramos de impedírselo, o por las dos cosas a la vez. Pero yo siempre he sabido cuándo había algo que lo tenía ocupado y en vilo. Creo que había descubierto un terrible secreto y no veía la hora de poder contárselo a todo el mundo.

—¿Alguna idea?

—Si la tuviera, ya sabríamos exactamente por qué lo mataron, si es que lo mataron, y, en su caso, quién lo ordenó —indicó ella con tono de fastidio—. Lo único que podría ofrecerle en este momento son conjeturas, y esas es mejor que las haga usted, que es el que está llevando a cabo las pesquisas.

Manuel tenía la impresión de que María sabía más de lo que decía, pero tal vez no fuera consciente de ello; de modo que, en la práctica, era como si lo ignorara, ya que de esa forma sufría menos; la estrategia del avestruz, en definitiva. En cuanto a Felisa, estaba claro que recordaba con más viveza las emociones experimentadas que los hechos que las provocaron; de ahí que no tuviera claros algunos detalles. Por lo que respectaba a la insignia de Falange hallada por la vecina, cabría pensar que a Bartolomé se le cayó mientras forcejeaba con don Miguel, o puede que este se la arrancara con toda la intención. De todas formas, sería muy difícil que algo así pudiera servir de prueba en el caso de una investigación policial y un hipotético juicio; la práctica jurídica, él lo sabía bien, era una cosa muy enrevesada, especialmente en tiempo de guerra. En cualquier caso, siempre podría escribir con todo ello una novela, donde lo que importaría ya no sería la verdad judicial, sino la verosimilitud literaria y la justicia poética.

VII

A principios de octubre, Francisco Franco, recién nombrado por la Junta de Defensa Nacional Generalísimo de los Ejércitos y jefe del Estado con plenos poderes, decidió instalar el Cuartel General de los sublevados en Salamanca, lo que la convertiría por un tiempo en la capital oficiosa de España, la España nacional, claro está, la España azul, mientras que Madrid lo seguía siendo de lo que los golpistas llamaban la anti-España, la España leal a la República, la España roja. Esto iba a suponer la llegada de más tropas y oficiales; también de más enviados de la Italia de Mussolini y de la Alemania de Hitler, así como toda una corte de diplomáticos, espías, periodistas, buscavidas, prostitutas y traficantes de toda clase de mercancías. Inevitablemente, ello intensificaría la vigilancia y la represión sobre los salmantinos y aumentaría el riesgo de sufrir bombardeos. La ciudad entera, en fin, acabaría convirtiéndose en un cuartel general en el que cada vez sería más difícil moverse y pasar inadvertido.

Enterado de la noticia, Unamuno solicitó una audiencia urgente con el jefe del Estado. Para su sorpresa, este lo recibió enseguida en su residencia, ubicada en el propio palacio episcopal, que el prelado le había cedido gustoso como prueba palmaria del apoyo incondicional de la Iglesia católica a los golpistas. De hecho, el obispo acababa de publicar una carta pastoral titulada *Las dos ciudades*, donde justificaba la sublevación con argumentos e ideas extraídos de algunos santos padres y doctores de la fe y fundamentaba teológicamente la cruzada emprendida por Franco para salvar a España, la España cristiana, del comunismo, el anarquismo y la masonería. Siguiendo a san Agustín, en su escrito distinguía entre la ciudad terrenal, la republicana, en la que reinaban el odio y el caos, y la divina, la nacional, donde, por supuesto, imperaban el amor divino y el heroísmo. De modo que la jugada estaba clara. No en vano la Iglesia siempre había sabido apostar por el caballo ganador; de ahí que hubiera sobrevivido a lo largo de casi dos mil años.

La seguridad del edificio se había encomendado a algunos miembros de la Guardia Civil y de la Guardia Mora, distribuidos por la entrada, escaleras y pasillos con sus vistosos uniformes, inmóviles como estatuas. La familia de Franco ocupaba la planta de arriba o principal; en la de abajo estaban las oficinas de su Estado Mayor y de sus secretarios. Bajo el jardín, el Caudillo había mandado construir un búnker ante previsibles ataques de la aviación republicana, si bien prefería como refugio los gruesos muros de la torre de campanas de la catedral y la galería que había debajo.

La entrevista tuvo lugar en el despacho personal del Generalísimo. Su mesa de trabajo era muy grande y estaba invadida de expedientes y documentos de todo tipo, así como de planos y mapas en los que planeaba las batallas e incursiones de sus tropas. Por ahí se rumoreaba que a veces permanecía catorce horas ante su escritorio sin levantarse ni para ir a orinar, aunque casi nunca faltaba al rezo del rosario junto a su esposa. En la pared, detrás de su sillón, un tapiz lo enmarcaba como si fuera un héroe del Medievo o un conquistador imperial, y, sobre una consola a modo de altar, se encontraba la mano incorrupta de santa Teresa dentro de su relicario, como si fuera un talismán o fetiche.

El general llevaba su uniforme de campaña con el fajín algo ceñido en su prominente barriga, y en su pecho relucían varias medallas, que intimidaban bastante. Su aspecto, en cambio, no imponía mucho; parecía una persona tímida, más que arrogante; y, físicamente, era más bien bajito y algo rechoncho, con una calvicie incipiente, un bigotito muy discreto y doble papada. Casi siempre sonreía y aparentaba cordialidad, pero en el fondo era bastante frío y distante, altivo y cauteloso, como si no se fiara de nadie, salvo de unos pocos.

Después de los inevitables saludos y cortesías, don Miguel fue al grano y trató de interceder por varios amigos y conocidos con el fin de que los pusieran en libertad o al menos no los fusilaran; entre ellos, claro está, Filiberto Villalobos y el pastor protestante Atilano Coco.

—Los dos son personas de conducta intachable, incluso yo diría que ejemplar, como le podrá confirmar cualquiera en esta ciudad —aseguró el rector—. Y don Atilano nunca ha estado metido en política.

—¿Le parece poco ser protestante y, encima, masón? —replicó el Generalísimo con voz aflautada y tono autoritario.

—Yo no soy quién para juzgar a nadie. En cuanto al doctor Villalobos, es un médico eminente que se ha dedicado durante toda su vida a hacer el bien a los demás —le recordó don Miguel.

—Solo que por el camino equivocado —puntualizó el Caudillo.

—En todo caso, yo sé que usted es muy razonable, no como algunos exaltados que andan por ahí, por lo que le ruego que haga algo.

Franco aparentaba escucharlo con atención, pero en ningún momento asintió ni se comprometió a nada, dado que lo que Unamuno le pedía, le advirtió con delicadeza, no estaba en su mano. Él solo firmaba los papeles que le presentaban, casi sin mirarlos, por falta de tiempo. Eran otros los que se ocupaban de eso.

Aunque imaginaba que no había nada que hacer, el rector insistió en la necesidad de liberar a los dos encarcelados. Mientras hablaba, el general cogió varios papeles y los cambió de sitio en la mesa, en señal de impaciencia, como para indicarle a su enojoso visitante que tenía mucha tarea pendiente. Unamuno mencionó, por último, el caso del suicidio del eminente jurista Daniel Carbajo y le rogó que convenciera al obispo, su anfitrión, para que le permitiese a la viuda enterrarlo en sagrado, en la sepultura familiar, pues estaba destrozada por haber tenido que hacerlo en el cementerio civil.

—Su marido era muy creyente. Y también lo es ella —concluyó.

—Y usted, don Miguel, ¿lo es? —le preguntó Franco con tono de párroco en día de catequesis.

—Lo intento, créame, pero la fe no es cuestión de voluntad ni de raciocinio —se justificó el escritor con sinceridad.

—Pues es una pena, porque lo que España necesita ahora es más fe en Dios y menos ideas descabelladas.

—Por eso debemos ayudar a esa mujer —apuntó Unamuno con insistencia—; porque ella sí que es una verdadera creyente, todo un ejemplo de devoción y de piedad, como Antígona.

—¿Esa Antígona es una santa cristiana? —inquirió el general con cierta sorna—. No me suena.

—Es una figura mitológica griega, la hija de Edipo —le explicó don Miguel—, que desafió las leyes del rey y dio su vida para honrar a su hermano y que recibiera los ritos funerarios adecuados.

—O sea, una rebelde y una pagana. Ya me parecía a mí —comentó Franco con suficiencia—. ¿Ha hablado usted con el señor obispo?

—Lo he intentado, pero no me ha hecho caso y acabamos discutiendo.

—Me lo imaginaba; usted y su manía de querer tener siempre la razón. ¿Por qué es tan discutidor y porfiador?

—Yo lo único que...

—Era una pregunta retórica —lo interrumpió el Caudillo—. En todo caso, miraré a ver qué se puede hacer, pero lo veo complicado; ahora lo urgente es la guerra, que absorbe todo mi tiempo y mi atención —dijo a modo de conclusión.

A propósito de la guerra, Unamuno se atrevió a pedirle un último favor: que evitara bombardear las ciudades —y especialmente Bilbao, donde él había nacido—, para que no hubiera más víctimas civiles inocentes. El Generalísimo le contestó que el frente del norte era cosa de Mola, que él ya bastante tenía con avanzar hacia Madrid.

—Entonces hable usted con Mola.

—Él me contestará, y con razón, que los republicanos no se recatan en bombardear nuestras poblaciones cuando les parece oportuno y que por qué nosotros deberíamos ser más generosos que ellos.

—Se supone que ustedes son distintos.

—Faltaría más.

—Pero eso debe traducirse en hechos, no basta con afirmarlo y pregonarlo por ahí —replicó don Miguel con bastante osadía.

Por un instante, Franco lo miró con rencor, un rencor frío pero intenso como un fuego helado.

—¿Sabe que mi esposa lo admira a usted mucho? —le dejó caer el general para cambiar de tema y contentarlo un poco, pues le habían dicho que don Miguel era muy vanidoso—. Otro día se la presento.

—Será un placer conversar con ella.

—Pues eso está hecho.

—Y estaría bien que, en tal ocasión, pudiéramos seguir hablando de las personas que le he mencionado antes —insistió Unamuno—; tal vez para entonces su excelencia esté menos ocupado.

—Ya le avisaremos, y, si ve que no es así, hable con mi secretario personal cuando pasen unas semanas, no creo que en ese tiempo vayan a fusilarlos —le aconsejó el Caudillo poniéndose en pie.

—En cuanto a Daniel Carbajo... —comenzó a decir don Miguel.

139

—Ese seguro que no va a moverse del sitio, perdóneme usted la irreverencia —comentó Franco con naturalidad.

Unamuno tuvo que contenerse para no soltar un exabrupto y empeorar más las cosas, pero se quedó con ganas, de eso y de algo más.

—Bromas aparte —prosiguió el jefe del Estado—, debo decirle que lo que me pide es decisión exclusiva del obispo, y yo con la Iglesia prefiero no toparme, como diría don Quijote, y menos cuando el prelado me ha cedido gentilmente su palacio; sería una ingratitud y una insolencia por mi parte.

—Lo que en realidad escribió Cervantes...

—Eso ahora no importa —lo interrumpió el Generalísimo con impaciencia—; era solo una forma de hablar, no me sea usted tan puntilloso. Lo relevante es que yo no puedo interferir en las cosas de Dios, y menos tratándose de algo tan grave como un suicidio, y en un momento en que tanta gente está dando su vida por España.

Unamuno salió del palacio del obispo cabizbajo y desalentado, consciente de que no cabía esperar nada de Franco y compungido por no haber sabido defender bien sus causas. Así y todo, visto de cerca, no le había parecido un completo desalmado o un necio, al menos no como el dichoso Mola, que ese sí que era un monstruo de perversidad, responsable de la cruel represión que los sublevados estaban llevando a cabo en la retaguardia, o como otros generales, que, según decía don Miguel, en la mollera en lugar de sesos tenían testículos, y encima presumían de ello. El Generalísimo, por el contrario, se había mostrado muy ladino, como un zorro que fingía ser gallina o una víbora que aparentaba ser una simple culebra, lo que implicaba cierta inteligencia.

Unos días después, tras regresar de un largo paseo con su amigo y discípulo Salvador Vila, arrestaron a este y a su esposa Gerda Leimdörfer, alemana de origen judío, para llevárselos a Granada, donde habitualmente residían, ya que él era el rector de la Universidad. Por lo visto, había habido una denuncia o un soplo de un partido de derechas, Acción Popular, informando de que el joven se encontraba en Salamanca. La delación se había convertido por entonces en un pasatiempo para algunos resentidos. Precisamente, Vila no había querido regresar a Granada por temor a posibles represalias, ya que varios colegas se la tenían jurada. Este caso afectó mucho a Unamuno, porque, además de ser alguien muy cercano a él, lo consideraba una persona buena, honrada y valiosa. Por otra parte, se le había metido en la cabeza que lo habían mandado apresar por su culpa, por ser amigo suyo, pues ¿quién iba a tener algo en contra de alguien como Salvador? Debía intentar librarlo como fuera de las garras de esos asesinos, ofreciéndose él a cambio de su amigo si fuese necesario. Al fin y al cabo, era solo cuestión de tiempo que le tocara el turno de ser represaliado; de hecho, ya había comenzado a sentir cómo el peligro lo rondaba como un ave de presa, como un buitre que olisqueara por anticipado la carroña. Debía darse prisa en actuar si quería ayudar a Salvador Vila y a Atilano Coco y a Filiberto Villalobos y a tantos otros, y resolver el caso de Daniel Carbajo. No pedía más.

8

Pese a alojarse en el mismo hotel, Teresa no había vuelto a tropezarse con Bartolomé Aragón. Tampoco encontraba a nadie que lo conociera bien o que quisiera hablar de él. La única opción que le quedaba para tratar de averiguar algo más era registrar su habitación. Desde luego, no era la primera vez que hacía una cosa así; de hecho, no había cerradura que se le resistiera ni escondrijo que le pasara inadvertido. Después de asegurarse de que el huésped no se hallaba en ella, probó a abrir la puerta con una ganzúa que siempre llevaba consigo, de su época más revolucionaria y clandestina; le había enseñado a utilizarla una calabacera, que en la jerga de los ladrones era la persona que sabía robar con ese tipo de herramienta, a la que había conocido en una de sus estancias en la cárcel de Barcelona. La apodaban la Maña por haber nacido en Zaragoza y ser muy mañosa con dicho instrumento. A Teresa, que había sido una buena discípula, le bastó un hábil juego de muñeca para que la cerradura cediera. Si hubiera querido, podría haber hecho carrera en el mundo del hampa. Pero no era dinero lo que buscaba, sino justicia social y, en la medida de lo posible, acabar con el Estado opresor.

La habitación estaba muy ordenada, con la ropa bien recogida en el armario y en una pequeña cómoda que había junto a la entrada. Tampoco se veían objetos personales. En el cajón del escritorio descubrió varios ejemplares del periódico de Huelva que Bartolomé había dirigido, *La Provincia (Diario de Falange Española de las JONS)*. Tras echarles un vistazo, observó que eran de diferentes fechas entre finales de agosto y principios de noviembre de 1936.

Según la publicidad del propio diario, este se comprometía a defender «dos principios fundamentales: DIOS Y ESPAÑA (una, grande y libre)», ambos coincidentes, como no podía ser menos, con el ideario de la Falange; una España que, al igual que Dios, era una y trina. Esto hizo que se acordara de las que, según Aragón, habían sido las últimas palabras de Unamuno.

—¡Patrañas! —murmuró para sí.

El número inaugural de esa nueva época del periódico con Aragón al frente recogía un artículo dedicado a la celebración del 12 de octubre en La Rábida por parte de Falange Española. En él hablaba con entusiasmo del significado histórico y simbólico de esa fecha para la organización en la que militaba. El texto iba acompañado de varias fotografías en las que podía contemplarse el lugar con una puesta en escena que recordaba mucho la de los grandes mítines y paradas nazis. Pero ya con anterioridad el periódico había venido desempeñando labores propagandísticas en favor de los sublevados. A Teresa le llamó la atención que hubiera varias noticias referidas a Unamuno, probablemente suministradas por el propio Aragón. Por ejemplo, el 26 de agosto podía leerse el siguiente titular: «Unamuno ha dado 50.000 pesetas para el ejército». Por lo que Manuel le había contado, en realidad habían sido cinco mil, que ya de por sí era una cantidad desorbitada para él, por lo que no creía que la hubiera donado, pero la de cincuenta mil resultaba una barbaridad. ¿Se trataba de una simple errata de imprenta o de una falsedad deliberada con la finalidad de exagerar el apoyo que, en un principio, Unamuno había dado a los golpistas? Teresa, que no creía en las casualidades, pensó que se trataba de algo intencionado; de hecho, si se leía el cuerpo del artículo, podía comprobarse que la cifra se repetía, lo que reforzaba la sospecha de que estaba ante una manipulación propagandística. Y no era el único titular referido al escritor durante los primeros meses de la guerra; había otro que proclamaba de forma explícita: «Unamuno declara que está con el Ejército, que es como estar al lado de España».

También halló una noticia de interés sobre Millán Astray. Al parecer, este había regresado a España procedente de Argentina para sumarse al alzamiento militar. Tras desembarcar en Lisboa, se había dirigido a Ayamonte por carretera, cruzando el río Guadiana en el trasbordador, y luego, como ella ya sabía, a Huelva, donde entró el 13 de agosto, justo antes de que Bartolomé marchara al frente, según podía leerse en *La Provincia* al día siguiente:

> *Durante su breve estancia de ayer en Huelva, el glorioso y bravo general Millán Astray quiso expresar su entusiasmo y admiración por las milicias de Falange Española de Huelva, y, después de hacer un cálido elogio de los servicios que vienen prestando a la causa de España en estos momentos, accedió a firmar su ficha de ingreso en las filas de los bizarros falangistas onubenses.*

Por lo visto, era verdad que el fundador de la Legión se había afiliado a la Falange en Huelva. Una curiosa coincidencia, que no debía de ser tal.

En todo caso, la noticia más llamativa que Teresa encontró en el periódico la protagonizaba el propio Bartolomé Aragón, y tenía que ver con el hecho de haber impulsado y animado en Huelva un importante «Auto de fe» o de FE, esto es, de Falange Española. El evento había ocurrido durante la conmemoración del tercer aniversario de la fundación de esa organización, el 29 de octubre, apenas dos meses antes de la muerte de Unamuno y diecisiete días después del suceso del paraninfo. Como cierre de la celebración, los falangistas se dirigieron a la plaza del 12 de Octubre, donde los fastos culminaron a eso de las diez de la noche con una quema de libros marxistas, masónicos e inmorales, precedida de un desfile de camaradas con antorchas encendidas; pura estética nazi.

Dos días después del evento, el periódico reproducía íntegramente el discurso de Aragón, que con su retórica inflamada e inflamable trataba de justificar el auto de fe:

> *A pesar de que pueda haber quien piense que el acto de quema simbólica que realiza esta noche Falange es un acto exótico de importación, por recordar quizá la quema reciente de los estudiantes de Heidelberg o la de la plaza berlinesa del Reichstag, hemos de decirles que no conocen o han olvidado lo mejor de nuestra literatura.*

Se refería, claro está, al *Quijote*, y más concretamente al célebre capítulo VI, el titulado «Del donoso y grande escrutinio que el cura y el barbero hicieron en la librería del ingenioso hidalgo», aquel en el que estos dos personajes, a petición de la sobrina de don Quijote, llevaban a cabo una purga en la biblioteca de este con la consiguiente incineración de libros. Y, para rememorarlo y legitimar así el acto que estaba teniendo lugar ante él, Aragón leyó un amplio pasaje, al parecer, de dicho capítulo.

En su discurso podría haber mencionado Bartolomé Aragón los autos de fe del Santo Oficio de la Inquisición, de muy larga y acendrada tradición en España, pero prefirió dignificar el acto con la autoridad y el prestigio de Miguel de Cervantes, el espíritu más irónico y tolerante de la historia de la literatura española, al que en su discurso invocaba para justificar la destrucción de obras impresas. ¡Eso sí que era una tremenda paradoja! ¿Cómo era posible, entonces, que alguien que impulsaba, aplaudía y respaldaba de esa manera la quema de libros, fueran del tipo que fueran, pudiera admirar o siquiera respetar a don Miguel de Unamuno, que tanto veneraba al personaje de don Quijote, al que consideraba nada menos que el Cristo español y su gran referente vital? ¿Cómo habría reaccionado don Miguel si hubiera tenido noticia de esa especie de auto de fe celebrado en Huelva y de las palabras pronunciadas en él por ese sospechoso visitante?

Antes de irse, Teresa miró en el cajón de la mesilla. En su interior, había un libro de Unamuno, titulado *Poesías*, con una página doblada a modo de marca de lectura; en ella podía leerse un poema estremecedor en el que el autor presentía su muerte un 31 de diciembre, ¡justo tres décadas antes de su último aliento! En sus versos, imaginaba la llegada sigilosa de la muerte en ese último día del año, antes de la cena familiar, mientras estaba solo en su gabinete de trabajo, rodeado de libros sabios y silenciosos, escribiendo las que podrían ser sus postreras palabras, su testamento poético. Pero lo más terrible era que, pasado el tiempo, ese presentimiento misterioso se convertiría en una especie de augurio o profecía. ¿Se habría acordado Unamuno de su poema en esa jornada final de 1936? ¿Lo habrían tenido en cuenta sus supuestos asesinos?

Mientras hojeaba el libro para ver si encontraba algo más, de entre sus páginas cayeron al suelo varias cuartillas con membrete del hotel escritas a mano. Parecía un borrador, pues estaba lleno de enmiendas y tachaduras. Aquí y allá se leían con claridad algunos párrafos y frases sueltas, lo suficiente como para comprender que se trataba del relato de lo acontecido en la visita a Unamuno la tarde de su fallecimiento. Si lo allí declarado era real y veraz, ¿a qué venían entonces tantos borrones y correcciones? ¿Tan alterada y confusa estaba la memoria de Bartolomé Aragón, a pesar del poco tiempo transcurrido desde el momento del suceso? A simple vista, cualquiera diría que el objetivo era construir un relato amañado e interesado de lo que pasó esa tarde en casa de don Miguel, una versión falsa en definitiva para ocultar la verdad. Por si en efecto se trataba de eso, Teresa guardó las cuartillas en su bolso, como posible prueba, y volvió a dejar el libro en la mesilla.

En ese instante alguien llamó a la puerta de forma discreta y se identificó como el botones del hotel. Alarmada, Teresa decidió ocultarse bajo la cama, no fuera a ser que el empleado entrara en la habitación. Pero este se limitó a deslizar un sobre de color sepia por la rendija. Cuando se fue, ella salió de su escondite, lo cogió y lo abrió sin pensárselo dos veces. La nota que contenía estaba escrita a mano y decía así:

> *He pasado por el Novelty, pero no lo he encontrado. Necesito hablar urgentemente con usted. Póngase en contacto conmigo por la vía habitual.*

El mensaje estaba sin firmar, lo que lo hacía todavía más sospechoso. ¿De quién se trataría? ¿Cuál sería el asunto sobre el que tenían que conversar con tanta premura? ¿Por qué tanto secretismo? Tampoco el nombre del destinatario aparecía por ninguna parte.

Después de abandonar el hotel, Teresa se dirigió al Cuartel de Milicias de la Falange Española, que se había instalado en el edificio del antiguo noviciado de la Compañía de Jesús, en el paseo de San Antonio, concretamente en el pabellón oriental, dejando la otra parte como instituto de enseñanza. Las milicias locales tenían la consideración de fuerzas auxiliares, con su propia cadena de mando, pero siempre subordinadas a la autoridad militar y a la Guardia Civil, y sus miembros podían ir pertrechados con armas de fuego cortas y largas. Los falangistas salmantinos, dirigidos por Ramón Laporta Girón, Abel Mayorga Casado y Francisco Bravo Martínez, que en ese momento era el secretario de la Junta de Mando, habían convertido también ese lugar en un centro de detención irregular en el que los arrestados no figuraban en ningún registro y permanecían ajenos a cualquier tipo de control legal. Allí estos eran recluidos, torturados y, en muchos casos, condenados a ejecuciones extrajudiciales con la consiguiente desaparición del cadáver para eliminar pruebas.

A Teresa la dejaron entrar sin cachearla; privilegios de ser una extranjera y una mujer mayor. En el patio, advirtió una gran agitación y actividad, con milicianos que iban y venían de un sitio para otro. Algunos voluntarios recién reclutados aprendían a desfilar al ritmo del *Cara al sol* y otros himnos marciales o hacían ejercicios de entrenamiento para el combate. La mayoría llevaba puesta la camisa azul, de la que parecían sentirse muy orgullosos, pues constituía su principal distintivo, el que marcaba su identidad y a la vez se la quitaba, ya que esa era la función de todo uniforme. También pudo ver a algunos piquetes trasladando detenidos o descargando cajas con avituallamiento.

La intención de Teresa era entrevistarse con el periodista Francisco Bravo, con el pretexto de escribir un reportaje sobre la retaguardia en Salamanca y el papel de la Falange en el bando de los sublevados. Según le había contado Manuel Rivera, Bravo presumía de ser conocido del hijo mayor de don Miguel y un declarado admirador de la obra de este, lo que no quitaba para que en la prensa hubiera sido muy duro con él en diferentes ocasiones. Después de las presentaciones y de hablar sobre algunas cuestiones relacionadas con la guerra y la situación de la Falange tras la muerte de su fundador, Teresa dejó caer el nombre de Unamuno en la conversación, como quien no quería la cosa.

—He oído que era una persona admirable. ¿Lo conoció usted? —le preguntó.

—Lo traté mucho y he leído una parte de su obra; en mi opinión escribió demasiado, y no todo de interés. Era un gran intelectual y muy valiente, pero a nadie se le escapaba que resultaba también muy vanidoso, soberbio, testarudo, avariento... y parecía siempre deseoso de dar de qué hablar; pero, eso sí, su comportamiento a veces miserable no le quitaba ni un ápice de su coraje ni de su grandeza —añadió Francisco Bravo con suficiencia, mientras Teresa tenía que morderse la lengua—. Sobre su arrojo, le puedo contar una anécdota muy reveladora. Unas semanas antes de su muerte, me envió una carta muy comprometedora para que se la hiciera llegar a otro falangista, no puedo decir su nombre para no ponerlo en un aprieto. Yo la leí y me pareció tan osada que, en lugar de entregarla a su destinatario, me ofrecí a devolvérsela a su autor, pero don Miguel me respondió, muy ufano, que la había escrito para que se leyera y que no le importaban las posibles consecuencias. Así era él. Por supuesto, la destruí.

—¿Cómo era su relación con la Falange? —preguntó ella.

—Sobre eso habría mucho que comentar. El propio José Antonio, admirador de su obra y de su pasión castiza por España, trató de que nos apoyara cuando vino a dar un mitin a Salamanca en febrero del 35, en el teatro Bretón. De modo que organicé un encuentro de los dos en su domicilio de la calle de Bordadores, y la cosa salió tan bien que luego nos acompañó al acto, lo que provocó un gran revuelo y escándalo en la ciudad, y hasta fuera de ella. Las agencias dieron la noticia al mundo, sobre todo a América, de forma un tanto exagerada. Unamuno, gustoso de ser motivo de conversación, contribuyó a que se hablara de Falange en todas partes. Pero pocas semanas después comenzó a combatirnos con renovada crudeza. Y es que Unamuno, cuando lo pillabas de buenas, se dejaba querer y halagar, pero en cuanto le daba la ventolera nos despreciaba y nos ponía pingando en la prensa. Claro que yo también fui muy severo con él de viva voz y por escrito, lo confieso, pues, en mi opinión, se lo merecía. Así y todo, han sido muchos los que han tratado de incorporarlo a nuestras filas como una especie de mentor.

—¿Y eso por qué?

—Porque su talante rebelde y algunas de sus ideas concordaban con lo que nosotros planteábamos. Por ejemplo: él nos enseñó a sentir a España con orgullo, apasionadamente, sin complejos; de ahí que quisiéramos que nos ayudara a luchar contra los separatismos. Y a nadie se le escapaba su gran prestigio en todas partes —se sinceró.

—O sea, que lo que querían era utilizarlo y aprovecharse de él. Pero dudo mucho que su actitud y su pensamiento tuvieran nada que ver con ustedes, muy al contrario. Unamuno rechazaba con fuerza tanto a los fascistas como a los bolcheviques, a los que veía como el haz y el envés de la misma moneda —argumentó ella.

—Eso que dice no es así —replicó el otro.

—Dejémoslo entonces estar —concedió Teresa para poder continuar con sus preguntas.

—¿Alguna cosa más?

—¿Qué sabe usted de Bartolomé Aragón?

Al falangista la cuestión lo pilló con el paso cambiado; así que se tomó su tiempo para contestar, no tanto para indagar en su memoria como para decidir qué es lo que más le convenía declarar.

—Apenas lo conozco, pues no es de aquí. ¿Por qué me lo pregunta?

—Él es quien acompañaba a Unamuno en el momento de su muerte.

—¿No pensará usted que...?

—Tan solo quiero saber cómo fueron esas últimas horas del ilustre escritor —puntualizó Teresa.

—Eso puede consultarlo en los periódicos.

—Ya lo he hecho.

—¿Y?

—Que no he viajado hasta aquí para contar lo mismo que he leído en la prensa local.

Francisco Bravo la miró con atención, sin saber todavía a qué atenerse con ella, pues no estaba acostumbrado a tratar con mujeres así, dada su escasez.

—En fin, no sé qué le habrán insinuado por ahí, pero los falangistas no queríamos ver muerto a Unamuno. Como ya le he comentado, la mayoría lo admirábamos, que le quede bien claro, y en especial José Antonio, a pesar de ser hijo del dictador Miguel Primo de Rivera, una de las bestias negras de don Miguel. Y nosotros fuimos los únicos que estuvimos con él hasta el final, nosotros nunca lo abandonamos. De modo que no es extraño que cuando murió se encontrara con él uno de los nuestros; podía haber sido cualquier otro —arguyó Francisco Bravo con vehemencia.

—¿Y de verdad cree que al final don Miguel también lo era?

—¿De los nuestros? Claro que sí, por más que él lo negara o disimulara. Gracias a mi relación de amistad con su hijo mayor, yo sé qué es lo que pensaba Unamuno en la intimidad, solo que no se atrevía o no quería decirlo en público, pues él siempre presumía de no casarse con nadie, menudo zorro estaba hecho. Pero en su corazón estaba con nosotros, y por eso apoyó el alzamiento, por los falangistas, no por los militares, a los que despreciaba, que no se le olvide, aunque le hayan dicho lo contrario.

—Sin embargo, llegó a escribir que los falangistas eran una banda de analfabetos que estaban sumiendo a España en la vergüenza y la estupidez, o algo parecido, perdone que se lo mencione, no es mi intención ofenderlos —apuntó Teresa.

—Y ataques mucho peores y más ofensivos, se lo aseguro, incluso contra José Antonio. Pero insisto en que eso era de cara a la galería, como una especie de estrategia muy pensada y mejor ejecutada, pues aspiraba, entre otras metas, a que le concedieran el Premio Nobel, y por ello no quería que lo relacionaran con el fascismo.

—¿Está usted insinuando que Unamuno era un hipócrita y que en público decía una cosa y, en privado, la contraria solo para quedar bien?

—Yo no pretendo juzgar ni desprestigiar al maestro, solo trato de contestar con honestidad a sus preguntas —se defendió el falangista—. Para que vea como era el asunto, le contaré una anécdota que le ocurrió a uno de nuestros militantes, que a la sazón era alumno de don Miguel. Al parecer, este joven falangista se mostró en clase muy elogioso con nuestra organización y Unamuno lo reprendió con dureza. El estudiante fue a verlo después a su despacho para pedirle explicaciones, ya que consideraba que tenía derecho a defender las ideas que quisiera. «No, si a mí también me gusta la Falange», le confesó don Miguel, «pero yo no lo voy proclamando por ahí. Esa es la diferencia entre usted y yo». Creo que con eso está dicho todo.

Teresa, naturalmente, no le dio ningún crédito a la anécdota, como a casi nada de lo que le había contado el dirigente falangista, que parecía tener mucha inventiva, pero fingió hacerlo para poder seguir sacándole información.

—¿Fue entonces por eso por lo que lo enterraron como a uno de los suyos?

Francisco Bravo la observó con curiosidad, como tratando de calibrar el alcance de la pregunta. A esas alturas, resultaba evidente que esa mujer tiraba con bala y sin perder la compostura, con gesto de absoluta inocencia.

—Yo no estuve en los preparativos del sepelio, pues andaba muy ocupado. Eso pregúnteselo a Víctor de la Serna, él también es periodista, como usted y como yo. Si desea verlo, ahora mismo lo puede encontrar en nuestra sede escribiendo algún artículo o proclama —añadió Bravo poniéndose en pie con ademán impasible.

VIII

El tiempo corría y la situación de sus amigos encarcelados no mejoraba. En cuanto a sus pesquisas, había llegado el momento de pasar a la acción. Unamuno había decidido deslizarse por la noche y a escondidas en el viejo edificio de la Universidad y adentrarse en la sala en la que tenían lugar las reuniones de trabajo de los juristas encargados de legitimar el alzamiento. Su objetivo era encontrar pruebas de lo sucedido a Daniel Carbajo y de las oscuras labores que allí se estaban llevando a cabo por orden de los sublevados. La tarea no era fácil, pero contaba con la ventaja de que aún guardaba las llaves de la casa rectoral, en la que había vivido en su época de rector efectivo y donde todavía se encontraba su biblioteca personal. Desde el salón que había en la planta baja era muy fácil acceder al claustro del Edificio Histórico de la Universidad a través de una puerta trasera que daba directamente a la sacristía de la capilla universitaria, dedicada a san Jerónimo. Una vez allí, tan solo tuvo que acercarse al cuarto del bedel, que era donde se guardaban las llaves y que, paradójicamente, no tenía cerradura, y coger las de la parte de arriba, lo que hizo con la ayuda de una linterna.

A pesar de los muchos años que había estado impartiendo clase en la Universidad y de haber vivido en la casa rectoral, nunca había paseado a tales horas por el interior del que fuera su lugar de trabajo. Visto a oscuras y en silencio en una noche de otoño, sobrecogía un poco. Era como si, al caer las sombras, todo cambiara y se llenara de presencias extrañas y fantasmales, ¿los espectros de antiguos alumnos que, tras la muerte, se negaron a abandonar el edificio por no haber concluido aún sus estudios?

Unamuno comenzó a ascender con sigilo por la escalera renacentista. A la luz de la linterna, parecía como si los relieves de piedra cobraran vida y se convirtieran en incitantes tentaciones que había que resistir para poder llegar a la cima, donde se encontraban la virtud y la sabiduría, encarnadas en la biblioteca histórica, el verdadero tesoro de la Universidad, la joya de la corona; de hecho, esa era la parte que coronaba la fachada principal del viejo edificio.

Abrió la puerta de la biblioteca con una de las llaves más gruesas del manojo y se adentró en aquel paraíso terrenal. Don Miguel no sabía con exactitud el número de volúmenes que allí se guardaban, pero sí que algunos eran muy valiosos, y otros, ejemplares únicos en el mundo, si bien los sublevados habían hecho desaparecer ya parte de sus fondos, unos por codicia y otros por afán inquisitorial. Y los que quedaban corrían grave peligro. ¿Y si una bomba lanzada por un avión republicano cayera sobre ella y se perdieran todos los libros allí conservados, muchos de ellos incunables y primeras ediciones? Sería una auténtica tragedia, no solo para la Universidad o la ciudad, y más en ese momento en el que España se veía asolada por la barbarie.

De repente, creyó oír ruido en uno de los anaqueles. Tras apuntar hacia él con el haz de luz de la linterna, descubrió que se trataba de un gato negro. Por lo visto, el bedel lo soltaba por las noches para que se encargara de los ratones, pues decía que a estos les gustaba mucho el papel y el pergamino y no respetaban la venerable antigüedad y el prestigio de algunas obras. Cuando atravesaba la estancia, Unamuno tropezó con uno de los globos terráqueos que la adornaban y que en su día había adquirido Diego de Torres Villarroel, que, por razones administrativas, los llamaba libros gordos y redondos. Por suerte consiguió que no cayera al suelo, ya que habría armado un gran escándalo. Subió por una pequeña escalera de caracol que había en uno de los rincones del fondo y se adentró en un laberinto de estanterías y pasillos muy estrechos, donde sería fácil perderse, hasta llegar a la sala que buscaba, que franqueó tras probar con varias de las llaves que llevaba consigo.

La habitación no era muy grande; en el centro había una mesa alargada rodeada de unos cuantos sillones forrados de terciopelo y, delante de las paredes, varios armarios con puertas de rejilla, estanterías de madera de nogal y archivadores metálicos. Sobre la mesa podía verse una máquina de escribir, y, aquí y allá, rimeros de folios, cuadernos, tinteros, plumas y libros de derecho.

En un primer registro, don Miguel encontró en uno de los armarios unos papeles que atrajeron su atención, pues tenían que ver con las reuniones que allí se celebraban. Comenzó a leerlos de pie, a la luz de la linterna. Uno de ellos era un informe del profesor Sánchez Tejerina, el mismo que lo había escandalizado con su alocución radiada sobre la Inquisición española, esa que tanto había costado abolir hacía unos cien años y que ahora algunos energúmenos intentaban resucitar. El problema era que en este caso se trataba de un ilustre penalista. El escrito abordaba precisamente ese tema y en él hacía el prestigioso catedrático una enardecida defensa del Santo Oficio, arguyendo que su leyenda negra estaba del todo infundada, por lo que proponía el restablecimiento temporal del mismo como medio eficaz para luchar contra los principales enemigos del presente, que no eran otros que los masones, los separatistas y los marxistas. Y lo hacía con la mayor seriedad y con toda clase de argumentos jurídicos. Sería una Inquisición puesta al día, concluía Sánchez Tejerina, pero muy parecida a la tradicional en su fondo y en su forma. Por lo visto, el eminente profesor confiaba en que el Caudillo le hiciera caso y volviera a establecerla en la nueva España que en Salamanca se estaba gestando. Unamuno no sabía si reír o llorar con tan delirante propuesta.

En otro informe, este mismo profesor recomendaba que los fusilamientos que se decretaran fueran inmediatos para que no hubiera posibilidad de recursos por parte del condenado y su defensor ni de indultos o arrepentimientos por parte de las autoridades y los jueces. Para los delitos menores, se mostraba a favor de las penas corporales, como la fustigación o los azotes, administrados humanamente, eso sí, sin poner en peligro la salud o la integridad física de quienes los sufrieran. «¡Dios nos coja confesados!», pensó para sí don Miguel ante tamaño dislate. Por su parte, el catedrático Isidro Beato Sala proponía en un escrito el concepto de guerra de España, tradicional y católica, contra el comunismo ruso, revolucionario y ateo. Y otros hablaban de la existencia, dentro del bando republicano, de un «complot internacional comunista contra España», del que era necesario defenderse por medio de una cruzada justa y santa.

Más serio y de mayor alcance era el borrador que estaban preparando varios juristas de la Universidad con el fin de emitir un dictamen sobre la ilegitimidad de los poderes actuantes en el 18 de julio de 1936. Al parecer se trataba de un encargo directo de la Junta de Defensa Nacional y tenía como principal fin instruir actuaciones encaminadas a demostrar que la Segunda República era un régimen ilegítimo, tanto en su origen como en el posterior ejercicio del poder, y que, en consecuencia, estaba plenamente justificado el alzamiento militar, y para ello se suministraban toda clase de pruebas y razonamientos legales. Allí se decía, entre otras cosas, que el Gobierno republicano había tolerado y luego alentado los incendios de iglesias y conventos, los despojamientos de toda clase de bienes y los asesinatos de miembros del clero y de personalidades políticas de la derecha. También se le acusaba de haber anulado la libertad religiosa y fomentado la arbitrariedad en la administración de la justicia, lo que había dado lugar al caos y a la anarquía, que era precisamente lo que el Movimiento había venido a combatir con la ayuda de Dios.

Una vez leídos, Unamuno dejó los papeles sobre la mesa y siguió buscando. En la misma línea que los anteriores, encontró algunos otros documentos guardados en uno de los archivadores. Pero lo más relevante para el caso apareció al final. Tras mucho rebuscar, encontró en una carpeta guardada en un cajón algunas referencias directas a Daniel Carbajo. Eran unas pocas líneas, pero muy interesantes y significativas; se trataba del borrador de un informe en el que se notificaba al alto mando que el conocido jurista había demostrado de forma reiterada y manifiesta su desafección hacia los sublevados y se había mostrado muy crítico con los importantes trabajos que allí estaban realizando, por lo que cabía considerarlo un traidor a la causa y, por tanto, merecedor del correspondiente reproche legal y penal. ¿De qué modo? ¿Con arreglo a qué ley? ¿Por parte de quién? Eso no se decía. Se supone que era decisión de la autoridad competente. Por otra parte, halló una especie de listado de colaboradores donde aparecía el nombre del catedrático jubilado con una pequeña cruz al lado, como cuando se quiere indicar que alguien ha fallecido.

Estimulado por los hallazgos, don Miguel prosiguió su búsqueda hasta que oyó ruido fuera de la sala. Por precaución se guardó los papeles que había ido acumulando en el bolsillo de la chaqueta, apagó la linterna y se dispuso a salir. Con sigilo se acercó a la puerta y desde el umbral observó que había alguien al fondo del pasillo. Por su manera de moverse reconoció al bedel de la Universidad, un individuo de mala catadura, cargado de espaldas y que arrastraba una pierna al andar. Los estudiantes, con muy mala intención, lo llamaban Quasimodo por su aspecto siniestro, pero su nombre de bautismo era Saturio. Al parecer, era un guardia civil retirado que sufría una marcada cojera, debida al disparo de un contrabandista al que estaba persiguiendo en la raya con Portugal. Su vida no debía de haber sido fácil y esa lesión había terminado de amargarlo. El bedel tenía su vivienda en un cuartucho del propio edificio y corrían muchas historias sobre su persona, algunas de ellas terroríficas y dignas de un relato de Poe. Los alumnos lo temían y en los pasillos huían siempre de él, e igual les pasaba a algunos profesores, tanto era así que hasta el propio don Miguel se había sentido intimidado ante su presencia en más de una ocasión; asimismo, sospechaba que en la actualidad trabajaba directamente para los golpistas.

En ese momento debía de estar haciendo su ronda de vigilancia nocturna, ya que apenas dormía. Iba cubierto con una capa con capucha y portaba en la mano un antiguo candil cuya llama oscilaba a causa de las corrientes de aire, lo que suponía un gran peligro para los libros allí almacenados. Tan pronto se internó en el laberinto de estanterías, don Miguel abandonó la sala y se dirigió con sigilo hacia la biblioteca histórica, pero el otro debió de oírlo y se fue tras él.

—¡Alto ahí, hijo de Satanás! —gritó Saturio.

A pesar de su cojera, el bedel era muy ágil y no tardaría en alcanzarlo, de modo que tuvo que esconderse detrás de un arcón que había junto a una mesa. Se sentía un poco ridículo en esa situación; si sus antiguos alumnos lo vieran ahora... Pero lo urgente era que el cancerbero no lo descubriera. Con la carrera, a este se le había apagado la llama del candil y todo estaba a oscuras. Unamuno contuvo la respiración hasta que el otro pasó a su lado renqueando y jadeando como un animal herido.

—Por mucho que te escondas, te encontraré —anunció con voz amenazadora y cavernosa.

Al amparo de las sombras, el rector se puso en pie y fue detrás de él. Cuando lo tuvo al alcance de la mano, le dio un empujón por la espalda que lo arrojó al suelo. «Lo siento mucho, no era mi intención», dijo para sí. Una vez que se deshizo de su perseguidor, Unamuno salió corriendo al claustro superior, bajó dando brincos las escaleras de piedra, atravesó la capilla y la sacristía y se metió en la casa rectoral por la puerta trasera para luego abandonarla, exhausto, por la principal.

Cuando llegó a su domicilio, don Miguel suspiró aliviado, pues al menos allí no podría cazarlo Saturio, o eso esperaba. Sin hacer ruido, para no despertar a nadie, se metió en su despacho. Quería echarle otro vistazo a alguno de los documentos que se había llevado consigo, esos que tan caros podían haberle costado. Entre otros, volvió a mirar el listado de colaboradores y descubrió que estaba fechado. Lo sorprendente era que la data era anterior en varios días a la del fallecimiento del catedrático, cuyo nombre estaba marcado con una cruz. ¿Cómo era eso posible? ¿Acaso sabía la persona que lo había hecho que lo iban a matar y por eso lo daba ya por muerto? ¿O se trataba simplemente de un error o desliz? También cabía pensar que la señal la hubieran puesto después, pero lo cierto era que se trataba de una copia mecanográfica en papel carbón, lo que hacía más difícil que fuera un añadido posterior. Ahí podía estar, pues, una de las pruebas que don Miguel necesitaba para ir apuntalando el caso, si bien dudaba de que, en un hipotético juicio, fuera tenida en cuenta en la España rebelde. No obstante, para él demostraba con claridad que en la muerte de Daniel Carbajo había algo sospechoso.

Esa noche don Miguel tuvo un sueño muy agitado por culpa de una pesadilla en la que se veía vagando por las calles de Salamanca, que se parecían mucho a las de una de esas ciudades de las películas expresionistas alemanas, retorcidas y laberínticas. Al volver una esquina, encontró junto a una farola a una mujer que por su aspecto parecía una cabaretera, con una especie de corsé, medias finas y liguero. Cuando la tuvo cerca descubrió que se trataba de Teresa, a la edad en la que se habían conocido.

—¿Me buscaba usted? —preguntó ella con voz insinuante.

—Ando tras la pista de un asesino que tiene amedrentada a la gente. Es un monstruo, un vampiro que se nutre de nuestro cerebro y de nuestra sangre.

—¡¿Un vampiro?!

—Así es, y debo detenerlo antes de que me mate a mí, pues su intención es acabar con todos.

—Lamento decírselo —le advirtió ella con gesto serio—, pero no puede detener a nadie ni tampoco morir, por una razón muy sencilla, y es que usted no existe, es tan solo un personaje *nivolesco* creado por un *nivolista* del futuro.

Unamuno se despertó muy angustiado y bañado en sudor, y lo primero que hizo fue palparse la ropa y pellizcarse los brazos para comprobar si estaba vivo. Por un instante, había pensado que en verdad no existía, que tan solo era fruto de la imaginación de alguien, tal vez un sueño del Creador, y que, por tanto, podía desvanecerse en cualquier momento para siempre y sin dejar huella alguna de su paso por el mundo, que en realidad era lo que más lo horrorizaba.

9

Por lo que Teresa había averiguado hablando con algunos periodistas locales, los falangistas salmantinos, que antes de la guerra eran apenas una treintena, se habían instalado en un principio en la calle de Consuelo, en una antigua casa que muy pronto se quedó pequeña debido a la gran avalancha de afiliados que surgieron a raíz de la sublevación militar. Esto hizo que tuvieran que trasladarse al número 52 de la calle del Doctor Riesco, una de las principales de la ciudad. Se trataba de una propiedad del conocido ganadero Juan Cobaleda. El edificio daba también a la plazuela de Santa Eulalia y a la calle del Deán Polo Benito, y allí tenía despacho el jefe nacional, Manuel Hedilla, el sucesor interino del Ausente. En la entrada preguntó por Víctor de la Serna. Un adolescente de pelo rubio y camisa azul la condujo con gran diligencia a un despacho donde un hombre de estatura mediana y complexión tirando a fuerte, frente despejada y rostro bien rasurado, estaba escribiendo algo con lo que no acababa de estar satisfecho, a juzgar por las numerosas bolas de papel estrujado que había en la papelera y en el suelo. El periodista había sido uno de los primeros falangistas que portaron el ataúd de Unamuno camino del cementerio después de haberse pasado la noche anterior velando su cadáver junto con otros camaradas, que, como él, trabajaban en la Oficina de Prensa y Propaganda a las órdenes de José Millán Astray y Ernesto Giménez Caballero.

—Me llamo Marguerite Legendre —se presentó ella— y soy una corresponsal de guerra francesa.

—Encantado de conocerla —dijo él con gesto amable y, al mismo tiempo, enérgico.

—Estoy preparando un reportaje sobre Miguel de Unamuno, y Francisco Bravo me ha dicho que fue usted la persona que organizó su entierro.

—Así es; lo hice por orden de nuestro jefe nacional y con la ayuda de algunos otros.

—Entonces, ¿no fue algo improvisado y espontáneo?

—En absoluto.

—¿Le pidieron permiso a la familia?

—¿Para qué? No hacía falta. Unamuno es patrimonio de los españoles, los auténticos, los de la España nacional —respondió él con descaro y convicción.

—¿Y por qué tanto interés por parte de ustedes, los falangistas?

Él la contempló con atención, como si tratara de descubrir qué intención había detrás de esa pregunta en apariencia inocente, y lo que halló no debió de disgustarle, pues se animó a contestar.

—Verá usted. Cuando murió Unamuno, Franco le indicó a Millán Astray que los actos de entierro y funeral iban a ceñirse a lo estrictamente familiar, por lo que la Oficina de Prensa y Propaganda debería limitarse a dar la noticia por la radio y a publicar algunas notas necrológicas en los periódicos, y poco más. Pero Manuel Hedilla no quiso aceptar las imposiciones del Caudillo. Dada la personalidad y el prestigio del difunto, nuestro jefe nacional ordenó que el sepelio tuviera cierta solemnidad y me encargó a mí su organización; luego yo fui involucrando a los demás. Hedilla envió entonces un comunicado con su decisión al Generalísimo, de la que, como cabía esperar, este no quiso darse por enterado. Ante la posibilidad de que el funeral pudiera convertirse en un motivo de enfrentamiento entre los nuestros y los militares, el bueno de Hedilla decidió no estar presente en los actos y envió una carta de pésame a la familia de Unamuno en la que se deshacía en elogios hacia el gran escritor. También le encargó a Maximiano García Venero que escribiera un artículo laudatorio para que se publicara en *El Adelanto*. Lógicamente, don Miguel fue honrado y enterrado a nuestro estilo. Una vez que lo introdujeron en su nicho, se le dijeron los presentes de rigor, como si fuera un militante, y desfilamos en su honor. Fue como si el gran escritor hubiera muerto con la camisa azul sobre su pecho, abrigando su fatigado corazón, que siempre había latido, tanto en el error como en la verdad, al servicio y al amor de la vieja España —concluyó Víctor de la Serna, emocionado por su propia retórica.

—Pero, por lo que tengo entendido, él no era en realidad de los suyos —se atrevió a objetar Teresa.

—Eso no es así —rechazó él con naturalidad, como si se tratara de una cosa obvia—. No sé si sabe que Unamuno había hecho un bien incalculable al alzamiento. Cuando las radios rojas nos desacreditaban ante el mundo y nosotros teníamos escasos medios de difusión, el gesto de don Miguel, poniéndose del lado de los sublevados y comentándolo en algunas interviús para la prensa de Europa y América, nos fue muy favorable. El manifiesto de Unamuno como rector de una universidad histórica de renombre universal, dirigido a las universidades de todo el mundo, fue también decisivo para que se propagara la verdad de nuestro Movimiento, y por eso quisimos rendirle un homenaje con motivo de su muerte, lo que, como era de esperar, los militares no hicieron, pues, una vez fallecido, don Miguel ya no les interesaba.

—En todo caso, eso no significa que los apoyara —insistió Teresa.

—Si lo que quiere decir es que no tenía carné de la Falange, tiene razón. Pero Unamuno fue un aliado y un buen compañero de viaje. De ahí, insisto, que fuéramos nosotros los encargados de organizar el cortejo fúnebre junto con el párroco y algunos profesores de la Universidad. Nosotros fuimos los que decidimos quiénes lo presidirían, quiénes portarían el féretro a hombros y quiénes llevarían las cintas y los cirios, así como la parada en el Campo de San Francisco

165

y todo lo demás, incluida la fecha, según nuestros propios criterios, liturgias e intereses, faltaría más —aclaró Víctor de la Serna—. ¿No toma notas? —preguntó al ver que ella no escribía nada en su libreta.

—No me hace falta, gracias; tengo buena memoria —le aseguró Teresa—. Ha comentado usted que Unamuno fue un aliado de Falange. ¿Cambió en algo su actitud hacia él después de lo sucedido el 12 de octubre en el paraninfo de la Universidad?

—Si lo pregunta por el revuelo que se armó con su intervención, debo confesarle que, lejos de disgustarnos, a algunos nos entusiasmó; por fin alguien le plantaba cara a ciertos militares y a la derecha más tradicionalista, que nada tiene que ver con nosotros, dicho sea de paso; nosotros somos revolucionarios, no conservadores. El pobre Millán Astray, por su parte, estaba que rabiaba, aunque lo disimulaba muy bien, como es habitual en él. Mire usted con atención algunas de las fotos que se hicieron ese día y podrá observar que don Miguel abandona el edificio rodeado de varios falangistas que lo vitoreaban y lo protegían con los brazos en alto, mientras los legionarios y algunos civiles exaltados lo abucheaban y amenazaban. Déjeme que le diga que, para nosotros, Unamuno se convirtió en un ejemplo de coraje y honestidad, si bien es cierto que no todos los falangistas pensaban igual a este respecto, no le voy a engañar —confesó.

—¿Y qué me dice de los rumores que sugieren que ustedes podrían haberlo asesinado? —lanzó Teresa.

Por primera vez, Víctor de la Serna se mostró incómodo y algo preocupado; esa pregunta no se la esperaba y, desde luego, no le agradaba, y menos después de todo lo que le había contado a esa corresponsal tan impertinente.

—Permítame que me ría, aunque lo cierto es que no tiene ninguna gracia. Sé de sobra que por Salamanca y por las emisoras republicanas corrió el bulo de que lo habíamos asesinado nosotros envenenándolo, por lo que el tal Bartolomé Aragón, el camarada que estaba con Unamuno cuando falleció, debió de pasar las horas más amargas de su vida. Pero esa idea es absurda. Para empezar, nosotros no envenenamos, eso es de cobardes; y, para terminar, no nos andamos con remilgos a la hora de matar a alguien, y, con frecuencia, ni siquiera nos molestamos en esconder el cadáver, sino que lo exhibimos sin rubor. Si de verdad lo mataron, que francamente no lo sé, habrá sido la derecha tradicionalista y reaccionaria, tal vez los monárquicos o los requetés, que, al contrario que nosotros, no lo podían ni ver y son muy capaces de tales cosas —apuntó el falangista.

Teresa se acordó entonces de que Bartolomé Aragón había combatido como voluntario en el Tercio Virgen del Rocío de los requetés, a pesar de ser un activo militante de la Falange y disfrutar de algún cargo dentro de la organización, lo que a ella misma le había extrañado. De modo que también era posible que hubieran sido ellos, y no los falangistas, los que asesinaron o dieron la orden de asesinar a Unamuno, a quien por cierto tampoco le caían bien los carlistas, como buen bilbaíno y liberal que era.

—En definitiva, que nosotros no disimulamos ni asesinamos a escondidas, y menos a ancianos ilustres —le recordó Víctor de la Serna—. Cuando queremos acabar con alguien, lo cogemos, lo sacamos de su casa o de la cárcel, le damos el *paseo* y aquí paz y después gloria, pues todo lo hacemos a la luz del día, o sea, cara al sol, como reza nuestro himno, sin hipocresías ni fingimientos —añadió dando una palmada en la mesa.

Teresa lo miró con curiosidad. ¿Sería verdad que no estaban implicados o eran tan falsos y cobardes que ni siquiera tenían el valor de reconocerlo y encima aprovechaban para para echarle la culpa a otros? ¿Hasta dónde podría llegar su cinismo? ¿Por qué proclamaban su admiración por alguien que estaba en sus antípodas? ¿Cuáles eran sus secretas intenciones?

—Entonces, ¿pondría usted la mano en el fuego por Bartolomé Aragón?

—En estos tiempos, yo no pondría la mano en el fuego por nadie, y menos dentro de mi partido —aclaró el periodista—. Debe tener usted en cuenta que, entre el aluvión de nuevos afiliados a la Falange con motivo del alzamiento y la guerra, puede haber de todo. Me consta que algunos se han apuntado para medrar, los arribistas, esos que gritan «¡Arriba España!» cuando en realidad son ellos los que quieren ascender, y ese tal Aragón podría ser uno de ellos. Hay otros que no comulgan en realidad con nuestras ideas; incluso puede que se hayan infiltrado para acabar con nosotros desde dentro. Y seguro que muchos de ellos son contrarios a Unamuno. Lo que sí le garantizo es que nuestra organización como tal no ha tenido nada que ver con su muerte. Para nosotros ha sido una gran pérdida, una más que vino a sumarse a la de nuestro fundador, asesinado cuarenta días antes. El homenaje que le tributamos el día de su entierro creo que disipó todas las dudas y sospechas que a algunos les pudieran caber al respecto. Pero siempre habrá calumniadores, traidores y rencorosos que no dudarán en mentir para manchar nuestra reputación.

Teresa llevaba un rato conteniéndose para no replicar, pues era consciente de los riesgos que implicaba hablar más de la cuenta en territorio enemigo, incluso para una supuesta corresponsal de prensa extranjera, pero ya no podía más.

—Aun admitiendo que lo que cuenta sea cierto —apuntó con tranquilidad—, habrá quien piense que ustedes también lo mataran de alguna forma, ¿no le parece?

—No la comprendo —confesó el falangista, desconcertado.

—Lo que digo es que algunos podrían pensar que, con el secuestro del cadáver y el entierro posterior, ustedes se apropiaron de su memoria, que, para alguien como Unamuno, es algo mucho peor que la muerte física, es una muerte simbólica, pues tergiversa su vida y su pensamiento, su legado.

Víctor de la Serna no supo qué contestar. Era como si de repente se hubiera quedado sin argumentos. Tampoco acababa de entender bien a su interlocutora. ¿Qué era eso de la muerte simbólica? Esa mujer lo intrigaba y lo desconcertaba. Por un lado, le gustaba su arrojo y su descaro, pero, por otro, le inspiraba mucho recelo y desconfianza. Tenía que averiguar quién era en realidad y cuáles eran sus pretensiones.

—Eso que dice es injusto, y ahora no tengo tiempo para rebatirlo.

—Pues no lo entretengo más —indicó ella levantándose, pues había llegado el momento de irse—. Gracias de verdad por haber accedido a hablar conmigo.

—Ha sido un placer. Eso sí, cuando escriba su reportaje, me gustaría echarle un vistazo por si hubiera algún error —dejó caer el periodista.

—No estoy acostumbrada a que me digan lo que puedo o no puedo escribir.

—Entienda usted que estamos en guerra y hay que tener mucho cuidado con los mensajes que se mandan hacia el exterior.

—Si es por eso, no debe preocuparse; soy una periodista neutral.

—Los periodistas neutrales son los peores, se lo aseguro; si fueran enemigos, al menos estaríamos enterados de qué pie cojean, pero con los neutrales nunca se sabe por dónde van a salir —explicó el veterano falangista con toda la intención.

Dejando aparte el cinismo y la confesión de que el entierro de Unamuno había sido una operación de propaganda y de apropiación de la memoria del escritor, la conversación con Víctor de la Serna le había revelado a Teresa que las relaciones entre la Falange y el Generalísimo no iban del todo bien, sobre todo para la organización fascista, algo que ella ya había intuido en el tiempo que llevaba en Salamanca. Por un lado, era evidente que los falangistas no estaban muy contentos con los militares y especialmente con Franco. Según ellos, el Caudillo estaba tratando de aprovechar la ausencia de José Antonio, cuya muerte seguía sin reconocida oficialmente por el Cuartel General, para intentar controlar la Falange y, en última instancia, absorberla y apropiarse de ella, unificándola con la Comunión Tradicionalista, pero su jefe nacional, Hedilla, se había convertido en un serio obstáculo en ese camino, ya que no se fiaba de Franco, lo que, a la larga, podría suponer su encarcelamiento o, incluso, su sentencia de muerte.

El Caudillo, por su parte, veía con recelo cómo la Falange quería hacerse con la población civil y amenazaba con convertirse en una especie de ejército y Estado paralelo dentro del bando sublevado, con sus propios milicianos, si bien solo disponían de armamento ligero, sus cuarteles y centros de detención y su propio aparato de prensa y propaganda. Existían, pues, dos jefaturas, y entre ellas no había entendimiento ni coordinación, sino confrontación y rivalidad; de ahí que Franco intentara atraer a determinados falangistas a su Cuartel General e infiltrar dentro de la organización fascista a algunos de sus adeptos más jóvenes. Todo lo cual parecía indicar que el Generalísimo había ideado un plan para acabar con los díscolos falangistas: primero los dividiría y luego los unificaría bajo su mando; precisamente, la misma estrategia que había usado antaño en Marruecos y que tan buenos resultados le había dado con los cabecillas de las tribus rebeldes. No en vano algunos lo consideraban un zorro del desierto.

¿Y qué pintaba Unamuno en todo eso? Para Teresa, estaba claro que, después del encarcelamiento de José Antonio y su probable muerte, todavía no confirmada de manera oficial, los falangistas se habían quedado huérfanos y desprotegidos, y Manuel Hedilla no acababa de llenar el enorme vacío dejado por el Ausente, ni se auguraba que fuera a durar mucho tiempo, pues, a pesar de su fama de violento, era algo ingenuo, y en el partido había una lucha interna por el poder entre sus partidarios y el llamado círculo legitimista. De ahí que buscaran en Unamuno una suerte de mentor y protector, una especie de tótem, pero él, por supuesto, no se dejó ni cesó de atacarlos donde más les dolía, lo que no debió de gustarles nada, si bien seguían en el empeño. Los militares sublevados y los carlistas, en cambio, lo miraban con total hostilidad y recelo, pero no dudaban en utilizarlo cuando les convenía. En resumen, cabía decir que la situación en el bando golpista era bastante tensa en ese momento y a don Miguel todo esto lo había pillado justo en medio, entre dos «fuegos amigos», por así decirlo. La pregunta que cabía hacerse era cuál de los dos grupos había acabado con su vida, si es que no habían sido ambos a la vez o un tercero en discordia.

En cuanto a lo que había dicho Víctor de la Serna sobre el 12 de octubre, Teresa no sabía qué pensar. Cuanto más tiraba del hilo para averiguar la verdad, este más se enredaba y todo se volvía ambiguo y confuso. Pero, fuera cual fuese el papel de la Falange en el crimen, para ella los del yugo y las flechas eran culpables de haber secuestrado su cadáver en el domicilio familiar y de haberlo profanado y ultrajado al enterrarlo como uno de los suyos —un fascista y, por tanto, un traidor a la República y a sus convicciones liberales—, lo que sin duda venía a constituir una segunda muerte para Unamuno. Desde luego, esa noche tendría mucho que escribir en su libreta. ¿Qué habría pensado él de todo lo que estaba averiguando?, se preguntó. ¿Estaría satisfecho con su investigación? ¿Se le estaba escapando algo importante?

IX

El 12 de octubre, cerca de tres meses después de que comenzara el alzamiento, Unamuno se vio obligado a asistir, en representación del propio jefe del Estado, a la celebración del día de la Raza —otros preferían llamarlo de la Hispanidad— en el paraninfo de la Universidad de Salamanca. Se trataba de la primera conmemoración de relieve organizada en la ciudad por el bando golpista y había despertado gran expectación; por lo demás, nadie dudaba de que se convertiría en un acto propagandístico de legitimación de la causa de los sublevados; de ahí que hubieran elegido el lugar más noble del antiguo edificio del Estudio.

Por la mañana, durante el desayuno, Felisa advirtió a su padre sobre los peligros de hablar más de la cuenta en un momento como ese.

—No te preocupes, que no tengo que intervenir, tan solo presidir el acto, y ello por obligación —le recordó él.

—Esa es la teoría, pero en la práctica sabemos que enseguida se le suelta la lengua y acaba metiéndose con todo el mundo, y ahora no está el horno para muchos bollos —le soltó María.

—Lo sé, créeme —aseguró él para tranquilizarla—. En todo caso, esta llamada fiesta de la Raza me parece algo ridículo. El concepto de raza empieza a querer significar aquí lo mismo que en la actual Alemania, la del racismo ario. Algo mejor habría estado denominarla la fiesta de la Lengua.

Al final, decidieron que lo acompañara Felisa para que no se desmandara ni se sintiera solo en un ambiente tan hostil. El día había amanecido borrascoso, con nubes oscuras y bien cargadas, como a punto de reventar o romper aguas. Por el camino, apenas cruzaron palabra. Unamuno iba sumido en sus pensamientos, muy lejos de allí, como en otro mundo y en compañía de su esposa, mientras que Felisa intentaba controlar sus emociones, ya que no quería que se le notara el miedo ni la inseguridad. Antes del acto, se había celebrado una misa solemne, a la que su padre no había querido asistir; entre otras cosas, para no tener que escuchar que esa guerra era justa y necesaria, una especie de cruzada, como las de hacía siglos, y que Dios y el apóstol Santiago estaban con los golpistas.

Llegaron al Edificio Histórico justo a la hora de comienzo, pues don Miguel no tenía ganas de hablar con nadie en la entrada. El paraninfo era un lugar emblemático, ya que en él se celebraban los actos más solemnes, como la inauguración del curso, la proclamación de los nuevos doctores o la fiesta de santo Tomás de Aquino, patrón de la Universidad. Era una sala amplia, con grandes arcos y muros adornados con cuadros y tapices; en la pared de la cabecera se hallaba el estandarte del príncipe don Juan, de terciopelo carmesí ya muy gastado. En ese momento estaba llena a rebosar y Felisa se sintió algo sobrecogida. Por indicación del jefe de protocolo, fue a sentarse en uno de los bancos del estrado, el reservado para los más allegados. En la presidencia estaban ya situados Carmen Polo, el obispo Pla y Deniel y Millán Astray, el Glorioso Mutilado, como lo llamaban algunos. Este tenía el rostro poco amigable y algo desequilibrado por la ausencia del ojo derecho, que había perdido en una batalla; en su lugar, llevaba un parche negro, que le daba cierto exotismo. También le faltaba un brazo y exhibía tantas heridas —en la cara, en una pierna, en el pecho...— como medallas en el uniforme, que eran muchas y muy coloridas. Asimismo, estaban presentes el escritor José María Pemán, presidente de la Comisión de Cultura de la Junta Técnica, varios eminentes catedráticos de la docta casa y diversas autoridades locales y militares. Y luego estaba el público, compuesto, sobre todo, por profesores, soldados y falangistas, bien reconocibles por su camisa azul. El ambiente era de excitación patriótica y júbilo bélico.

Don Miguel inició el acto y les fue dando la palabra a los que tenían que intervenir desde el atril, situado en una especie de púlpito en uno de los lados de la sala: el propio Pemán y los profesores Francisco Maldonado, José María Ramos Loscertales y Vicente Beltrán de Heredia. Estos dieron rienda suelta a unos discursos retóricos, vacíos de inteligencia y cargados de odio, muy ofensivos para aquellos que no comulgaran con sus ideas o no fueran de los suyos; en ellos se atacó con dureza a los que llamaban antiespañoles, y especialmente a los catalanes y a los vascos. Felisa apenas prestaba atención; estaba más pendiente de su padre y de lo que estaría pensando de toda esa sarta de disparates y palabras huecas que se estaban retrasmitiendo por la radio. De vez en cuando, el rector tomaba notas en el reverso de una carta que desde hacía varios días le quemaba en el bolsillo de la chaqueta, la que le había enviado la esposa de Atilano Coco, un penúltimo intento de salvar a su marido de la condena a muerte, tan absurda como injusta. Felisa lo sabía porque llevaba un tiempo viéndola cuando le cepillaba la chaqueta a su padre antes de salir de casa.

Tras las soflamas, don Miguel se puso en pie y tomó la palabra desde su sitio, aunque no estaba previsto que interviniera ni él lo tenía planeado. Los que estaban a su lado comenzaron a removerse en sus asientos con incomodidad y, entre los asistentes, se oyeron algunos cuchicheos. «Padre, no hable, no hable, se lo suplico», dijo Felisa para sí. Pero Unamuno habló, no podía no hacerlo y quedarse callado, y menos allí, en sus dominios, en el templo del saber y de la inteligencia, en una universidad fundada hacía más de setecientos años por la que había pasado toda la flor y nata de los escritores y humanistas españoles. En un principio, trató de atenerse al pequeño guion que había ido pergeñando, que consultaba con el rabillo del ojo para no soltar más de lo que tenía apuntado, pues se conocía muy bien y sabía que, si no se ceñía a sus notas, iba a acabar diciendo lo que no quería ni debía decir, al menos no en ese momento, mas enseguida se calentó.

—Acabo de escuchar algunos insultos contra vascos y catalanes —comentó, cada vez más enardecido—. Como sabéis, yo soy vasco por los cuatro costados, lo que no impide que haya venido a Castilla para enseñar el castellano. Dejando eso aparte, creo que es preciso imponer la paz para acabar de una vez con esta guerra incivil que nos está desangrando y degradando, porque, lo mismo que algunas milicianas rojas alardean de todas sus maldades, hay también, entre nosotros, mujeres que se regodean con el espectáculo de los fusilamientos.

Ahí comenzaron las protestas y los abucheos de una buena parte del público, que se sentía ofendida por sus palabras. El concejal Íscar Peyra, desde uno de los bancos del estrado, hizo un gesto hacia él como diciendo «¡Ya lo estropeó!»; sabía muy bien de qué pie cojeaba don Miguel y debía de tener miedo de que todo aquello acabara como el rosario de la aurora. Pero Unamuno insistió:

—¡Ah, sí, sí, sé lo que me digo!

Y los gritos arreciaron. Felisa estaba tan asustada que de buena gana se habría levantado y habría salido a la calle, pero no podía dejar solo a su padre. Sin apenas inmutarse, este le echó una ojeada al papel y continuó de forma precipitada en medio de los murmullos y las miradas de odio:

—Hay que darse cuenta de que vencer no es convencer, y, en último término, eso que llamáis la anti-España también es España, tan auténtica una como la otra. Y no debemos caer en el error de buscar la unidad en la ramplonería...

Los comentarios de los asistentes a estas alturas eran ya más unánimes y muy subidos de tono. Además de aterrada, Felisa estaba escandalizada por lo que escuchaba a su alrededor. Su padre, sin embargo, no se arredraba, y trató de imponer su voz, cada vez más chillona, sobre la catarata de gritos e insultos. Su hija se dio cuenta de que parecía empeñado en terminar a toda costa su breve parlamento, por lo que imaginó que habría dejado lo mejor para el remate, la guinda del pastel, la traca final.

—¡Antipatriota! —lanzó alguien desde el fondo de la sala.

—Hablando de patriotas y de este día que hoy celebramos —replicó don Miguel—, os recuerdo que también era español el filipino José Rizal, que se despidió de la vida con unas palabras en nuestra lengua.

La mención de Rizal en un día como ese hizo que se recrudeciera el griterío. Felisa sabía que el escritor tagalo y héroe por azar de la independencia de Filipinas había sido amigo de su padre en la juventud y había muerto hacía cuarenta años fusilado por los militares españoles, que lo consideraron culpable de los delitos de rebelión, sedición y asociación ilícita por haber promovido la insurrección del archipiélago filipino. Y fue exactamente en ese momento, ni un segundo antes ni uno después, cuando José Millán Astray se puso en pie, hizo un gesto ampuloso con su único brazo y lanzó un grito amenazador:

—¡Muera la intelectualidad... traidora!

El exabrupto se vio ahogado en parte por la gran ovación con la que fue acogido por muchos asistentes, y fue seguido de algunos gritos de igual tenor, como «¡Muera la inteligencia!» o el paradójico y conocido lema de la Legión «¡Viva la muerte!». Cada vez más agitado, el general Millán Astray preguntó entonces si podía intervenir y don Miguel objetó con tranquilidad:

—Entonces va a hablar todo el mundo.

Y el otro, claro, no se frenó, faltaría más; a él, que había fundado la Legión y había combatido en Filipinas y en Marruecos, a él que ostentaba tantas heridas de guerra, no

177

lo paraba nadie, y menos un anciano botarate como aquel. Millán Astray se pronunció en términos muy enérgicos y airados, como si echara fuego de artillería por la boca.

—Yo os aseguro que los catalanistas morirían y los que pretendan enseñar teorías averiadas morirían también —bramó para concluir, sin dejar de mirar a don Miguel con su ojo de cíclope, que parecía que se iba a salir de su órbita como un proyectil.

Felisa imaginó que se refería a ciertos profesores y, en particular, a su padre, que en ese momento replicó algo, pero no se le oyó a causa del bullicio. Para terminar de callarlo, Millán Astray vociferó «¡Viva Franco! ¡Arriba España! ¡Abajo la intelectualidad!» o algo parecido, pues en esos instantes la algarabía era inmensa. «¡Rojo! ¡Cabrón! ¡Traidor!», escuchó aquí y allá Felisa, cada vez más atemorizada, hasta el punto de que llegó a creer que su padre no saldría ileso de allí. Tan solo el profesor Bermejo, en las primeras filas, se atrevió a protestar por los ataques al rector. Algunos oficiales comenzaron a desenfundar sus pistolas con gesto de circunstancias y el guardaespaldas de Millán Astray, un legionario panzudo y bajito que hacía unos minutos estaba dando cabezadas en su puesto, se levantó de un salto y apuntó a su padre con la metralleta. Pero el Glorioso Mutilado le hizo un gesto y el otro bajó el arma de inmediato. No había que precipitarse, ya habría tiempo para represalias.

Al final, don Miguel tuvo que salir del brazo de Carmen Polo para que no lo lincharan los más exaltados. Andaba con paso vacilante y la mirada perdida, como si no supiera dónde se encontraba o el edificio de la Universidad se hubiera trasmutado de repente en un campo de batalla. Felisa trató de acercarse a él para brindarle su apoyo, pero la muchedumbre, a duras penas contenida por la guardia de honor de la esposa del Caudillo, no se lo permitió; incluso la empujaron y zarandearon sin contemplaciones.

En la puerta del Edificio Histórico de la Universidad, la que daba a la catedral, no la de la famosa fachada, los militares despidieron a Unamuno entre insultos y abucheos. No obstante, el señor obispo y Millán Astray simularon hacerlo con cordialidad, como si dentro del paraninfo no hubiera pasado nada. A Felisa le pareció que unos cuantos falangistas lo rodeaban y lo saludaban con el brazo en alto, tal vez para mostrarle sus respetos y brindarle su protección, aunque eso no quedó muy claro, pues no todos los rostros y gestos se mostraban acordes con esa supuesta intención. Fueron momentos de gran tensión en los que pudo observarse algún que otro golpe y hasta un conato de pelea. Carmen Polo le pidió entonces a uno de sus acompañantes que llevara al rector y a su hija en el automóvil oficial hasta su casa, que ella regresaría andando al palacio episcopal.

Ya en el vehículo, su hija lo observó de reojo con piedad y amor filiales mientras le cogía la mano de forma discreta para transmitirle cariño y algo de calor. Aunque él no la miraba ni le decía nada, tal vez para no desmoronarse y romper a llorar, ella se dio cuenta de que estaba conmovido y agradecido por su manera de arroparlo y acompañarlo en un momento tan difícil. De esa manera finalizaba la más quijotesca y heroica de todas las aventuras de su padre, así como su personal versión del cervantino discurso de las armas y las letras. Como don Quijote, este otro anciano temerario y venerable no había dudado en enfrentarse a todos aquellos bellacos, follones y malandrines que pretendían sembrar la muerte y cercenar la libertad de los españoles. Y, dejándola aparte a ella, lo había hecho solo, rodeado de enemigos y falsos amigos, y con las únicas armas y armadura que poseía: las palabras, pocas pero muy eficaces, aunque luego fueran silenciadas. Felisa se sintió más orgullosa que nunca de su padre, al que veía como un héroe legendario, como don Quijote reencarnado o resucitado, pero, en el fondo de su corazón, tuvo también la sensación de que con esa hazaña su progenitor había iniciado su última aventura como caballero andante, la que sin duda lo llevaría a la muerte y la que más gloria y fama le daría, no ahora, pero sí con el paso del tiempo.

Cuando Unamuno llegó a su casa, se le veía nervioso y apesadumbrado a partes iguales. Su hija Felisa entró poco después, descompuesta y angustiada, aunque intentaba disimularlo.

—¡Anda, que menuda se ha armado! Siento una rabia tremenda dentro de mí —le comentó a su hermana María—. Tenías que haber visto cómo insultaban a nuestro padre, cómo, en la mismísima Universidad, ese loco sanguinario de Millán Astray gritaba con odio «¡Mueran los intelectuales traidores!» y los demás lo aclamaban como si fuera un *Führer* de opereta.

—Algo me han contado por teléfono. Así es nuestro padre; tanto tiempo callado y, de repente, suelta una bomba en la platea del teatro en plena función.

—Tenías que haberlo visto. Yo pensé que le disparaban allí mismo, y a mí de paso. En mi vida he sentido tanto miedo.

—¿Y qué crees que va a ocurrir? —preguntó María con cierta inquietud.

—Vete tú a saber. La verdad es que, ahora que ha pasado la tormenta, no creo que se atrevan a hacerle nada serio a padre —contestó Felisa—. De momento, no se atreverán. Los sublevados ya llevan en sus manos el estigma del asesinato de García Lorca y no les conviene cargar con otra muerte como esa en sus manos.

—Ojalá no te equivoques.

Aurelia, que también parecía muy asustada, los llamó para comer. Ese día había cocido, pero don Miguel tan solo probó unas cucharadas de sopa, pues estaba desganado y con el estómago encogido. A diferencia de otras veces, sus hijas no insistieron. Luego se encerró en su despacho para rumiar a solas lo ocurrido. Lamentaba mucho el hecho, sobre todo por su hija Felisa, que había tenido que contemplarlo y sufrirlo, pero no estaba arrepentido, al contrario; había que empezar a dejar las cosas claras de una vez, y ese momento había sido muy propicio para ello, como si se lo hubieran puesto en bandeja. Por mucho que gritaran, a él no lo callaba nadie.

Dado lo sucedido, lo natural habría sido esperar que a don Miguel lo hubieran detenido, juzgado como sedicioso y traidor y fusilado de manera inmediata por los militares, como en su día hicieron con su querido José Rizal, cuya muerte estaba cargada de un gran simbolismo para él y también para Millán Astray, solo que en sentido contrario, y más en ese 12 de octubre de 1936. El escritor, desde luego, estaba convencido de que lo iban a matar y a convertirlo en un héroe, como a su amigo de juventud; al fin y al cabo, numerosos republicanos estaban siendo ejecutados o *paseados* todos los días por muchísimo menos, y la mayoría sin juicio previo, como si sus vidas no valieran más que el coste de las balas. Pero, en su caso, no ocurrió así.

A media tarde se acercó al Casino para su tertulia habitual, pues no quería que pensaran que, después de lanzar la piedra, escondía la mano y se quedaba atrincherado en casa. La reunión solía tener lugar en la galería de la primera planta. Allí fue recibido entre increpaciones e insultos por algunos de los socios. «¡Fuera! ¡Que lo echen!», gritaron varios. «¡No es un español, es un rojo y un ateo!», indicó uno. «¡Rojo y traidor!», abundó otro. Él continuó impertérrito su recorrido y tomó asiento ante una de las mesas, como de costumbre, sin mostrar intención alguna de irse, como aquel día en la plaza Mayor. Pasados unos minutos, la situación se puso tan fea que, a petición de un amigo, tuvo que ir a rescatarlo su hijo Rafael, que se encontraba en una de las salas privadas. Este quiso llevárselo de forma discreta por la puerta de atrás. Pero don Miguel se negó y se dirigió a la principal, la que daba a la calle de Zamora.

—Tu padre nunca salió por la puerta de los carros —comentó muy digno, como si hubiera sido él el que había tomado la decisión de marcharse, antes de que lo expulsaran, de un lugar que ya no era merecedor de su presencia.

Esa noche, en algunos hogares salmantinos, los libros de Unamuno fueron quemados en la chimenea, arrojados a la basura o apilados delante de la puerta de la calle en señal de repudio y desprecio, como si la ciudad, al menos una parte de ella, le diera la espalda de forma ostensible ahora que había caído en desgracia. Las mismas obras por las que antes lo alababan en ese momento eran condenadas al infierno de los herejes.

10

Manuel Rivera comenzó a leer de buena mañana los papeles y cartas de Unamuno que le había entregado su hija María; por supuesto, la mayoría de las misivas eran suyas, pues en ese tiempo hacía copia de todas las que enviaba. El abogado estaba tan nervioso y expectante por lo que pudiera encontrar que no paraba de hacer calas aquí y allá para ver lo que decían o de qué hablaban todos esos escritos. Lo primero con lo que se topó fueron unos recortes de prensa relativos al incidente del 12 de octubre, que volvió a leer con indignación, como ya había hecho meses atrás, apiadado de su amigo, aunque tampoco entonces fue a visitarlo, y es que el orgullo es muy mal consejero. Esto es lo que decía *El Adelanto* después de reproducir íntegramente algunas de las intervenciones a partir de las notas taquigráficas que de ellas tomaron los reporteros:

> *Finalizó el acto con unas breves palabras de Unamuno y otras del heroico general Millán Astray, combatiendo a los hombres que permanecen encubiertos, terminando con tres vivas al ilustre y bizarro caudillo del Ejército nacional, jefe del Gobierno, general Franco...*

Pero nada se decía sobre el lance en cuestión. ¿Acaso los periodistas no taquigrafiaron la intervención de Unamuno? En otros periódicos ni siquiera se la mencionaba, a pesar de haber sido la más sonada. Ese día las consignas del jefe de Prensa y Propaganda habían funcionado como era debido, por la cuenta que les tenía.

Entre los papeles de puño y letra del escritor, lo más interesante eran unas cuartillas tituladas «El resentimiento trágico de la vida. Notas sobre la revolución y guerra civil españolas» y redactadas entre principios de septiembre y finales de noviembre del 36. Ese debía de ser, pues, el libro que don Miguel estaba escribiendo, el que había llamado la atención de los encargados de espiarlo. Con ese título, probablemente mencionado de pasada en alguna carta, era lógico que los sublevados se alarmaran. Las notas, escritas a lápiz, estaban dentro de un sobre con membrete del Ayuntamiento de Salamanca. En total eran once hojas por las dos caras, la primera con rótulo del Casino, y en ellas daba cuenta, de forma caótica, de sus posiciones y estados de ánimo durante esos últimos meses, llenos de angustia y zozobra, como si fuera un diálogo consigo mismo, un doloroso examen de conciencia o un agónico ejercicio de catarsis y desahogo, y, a la postre, su testamento literario. «¿Y tal vez la clave que podría explicar su muerte?», se preguntó Manuel antes de leerlo junto con los demás escritos.

Por un lado, se lamentaba de que lo atacaran los *hunos* y los *hotros*. «Nada más peligroso que el testigo imparcial», llegaba a comentar. También se hacía eco de las feroces arremetidas de Millán Astray contra los intelectuales: «Muera la intelectualidad y viva la muerte». «¿Odio a la inteligencia? ¿O no más bien miedo a ella?», se planteaba don Miguel con mucho tino. Por otro, trataba de justificar ante sí mismo su postura con respecto al alzamiento, que en realidad era la de siempre: «Primero, estuve contra el rey; luego, contra Primo de Rivera; luego, contra el rey de nuevo; luego, participé en la República y, cuando se desvió, me puse contra esta y al lado del ejército; luego... Yo no he cambiado, han cambiado ellos», concluía. Esto venía a coincidir con unas declaraciones recogidas en una entrevista del mes de agosto: «Yo no estoy a la derecha ni a la izquierda. Yo no he cambiado. Es el régimen de Madrid el que ha cambiado. Cuando esto pase, estoy seguro de que yo, como siempre, me enfrentaré con los vencedores». De hecho, no había tardado mucho en estar contra los sublevados, tan pronto como descubrió que en realidad el bolchevismo y el fascismo eran las dos formas —«cóncava y convexa», matizaba él— de una única enfermedad mental colectiva. «Y yo no soy fascista ni bolchevique», proclamaba. «Soy solamente un solitario para quien lo importante es estar siempre a la contra. Yo estoy y estaré siempre solo». Y solo y a la contra había estado hasta el final.

Tras el 12 de octubre, Unamuno se quejaba amargamente en sus textos de que lo tenían encerrado y vigilado en su casa, prisionero y secuestrado, como si fuera un rehén, «un desterrado en su propia tierra, un expatriado en su propia patria», y se mostraba cada vez más convencido de que iban a acabar con él. Así y todo, no se callaba y escribía a unos y a otros contando lo que estaba sucediendo en Salamanca, hablándoles del terror provocado por los blancos, más bárbaros y crueles que los rojos. Pero lo que más sorprendía a Manuel era que, a pesar de ello, no hablara, por lo general, mal de Franco, como si de alguna manera no lo acabara de culpar del todo; en alguna de sus cartas lo consideraba poco menos que un hombre honesto, víctima y juguete de una jauría de hienas, al tiempo que echaba pestes de los otros militares, como el general Mola, al que consideraba responsable de lo que sucedía. En una carta enviada al *ABC* de Sevilla, el de los sublevados, Unamuno se despachaba a gusto contra él: «Da asco ser ahora español desterrado en España. Y todo esto lo dirige esa mala bestia ponzoñosa y rencorosa que es el general Mola». Así de firme y así de claro.

En las últimas semanas de su vida se acumulaban los escritos en los que don Miguel creía que lo iban a «asesinar»; esa era la palabra que, por lo general, él utilizaba. «Le escribo esta carta desde mi casa, donde estoy desde hace días encarcelado disfrazadamente. Me retienen en rehén no sé de qué ni para qué. Pero si me han de asesinar, como a los otros, será aquí, en mi casa», le escribía también al director del *ABC* de Sevilla. «Han asesinado, sin formación alguna de causa, a dos catedráticos de universidad, uno de ellos discípulo mío, y a otros. También al pastor protestante, por ser masón. Y amigo mío... A mí no me han asesinado todavía estas bestias al servicio del monstruo», le decía su amigo Quintín de Torre, escultor bilbaíno que militaba en el bando golpista; y el monstruo, claro está, era Mola. «Estoy vigilado, no se me deja salir, pero todavía no me han fusilado», le contaba a un periodista francés, al que le acababa de entregar un mensaje sobre su postura en ese momento para que lo difundiera en su país. «Que vengan acá a asesinarme como a Pérez Martín y a Vila. En esa Granada... Peores los *hotros* que los *hunos*. Estos, ingenerados, salvajes; aquellos, degenerados, resentidos, pervertidos», comentaba en una nota suelta en la que terminaba invocando a Lorca, seis días antes de su propia muerte. Unamuno pensaba que, al escritor granadino, su muerte lo había convertido enseguida en un símbolo de la bárbara represión del bando fascista, en un héroe trágico muy acorde con su poesía y su teatro, en un mito de alcance universal, pero a él no le iban a dar esa satisfacción, eso por descontado; a él no lo iban a fusilar, pues no podían permitirse un nuevo escándalo y un nuevo mártir; a él lo matarían de otra manera, mucho más sibilina, eso seguro.

Don Miguel tenía realmente miedo de que lo asesinaran, pero, así y todo, no se mordía la lengua, ni siquiera con los adeptos a los sublevados. Por otra parte, se mostraba consciente de que sus censores y vigilantes leían sus cartas, pero eso no lo arredraba, al contrario: «Yo, por mi parte, cuando escribo calculo que esa censura puede abrir mis cartas, lo que naturalmente, usted me conoce, me mueve a gritar más la verdad que aquí se trata de disfrazar», le confesaba a Quintín de Torre y, de paso, a aquellos que tenían la misión de espiar su correo.

Por último, el 28 de diciembre, día de los Santos Inocentes, resume muy bien todo el proceso en el que tal vez fuera su escrito final, dejando aparte alguna carta:

> *Cómo y por qué me adherí al Movimiento. Salvar la civilización occidental cristiana. Ya antes había yo atacado al Frente Popular. Pero pronto me di cuenta de que los métodos no eran civilizados, sino militarizados —ay, la terrible específica elementalidad castrense española—, ni occidentales, sino africanos —África, espiritualmente, no es Occidente—, ni menos todavía cristianos, sino del bárbaro y grosero paganismo católico tradicionalista español.*

En tales circunstancias, si no quería que lo mataran, la única salida que le quedaba era tratar de huir no solo de Salamanca, sino también de España, y así se lo había comunicado el 7 de diciembre al escritor Henry Miller en una carta que, seguramente, no llegaría a su destino:

> *Y yo cuando pueda evadirme de esta prisión tendré que desterrarme, a mis más que setenta y dos años, arruinado y con cuatro hijos todavía a mi cargo, a ganarme la vida con ellos... ¿cómo?, ¿dónde? Su libro me ayudará a distraer mis pesares hasta el día en que pueda escapar de esta cárcel manicomio que es hoy mi patria, en la que se destrozan mutuamente dos bandas de energúmenos envenenados.*

¿Querría decir eso que, ya en ese momento, estaba pensando escapar o se trataba solo de un farol o de la mera formulación de un deseo? A juzgar por lo que había contado Aurelia, a finales de diciembre Unamuno tenía un plan, que en el último momento se había visto arruinado por el inesperado fallecimiento de una persona. ¡Qué casualidad! Por desgracia, Manuel no había logrado averiguar más al respecto.

Pero lo más sorprendente que el abogado encontró entre los papeles de Unamuno fue una carta de este dirigida a Teresa Maragall y ¡fechada el mismo día de su muerte! La misiva se hallaba oculta entre otras. Aunque se sintió muy tentado, no quiso leerla por respeto a su amiga y cómplice en la investigación y, por supuesto, a don Miguel. Si contenía algo relativo al caso, ya se lo revelaría ella cuando se la diera.

Manuel se citó con Teresa a orillas del Tormes, bajo el puente del tren, para que nadie los descubriese, si bien era muy peligroso deambular por un lugar tan apartado. Ese día había tanta niebla que resultaba difícil distinguir el río, a pesar de hallarse solo a unos pasos, agazapado detrás de los árboles. Tras interesarse por su estado de ánimo, él la puso al día de todo lo que había le habían contado Aurelia, los hijos, el médico y la vecina, incluida la mención de la misteriosa mujer que iba a ayudar a Unamuno para que pudiera marcharse. Mientras lo escuchaba, a ella se la notaba cada vez más afectada, como si se sintiera culpable por no haber estado esos días acompañando y animando a Miguel. Habría hecho lo que hubiera sido necesario para poder cuidarlo, confortarlo y protegerlo incluso de sí mismo, lo que era imposible, por otra parte, pues sus hijas jamás lo habrían permitido. Para la familia de Unamuno, Teresa era la perdición y la encarnación del mal, algo así como la Marlene Dietrich de *El ángel azul* o, mejor, de *El diablo era mujer*, que tanto escándalo había provocado en España, donde tenía lugar la acción de la película; de hecho, se parecía un poco a la actriz alemana. De modo que al final se consoló pensando que de nada habría servido que ella hubiera estado en Salamanca.

Después de darle cuenta de los papeles de Unamuno que le había suministrado María, el abogado le entregó la carta personal que había encontrado entre ellos. Teresa se quedó tan sorprendida que, en un principio, no fue capaz de reaccionar. ¡¿Una carta?! ¡¿Para ella?! Y escrita el día de su muerte, probablemente la última que redactó. No podía creerlo. Pero sí, eran su letra y su firma, y su nombre el que venía en el encabezamiento. Estaba tan nerviosa y alterada que se sintió incapaz de leerla como era debido; iba saltando de una línea a otra, comiéndose algunas palabras, impaciente por saber qué le decía, en qué situación se encontraba, cuáles eran los sentimientos de Miguel en ese momento; avanzando y retrocediendo y volviendo a repasar algunas frases. Al final quedó tan conmovida que sus ojos se llenaron de lágrimas y varias se derramaron sobre el papel, y entonces ya no quiso seguir, no fuera a ser que la tinta se corriera y algunas partes resultaran luego ilegibles. Ya lo haría más tarde con calma y a solas.

Una vez repuesta, Teresa le contó a Manuel que, a juzgar por la carta, Unamuno estaba convencido de que esa tarde lo iban a matar, y que también había anticipado que ella viajaría a Salamanca y los dos investigarían su muerte y lo acabarían descubriendo todo, lo que asombró y emocionó mucho al abogado. Asimismo, le refirió que en la misiva aludía a unas pesquisas que él mismo había estado llevando a cabo en esos últimos meses con la idea de redimirse y hacer algo con lo que compensar sus últimos errores y pecados.

—¿A qué se refiere? —quiso saber Manuel.

—No lo explica. Tan solo señala que está persuadido de que, con su caso, resolveremos del todo el otro, el que él estaba investigando, y nos pide que los demos a conocer para que se haga justicia.

—¿Quiere eso decir que estamos ante un doble misterio?

—Eso parece.

—¿Y cómo es que nadie de su entorno me ha dicho nada sobre eso?

—Lo llevaría muy en secreto, dado el peligro que ello comportaría —apuntó Teresa.

—Me pregunto en qué andaría metido.

—Tenemos que averiguarlo; tal vez nos haya dejado alguna pista más por ahí —sugirió.

—Eso espero.

Luego ella le habló de sus propias pesquisas y averiguaciones y de lo que había encontrado en la habitación de Bartolomé Aragón. Lo hizo de forma atropellada y algo distraída, pues en su mente seguía dándole vueltas a la carta, esa que probaba que Miguel la había amado en secreto durante tantos años, aunque su amor fuera imposible.

Cuando Teresa regresó esa noche al hotel, alcanzó a ver cómo se llevaban detenido y esposado a un corresponsal de guerra británico, uno pelirrojo y con la cara llena de pecas llamado Terry.

—¿Qué ha pasado? —preguntó ella a uno de los presentes.

—Al parecer es un espía. Encontraron unos documentos comprometedores en su habitación.

—¿Y qué van a hacerle?

—¿Usted qué cree?

Desde luego, era absurdo y hasta temerario preguntar algo así en un momento como ese y en un lugar como Salamanca. De sobra sabía lo que le esperaba, como tenía claro lo que le aguardaba a ella si la descubrían. Al pasar junto a la recepción, vio en un sofá a varios oficiales del ejército golpista charlando amigablemente con un diplomático alemán y otro italiano, cuyas embajadas se encontraban ubicadas en edificios de la Universidad. Los enviados nazis habían requisado también el hotel Pasaje y se distraían de sus ocupaciones en el café Simu, donde estaban como en casa. Teresa habría dado una fortuna por averiguar de qué estaban hablando, qué era lo que allí estaban acordando a esa hora tan intempestiva. Uno de los militares la contempló con atención, traspasándola con la mirada; después, la saludó de forma casi imperceptible, como si quisiera comunicarle que a él no se le escapaba nada, que tuviera cuidado, o al menos eso le pareció entender a ella. ¿Se estaría a volviendo demasiado aprensiva o, incluso, paranoica? No lo creía; con los fascistas toda precaución era poca.

Antes de dormirse, volvió a leer la carta; lo hizo varias veces, quería aprendérsela de memoria, por si la perdía o se la robaban, deseaba paladear cada palabra, cada sílaba; grabarse en el corazón cada letra. Gracias a esa misiva, sabía con certeza que Miguel la había amado, y, también gracias a ella, seguiría amándola para siempre. No era la primera vez que tenía atisbos de eso. Recordó, por ejemplo, la sorpresa que se llevó cuando en el escaparate de la librería de Fernando Fe de Madrid encontró un libro de Unamuno titulado *Teresa*, del que no tenía noticia. Tras comprarlo, se sentó en un banco del Retiro y comenzó a leerlo. Era un libro extraño; contenía cerca de cien rimas de tono becqueriano dedicadas a una tal Teresa por un tal Rafael, pero también había una presentación, unas notas y una despedida en las que se relataba la historia de estos dos personajes y de su amor sublime más allá de la muerte con algunas referencias a la realidad del momento. ¿Era ella la inspiradora y destinataria última de esos poemas y de esa obra que llevaba su nombre? Nunca logró averiguarlo, pues él jamás soltaba prenda. Teresa siempre había creído que sí, y esa carta escrita en las postrimerías de su vida por Miguel venía ahora a confirmarlo. A su luz, había muchas cosas del pasado —medias palabras, silencios, reticencias, sobrentendidos...— que por fin cobraban sentido. Pero para ello él había tenido que morir.

X

Como jefe que era de Prensa y Propaganda, José Millán Astray se encargó de que al día siguiente en los periódicos no se hablara del incidente del 12 de octubre, como si en efecto no hubiera sucedido nada y Unamuno no hubiera intervenido y el fundador de la Legión no se hubiese enfrentado a él. Las órdenes impartidas desde su despacho en el palacio de Anaya fueron contundentes y explícitas. Ni siquiera se tocó el tema en las tertulias o en los corrillos de café o en los mentideros de la ciudad. Para tratar de acallar los comentarios, se llegaron a poner en los escaparates de algunos comercios, sobre todo en los de la plaza Mayor, unos carteles que decían: «Prohibido hablar de lo ocurrido en el paraninfo», anuncios que, como era natural, acabaron provocando a la larga el efecto contrario, aunque solo en el ámbito privado.

La intención de los sublevados era restarle importancia al incidente, no dar pábulo a los rumores; ocultar hasta donde fuera posible los hechos para evitar que tuvieran la más mínima trascendencia en el exterior, algo que preocupaba mucho a los militares rebeldes, tan necesitados de legitimación. Había que frenar como fuera cualquier información que pusiera en duda la adhesión de Unamuno al Movimiento o que pudiera desacreditarlos. Y, a juzgar por las noticias publicadas en la prensa local sobre el acto, daba la impresión de que nada imprevisto había acaecido, de que todo había transcurrido en un ambiente de gran armonía y cordialidad.

El Glorioso Mutilado, sin embargo, seguía indignado con lo sucedido en el paraninfo; cada vez que lo recordaba, le subían oleadas de rabia a la cabeza que le hacían cerrar el puño que le quedaba y apretar los dientes. Lo más urgente había sido tratar de impedir que el asunto trascendiera dentro y fuera de la ciudad, y eso ya estaba controlado, gracias a su rapidez de reflejos; de tal forma que, al menos en público, nadie osaba hablar de ello. Pero a él seguían llevándoselo los demonios. Semejantes hechos exigían venganza y expiación. Así que se fue a visitar a Franco para pedirle la cabeza de Unamuno, y no precisamente en una bandeja de plata, pues quería ser él quien se la cortara y la clavara en una pica, en medio de la plaza Mayor, para que todos pudieran contemplarla.

En ese momento, el Generalísimo se encontraba reunido en el Cuartel General con varios miembros de su Estado Mayor preparando una ofensiva en el frente, así que tuvo que aguardar durante un buen rato. Mientras lo hacía, empezó a darle vueltas a la idea de acabar con Unamuno de una vez por todas. Ya estaba bien de tanta tolerancia y condescendencia con alguien tan miserable como él, por mucho que los hubiera apoyado cuando más necesario era y por mucho partido que aún pudieran sacarle desde la Oficina de Prensa y Propaganda. Una acción como la suya había que castigarla con dureza para que sirviera de escarmiento, y más en tiempo de guerra. Había que fusilarlo junto a la tapia del cementerio y luego mostrar al mundo su cadáver, con el fin de que vieran cómo se las gastaban en el bando sublevado con esa clase de chusma ilustrada. Ya sabía que más de uno diría que se lo estaba tomando como una afrenta personal, dado que la inquina de Unamuno contra él venía de lejos; no en vano lo había atacado en diversas ocasiones en sus artículos, llamándolo el «aspirante a Mussolini español» o «Mussolini en ciernes», o haciendo comentarios de lo más mezquinos y calumniosos contra la creación del Tercio de Extranjeros; incluso había calificado a sus legionarios de «cortacabezas y hampones» y hasta había dicho de él que era un ladrón y que se había hecho rico con los sacrificios y la sangre de los soldados que peleaban en África. Y eso era algo que no podía ni pensaba perdonar. Se trataba de una cuestión de honor y el honor solo podía lavarse con sangre, preferiblemente la del contrario. Pero lo del paraninfo había ido mucho más allá y había que tipificarlo como traición a la patria.

Cuando por fin lo recibió el Generalísimo, Millán Astray estaba tan encendido que, tras saludarlo con el brazo derecho en alto y un potente taconazo, comenzó a despotricar contra don Miguel de tal manera que Franco tuvo que aplacarlo haciendo uso de su mano izquierda y de toda su autoridad. Pero el otro no paraba, el Glorioso Mutilado quería revancha, ansiaba ver correr la sangre de ese maldito vasco y hasta revolcarse en ella. Franco le ordenó que se callara de una vez y lo dejara hablar a él. Por supuesto, el Caudillo estaba de acuerdo en que la actitud de Unamuno era injustificable en un acto patriótico, y más en un día tan señalado para la España que ellos defendían con arrojo en el frente de batalla, la España eterna e imperial. Asimismo, le informó de que, como era lógico, habría represalias, si bien meramente administrativas. Pero, de momento, no convenía hacer nada más, salvo tenerlo muy vigilado.

Por descontado, a Millán Astray eso no le bastaba, ni mucho menos; él exigía que lo ejecutaran al día siguiente como traidor y dirigir él mismo el pelotón y hasta darle el tiro de gracia y echar la primera paletada de tierra sobre su tumba y, para remate, escupir luego en ella, pues eso era lo que se merecía ese canalla por haber osado enaltecer, enaltecer, sí, en el paraninfo de la Universidad a José Rizal, lo que consideraba un insulto y una provocación, sobre todo a él, al fundador de la Legión, que, con solo diecisiete años, había recibido su bautismo de fuego precisamente en Manila, donde había tenido ocasión de ver cómo ejecutaban a ese maldito tagalo hacía justo cuatro décadas, algo que nunca iba a olvidar.

—Y, si no te atreves a firmar la orden de fusilamiento, quiero que me autorices ahora mismo a que unos cuantos legionarios y yo lo saquemos de su casa y le demos el *paseo* en medio del campo —añadió el Glorioso Mutilado con cierta insolencia.

—¡De ningún modo! —rechazó Franco—. Que se te meta bien en la cabeza que matarlo no nos interesa, que debemos ser muy cautos y obrar con astucia.

—Mira, Paco, no me pidas eso, por lo que más quieras, que este asunto es para mí también una cuestión de honor.

—En primer lugar, no te lo pido, te lo ordeno porque es mi deber, y, si no quieres obedecerme, ahí tienes la puerta y no vuelvas por aquí —le advirtió el jefe del Estado—. Sabes de sobra que a mí no me duelen prendas y que si, para salvar a España, tengo que matar a la mitad de los españoles y a la totalidad de los intelectuales, lo haré muy gustoso y sin que me tiemblen las piernas ni la mano de firmar y disparar. Pero no podemos incurrir en otro error como el que se cometió con el fusilamiento de ese tal García Lorca, que en el caso de Unamuno sería todavía mucho más grave y tendría fatales consecuencias para la causa, porque todo el mundo nos condenaría y abominaría de nosotros, y tú, como jefe de Prensa y Propaganda, deberías saberlo mejor que nadie.

Como buen aspirante a dictador, para Franco, la propaganda era un arma eficacísima si se sabía utilizar bien. Era la guerra por otros medios, los de comunicación, una de cuyas funciones era manipular y ocultar la verdad y generar información falsa. De modo que esa contienda civil tenían que ganarla también en la prensa y la radio, sin darle facilidades al enemigo, pues lo que el Generalísimo buscaba era una «guerra total»; y en eso los rojos les llevaban alguna ventaja —tenían que reconocerlo, las cosas como eran—, ya que contaban con experiencia y con la ayuda de los rusos. Asimismo, los comunistas sabían bien que la batalla propagandística, aunque se desarrollara en territorio español, se libraba sobre todo en el ámbito internacional.

Y ahí, para vencer, había que convencer, claro que sí; tenía razón Unamuno, pero eso no se lo dijo a Millán Astray, para que no se enfureciera más.

—Con las armas se vence y con la propaganda se convence. Apréndetelo bien —proclamó en su lugar.

Por eso era tan importante seguir contando con la aprobación y la colaboración de un intelectual tan prestigioso e inteligente como Unamuno. Y, para ello, debían ser permisivos con él y no tenerle en consideración ciertas cosas y consentirle alguna que otra pataleta para que se desahogara; ya habría tiempo luego de pedirle cuentas y resarcirse con creces, que no se preocupara. Matarlo ahora, le aseguró, sería una gran equivocación, y todo para silenciar una voz que nadie había llegado a oír fuera del paraninfo; sería algo así como arrojar la cuerda tras el caldero por una nimiedad. Y es que, si lo fusilaran, entonces sí que empezarían los intelectuales de medio mundo a hacerse preguntas y a cuestionarlos y a pedir explicaciones y, a la postre, a exigir la intervención de las tropas de sus respectivos países en apoyo a la República , o al menos la ayuda y la venta de armas.

—¡¿A mí me vas a hablar de propaganda?! Pero si yo fui quien acuñó y difundió, entre otras, la consigna «Una Patria, un Estado, un Caudillo», esa que tanto te gusta y que tanta fortuna ha tenido —le recordó el fundador de la Legión.

—Lo único que me faltaba es que me vinieras ahora con esas, cuando te has limitado a copiar el «*Ein Volk, ein Reich, ein Führer*» de los nazis, ¿o es que te piensas que me chupo el dedo y me la puedes dar con queso?

—No trates de desviar mi atención con tonterías, Paco, que nos conocemos desde hace tiempo y hemos compartido muchas batallas y penalidades en África, y sé que, cuando quieres, puedes ser muy taimado. Ese desleal y degenerado debe pagar cara su traición, y no lo digo solo yo; pregunta por ahí, si no me crees —le indicó Millán Astray.

—Tienes que calmarte, Pepe. Si no lo haces, me veré obligado a relevarte, y ya sabes que yo no bromeo con estas cuestiones. Para mí, lo primero es la causa, y luego están los amigos y sus cuitas privadas, aunque sean de honor —le recordó—. Y que conste que no eres el único que tiene algo contra él; en mi mesa hay una carpeta llena de denuncias y acusaciones contra ese farsante, por rojo, por traidor, por espía, por inmoral, por ateo, por hereje..., sobre todo provenientes del Ayuntamiento. Y es que, en su ciudad, lo deben de conocer muy bien y ya no lo pueden ni ver. Pero Unamuno es asunto mío y solo mío, y bajo ningún concepto debe morir. Yo me encargaré personalmente de tenerlo vigilado y tú de que no le pase nada, de que nadie le cause ningún daño ni lo moleste, por la cuenta que te tiene. Si no lo haces, te las entenderás conmigo. ¿Me has comprendido?

Millán Astray iba a replicar, pero, al ver la mirada fría y acerada que le lanzó el Generalísimo, optó por callar y acabó acatando la orden y la reprimenda a regañadientes. Trató de prevenirlo, eso sí, advirtiéndole que el escritor no se quedaría callado y que trataría de hacer todo el mal posible, que lo conocía muy bien y sabía que era un tocapelotas, un insidioso y un provocador nato.

—Todo eso ya lo iremos viendo. De momento, nadie le va a tocar a él ni un pelo de la ropa. Hay que atarlo corto, muy corto, en eso estoy de acuerdo, pero tenemos que mantenerlo con vida y seguir utilizándolo a nuestro favor, pues sigue siendo nuestra mejor baza propagandística de cara al exterior, ahora casi la única, diría yo. Y, oficialmente, nosotros no matamos a escritores ni a intelectuales, los tenemos en palmitas, y no como esa chusma anarquista y bolchevique, que hasta se matan entre ellos los muy cainitas por cualquier cosa, lo que, dicho sea de paso, es una suerte para nosotros.

—Está bien, Paco, si ese es tu deseo... —concedió por fin el fundador de la Legión—. Pero, si cambias de opinión, házmelo saber. Quiero ser yo el que se encargue de ese traidor, no me prives de ese capricho, te lo ruego.

—Cuenta con ello si llegara el caso. Por ahora, tranquilidad y discreción —le insistió el Generalísimo.

Días después del controvertido suceso, cesaron a Unamuno como concejal, aunque en realidad hacía ya mucho tiempo que no acudía a los plenos, y anularon su nombramiento como alcalde honorario, que tampoco le había servido para nada. El edil Andrés Rubio Polo, presidente del Círculo Tradicionalista, en una moción leída en sesión secreta del consistorio, motivó su expulsión de la corporación calificando la actitud de Unamuno como «sinuosa y desconsiderada, incongruente, facciosa y antipatriótica»; asimismo, lo consideraba colaborador de la «pseudointelectualidad liberal-masónica» y una especie de Erasmo de baja estofa que, como el viejo humanista, «no tuvo criterio sino pasiones, no sentó afirmaciones sino que propuso dudas corrosivas; quiso conciliar lo inconciliable, el Catolicismo y la Reforma; y fue, añado yo, la envenenadora, la Celestina de las inteligencias y las voluntades vírgenes de varias generaciones de escolares en Academias, Ateneos y Universidades». Se ve que, en el calor del discurso, Rubio Polo se había venido arriba y tachaba a don Miguel, como ya lo había hecho en su día el padre Cámara, de poco menos que de corruptor de la juventud, el mismo cargo por el que obligaron a Sócrates a tomar la cicuta. ¿Acabarían haciendo lo mismo con él? De momento se envió el acuerdo de su cese para que el Gobierno lo ejecutara y publicara y, en última instancia, adoptara las medidas oportunas contra su persona.

En la Universidad, la mayoría de sus colegas le reprochó a Unamuno su actitud, ya que con sus palabras había puesto bajo sospecha a todos los profesores e intelectuales y los había dejado en muy mal lugar con su talante voluble y caprichoso. También fueron muchos los que en la ciudad le hicieron el vacío o le dieron la espalda, unos por miedo o cautela, otros por razones personales o ideológicas. Había gente, incluso, que cambiaba de acera cuando se lo encontraba en la calle o lo repudiaba con miradas de odio y de desprecio. En el café Novelty, nadie quería acompañarlo ni conversar con él o, mejor dicho, escucharlo, pues por lo general él hablaba más que cualquiera. Por último, el claustro de la Universidad —a instancias sobre todo del decano de Filosofía y Letras y antiguo rector José María Ramos Loscertales, uno de los agraviados por la réplica de Unamuno en el paraninfo— solicitó su cese como rector vitalicio, decisión ratificada más tarde por el jefe del Estado. Su sustituto sería Esteban Madruga.

¿Lo había ordenado así el general Franco, o los colegas de Unamuno se habían anticipado a sus deseos? Lo mismo daba para el resultado final. Una vez desmochada y desarticulada, la Universidad de Salamanca se había convertido en un instrumento al servicio de la legitimación del alzamiento y de la causa de los sublevados, y los militares no necesitaban decirle al claustro lo que debía resolver en cada caso, eso estaba claro, y en él el que fuera ilustre rector y catedrático sobraba.

—Me nombró y me destituyó Madrid; luego me restituyó Burgos, y ahora me destituyen mis compañeros en Salamanca —les contó don Miguel a sus hijas en cuanto se enteró—. Y todo por hacer lo que tenía que hacer, pues, aunque me adherí al Movimiento, no renuncié a mi deber, no ya solo derecho, de libre crítica —añadió con una mezcla de pesar y resignación.

—Tal vez sea mejor así —comentó María para darle ánimos—. Si me hubiera hecho caso...

—Es posible, ya que, más que un cargo, era una carga que me estaba pesando mucho y me causaba mucho pesar —concedió él con ironía.

María no pudo evitar sonreírse.

—Y tú no te rías —le reprochó Felisa, muy seria—. Son esos malditos juegos de palabras los causantes de la caída en desgracia de nuestro padre. Todo eso de vencer no es convencer...

—¿Es que ahora tampoco voy a poder hablar ni en mi propia casa? —protestó don Miguel.

—Solo digo que en boca cerrada no entran moscas.

A pesar de tanto descalabro, don Miguel decidió aguantar el tipo hasta donde pudiera, con la cabeza muy alta y la mente lúcida, lo que no quitaba para que se sintiera triste y desarbolado, como un barco a la deriva que se dirigía de forma inexorable hacia los acantilados. Si al menos estuviera su mujer, a la que solía llamar su costumbre, para iluminarlo y consolarlo o decirle «¡Hijo mío!», como aquella vez, hacía casi cuarenta años, en la que lo vio tan desesperado por la enfermedad de Raimundín y su falta de fe. Pero luego pensó que era mejor que Concha no tuviera que contemplar todo lo que estaba ocurriendo. Con la muerte de su hija Salomé y la de su esposa había comenzado la época más negra de su vida, y era posible que todavía le faltara por sufrir lo peor. Lo que daría ahora por haberse muerto con ella. Pero estaba claro que tendría que apurar el cáliz hasta las heces, pues ya no podía apartarlo de sí.

11

Aún no eran las cinco de la tarde y Teresa ya estaba agotada; tener que fingir durante todo el día que era una corresponsal de guerra francesa y verse obligada a moverse por una ciudad ocupada por las fuerzas sublevadas era una experiencia extenuante. Cualquier descuido podía llevarla al paredón: un cambio repentino de acento, una palabra de más o de menos, un gesto equivocado, un simple lapsus... Sus años de militante clandestina en las filas del anarquismo no la habían preparado suficientemente para una actividad tan arriesgada como la que estaba llevando a cabo esos días. Y eso que ella era una mujer muy templada, capaz de asumir toda clase de decisiones y peligros. Pero, en este caso, apenas contaba con un momento de descanso, y ya iba teniendo una edad.

Tras solicitar la llave de su cuarto en la recepción, subió las escaleras a toda prisa. No veía la hora de darse un baño caliente y tumbarse en la cama. Pero al abrir la puerta se llevó una desagradable sorpresa: alguien la estaba esperando en su habitación, y no iba vestido de paisano, sino con uniforme del ejército golpista. De unos cincuenta años, delgado y de estatura mediana, exhibía un bigotito monárquico y aire de suficiencia, como si, en lugar de haber invadido su espacio, hubiera condescendido en verla.

—Perdone la intrusión —comentó el hombre—. Me he tomado la libertad de aguardarla aquí, pues en el vestíbulo hay gente a la que no deseo ver.

—¿Y a quién tengo el honor de recibir en la intimidad de mi cuarto?

—Me llamo Gonzalo de Aguilera Munro y, entre otras cosas, soy el oficial de prensa encargado de atender a los corresponsales de guerra extranjeros, como es su caso, ¿no es cierto? —añadió él con cierto retintín.

—Le han informado bien.

Por supuesto, Teresa ya tenía noticia de él, y sabía que tarde o temprano iba a topárselo en alguna parte, aunque no había imaginado que sería así. Mientras se quitaba el abrigo, echó un vistazo rápido a la habitación para ver si había indicios de que su visitante la hubiera registrado. Suponía que sí, pero, por suerte, la libreta con sus anotaciones, el borrador de Bartolomé Aragón y la carta de Miguel estaban a buen recaudo al otro lado del espejo y en el cuarto no había nada comprometedor, incluso se había preocupado en su momento de que sus ropas y demás objetos personales fueran de París. ¿Qué andaría buscando? ¿Sospecharía algo?

Teresa entró en el cuarto de baño, para darse unos segundos y templar los nervios. Por lo que sabía, la misión del oficial de prensa era hacer de enlace y correa de transmisión entre el embrión del Estado que se iba improvisando a toda prisa en Salamanca y los periodistas foráneos. Pero, en la práctica, actuaba como una especie de censor militar, favoreciendo siempre a aquellos corresponsales que se hubieran acreditado por sus ideas políticas y su apoyo al alzamiento, lo que no era su caso. Según ella había oído comentar a una enviada norteamericana llamada Francis Davis, a la que en su día Gonzalo de Aguilera había tratado de seducir y luego forzar, su carrera militar había sido más bien mediocre y ahora ejercía como aristócrata, pues era conde de Alba de Yeltes, y, como terrateniente absentista, a la manera de un lord inglés. Por circunstancias de la vida, era políglota, algo que no abundaba en el ejército nacional, pero también tenía fama de individuo violento, perverso, vanidoso, fanfarrón y cruel, y, a ese respecto, él mismo contaba historias difíciles de creer y de digerir, como que al comienzo de la guerra había asesinado a seis jornaleros de su finca escogidos al azar para demostrar quién seguía siendo el amo allí.

Para escandalizar a sus oyentes, hacía declaraciones tan provocadoras como que el mal de España había sido la introducción del alcantarillado moderno, ya que antes la gentuza se moría de diversas y muy prácticas enfermedades, que mantenían la población en las proporciones adecuadas, pero ahora la mayoría sobrevivía. Si no hubiera habido alcantarillas, los dirigentes rojos habrían muerto en su infancia y no andarían en ese momento incitando a la chusma y haciendo que se vertiera la buena sangre española. De modo que, cuando la guerra terminara, lo primero que habría que hacer, según él, era destruir las alcantarillas de los barrios pobres, pues estas eran un lujo que habría que reservar para quienes lo merecieran, no para la masa de esclavos y traidores. Mientras tanto, había que matar, matar y matar a todos los rojos; exterminar a un tercio de la población masculina y limpiar el país de proletarios. También defendía que había que acabar con los limpiabotas, no se sabía por qué. De ahí que se lo conociera con el apodo de Capitán Veneno, pues veneno era todo lo que brotaba de su boca.

Cuando salió del aseo, ella lo encontró hojeando con displicencia uno de sus libros, naturalmente escrito en francés. Parecía algo molesto con la situación, pero lo cierto era que él se la había buscado. Por fin se volvió hacia ella. Tal y como la miraba, como si quisiera taladrarla con sus ojos saltones, se notaba que odiaba a las mujeres tanto como las deseaba, que le atraían y al mismo tiempo le repugnaban o tal vez le dieran miedo. Con el fin de ponerla a prueba, se dirigió esta vez a ella en francés, pero la falsa corresponsal le contestó con un excelente acento parisino; no en vano había vivido varios años allí.

—¿No es usted muy mayor para dedicarse a un oficio como el suyo, dejando aparte el hecho de ser mujer? —le espetó él sin contemplaciones.

—Ya querrían muchas jóvenes tener el aguante que yo, y también algunos hombres, por cierto. Soy una reportera curtida en mil batallas, y hay heridas que lo demuestran —replicó ella.

—Por eso me ha extrañado que hasta el momento no haya querido visitar el frente con sus otros compañeros. ¿A qué se debe?

—Eso ya lo hacen mis colegas; a mí lo que más me interesa es lo que sucede en la retaguardia —contestó.

El militar la miró de soslayo, intrigado por sus réplicas.

—¿Es ese el motivo de que haya ido a visitar el cuartel y la sede de la Falange?

—Ya veo que se ha enterado.

—Forma parte de mi trabajo. Y también sé que ha preguntado mucho por Miguel de Unamuno.

—He oído decir que era un escritor y un intelectual que apoyó el alzamiento y eso podría ser algo atractivo para los lectores de Francia.

—¿Y por qué le interesa tanto la muerte de ese escritor?

—Me parece una historia muy emotiva —indicó ella.

—En el frente mueren tiroteadas o destrozadas por la artillería centenares de personas todos los días, y no digamos bajo los bombardeos de los rojos, y a usted le preocupa la muerte de un anciano decrépito sentado al brasero. ¿Qué clase de corresponsal es usted?

—Seguramente él también fue víctima de la guerra —se le escapó a ella, sin ser del todo consciente de que el otro la estaba provocando.

—¿Qué quiere decir?

—Que probablemente fue la pena por lo que estaba ocurriendo la que lo mató —arguyó ella para salir del paso.

—¿Pena, por qué? Al fin y al cabo, estaba en el bando correcto y no tenía nada que temer —comentó el oficial de prensa con suspicacia.

—Era solo una hipótesis —explicó Teresa plegando velas.

No sabía muy bien el motivo, tal vez fuera por todo lo que había oído contar sobre él, pero ese hombre la ponía muy nerviosa y le causaba terror.

—Pues déjese de hipótesis y aténgase a la realidad. En todo caso, sepa que voy a tenerla muy controlada a partir de ahora, con mi aliento siempre en su cogote —añadió con tono amenazador.

—No lo olvidaré. ¿Alguna cosa más?

—Que no vaya por libre y haga lo mismo que sus compañeros. Es una orden, no una recomendación.

Cuando Gonzalo de Aguilera dejó la habitación, Teresa comenzó a temblar como un azogado. Ese maldito canalla se olía algo e iba a por ella, no había duda. Si volvía a presentarse en su cuarto de esa forma, no tendría más remedio que acabar con él, pues no creía que pudiera soportar tanta tensión.

Para terminar de tranquilizarse, se fue a tomar una copa al café Las Torres; después de lo ocurrido en su cuarto, la necesitaba; si no, no podría dormir. Allí se encontró con José Millán Astray, que estaba de tertulia con otros militares. Él no paraba de hablar en voz alta, gesticulando mucho y con tono jactancioso y vehemente sobre sus aventuras en Marruecos, un territorio que decía conocer como la palma de su mano, y al que se refería con una mezcla de fascinación y desprecio. Sin pensárselo dos veces, ella se acercó y le solicitó una entrevista, y él, sorprendentemente, aceptó, con la condición, eso sí, de que le dejara invitarla a cenar.

Tras despedirse de sus compañeros con un guiño de su único ojo, la condujo a un restaurante cercano a la plaza Mayor, llamado La Viuda del Fraile y frecuentado por los oficiales del Cuartel General. El menú era muy copioso:

entremeses, huevos con jamón o patatas fritas, pescado o langosta, bistec o chuleta, postre o fruta y vino; y no demasiado caro, dadas las circunstancias: cinco pesetas y media. Ella sabía por experiencia que, en el café Novelty, por cinco pesetas más propina ofrecían sopa, huevos, langostinos, ternera, postre y vino. Por indicación expresa de su anfitrión, los ubicaron en una mesa apartada, a salvo de oídos atentos a las conversaciones ajenas.

Después de algunos comentarios banales, Teresa fue al grano y le pidió que le diera su versión del incidente del 12 de octubre y Millán Astray le preguntó que dónde había oído hablar de eso. Ella le contestó que en las tertulias de café de los corresponsales. Luego él le explicó que sobre ese asunto no había nada que contar, que allí no había sucedido nada de particular, tan solo un pequeño roce entre dos personas de mucho carácter, como eran él y el señor Unamuno, y que lo demás eran bulos e invenciones. Su tono era calmado y sus modales correctos, si bien la trataba con cierta condescendencia, cosa habitual en los militares golpistas. Ella le rogó entonces que le hablara de Unamuno y de su odio a la intelectualidad, pero el fundador de la Legión, como buen estratega que era, no quiso entrar al trapo y se desvió del tema con una vuelta cambiada, como diría un taurino.

—Eso es agua pasada; lo importante es que ahora estamos construyendo algo grande aquí en Salamanca, la ciudad del saber. Y para ello tiene que haber algunos destrozos y sacrificios inevitables; los alumbramientos siempre son sangrientos y dolorosos, usted debe de saberlo mucho mejor que yo.

—Si lo sé es porque he asistido a algunos partos en plena guerra, no porque yo misma haya dado a luz —aclaró Teresa—, y debo recordarle que únicamente son sangrientos y dolorosos para las mujeres. Pero permítame que vuelva a don Miguel. Por lo visto, algunos jóvenes falangistas lo admiraban mucho, solo hay que ver el homenaje que le tributaron en el entierro. ¿Estuvo usted?

—Mis numerosos deberes me lo impidieron —pretextó—. Y, como usted ha dicho, tales admiradores son jóvenes e impetuosos y, por lo tanto, se dejan deslumbrar por el oropel, a mí también me sucedió en el pasado; a ellos aún les queda mucho por aprender. Por suerte, las guerras nos lo enseñan.

—¿Conoce usted a la persona que se encontraba con Unamuno cuando murió? Se llama Bartolomé Aragón.

—No tengo el gusto.

—He oído que trabaja para la Oficina de Prensa y Propaganda, que usted dirige —dejó caer ella.

—Me temo que está usted equivocada. En mi oficina solo trabaja gente solvente y bien preparada, y yo los conozco a todos —replicó él con mucha seriedad.

—Alguien me dijo que usted y Aragón llegaron a cruzarse en Huelva, a su regreso de Buenos Aires.

—Me crucé ese día con mucha gente, ya que me recibieron en olor de multitudes, y ello me emocionó, se lo confieso, y me llenó de esperanza.

Después de eso, Millán Astray trató de darle un nuevo giro a la conversación.

—¿No tendrá usted algo que ver con el hispanista Maurice Legendre, al que tanto le gusta visitar La Alberca y peregrinar a la Peña de Francia? Creo que nació en París, como usted, y era amigo de Unamuno.

—Me temo que no —se limitó a decir ella.

—Unamuno y yo coincidimos precisamente en su ciudad hace doce años… —recordó de pronto Millán Astray con un deje nostálgico.

—¡¿Y eso?!

—Creo que fue en el mes de julio de 1924, justo cuando él acababa de llegar, tras escapar en un barco de su destierro en Fuerteventura, y yo estaba a punto de abandonar la capital francesa después de haber cumplido con una misión oficial que me había mantenido por un tiempo fuera de España. El encuentro tuvo lugar en el café de La Rotonde, al que solían acudir algunos españoles exiliados, supongo que lo conocerá.

—¿Y quién no en París? Es toda una institución.

—Pese a ser un recién llegado, don Miguel ya había establecido allí su tertulia, donde impartía a diario sus amenas diatribas. Me acerqué a él varias veces con el fin de trabar conversación, pues, aunque no lo crea, yo también lo admiraba y respetaba por su valentía y carácter; no en vano me había atacado en sus artículos en numerosas ocasiones, lo que muy pocos se atrevían a hacer. Por otra parte, teníamos en ese momento algo en común, y era que a los dos nos había alejado de la península el dictador Primo de Rivera, aunque de diferente modo y por distintas razones. Por eso me habría gustado mucho poder discutir con él y hacerle de paso algunas rectificaciones. Pero don Miguel no me hizo ningún caso. En cuanto me veía, sacaba una bola de miga de pan que llevaba en el bolsillo de la chaqueta y se ponía a modelarla con los dedos en señal de aburrimiento o de mal humor. Se conoce que se sentía superior a mí, simplemente porque yo era militar, un defecto muy extendido entre los intelectuales españoles, que son todos muy pacifistas, belicosamente pacifistas, diría yo —añadió con tono burlón.

Ella no replicó. Se le veía muy resentido con don Miguel y no quería provocar su ira con algún comentario inapropiado. No había aceptado la invitación para meterse con él, sino para tratar de sonsacarle información.

—¿Y sabe usted una cosa? —continuó el Glorioso Mutilado—. Por allí se decía que don Puritano tenía una amante parisina. Yo al principio no me lo creí, pero los que me lo contaron insistieron mucho en ello, y hasta decían que ella era bastante atractiva y se les veía muy amartelados. ¿Puede creerlo?

Teresa, más que sorprendida, estaba asombrada. ¿Estaría Millán Astray informado de sus andanzas con Unamuno por París? Aunque hubiera oído algo, era imposible que conociera los detalles o que fuera a reconocer en ella a aquella misteriosa mujer. Pero estaba claro que sus paseos por el Sena no habían pasado inadvertidos para algunos de los exiliados españoles que por entonces se encontraban allí. Por fortuna, ellos vivían ajenos a los chismes y rumores, concentrados como estaban en sí mismos y en sus conversaciones.

—Pues yo he leído que don Miguel fue siempre fiel a su esposa, por lo que no parece posible... —dejó caer Teresa por decir algo.

—Eso es lo que quería hacernos creer, pero en realidad era como los demás, solo que más hipócrita, vanidoso y engreído. No sé si me explico. Hay un refrán castellano que lo deja bastante claro: dime de qué presumes y te diré de qué careces.

—Los refranes no siempre tienen razón, y, además, los hay para todos los gustos —sentenció ella.

La falsa corresponsal se sentía cada vez más molesta y asustada, como si temiera que en cualquier momento el militar fuera a decirle que se quitara la careta, que la había descubierto y sabía quién era y a qué se dedicaba, y apenas tocó la abundante cena. A pesar de su tono contenido y su esmerada cortesía, ese hombre le daba náuseas.

Al término de la velada, se despidieron de manera cortés. Él se dirigió al Gran Hotel, donde estaba alojado. Era el más lujoso de la ciudad; se había inaugurado hacía unos siete años y disponía de más de cien habitaciones y un comedor para trescientos comensales, algo impensable hasta entonces en una ciudad como Salamanca. En los últimos meses se había convertido en un abigarrado microcosmos en el que los huéspedes hablaban al menos cinco idiomas y podían verse uniformes y vestidos de todos los cortes y colores. Felizmente, ella no se albergaba allí. Teresa tenía una gran capacidad para mimetizarse con el paisaje y el paisanaje, pero había cosas para las que no estaba preparada, ni quería estarlo.

Después de tomar el aire por las calles aledañas a la plaza, Teresa regresó a su cuarto. Ahora sí que necesitaba descansar; demasiadas emociones para un solo día. Se tumbó vestida en la cama, y, al poco rato, llamaron a la puerta. No lo podía creer. Temiendo que se tratara de Gonzalo de Aguilera con ganas de guerra y provocación, sacó del bolso la pistola, una Astra 400 que siempre llevaba consigo, dispuesta a utilizarla si fuera necesario, y entreabrió la puerta con cuidado. Era Bartolomé Aragón.

—¿Qué desea?

—He oído que está haciendo averiguaciones sobre mí, y no encuentro unos papeles que dejé en mi habitación —le soltó.

—En cuanto a lo primero, le recuerdo que soy periodista, y, como usted no ha sido demasiado explícito conmigo en algunas cuestiones, he tenido que buscarme otras fuentes de información —explicó ella—. Con respecto a los papeles, no sé de qué me habla, la verdad —añadió haciéndose la inocente—. A lo mejor los cogió la persona que vino al hotel preguntando por usted.

—¿Cómo sabe usted eso?

—Porque estaba en la recepción cuando llegó —mintió ella.

Aragón la miró con rabia.

—Se trataba de una buena amiga que necesitaba verme con cierta urgencia por un problema con su familia, nada más. Usted no tiene derecho a inmiscuirse en mis relaciones privadas —le advirtió—. Y estoy seguro de que los papeles los cogió usted. Si quisiera, podría pedir que registraran la habitación.

—¿Y por qué no lo hace? Adelante. Pero le aseguro que no encontrará nada. Por otra parte, soy corresponsal de guerra y tengo mis derechos.

—¿Qué es lo que quiere, vamos a ver? —inquirió Bartolomé, cambiando de actitud.

Se le veía confuso y algo perdido, como si no supiera a qué carta quedarse con esa mujer.

—Que me cuente lo que ocurrió esa tarde en casa de don Miguel.

—Ya le he dicho que no sucedió nada, aparte de lo que le he contado.

—Hay gente que no piensa lo mismo, y me refiero a gente de su cuerda, pero que desconfía de usted. Entre otras cosas, lo consideran un arribista.

—Eso es falso —rechazó con tono ofendido.

—¿Por qué motivo fue a visitar a Unamuno esa tarde? ¿Actuó por su cuenta, para la Falange, por encargo de los requetés o por orden de Millán Astray?

—Como le comenté, fui por motivos personales, con la mala fortuna de que, mientras estábamos juntos, don Miguel se murió, nada más. ¿Cómo quiere que se lo diga? ¿Le parece poco disgusto el que ya tengo? Hubiera preferido no estar allí.

—Debió de ser algo traumático para usted —comentó Teresa con un toque de ironía.

—En efecto lo fue, y lo sigue siendo por culpa de gente como usted, que no para de acosarme ni de remover en ello. Si no deja de molestarme, la denunciaré ante las autoridades militares.

—Y yo me quejaré ante la Asociación de la Prensa Extranjera en Suiza.

—Ya lo veremos —le advirtió él, al tiempo que se iba.

XI

Era casi medianoche cuando Franco recibió en su despacho del Cuartel General al coronel Salvador Múgica, jefe del recién creado Servicio de Información Militar (SIM), encargado de todo lo relacionado con el espionaje y el contraespionaje, que acababa de llegar de Burgos, donde el organismo tenía su sede. El Generalísimo lo había hecho llamar en la tarde del 12 de octubre para que acudiera a Salamanca. Tendría unos cincuenta y cinco años. Era alto, con el rostro alargado y el pelo gris.

—A sus órdenes, mi general —se presentó.

—Bienvenido a Salamanca, puede sentarse. ¿Qué tal el viaje?

—Sin incidencias reseñables.

—Le he mandado venir porque deseo que se encargue personalmente de una misión muy delicada e importante —comenzó a informarle el jefe del Estado.

El coronel parecía complacido; las penalidades del viaje habían merecido la pena.

—Su excelencia dirá.

—Quiero que a partir de hoy se estreche la vigilancia sobre Miguel de Unamuno.

—¿El escritor?

—Así es. Aquí tiene su expediente —confirmó el Generalísimo alargándole una carpeta bastante gruesa—. Quiero saber qué es lo que hace en todo instante. Se trata, entre otras cosas, de vigilar sus movimientos, tomar nota de sus visitas, registrar su casa de vez en cuando con la debida cautela, inspeccionar sus cartas e interceptar aquellas que se consideren inapropiadas o peligrosas... Y, al mismo tiempo, deseo que se le tenga siempre controlado para que no le pase nada, pues podría haber algún exaltado que quiera hacerle daño; de hecho, acabo de saber que un teniente de la Guardia Civil y combatiente en la milicia nacional se ha ofrecido voluntario para asesinarlo. Y no es el único caso. Le estoy pidiendo, en fin, que lo espíe como si se tratara de un posible traidor al que, por razones de Estado, hay que proteger. ¿Entendido?

El coronel asintió. La misión era compleja pero clara, y el espionaje y el contraespionaje eran lo suyo. Sin poder evitarlo, se acordó de que, por error, el general Franco siempre escribía en sus mensajes confidenciales «expiar», con equis, en lugar de «espiar», como si pensara que aquella palabra tenía que ver con expiación; así que no era raro que el espiado acabara purgando sus pecados ante el pelotón de fusilamiento. Pero eso ya no era de su competencia.

—No hace falta decir que esta misión es secreta —le recordó su excelencia.

—Comprendido, mi general.

—Y es de vital importancia que la información se me envíe directamente a mí y a nadie más.

—No se preocupe, será usted el único en enterarse. En cuanto a la vigilancia, la llevarán a cabo mis mejores hombres, siempre bajo mi supervisión.

—Y dígales que sean muy discretos.

—Por eso tampoco debe inquietarse. Yo mismo los he adiestrado —indicó el jefe del SIM, como si eso fuera un timbre de honor.

—Entonces, ¿todo correcto? ¿Alguna pregunta?

El coronel hizo una pausa para reflexionar.

—¿Qué hacemos si, por cualquier circunstancia, el objetivo tratara de huir? —quiso saber.

—No creo que eso vaya a ocurrir, pues es ya muy mayor y tiene todavía familia a su cargo. De todas formas, bajo ningún concepto puede salir de Salamanca ni tampoco comunicarse con el exterior. Si tal cosa ocurriera, lo haré a usted responsable de ello.

—¿Y si algún corresponsal extranjero quiere entrevistarlo?

—El oficial de prensa Gonzalo de Aguilera será quien se encargue de adoctrinarlos e indicarles de qué pueden hablar con él y qué clase de preguntas les están permitidas. Siempre que sea posible, estará presente en las entrevistas con el fin de asegurarse de que se cumplen sus consignas; confío mucho en su eficacia, así como en la de usted. Y ahora puede retirarse. Hable con mi secretario personal sobre cualquier cuestión relacionada con la intendencia.

—Se hará como desea —convino el coronel tras ponerse en pie.

Después de unos días de postración, don Miguel trató de retomar sus pesquisas, pues era lo único que lo reconfortaba y lo hacía sentirse útil. El problema era cómo llevarlas a cabo, porque se daba cuenta de que cada vez lo tenían más vigilado. Investigar un asesinato en tales circunstancias, bajo sospecha, con los movimientos muy restringidos y sin apenas poder ver a nadie era una tarea muy difícil, casi imposible, y más en plena guerra. Pero no podía rendirse ni darse por vencido, ya que era un detective andante, el último recurso de los perseguidos, los afligidos y los oprimidos.

Aparte de los corresponsales extranjeros y del agente de prensa, que era una especie de orate vestido de militar, para desgracia de don Miguel, casi las únicas visitas que ahora recibía eran las de algunos jóvenes de camisa azul. Y es que, a pesar de haber sido condenado al ostracismo por los militares, los falangistas seguían intentando llevarlo a su redil y hacerlo de los suyos, mejor dicho, conseguir que reconociera serlo, que tomara partido por su causa de forma explícita y pública, ya que los del yugo y las flechas lo daban por sentado. Aunque a él tal empecinamiento le parecía absurdo, pueril y fuera de lugar, no tenía inconveniente en recibirlos y dejarse acompañar por ellos, pues podían ser una fuente de información para él; lo único que les pedía era que no se presentaran con su ridículo uniforme, pues este ponía de manifiesto su vulgaridad y fanatismo.

—Como el burgués gentilhombre de Molière, que hablaba en prosa sin saberlo, usted es un auténtico falangista sin ser consciente todavía de ello —le aseguró una vez Víctor de la Serna, al que Unamuno conocía bastante bien, dado que era hijo de la novelista Concha Espina.

—Puede que alguno de mis múltiples yoes sea como usted dice. No en vano todo ser humano lleva dentro de sí las siete virtudes y sus siete opuestos vicios capitales: es orgulloso y humilde, glotón y sobrio, rijoso y casto, envidioso y caritativo, avaro y liberal, perezoso y diligente, iracundo y sufrido. Así que cabe pensar que una mínima parte de mí sea como usted dice, pero le aseguro que todo lo demás está en contra. Recuerde que yo siempre he vivido en duelo íntimo, alimentando contradictorias posiciones y sintiendo la necesidad de disentir de cualquiera que defendiese una de ellas; de modo que no les arriendo la ganancia —le informó el escritor.

—En cualquier caso, yo lo admiro a usted, don Miguel.

—Esa admiración suya me tortura. ¿Tan malo es lo que hago? ¿Tan equivocado estoy? —replicó Unamuno, y todos los presentes se echaron a reír, incluido el objeto de la burla, que hizo un gesto como diciendo «cosas de Unamuno».

Así y todo, ellos insistían, aunque solo fuera para seguir recolectando anécdotas a su costa para sus artículos del momento y sus futuras memorias. Pero don Miguel no se cansaba de repetirles que él era un liberal de la vieja escuela y, por lo tanto, no podía ser fascista ni comulgar con tan siniestra y bárbara ideología. Y ellos venga otra vez con su cantinela, hasta que él fingía enfadarse:

—Pero ¿qué pretenden ustedes? ¿Creen que, siendo liberal, puedo someterme a una disciplina que me repugna? A otro perro con ese hueso.

De todos era sabido que don Miguel había escrito numerosos artículos contra las ideologías totalitarias, que aumentaron conforme estas se fueron extendiendo como una plaga por Europa; primero en Italia, con Mussolini, y luego en Alemania, con Hitler. En 1933 llegó a firmar, junto con Ortega y Gasset, Gregorio Marañón y otros intelectuales, un manifiesto contra el fascismo y el nazismo, que se publicó en el periódico *El Sol*. Asimismo, le dedicó duras palabras a su líder: «¿Es que cabe nada más impersonal, más borroso, que ese pobre Führer, un deficiente mental y espiritual? ¿Cómo puede fascinar a una masa humana?». De ahí que, en 1935, los nazis maniobraran desde el III Reich para que a Unamuno no se le concediera el Premio Nobel de Literatura, solicitado por la Universidad de Salamanca y otras instituciones, a pesar de que era uno de los principales favoritos, y al final ese año el prestigioso galardón fue declarado desierto.

A partir de la fundación de la Falange, se hicieron frecuentes también sus ataques contra los fascistas españoles, a los que don Miguel, siempre tan amigo de las etimologías y de los neologismos, llamaba «fajistas», ya que sostenía que el italiano *fascio*, o sea, «haz», había dado en castellano «fajo»; y a los que llegaba a calificar de «algo inmundo, de verdugos dementados», debido, entre otras cosas, a su evidente culto a la violencia. Y, por si eso fuera poco, en algunas entrevistas recientes, había vuelto a dejar claro su punto de vista sobre la organización, a la que consideraba el mayor peligro de los que amenazaban a España. A sus militantes los llamaba locos y fanáticos que calcaban ciegamente una idea extranjera y estrecha y renunciaban, en definitiva, a su propia patria y a su idiosincrasia secular, por mucho que presumieran de patriotas.

A pesar de todo ello, el catedrático falangista y estrecho colaborador y legitimador de los sublevados Wenceslao González Oliveros tuvo la osadía de soltarle en plena calle y de forma grandilocuente:

—Usted, amigo mío, tiene reservada la alta misión de contribuir a la formación del ideario de Falange.

La respuesta de don Miguel, como siempre, no dejó lugar a dudas:

—Yo soy un liberal; y no puedo cambiar mi liberalismo por esas zarandajas. Aunque el mundo entero se orientase a favor de los regímenes antiliberales, yo, con más motivo, seguiría siendo liberal, cada vez más liberal y nada más que liberal. ¿Cómo iba yo a colaborar en la legitimación de la doctrina fascista? Parece mentira que no me conozca.

—Pero muchos falangistas lo admiran y leen sus libros.

—Yo no soy responsable de lo que puedan pensar de mí ciertos lectores, ni menos aún de las interpretaciones que hagan de mis obras, allá cada uno.

—¿Y cómo puede ser eso?

—Le recuerdo que la Biblia ha dado origen a varias confesiones religiosas, algunas de ellas incompatibles entre sí, y eso que la inspiró el Espíritu Santo, o sea, Dios. Y es que cada uno la lee como le interesa y encuentra en ella lo que andaba previamente buscando.

No obstante, los de la Falange seguían empecinados en ganárselo para su causa como fuera o, al menos, en utilizarlo propagandísticamente a su favor, dado su gran prestigio internacional. Así que no paraban de halagarlo y de coquetear con él. Don Miguel, por su parte, les daba largas y prometía secundarlos en lo que fuese menester si le brindaban ayuda o algún dato que pudiera servirle para intentar librar de ser fusilado a alguno de sus amigos encarcelados, como Salvador Vila, Filiberto Villalobos o Atilano Coco, o resolver el caso de Daniel Carbajo.

El más asiduo de los visitantes era Eugenio Montes. Este era un joven escritor, periodista y catedrático de instituto, bastante culto y de carácter simpático, que por respeto y devoción le suministraba a Unamuno alguna información sobre la marcha de la guerra, ya que solía estar bien informado y quería agradar a su maestro, si bien, en el pasado, había congeniado más con Valle-Inclán, al que había tratado hasta el momento de su muerte, en enero de ese mismo año.

Aunque a don Miguel ya lo conocía de Madrid, la relación entre ellos en Salamanca no había empezado con buen pie. La primera vez que acudió a su casa con otro miembro de Falange, Unamuno no quiso recibirlos.

—Venimos a visitarlo ahora que es usted de nuestras mismas ideas —argumentó el amado discípulo.

Don Miguel mantuvo la puerta entornada y, tras mirarlos de arriba abajo, les soltó a bocajarro:

—Pero ¿saben ustedes qué es tener ideas? Váyanse, váyanse y déjenme en paz, que no estoy yo para perder el tiempo con tiernos infantes.

Y así se terminó la conversación. Sin embargo, Eugenio Montes siguió yendo a su casa como un perrillo fiel en busca de carantoñas, hasta que don Miguel accedió a recibirlo e, incluso, a dar largos paseos con él. Estos solían tener lugar por dos de sus lugares predilectos: la carretera de Zamora y el cercano Campo de San Francisco, según el maestro tuviera el ánimo, y en ellos hablaban mucho de Lorca, Luis Buñuel y Salvador Dalí, a los que Montes había conocido y tratado en la Residencia de Estudiantes, donde Unamuno se había alojado muchas veces con motivo de sus visitas a Madrid. En ocasiones, cuando volvían a casa, se cruzaban con camiones repletos de hombres armados con fusiles, revólveres y banderas que les lanzaban voces y miradas furibundas, y don Miguel se entristecía. A eso había quedado reducida España ahora que había dado rienda suelta a su odio cainita.

De todos esos encuentros y conversaciones de Unamuno con los falangistas, el jefe del Estado tenía cumplida noticia, no solo por parte del SIM, que actuaba en secreto y bajo sus órdenes directas, sino también a través de la Comisaría de Seguridad y Vigilancia dependiente de la Policía y del Gobierno Civil, que lo hacía más a la vista y de forma rutinaria. Por una vía o por otra, lo sabía casi todo sobre don Miguel, que ignoraba que fuera objeto de tanta atención por parte nada menos que del Caudillo, a pesar de sus muchas e importantes ocupaciones.

A finales de octubre, Unamuno se enteró con retraso de que habían matado a su amigo y discípulo Salvador Vila en el barranco de Víznar, en el mismo lugar donde unos meses antes habían asesinado a García Lorca, y, como le había sucedido a este, luego arrojaron su cadáver a una fosa común.

—En Granada han fusilado los falangistas al pobre Salvador Vila —les comentó a sus hijas con los ojos arrasados durante la comida.

—¡Esto tiene que acabar! —exclamó María, muy afectada.

—Mucho me temo que irá a peor; tenemos que prepararnos para una larga agonía.

—¿Qué quiere usted decir? —preguntó Felisa.

—Que todo esto va a terminar en un gran baño de sangre y en una enorme cacería humana. Y yo no lo supe prever.

¡Cómo podía haberse desatado una furia tan demencial como esa! ¿Adónde había quedado aquello de salvar la civilización cristiana occidental? Y, sin embargo, Franco seguía repitiéndolo de forma machacona en sus discursos; propaganda y nada más que propaganda. Y encima había sido él quien le había brindado esa consigna y esa coartada para que cometieran toda clase de asesinatos. De alguna manera con sus palabras los había avalado y legitimado. Por una vez en la vida, tenía que haberse mordido la lengua hasta hacerla sangrar.

También le llegó la noticia de que los republicanos habían fusilado a Ramiro de Maeztu, del que había sido amigo y con el que tantas veces había polemizado, como en el caso de Boada; la amistad, para don Miguel, no tendría por qué estar reñida con la controversia, ni esta debería afectar a las buenas relaciones. España entera se había vuelto loca; enredado en una locura colectiva sin límites, el pueblo español se había entregado al suicidio, al suicidio moral y al goce de morir matando al prójimo, al hermano, convertido en contrario.

Por otra parte, los sublevados seguían tratando de hacer creer al mundo que Unamuno continuaba fiel a su bando, y con este fin publicaron una suerte de manifiesto dirigido a los centros docentes extranjeros supuestamente escrito y firmado por él cuando era rector, pero redactado y aprobado en realidad por todo el claustro de la Universidad de Salamanca, donde se atacaba duramente a los republicanos por sus actos de «puro salvajismo». Eso sí que era bueno. ¡Menuda ironía!

Unos días después de enterarse del asesinato de Salvador Vila, la Comisaría de Seguridad y Vigilancia informaba al general Franco de que don Miguel había ido a ver a la hermana de aquel, Juana Vila, buena amiga de la familia. En verdad el objetivo de la visita había sido expresarle sus condolencias y pedirle perdón, pues en su fuero interno don Miguel se sentía responsable de la muerte del que fuera su discípulo predilecto. Juana era una maestra nacional de unos cuarenta años que había trabajado en las escuelas del barrio de Garrido, y vivía en la calle de Eloy Bullón, en una casa muy humilde. Con la llegada del alzamiento había sido depurada por sus ideas políticas y cesada de su puesto por el gobernador civil el 19 de agosto. Se la acusaba de ser de ideas izquierdistas y haber realizado manifestaciones de justificación del asesinato de Calvo

Sotelo y otras favorables a Azaña, lo que, en todo caso, había llevado a cabo en privado, pero se ve que alguien muy cercano la había denunciado, tal vez por envidia o alguna vieja rencilla.

En ese momento, Juana Vila estaba muy afectada por la muerte de su hermano y también muy amedrentada, pues sabía que continuaba en el punto de mira de los sublevados, que parecía que no se conformaban con lo que ya le habían hecho.

Unamuno trató de consolarla:

—Lamento de veras el asesinato de Salvador. Ya sabe que éramos buenos amigos y que yo lo apreciaba mucho. Me he enterado tarde de su muerte. Me han dicho que lo fusilaron en el mismo lugar que a Lorca. Esos canallas y degenerados están asesinando con complacencia a nuestros mejores jóvenes.

La mujer no dijo nada, ya que vivía reconcentrada en su dolor. Tampoco tenía claras las intenciones de don Miguel. Al verla tan dolida y ausente, este le pidió perdón por haber aceptado en su día ser nombrado rector vitalicio o perpetuo por la Junta de Defensa Nacional y haber contribuido, aunque fuera solo formalmente, a la depuración de los maestros y profesores, pues esta era una de sus responsabilidades, aunque él tratara de eludirla y de ayudar en lo posible a algunos afectados.

—Pero quiero que sepa que yo no tuve nada que ver con su cese, ya que los sublevados todavía no me habían nombrado rector —le contó con la voz quebrada.

—Lo sé, don Miguel, por mí no se preocupe. Piense ahora en usted, pues tarde o temprano le llegará su vez; la obsesión de esos malditos militares y fascistas es acabar con media España y señorear sobre la otra media.

—Soy muy consciente de ello. En cuanto a mi apoyo inicial al alzamiento, debo reconocer que me equivoqué totalmente —añadió Unamuno, pesaroso—; me equivoqué, sin duda, al poner el orden por encima de la libertad, un error imperdonable en un liberal como yo. ¡Qué cándido y qué ligero anduve al adherirme al Movimiento de Franco! ¡Qué crédulo y qué ciego he estado todo este tiempo! Y lo que más lamento es haber podido influir en algunos jóvenes con mi mal ejemplo cuando siempre fui un faro moral para ellos. A partir de ahora debería escribir *«Hunamuno»* con hache, con esa hache que ya he utilizado para los *hunos* y los *hotros* como signo de necedad y de barbarie.

Juana Vila lo vio tan compungido y desvalido que lo abrazó con fuerza, como a un hijo pródigo a su regreso al hogar, aunque por edad él pudiera ser su padre, y Unamuno se sintió reconfortado. Por un momento, tuvo la impresión de que era Concha, su mujer, la que le infundía ánimos y le daba calor a través de los brazos de esa honrada maestra que había visto cómo su vida y la de su familia y su patria se truncaban a causa de la guerra y del odio, y no pudo evitar que se le saltaran las lágrimas.

—Le doy las gracias por ese abrazo, que me tomo como un gesto de perdón. Yo mismo me impondré la penitencia. Necesito redimirme antes de que me maten, no puedo morir como un traidor.

—Cuídese, don Miguel.

Cuando salía, Unamuno reparó en que sobre un aparador había una radio cubierta por un paño bordado.

—Le recomiendo que se deshaga de ese aparato —le dijo en voz baja—. Si los militares se enteran de que lo tiene, podrían pensar que, dados sus antecedentes, se dedica a escuchar las emisoras republicanas, y eso está ahora muy castigado.

—Así lo haré, y, en cuanto pueda, me marcharé a casa de mi madre, que vive en un pueblo de Cáceres —le comunicó Juana Vila—. Salamanca se ha convertido para mí en un auténtico infierno, en una pesadilla.

—Ojalá contara yo con una madre y un pueblo en los que poder refugiarme —suspiró él.

A la salida lo estaba esperando el vigilante que ese día le habían asignado, que lo siguió, como siempre, a cierta distancia. Había comenzado a caer la noche, y don Miguel tuvo que apretar el paso, pues pronto llegaría el toque de queda. Caminaba tan raudo que hubo un momento en el que el policía se quedó muy rezagado. Al entrar en su calle, Unamuno vio venir de frente un automóvil con los faros apagados. Conforme se iba acercando a él, este parecía ir más deprisa. Por precaución, se pegó todo lo que pudo a la pared, pero el conductor subió el vehículo a la acera y arremetió contra el escritor. De no ser porque el portal junto al que estaba pasando se encontraba abierto de par en par y dio un salto para meterse en él, podría haber acabado mal. El conductor salió huyendo a toda prisa, lo que demostraba que había sido una acción deliberada. Don Miguel estaba convencido de que había intentado asesinarlo. Pero en ese momento no había nadie que lo hubiera visto y pudiera testificar; también el vigilante que iba detrás parecía haber desaparecido.

Una vez en casa, sus hijas lo vieron tan pálido y asustado que le pidieron que llamara a la policía, pero él se negó.

—¿Para qué? No creo que vayan a hacer nada —argumentó.

—Pero podrían haberlo matado —insistió María.

—Ahora no estoy tan seguro de que la cosa fuera tan grave. Ya sabéis que en la calle apenas hay luz —comentó don Miguel—. Habría sido el colmo morir atropellado por un automóvil, con lo que desprecio yo esos artefactos —bromeó para quitarle importancia.

No obstante, esa noche le costó mucho dormirse. No se le iba de la cabeza la imagen del automóvil echándosele encima, mientras él trataba de adivinar en la oscuridad quién lo conducía. Pero el último pensamiento fue para Teresa. «Ojalá estuviera usted aquí», susurró justo antes de sumirse en el bendito sueño reparador.

12

Manuel Rivera tenía la sensación de que, a pesar de los datos recabados, sus pesquisas se estaban estancando. Como ya había imaginado desde el principio, no era fácil tratar de hacer averiguaciones en medio de una guerra y en una ciudad ocupada por los militares golpistas. En tales circunstancias, todo estaba en contra y aquellos que podían saber algo tenían miedo. A casi nadie le interesaba, además, que se investigara una muerte acaecida a una persona de setenta y dos años en un momento en el que tanta gente estaba muriendo todos los días en el frente y en la retaguardia, en su mayor parte jóvenes, muchos de ellos con hijos, y sin que sus familias tuvieran la oportunidad de saber qué les había ocurrido o de recuperar sus cadáveres. ¿Tenía sentido esforzarse y arriesgar la vida por seguir adelante? Mucho se temía que no. Teresa, sin embargo, parecía cada vez más convencida de que esa búsqueda desesperada era muy necesaria y acabaría dando sus frutos, y él no podía decepcionarla.

Se había encerrado en su despacho con el fin de aclararse un poco tratando de poner por escrito todo lo sucedido y averiguado desde que recibió la noticia de la muerte de don Miguel. A la larga, si surgía la oportunidad, eso le serviría de base también para escribir su proyectada novela, esa que se añadiría a las que ya estaban listas para la imprenta; aunque, si Franco ganaba la guerra, dudaba mucho que las pudiera publicar, y menos la que ahora se traía entre manos. En ese caso, tendría que dejárselas en herencia a alguien de la familia para que las diera a la luz cuando las cosas cambiaran, tal vez dentro de mucho tiempo.

Pensó también en las pesquisas que el propio Unamuno estaba llevando a cabo cuando lo mataron, las del que sería su último caso —aunque también cabía pensar que el último era el de su propia muerte, el que él y Teresa estaban investigando—, según apuntaba en la carta que le había dejado a su amiga. Cada vez estaba más intrigado con ello. ¿De qué se trataría? ¿Por qué no le pidió ayuda como otras veces? Sí, era verdad que habían reñido y que durante varios meses no se hablaron, pero las pesquisas podrían haber servido precisamente para reconciliarse. Y él, ¿por qué no le había llamado, aunque solo fuera para preguntarle qué tal estaba? De nuevo se sintió culpable por no haberse interesado por don Miguel en todo ese tiempo. Si lo hubiera hecho, tal vez todo se habría desarrollado de forma muy diferente.

En esas estaba, cuando recibió la visita inesperada de Aurelia. A Manuel le pareció que estaba nerviosa y alterada, más que de costumbre, dado que miraba con desconfianza a un lado y a otro, como si temiera que la estuvieran espiando o que le fuera a pasar algo.

—Siéntese, por favor, y cuénteme qué la trae por aquí —le dijo él.

—Ay, don Manuel, perdone que haya venido a molestarlo —se disculpó—. Ya le dije a usted que me siento un poco responsable de la muerte de don Miguel, por no haber hecho nada para evitarla.

—Y yo ya le comenté que debería tranquilizarse, pues no estaba en su mano y sin duda obró en todo momento como es debido.

—Eso espero —suspiró ella—, pero, ya que no pude socorrerlo, me gustaría hacer todo lo posible para ayudarlo a aclarar la muerte de don Miguel.

—¿Tiene usted alguna información nueva sobre el caso?

—Hay un par de detalles, sí, que quisiera comentarle.

—Usted dirá.

—El primero es que ayer, cuando estaba revisando la ropa de don Miguel, vi que en el interior del cuello de la camisa que llevaba puesta el día que murió, en la parte de atrás, había una pequeña mancha de sangre, como si se hubiera pinchado con algo.

—¿Se lo ha comunicado a alguien?

—Tan solo a usted. He pensado que tal vez podría ser de interés, no sé, yo de estas cosas no entiendo, para sus pesquisas.

Manuel se acordó de lo que le había contado Adolfo Núñez en su consulta sobre la huella de un pinchazo bajo la nuca de don Miguel.

—Ha hecho bien en decírmelo, y, de momento, le ruego que no lave ni tire la camisa.

—Descuide, que la guardaré —aseguró ella.

—¿Y qué es lo otro que me quería comentar?

—Lo otro tiene que ver con unos papeles.

Aurelia abrió un bolso de cáñamo que llevaba consigo y rebuscó en él hasta dar con un amasijo de hojas, que le alargó al abogado. A la joven criada le temblaban un poco las manos.

—Me los entregó don Miguel unos días antes de morir —reveló.

—¿De qué tratan?

—Lo ignoro —confesó—. Lo que sí sé es que tan solo yo conozco su existencia, ni siquiera sus hijas están al corriente, pues no he querido que se preocupen más de la cuenta, ya que siguen atemorizadas y preocupadas por lo que se pueda llegar a descubrir.

Manuel les echó una rápida ojeada; algunos estaban chamuscados, como si hubiesen sufrido el mordisco del fuego.

—Don Miguel me los dio ya así —le indicó Aurelia, al ver la pregunta en su mirada.

—¿Y cómo es que no me los mencionó antes?

—El señor solo me dijo que los escondiera bien, que eran confidenciales y no debía verlos nadie. Y eso es lo que hice

—le explicó la mujer—. Pero, después de hablar con usted el otro día, empecé a darle vueltas y, tras mucho rumiarlo, he concluido que tal vez puedan servirle para algo.

—Ha hecho usted bien en traérmelos. No sabe cómo se lo agradezco. Le prometo que los estudiaré con calma por si tuvieran alguna relación con su fallecimiento.

—Gracias a usted por ocuparse de ello.

—¿Alguna cosa más?

La mujer se quedó pensativa y con el rostro contraído, como si hubiera algo que la reconcomiera por dentro.

—No, nada más —contestó.

Tan pronto se fue Aurelia, el abogado se preparó un café y se dispuso a examinarlos. Eran cuartillas de las que solía utilizar Unamuno, escritas por ambos lados con su letra, de eso no cabía duda. Cuando empezó a leerlas, enseguida comprobó que, en efecto, como sugería en la carta dirigida a Teresa, don Miguel había estado investigando un caso en los últimos meses: el de la muerte del catedrático jubilado Daniel Carbajo. Nada menos que un posible asesinato, según él, bajo la apariencia de suicidio. Por lo visto, las pesquisas se las había encargado la viuda, Eloísa Cifuentes, convencida de que su marido no se había quitado la vida.

Por su profesión, sabía de sobra quién era Daniel Carbajo y recordaba haber visto algo en *El Adelanto* sobre su trágica muerte, que apenas había trascendido, como era habitual en estos casos. Lo que no recordaba era haber oído ningún comentario en el café Novelty ni en el Casino, ni en un sentido ni en otro. A juzgar por las notas, Unamuno se había resistido a aceptar el caso, pues no estaba él como para andar haciendo pesquisas, pero, a la postre, no había podido resistirse. Y es que don Miguel era una persona generosa, siempre dispuesta a ayudar a los demás. Por otra parte, tenía instinto de sabueso y deseaba averiguar la verdad, costara lo que costase, aunque las circunstancias le fueran adversas.

Mientras hojeaba por encima los papeles, movido por la impaciencia y la curiosidad, el abogado observó que, en uno de ellos, don Miguel había escrito con grandes letras mayúsculas: «CONSULTAR CON MANUEL». ¡Sí, con Manuel! Y, dado que se trataba de una investigación criminal, debía de referirse a él, a su antiguo compañero de pesquisas, con el que había resuelto tantos misterios en el pasado. Aquello lo emocionó. ¿Qué había querido preguntarle? ¿Acaso había pensado pedirle que lo ayudara, como en los viejos tiempos? Entonces, ¿por qué no lo había llamado? ¿Por qué no había ido a hablar con él? Probablemente se sentiría abochornado por haber apoyado a los sublevados, por haberse equivocado de esa forma, y le daba vergüenza y rabia tener que admitirlo ante él. Don Miguel a veces se comportaba así. O a lo mejor lo que pretendía era no causarle problemas o no ponerlo en peligro, cualquiera sabía.

El caso era que Manuel se sentía cada vez más en deuda con Unamuno. No tenía que haberlo tratado con tanta dureza aquel día de verano en la plaza Mayor, cuando se lo encontró sentado en la terraza del Novelty intentando demostrar con su habitual testarudez no se sabía qué. Y, en última instancia, debería haber ido a hablar luego con su amigo, ver cómo se encontraba, ofrecerle su apoyo incondicional, sobre todo después del incidente del 12 de octubre, cuando lo dejaron solo. Había sido tan terco y cabezota como él, más si cabe. Si hubieran estado juntos, tal vez Unamuno no estaría muerto, o quizá lo estarían los dos, pero al menos se habrían hecho compañía hasta el final y habría habido momentos de relajo entre pesquisa y pesquisa, como siempre había ocurrido. Por desgracia, ya era demasiado tarde para aquello, aunque no para tratar de averiguar la verdad, o eso esperaba.

En sus anotaciones, Unamuno daba cumplida cuenta de las circunstancias del caso y de las indagaciones realizadas. También de los dilemas y las incertidumbres a los que se había tenido que enfrentar. Don Miguel, por supuesto, también conocía a Daniel Carbajo, pero ignoraba que algunas de las mentes más preclaras y formadas de la Facultad de Derecho de su universidad estuvieran trabajando para legitimar la causa de los sublevados y preparando, de paso, los cimientos de un nuevo régimen. Y lo mismo le pasaba a Manuel, a pesar de sus numerosos contactos y de ser un reconocido abogado de la ciudad, lo que quería decir que tales labores se estaban llevando muy en secreto.

La información recopilada por don Miguel era realmente valiosa, pues, además de sacar a la luz un asunto tan oscuro como aquel, sugería que el ilustre jurista no se había suicidado, sino que «lo habían suicidado» por no querer seguir cumpliendo órdenes de los golpistas, lo que, en caso de ser cierto, vendría a demostrar que estos hacían uso del asesinato encubierto cuando lo creían conveniente y no deseaban dejar rastro por alguna razón. Fusilar a un alcalde republicano o a un sindicalista en los primeros meses de la guerra estaba para ellos más justificado que deshacerse de un catedrático de Derecho por negarse a colaborar o por mostrarse crítico con las órdenes recibidas. En el primer caso, además de dañar y castigar a la víctima, se buscaba causar terror y que esas muertes sirvieran de escarmiento a los demás; de ahí que fueran públicas y notorias, por así decirlo. En el otro, se trataba de asesinatos que no convenía que trascendieran o se conocieran debido a la condición de la persona eliminada o por motivos estratégicos o relacionados con la propaganda; de ahí que se ocultaran o disimularan. Esa venía a ser, para Manuel, la diferencia, independientemente de quién estuviera detrás de esos crímenes.

Dado que Unamuno estaba bajo sospecha y estrecha vigilancia al menos desde el 12 de octubre, se preguntó si los sublevados habrían descubierto que estaba investigando la muerte de Daniel Carbajo, y si tal hecho estaría relacionado con su propia desaparición. Si era sí, el asunto se complicaba. Por si no bastase con tener que llevar a cabo las pesquisas del asesinato de su amigo, ahora la investigación se había enredado con un nuevo misterio, con un homicidio similar en algunos aspectos, cabría decir; de modo que lo ocurrido con don Miguel podría no ser un hecho aislado, sino un crimen que, de alguna forma, tendría precedentes en esos últimos meses, lo que significaría que allí había un patrón, una pauta, un *modus operandi*. En ese caso, bastaría con probar uno con esas características para que los demás también fueran posibles.

Por desgracia, algunos de los papeles se habían quemado y con ello se había perdido una parte de la información. A cambio, Manuel descubrió con sorpresa que algunas notas no eran del escritor, sino del propio Daniel Carbajo. En ellas este revelaba cómo sus colegas lo habían intentado coaccionar y sobornar, los engaños y amenazas que había padecido y las trampas y enredos que le habían preparado, hasta que un día se hartó y se plantó con firmeza ante ellos, como si ya no le importara lo que le pudiera pasar. A partir de ahí empezó a recibir la visita de un desconocido que lo torturaba psicológicamente y no lo dejaba en paz con el fin de que cambiara de actitud. Y, de repente, se acabaron las anotaciones.

Por último, el abogado encontró varios papeles cuya letra no era de Unamuno ni de Daniel Carbajo. En uno de ellos, se informaba de que el conocido jurista manifestaba un gran rechazo de las tareas que se le habían encomendado y se mostraba muy crítico con el proyecto que se estaba llevando a cabo en la Universidad, por lo que se le consideraba un traidor y se recomendaba que se le aplicara alguna medida represiva. También había una especie de acta en la que su nombre aparecía junto a una cruz, se suponía que en señal de fallecimiento. Entonces, ¿por qué la fecha del escrito era anterior a la de la desaparición del catedrático?, se preguntaba Unamuno en una nota adjunta, unida al documento con un clip. Para él, ese posible desliz era un indicio de que esa muerte había sido provocada.

Tras su lectura, Manuel se preguntó cómo habría conseguido todos esos documentos don Miguel. ¿Se los habría pasado alguien o él mismo los habría descubierto? Lo que sí parecía claro era que, con todo eso y lo que él mismo había averiguado, Unamuno debía de estar ya a punto de resolver el enigma al que se enfrentaba. Pero algo pasó y las cosas se torcieron. ¿Salieron a la luz sus pesquisas antes de que él diera con el asesino? ¿Tenía previsto el escritor denunciar el caso públicamente? ¿De qué manera? Aunque no aclaraban la muerte de Unamuno, los documentos, desde luego, abrían una nueva vía de investigación. Ahora había que encontrar alguna intersección entre ambos casos, algún punto en el que los dos misterios se cruzaran y se iluminaran el uno al otro. La novela, si es que alguna vez llegaba a escribirla, tendría, pues, una doble trama entrecruzada y una doble línea temporal; en una, don Miguel sería el detective o sujeto investigador y, en la otra, la víctima o el objeto de la investigación.

XII

Una mañana Unamuno le pidió a Aurelia que invitara al policía o soldado de paisano que ese día estaba de guardia en la puerta a tomar algo en la cocina, con el fin de que él pudiera abandonar la casa a hurtadillas. Sin dudarlo un instante, la mujer bajó al portal y, después de saludar al vigilante, le preguntó si le apetecía un poco de chorizo con un vaso de vino. Al otro se le iluminó la cara y Aurelia se dio cuenta de que ya lo conocía de otras veces, y a la legua se notaba que era de pueblo, como ella. El hombre, agradecido, aceptó la invitación.

—¿Y don Miguel? —le preguntó a la asistenta cuando entraron en la cocina—. Me gustaría saludarlo.

—Está en la cama con fiebre —mintió ella.

—Vaya, espero que se recupere pronto. Si me necesitan para algo, dígamelo —se ofreció el vigilante.

En realidad, Unamuno acababa de salir de manera subrepticia a la calle, no sin que antes su hija Felisa lo descubriera y le cepillara por encima la chaqueta, como antaño solía hacer su esposa, para que no fuera hecho un desastre.

—Ya está bien, ya está bien —protestó él con impaciencia.

Estaba inquieto y nervioso. Tras muchas cavilaciones, había decidido hacerle una visita a Manuel Rivera para que lo ayudara en el caso que lo tenía ocupado, pues necesitaba aclarar sus ideas; también porque lo echaba mucho de menos, para qué se iba a engañar. Entre otras cosas, su amigo le había servido siempre de yunque o banco de pruebas para ir dándole forma a su pensamiento y de contrincante en sus razonamientos, por no hablar de la grata compañía. Nunca hasta ese momento se había sentido tan solo y perdido; sin embargo, el maldito orgullo le había impedido dar su brazo a torcer. Por otra parte, no quería perjudicarlo. Pero ya no podía más. Tenía que hablar con él.

Mientras se dirigía a su casa, situada en la avenida de Mirat, observó que esa parte de la ciudad se había vuelto irreconocible. Todo estaba sucio y lleno de cascotes y de barro. Las paredes aparecían cubiertas de carteles y pasquines de colores chillones con lemas y consignas sobre la guerra; algunos prevenían contra el espionaje, otros invitaban a mantener la disciplina o a colaborar con los soldados. Los lugares familiares se habían vuelto, además, muy hostiles por la presencia de tantos militares. Las calles rectas y claras de antaño eran ahora para él un laberinto inextricable y los muros parecían vencidos, como si estuvieran a punto de caer sobre él. Sentía que, con la llegada de los golpistas, se había roto esa relación íntima y entrañable que había mantenido con la ciudad desde hacía más de cuatro décadas. De alguna manera, Salamanca también lo había decepcionado. Y no es que en el pasado sus relaciones con las fuerzas vivas estuvieran exentas de tensiones y fueran siempre buenas y pacíficas, ni mucho menos; más bien al contrario. Pero el enfrentamiento bélico entre las dos Españas provocado por los sublevados lo había estropeado todo. «Mi mundo se ha venido abajo. Este de ahora ya nada tiene que ver con mi voluntad y mi representación, es algo ajeno a mí; esta no es mi España ni mi Salamanca, la mía, la que yo imaginé en mis escritos y ensoñaciones», se dijo para sus adentros.

Lo emocionó, eso sí, ver a unos muchachos jugando en la plaza de los Bandos, felices por no tener que ir a la escuela, como en el Bilbao de su infancia durante la última guerra carlista. Y, por unos segundos, volvió a su niñez, fuente de su vida íntima y espiritual y la única época en la que había sido verdaderamente feliz. Pero el encantamiento duró muy poco tiempo. Justo delante de él, una patrulla de soldados detuvo a un hombre por no llevar papeles consigo y lo trasladó a rastras a un camión ante la mirada ausente de los transeúntes, que siguieron su camino como si nada.

Estaba tan confundido y anonadado que, cuando llegó a la puerta de la casa de Manuel, cambió repentinamente de decisión. Ya no se sentía con ánimos para hablar con su amigo y pedirle perdón por su cabezonería, y menos para solicitarle su ayuda, después de varios meses de alejamiento. No lo veía ético ni apropiado. Dadas las circunstancias, lo más correcto era arreglárselas solo y tratar de no perjudicar a nadie. Así que se dirigió a visitar a la viuda de Daniel Carbajo con el fin de ponerla al día y contarle todo lo que había averiguado sobre su marido y, de paso, preguntarle qué es lo que ella sabía al respecto. Hacía bastante tiempo que no se veían y no quería que pensara que había abandonado el caso.

—Me alegra mucho que haya venido, creía que lo tenían a usted confinado en su casa y yo no he querido llamarlo ni visitarlo para no ponerlo en un compromiso —comentó ella en cuanto lo descubrió en la puerta.

—De momento, me dejan salir, pero bajo vigilancia, que hoy he tenido que burlar con astucia para poder estar aquí —le explicó—. Necesitaba hablar con usted.

—Adelante, pase, por favor.

Doña Eloísa no era capaz de disimular su contento por el hecho de que Unamuno no se hubiera olvidado de ella ni de su marido, a pesar de su difícil situación tras el incidente del 12 de octubre, del que le habían llegado algunos rumores. Esta vez lo condujo a una salita de estar y le pidió que se sentara en uno de los butacones, el suyo, no el que en vida había usado su marido, pues ese no se podía tocar.

—¿Quiere usted un café o una infusión?

—No, gracias, no dispongo de mucho tiempo; así que iré al grano. ¿Tiene idea de a qué se dedicaba en los últimos meses su esposo? —inquirió don Miguel.

—Como sabe, ya estaba jubilado.

—Por lo visto, los sublevados lo obligaban a colaborar con ellos como jurista —le reveló él.

—¡No puede ser!

—Como le he dicho, lo hacía contra su voluntad; me lo ha contado un testigo y he encontrado en la Universidad algunos papeles que lo demuestran.

—A mí me comentaba, cuando salía, que iba al Casino a estar con los amigos o a hacer algún recado.

—Supongo que le contaba eso para que no se preocupara —sugirió don Miguel—. Pero lo cierto es que se reunía con otros catedráticos por orden de los militares sublevados con el fin de suministrar argumentos y leyes para justificar sus actos y deslegitimar el Gobierno de la República.

Mientras Unamuno le contaba lo que había descubierto, la mujer lo miraba con asombro y, de cuando en cuando, se echaba manos a la cabeza o se tapaba la boca o se hacía cruces en señal de estupefacción.

—Pero ¡cómo puede ser! ¡Y cómo es que este hombre nunca me confesó nada! —exclamó ella en cuanto don Miguel terminó.

—Estoy seguro de que lo hizo para mantenerla a salvo —insistió Unamuno—. Y, ahora, dígame si de verdad quiere que siga adelante con las pesquisas...

—Pues claro que deseo que prosiga con ello —lo interrumpió ella—, y con más motivo, si cabe, y si a usted le parece bien, por supuesto, ya que no me gustaría ponerlo en un brete, que bastante tiene usted con lo suyo.

—A estas alturas, para mí ya no hay vuelta atrás, de modo que... —reconoció el escritor

—Y para mí tampoco —convino ella.

—Ea, pues: tratemos de encontrar algo entre sus cosas que nos pueda servir de prueba de lo sucedido o que nos dé alguna nueva pista.

A petición de don Miguel, entre los dos registraron a conciencia el despacho del marido y otros rincones de la casa. A juzgar por lo que fueron hallando, Daniel Carbajo era una persona que no tenía recovecos ni secretos ni dobleces. Todo en él estaba claro y ordenado, no había nada que llamara la atención o estuviera fuera de sitio. La suya había sido una vida ejemplar, entregada de lleno a su trabajo y a su esposa, sin nada de lo que avergonzarse ni pecados o debilidades que ocultar. Ni siquiera Unamuno hubiera soportado un escrutinio como ese; bastaría con asomarse al doble fondo del archivador de su estudio para descubrir algunos de sus pecados más inconfesables y mostrarnos otras caras y facetas de él.

Estaban ya a punto de abandonar, cuando por fin don Miguel encontró algo en el interior de uno de sus libros, ¿dónde si no?; tenía que haberlo adivinado antes. Se trataba del titulado *La agonía del cristianismo*, y, entre sus manoseadas páginas, había unas notas de Daniel Carbajo escritas a mano en las que daba cuenta de cómo sus colegas le estaban haciendo la vida imposible por no querer colaborar. Él, desde luego, no estaba dispuesto a empañar su conciencia o a manchar su carrera de jurista poniendo sus conocimientos al servicio de aquellos que se habían levantado en armas contra la República y la legalidad vigente, algo que, en su opinión, era sagrado; tan solo Dios y sus mandamientos estaban por encima de las leyes humanas. Por ese motivo, había recibido la visita de un desconocido que lo acosaba y al final lo había amenazado con castigarlo si no llevaba a cabo lo que se le había ordenado. Naturalmente, tenía miedo y preocupación, pero no pensaba ceder. Las notas terminaban de forma abrupta, sin previo aviso.

—¡Lo sabía, lo sabía, sabía que lo habían matado los muy canallas! —exclamó doña Eloísa entre sollozos.

—Aún es pronto para concluir eso. Ahora tenemos que pensar en el mejor modo de proceder —aconsejó Unamuno.

—Le doy las gracias por lo que ha hecho.

—Y yo a usted por creer en mí.

—También mi marido debía de creer en usted; de ahí que dejara esas notas en su libro, pues no creo que se trate de una casualidad.

—Me siento abrumado —confesó él.

Se habría quedado un rato más buscando indicios, pero se le había hecho ya muy tarde. Doña Eloísa quiso acompañarlo hasta su casa. Los dos iban en silencio, ensimismados, pensando en Daniel Carbajo. Cuando llegaron, ella simuló tener un desmayo en plena calle con el fin de que quien vigilaba la puerta fuera a socorrerla y el escritor pudiera entrar en su domicilio sin que el otro se diera cuenta, como así fue.

Ese mismo día, la ciudad de Salamanca sufrió un bombardeo. Las hijas de Unamuno estaban aterradas y le pidieron que fuera con ellas al refugio para protegerse, pero él, como de costumbre, no obedeció. ¿Para qué? Si había de morir, que fuera víctima de una bomba anónima y no asesinado de manera indigna. Mientras escuchaba el detonar de las baterías antiaéreas a lo lejos y luego el sonido de las bombas inmisericordes, recordó el asedio de Bilbao por parte de la artillería de las tropas carlistas cuando tenía diez años, en 1874. Seis proyectiles cayeron al lado de su casa, pero no mataron a nadie. Ahora las guerras civiles eran mucho más cruentas y sanguinarias, y ya nada tenían que ver con las del pasado; eran, en verdad, guerras inciviles. Sin poder evitarlo, imaginó que un día un aeroplano haría volar sin piedad la torre del palacio de Monterrey, la que estaba enfrente de su casa, con su calada crestería de piedra, y a él con ella hasta quedar enterrado bajo los escombros, entre las ruinas de un tiempo remoto.

13

Desde que recibiera de forma inesperada la carta de Miguel, seguramente la última que escribió, Teresa no hacía más que darle vueltas en la cabeza a su significado. Por otra parte, le venían recuerdos de los buenos momentos pasados junto a él, como aquella vez en Salamanca, unos años después de haberse conocido, en que ella llegó a proponerle un arreglo para dar cauce a su relación. Por supuesto, en aquel momento ella no pretendía que Miguel abandonara a su mujer ni que dejara de quererla; de sobra sabía que eso era imposible. Le bastaba con que se vieran de vez en cuando en Madrid, adonde él viajaba con relativa frecuencia, y, durante unos días, fuera solo suyo, con eso se conformaba. Pero él le contestó que no, aunque sus ojos, a juzgar por su brillo, parecían querer decir que sí. En cualquier caso, ese «no» tan tajante se le había clavado como una espina en el corazón, y, a diferencia de lo que ocurría en el poema de don Antonio Machado, Teresa no se la había querido arrancar, pues eso habría supuesto dejar de sentirlo.

Cansada de bregar con sus recuerdos, Teresa se dirigió a la sede de la Delegación del Estado para la Prensa y Propaganda, integrada en la Comisión de Cultura y Enseñanza de la Junta Técnica del Estado, así de largo y burocrático era su nombre, con el fin de hacer nuevas indagaciones. Antes de tomar la decisión de acudir, se había documentado un poco. Por eso sabía que en la delegación colaboraban escritores, periodistas y gente de cultura como Pablo Merry del Val, Agustín de Foxá, Luis Antonio Bolín, Luis Moure Mariño, Víctor de la Serna, Antonio de Obregón, Emilio Díaz

Ferrer, Francisco de Luis, Ramón Rato, Lucas María de Oriol, Maximiano García Venero... A alguno lo acababa de conocer personalmente; de otros había oído hablar durante esos últimos días o en el pasado en Madrid. Las oficinas estaban ubicadas en el palacio de Anaya, en la plaza del mismo nombre, un edificio de estilo renacentista con amplio frontón y gruesas columnas a la entrada, así como una gran escalinata. En el patio se encontró con Ernesto Giménez Caballero, en actitud meditativa y muy reconocible por su frente despejada, sus llamativas gafas y su nariz augusta, acorde con su ideología. Teresa sabía que, hacía unos años, había sido un destacado vanguardista, nada menos que el fundador y director de *La Gaceta Literaria* y del Cine-Club Español, vinculado a ella, y luego un falangista de primera hora, un «camisa vieja» que suscitaba atención por su gran inteligencia y su espíritu surrealista.

—No debería estar aquí —le indicó este al verla merodear por el claustro.

Ella se presentó como corresponsal de guerra francesa.

—Pues yo soy un escritor y periodista español.

Hablaba recalcando mucho las palabras, como si sintiera placer al pronunciarlas, y con acompañamiento de manos.

—¿Puede decirme si Bartolomé Aragón trabaja en este lugar?

—Ni labora aquí ni se le espera.

Giménez Caballero comenzó a caminar por el patio del palacio, y ella lo siguió tratando de mantenerse a su altura, cosa nada fácil, debido a su zancada.

—¿Y sabe si es amigo o conocido de su jefe, el general Millán Astray?

—En realidad, soy yo el que lleva la delegación —puntualizó el escritor—. Él solo nos da algunas consignas y nosotros las instrumentamos, según sus palabras, pero siempre bajo mi supervisión. Su mando es puramente nominal, por el mero hecho de ser militar y africanista, como su amigo y antiguo compañero del Tercio el general Franco, con el que comparte el mismo espíritu belicista. Pero aquí yo soy el único que sabe algo de propaganda, una herramienta tan importante como las armas convencionales para ganar una guerra; no en vano la pluma puede ser tan poderosa como la espada, y la máquina de escribir, tan letal como la artillería. Por suerte pronto tendremos una emisora de radio que bombardeará noticias desde este edificio para toda España.

Teresa asintió para inspirarle confianza.

—¿Y cómo acabó usted en este lugar?

A ella le pareció que, antes de contestar, el otro se esponjaba un poco.

—Un día, al poco de llegar a Salamanca, el Generalísimo me dijo en un aparte: «Quisiera que se ocupara de la propaganda. Como todo está militarizado, hay que contar con algún general al frente. Vaya a ver a Millán Astray». Y luego añadió: «Su labor ha de ser complementaria a la de las armas y, por tanto, subordinada al mando político-militar». Eso fue todo, pues, como buen guerrero, no es hombre de muchas palabras. En cuanto al Glorioso Mutilado —comentó en voz baja—, pasa muy poco tiempo por aquí, cada vez menos, y, cuando está, se le va la fuerza por la boca y no para de dar voces a todo el mundo y tocar el silbato, como se lo cuento, para demostrarnos quién manda. Hoy se ha ido a arengar a las tropas en el frente, que eso se le da bien, aunque a mí sus soflamas me parecen más bien disparatadas, a pesar de que yo tengo debilidad por lo estrambótico. Sin duda, es un gran adulador, pero su gestión es un absoluto desastre. *Off the record*, le comentaré que tiene los días contados —anunció con satisfacción—. Se lo puedo decir con franqueza, pues, a Dios gracias, está ya completamente acabado. En todo caso, le ruego que no lo vaya contando por ahí; si lo hace, lo negaré todo.

A Teresa le sorprendió tal revelación. Estaba claro que el experto en propaganda tenía ganas de desahogarse, ya que era muy locuaz, y poder contárselo por fin a alguien que no fuera de su círculo inmediato; o tal vez lo que quería era precisamente que ella lo divulgara para terminar de hundir a Millán Astray.

—¿Por qué motivo? —inquirió ella, muy interesada.

—Eso tendrá que averiguarlo usted, pero yo diría que por uno muy serio —apuntó Giménez Caballero.

—¿No me puede dar ninguna orientación? —insistió la falsa corresponsal, cada vez más intrigada.

—Valoro en mucho mi vida y mi puesto, y creo que ya le he contado demasiado para ser usted una desconocida y una extranjera, ¿no le parece? En cualquier caso, le puedo adelantar que Franco no está muy contento con él; ahora, más que una ayuda, es un estorbo y todo lo que hace resulta contraproducente o va contra nosotros, como un bombero que, en lugar de apagar fuegos, se dedicara a agravarlos y extenderlos. Y eso en una guerra puede ser catastrófico, créame.

—Ya me imagino —concedió ella—. Volviendo a Bartolomé Aragón...

—Siento decirle que no lo conozco. Y en esta oficina somos muy pocos y los medios, más escasos todavía, por lo que todos los días tenemos que hacer milagros, como el de los panes y los peces, solo que sin panes ni peces ni milagros que valgan.

—¿Y qué puede contarme de Unamuno?

El periodista hizo un gesto de sorpresa.

—Vaya, el que faltaba. Y conste que no lo digo con desprecio, al contrario. Le advierto que no encontrará a nadie en Salamanca que admirase más a Unamuno que yo. Él me ayudó mucho en su día en mi carrera como profesor y yo fui el primero que escribió sobre su muerte. Para mí era un auténtico genio. Sentí mucho su pérdida, aunque debo confesarle que últimamente había empezado a desvariar.

—¿Qué quiere decir?

—Que había perdido el norte, el norte político, se entiende; supongo que debido a la guerra y a su avanzada edad.

Giménez Caballero se había detenido para que su interlocutora pudiera asimilar bien sus palabras, y que no se malentendieran.

—¿Y qué concepto tienen de él los demás falangistas que trabajan aquí?

—Si lo que quiere es hablar conmigo sobre los rumores de que lo mataron los falangistas, le ruego que se vuelva por donde ha venido. Aquí no nos interesan los chismes ni las calumnias, salvo si sirven para atacar al enemigo —comentó con tono tajante al tiempo que reemprendía la marcha.

—¿Qué sabe, por cierto, del encontronazo con Millán Astray?

—Lo poco que he oído contar, pues yo no estaba aquí. Vine a Salamanca, huyendo de Madrid, a comienzos de noviembre, y, como ya le he dicho, Franco me puso de inmediato a las órdenes de Millán Astray, lo que me situaba justo entre los dos polos enfrentados, dos polos con mucha fuerza y carácter, no hace falta decirlo. Recuerdo que un día me dirigí a la casa de Unamuno con el deseo de ver cómo estaba y hablar con él sobre cuestiones que me preocupaban. Pero al final no me decidí a llamar a su puerta.

—¿Y eso por qué?

—Temí que, si se enteraba de que yo estaba a las órdenes de su antagonista, la visita no resultaría lo grata y conmovedora que yo soñaba, y no quería que se enfadara conmigo y dejara de hablarme —se justificó—. Llámeme pusilánime, si lo desea, qué le vamos a hacer. Con el Glorioso Mutilado nunca he tratado el asunto de marras, pues sé que no le gusta que se lo recuerden, ya que debió de salir trasquilado. Todavía no ha digerido que un anciano profesor se le enfrentara en público de esa manera, y aprovecha cualquier pretexto y ocasión para atacar a los intelectuales y ponerlos en el punto de mira, a veces con mi obligada colaboración, debo reconocerlo.

—¿Y qué es lo que piensa de la muerte del escritor?

—Eso ya lo conté en un artículo que salió publicado dos días después en *El Adelanto* con el título de «En la muerte de D. Miguel de Unamuno». Allí decía, entre otras cosas —continuó engolando un poco la voz—, que Dios había sido piadoso con él, a pesar de que siempre había padecido la angustia y la obsesión de la muerte. Su vida y su obra no fueron más que una tortuosa lucha guiada por el ansia de sobrevivir y de que no se deshicieran su yo y su persona, su personalidad, en suma. De ahí que a un hombre que había ya sufrido una larga agonía durante toda su existencia Dios le hubiera concedido el don de no padecerla en la hora de la muerte. Murió sin agonizar, sin lucha, sin tormento. Él, que había sido un constante atormentado y que siempre había vivido en guerra, murió en paz. Amén.

Las palabras de Giménez Caballero dejaron a Teresa muy pensativa. Pobre Miguel; resultaba irónico pensar que una persona que se había pasado la vida construyendo su personaje —«Yo soy mi creador y mi criatura», solía decir—, volcándose para ello en la escritura, tratando de existir e inmortalizarse en la palabra, en sus obras, en sus creaciones literarias, había tenido la inmensa desgracia de que fueran otros —los *hotros*— los que con aviesa intención escribieran para el mundo la última escena de su vida, tal vez la más importante, la de su último parlamento y su mutis por el foro, una vez concluida la obra, justo antes de que cayera sobre su figura el negro telón de la muerte y sobre su ataúd la bandera con el yugo y el haz de flechas de la Falange.

—¿De verdad piensa usted eso que dice? —inquirió ella con cierta osadía.

—¿Qué insinúa?

—Que bien pudiera ser que no ocurriese todo como usted proclama.

Giménez Caballero dio un respingo, sorprendido.

—¿Y por qué no? —preguntó.

—Para empezar, ¿a usted quién se lo contó?

—Alguien a quien el propio Bartolomé Aragón se lo había narrado la misma noche del deceso.

—¿Y cómo sabe usted que ese relato es verdadero?

El periodista la miró con suspicacia, como si pensara que la periodista le estaba tendiendo una trampa o, peor aún, se estaba riendo de él.

—¿Y por qué había de ser falso?

—Para empezar, se trata de un único testimonio, por lo que no puede ser rebatido por otro testigo, y además es interesado, por lo que, en principio, habría que ponerlo entre paréntesis, ya que no tiene ningún valor —argumentó ella.

—De acuerdo, pero ¿adónde quiere ir a parar?

—A ninguna parte. Era hablar por hablar.

—Pues hablando de Unamuno —comentó de pronto Giménez Caballero para cambiar de asunto, aunque no de persona—, ¿conoce usted el busto que preside este lugar? —Teresa negó con la cabeza—. Venga, se lo enseñaré.

Giménez Caballero la condujo hasta la escalera de piedra que había a la izquierda del patio. Allí estaba, situado sobre un gran pedestal y dentro de una especie de hornacina, en el centro de la meseta o rellano, el busto en piedra y bronce del que fuera catedrático y rector de la Universidad. El rostro, desde luego, tenía mucha fuerza y un gran parecido con el original. Lo que a Teresa no le gustó fue la cruz que Miguel exhibía en su pecho, en el lado del corazón, pues eso no concordaba con sus increencias o sus dudas con respecto a la fe, una fe continuamente buscada pero siempre cuestionada por la razón.

—Lo esculpió el palentino Victorio Macho, mientras don Miguel se encontraba exiliado en Hendaya —le informó a Teresa su guía.

—¿Y a Unamuno le gustó?

—No lo sé, pero, según me han contado, en las pocas ocasiones en que volvió a este edificio, no utilizó nunca esta escalera tan monumental, sino otra interior que hay enfrente para no tener que encararse con su imponente réplica.

Teresa recordó una confidencia que le había hecho el propio Unamuno, precisamente en Hendaya, sobre una ocasión en la que había estado mirándose en un espejo hasta llegar a desdoblarse y ver su propia imagen convertida en la de un sujeto extraño. Eso lo llevó a pronunciar quedo su nombre, que él oyó como una voz ajena que lo llamaba desde el otro lado y lo hizo sobrecogerse; era como si hubiera sentido el abismo de la nada y él no fuera más que una vacía sombra pasajera. Este recuerdo le provocó a Teresa una gran pesadumbre ahora que Miguel había muerto y solo quedaba su busto en ese viejo palacio ocupado por los fascistas.

—Por lo visto —prosiguió Giménez Caballero—, impartió clases de Historia de la Lengua Castellana en este edificio durante el curso 1933-1934, y, en este mismo patio, le hicieron un homenaje nacional con motivo de su jubilación en el que estuvo el presidente de la República, Niceto Alcalá-Zamora. Fue el 29 de septiembre de 1934, día de su santo y de su septuagésimo cumpleaños. En esa gloriosa jornada se descubrió la escultura y Unamuno impartió su última lección a los estudiantes; creo que fue un acto muy emotivo. Quédese usted con eso y deje de indagar en su muerte, que carece de todo interés —concluyó con naturalidad, antes de volverse a su despacho.

Teresa recordó que Miguel y ella se habían visto por última vez en Oviedo poco después de esa fecha, tras la revolución de Asturias. Por otra parte, el erudito Giménez Caballero se equivocaba, esa de la que hablaba no había sido la última lección de Unamuno. Esta había sido precisamente su muerte, pero eso nadie lo sabía por ahora; por ello había que aclarar cuanto antes lo ocurrido aquella tarde del 31 de diciembre de 1936, pensó mientras abandonaba el edificio con paso firme.

Sin perder un instante, se dirigió al rectorado para entrevistarse con Esteban Madruga, con quien había quedado citada. La estremeció ver el antiguo edificio de la Universidad vacío y en penumbra, como si fuera el escenario de una novela de terror. Y, en el fondo, en eso se había convertido, al menos desde que los sublevados se habían instalado en sus inmuebles y una buena parte de sus profesores se había puesto al servicio de Franco y su Cuartel General, no con armas de fuego, sino con otras igual de valiosas, como el conocimiento, las ciencias y las letras. Parecía mentira que una institución por la que habían pasado a lo largo de sus más de siete siglos genios tan importantes y heterodoxos como Antonio de Nebrija, fray Luis de León, Francisco de Vitoria o el propio Unamuno, que lo había dado todo por ese templo del saber, fuera ahora un bastión del fascismo español.

El rector la recibió en su despacho, un lugar frío y desangelado, más parecido a un mausoleo que a otra cosa. Aunque el catedrático de Derecho Civil tenía el rostro severo y algo fúnebre, acorde con el sitio, sus modales eran corteses y afables.

—Y dígame, ¿qué se le ofrece?

—Estoy haciendo un reportaje sobre Unamuno, al que, según creo, usted conoció bien —le indicó ella.

Esteban Madruga sonrió complacido.

—Así es —confirmó.

—¿Y qué sintió cuando sus compañeros solicitaron su cese y propusieron nombrarlo a usted? —se apresuró a preguntar ella.

El rector dejó traslucir cierta turbación, de la que Teresa fingió no darse cuenta para no incomodarlo todavía más.

—¿Y qué iba a sentir? Era una gran responsabilidad y un gran honor para mí, a pesar de las tristes circunstancias en las que se produjo el nombramiento. Lo lamenté mucho por don Miguel, pero, de alguna forma, yo venía a representar la continuidad en el cargo —se justificó.

—¿Qué quiere decir?

—Que en su día él me nombró vicerrector, y, desde esa fecha, los dos trabajamos codo con codo, unidos en pro de la Universidad, como verdaderos amigos y compañeros, pues estábamos muy compenetrados —le explicó con tono cordial.

—Ya entiendo. ¿Y él cómo se tomó la nueva situación?

Esteban Madruga comenzó a mirarla con desconfianza. ¿A qué venía tanta pregunta? ¿Con qué derecho se atrevía a indagar en aquello a lo que nadie le había dado importancia?, parecía estar preguntándose.

—Naturalmente, se alegró mucho por mí —respondió—. Sepa usted que nuestra amistad no tuvo eclipse ni fricción alguna hasta su muerte, en la que no estuve presente por pura casualidad.

—¡No me diga!

—Yo había estado en un café de la plaza Mayor con don Bartolomé Aragón, que quería que lo acompañase a visitarlo, pues deseaba mostrarle a don Miguel un folleto que iba a publicar —le informó el rector—. Por lo visto, tras su regreso de Italia, había escrito un informe acerca de sus estudios sobre corporativismo fascista y quería conversar sobre ello con don Miguel.

—Pero, sabiendo lo que Unamuno opinaba acerca de Mussolini y del fascismo italiano, ¿qué sentido tenía mostrarle el opúsculo y pedirle su parecer?

—Eso mismo pensé yo, la verdad. En todo caso, no pude ir con él, pues en ese momento tenía que asistir al entierro de la madre del magistral, el doctor Albarrán; así que lo dejé cerca de la casa de don Miguel y, cuando volví a pasar por allí, ya había ocurrido el fallecimiento.

—Se llevaría usted un buen disgusto —comentó ella.

—Ya lo creo.

—¿Y qué opina de los rumores que corrieron por la ciudad en las primeras horas? —dejó caer.

—¿No estará usted insinuando que en el fallecimiento de don Miguel hubo algo sospechoso? Pero si don Bartolomé Aragón es un bendito... Esa tarde estaba muy nervioso, ya que el gran intelectual y antiguo catedrático iba a recibirlo en su domicilio y él le quería mostrar su obra. Fue una desgracia que le tocara asistir a la muerte de su admirado escritor, que por un lado fue repentina, pero por otro se veía venir, pues últimamente se sentía muy enfermo y desmoralizado.

—¿Por qué dice eso? —preguntó ella con extrañeza.

—Por lo siguiente. Ocho días antes de su desaparición, Unamuno me envió una carta a través de su hija Felisa, junto con las llaves del departamento de la antigua casa rectoral, en el que se guardaba su biblioteca personal y que ahora es de la Universidad; asimismo, me rogaba que informara al decano de la Facultad de Filosofía y Letras de que tenía dos o tres libros de su biblioteca, por lo que pedía que se mandara a un bedel para que los recogiera y los devolviera a su sitio. Como ve, parecía muy consciente de que el tiempo se le acababa y deseaba dejar resueltos algunos asuntos de carácter privado, por lo que le pudiera pasar; entre ellos, cumplir su voluntad de donar sus seis mil libros a la que había sido su *alma mater* o madre nutricia.

—Entonces, ¿usted cree que se encontraba muy mal?

—A esas alturas de la vida y con todo lo que estaba pasando a su alrededor, había perdido la ilusión y tal vez las ganas de vivir, y ello se aprecia muy bien en la carta que me mandó; precisamente, la tengo aquí —comentó sacándola del cajón de su escritorio—. Si me permite, le leeré a usted un párrafo muy significativo; reza así: «He decidido no salir ya de casa desde que me he percatado de que el pobrecito policía esclavo que me sigue, a respetable distancia, a todas partes es para que no escape, no sé a dónde, y así se me retenga en este disfrazado encarcelamiento...».

El rector interrumpió la lectura de forma abrupta, como si de repente se hubiera arrepentido de haberla iniciado.

—Lo que yo veo ahí es a alguien harto de que lo vigilen y le coarten su libertad. Es normal que en esa situación se sintiera abatido y desganado —comentó ella.

—Realmente, no es que estuviera confinado en su casa —quiso aclarar el rector—, era él el que había decidido recluirse, pues ya nada le interesaba. Y el policía no estaba allí para vigilarlo, qué va, sino para protegerlo, dado que estamos en guerra y hay mucho loco suelto.

—En cualquier caso, él era un gran luchador, de esos que nunca se rinden —replicó Teresa.

—Desde luego. Pero, en los últimos años, había sufrido muchos reveses, especialmente desde que fallecieron su hija y su mujer. Todo ello unido, claro está, a la arterioesclerosis que padecía, agravada por los disgustos que sufrió en los últimos meses de vida. Así que yo creo que, de alguna forma, se dejó morir.

—No parece ese un comportamiento muy unamuniano —apuntó ella.

—Ya sabe usted lo contradictorio que era don Miguel.

Teresa se había quedado bastante confundida. ¿Tendría razón el rector? ¿Se había dejado morir de alguna manera Miguel? No lo creía, aunque solo fuera por no darle gusto a sus enemigos, que cada día eran más y estaban deseando quitárselo de encima. Y tampoco era tan contradictorio como se decía. Era más bien un dialéctico, y su pensamiento, una continua sucesión de tesis y antítesis, pero sin llegar nunca a la síntesis conciliadora, ya que lo que en realidad le interesaba era sentir el juego fecundo de las contradicciones, raíz y sostén de lo que él llamaba la conciencia viva. De modo que todo lo discutía, todo lo cuestionaba, todo lo problematizaba; también a sí mismo, sobre todo a sí mismo. Era, en definitiva, un removedor de ideas.

En cuanto a Bartolomé Aragón, ¿por qué le pidió a Esteban Madruga que lo acompañara si tenía pensado asesinar a Unamuno? ¿Estaría mintiendo el rector para exculparlo y librarlo de toda sospecha? Desde luego, era obvio que trataba de engañarla al insinuar que el policía que lo vigilaba no estaba allí para controlar al escritor, con lo guerrero que era, sino para protegerlo. En cualquier caso, aquella tarde, por la razón que fuera, este no lo hizo.

Cuando salió al claustro superior, las sombras lo habían invadido todo. Nunca hubiera imaginado que una universidad, que siempre se asocia con juventud, alegría y aprendizaje, pudiera ser un sitio tan lúgubre. Lamentablemente, ella no había tenido la oportunidad de llevar a cabo estudios superiores. Era más bien autodidacta. Al principio se había formado entre viejos anarquistas, que lo mismo le enseñaban a practicar la meditación tántrica que a fabricar bombas caseras, hasta que se convirtió en una discípula aventajada y prosiguió por su cuenta, tomando lo que le parecía de aquí y de allá, sin orden ni concierto, como su vida. También había leído mucho, en especial en la cárcel y en el exilio, y en varias lenguas, además. Pero siempre por libre, de manera anárquica, nunca de forma reglada.

Al pasar al lado de la biblioteca histórica, vio que la puerta estaba entornada y sintió curiosidad, de modo que se acercó y se animó a entrar. Aunque apenas se vislumbraba nada, el lugar la sobrecogió. En las paredes se intuía la presencia tutelar de los libros, alineados en sus estantes y apretados unos contra otros desde hacía varios siglos. Una vez Miguel le había dicho que, si se escuchaba con atención, podía oírse cómo debatían entre ellos e intercambiaban ideas a través de sus cubiertas, como por ósmosis, y de ahí salían nuevos pensamientos para quienes los supieran captar.

Como en un relámpago, llegó a ella el recuerdo de una tarde de primavera, en uno de sus esporádicos viajes a Salamanca, cuando visitó con Miguel ese mismo lugar, y él le fue hablando con emoción de los tesoros que allí se guardaban y le fue mostrando algunos libros castigados por la censura inquisitorial; a unos les habían arrancado varias hojas, a otros les habían tachado numerosos renglones o les habían recortado algunas palabras o frases por considerarlas peligrosas o heterodoxas. Pero lo normal era que acabaran en el fuego por un quítame allá esas ideas, como había pasado en el siglo xv con una obra de Pedro Martínez de Osma y estaba volviendo a suceder con la llegada del fascismo.

De repente Teresa notó que había alguien a su lado. Lo primero fue el olor, un olor pútrido, como de suciedad amasada por el tiempo hasta convertirse en un efluvio natural. Era el bedel; su aspecto resultaba tan desconcertante que no pudo evitar estremecerse, mientras el corazón se le aceleraba.

—Este lugar no se puede visitar —le soltó él con una voz extraña, demasiado pausada y gutural.

—Vengo de ver al rector; había quedado con él. Pero ya me iba —balbuceó ella a duras penas.

—Pues por aquí no está la salida.

—Siento haberme colado, vi la puerta abierta y no pude evitarlo.

—La curiosidad mató al gato —comentó él.

—Y el gato mató al ratón —replicó Teresa con una sonrisa nerviosa.

El bedel se echó a reír de buena gana, y eso lo hizo cambiar de actitud.

—Yo tengo uno, que suelto por aquí para que los persiga por las noches.

—¿A los ratones de biblioteca?

El hombre sonrió de nuevo: parecía que Teresa le había caído bien, tal vez le recordara a alguien de su infancia.

—Y a otras alimañas —apuntó con tono de misterio.

—Pero qué clase de... —trató de comprender ella.

—Las peores, las de dos patas —aclaró él con algo de sorna.

—¿Aquí, en la biblioteca?

—Ya lo creo que sí —insistió el otro, orgulloso de sorprenderla—. Hace unos meses una de estas alimañas entró a robar en este santuario —le explicó con voz lúgubre—. Yo lo descubrí cuando ya se iba, pero no conseguí atraparlo. Esta pierna mía no me permite moverme todo lo rápido que yo quisiera, y, además, el muy canalla me empujó por la espalda en la oscuridad. Pero, si llego a pillarlo, se le hubieran quitado las ganas de volver a entrar.

—Fue usted muy valiente —lo halagó ella para soltarle la lengua—. ¿Y el otro se llevó algún libro? —preguntó, intrigada.

—Se llevó unos papeles de un escondrijo que hay aquí al lado, y, a juzgar por cómo se lo tomaron los catedráticos que los habían redactado, debían de ser importantes. Yo no les conté nada de lo que sabía, pues no quería que me culparan a mí; además, prefiero ser yo quien atrape a esa sabandija. Si vuelve por aquí, se va a enterar de quién soy.

Teresa sintió un escalofrío por el tono de sus últimas palabras.

—Bueno, debo irme, no deseo molestarlo más —anunció.

—Tenga cuidado. Cuando caen las sombras, este sitio puede ser muy peligroso. Podría tropezar y caer por la escalera o golpearse contra una pared o extraviarse en algún corredor para siempre.

¿Se trataba de un aviso o de una amenaza? Difícil saberlo en un caso como ese. Teresa notó que le faltaba el aire o que este se había vuelto irrespirable.

—Descuide, estaré atenta.

A ella le habría gustado arrancar a correr, pero no podía, pues tenía miedo, un miedo paralizante que la hacía sentirse como agarrotada. De hecho, hubo de hacer un esfuerzo casi sobrehumano para dar el primer paso, y luego el siguiente, y otro, cada vez un poco más deprisa, sin mirar atrás, hasta conseguir alejarse de allí, fuera del alcance de ese lugar maléfico y de ese terrible cancerbero.

Una vez en la calle, volvió a respirar con calma y de forma regular. Aunque era tarde, decidió dar un paseo por la ciudad, esa que tiempo atrás había compartido con Miguel. Habían pasado más de treinta años desde que se conocieron y ella seguía enamorada de él. Era consciente de que había muerto, por eso había viajado hasta allí, pero tenía la sensación de que podría encontrárselo a la vuelta de cualquier esquina, como la primera vez, no muy lejos de donde ahora estaba. Mientras caminaba, comenzó a darse cuenta de que se había pasado la vida añorándolo y deseando estar a su lado, dispuesta a dejarlo todo, incluso su militancia política, lo que, en su caso, habría sido un gran sacrificio. ¡Cuántas veces había fantaseado en el pasado con que por fin vivían juntos en algún lugar remoto, consagrados el uno al otro, sin importar apenas lo demás! Con esa ilusión fue a verlo a Fuerteventura, durante el destierro, y luego a París, cuando estaba exiliado, y, más tarde, a Hendaya... Pero él no hacía más que pensar en España y en su esposa y en su familia. Así y todo, Teresa recordaba aquellos días con mucha nostalgia, pues, en ocasiones, llegaron a estar bastante tiempo juntos. Lo que más les gustaba era andar por playa Blanca, cerca de Puerto Cabras, a primera hora del día y a la caída de la tarde; o deambular por los muelles del Sena y detenerse en los puestos de libros viejos, los célebres *bouquinistes*, siempre a la caza de algún pequeño tesoro literario; o adentrarse en los montes próximos a Hendaya, con la bahía de Chingudi y la desembocadura del Bidasoa al fondo y España algo más lejos, sin solución de continuidad.

Sin apenas ser consciente de ello, sus pasos la habían conducido al puente romano, que atravesó con cierta aprensión, pues las aguas del Tormes discurrían veloces y llenas de remolinos que amenazaban con tragársela en cuanto se descuidara, y esos días venía bastante crecido a causa de las nieves y las lluvias. Al otro extremo, se encontró con un anciano que la miró boquiabierto.

—¡Usted es Teresa, Teresa Maragall! —exclamó el hombre con la voz temblorosa.

—Me temo que me confunde con otra persona —se resistió ella, no fuera a ser una trampa.

—¡Imposible! —rechazó él—. Soy Anselmo Sánchez, el anarquista; nos conocimos hace mucho tiempo.

Teresa lo miró con atención; debía de tener noventa años, andaba muy encorvado y le faltaba un brazo; el pelo lo tenía escaso, pero todavía largo y desgreñado; las gafas de concha, con los cristales muy gruesos, y la barba muy poblada.

—¡Es usted! —admitió Teresa por fin.

—Comprendo que haya tardado tanto en reconocerme; estoy ya muy viejo. Pero usted está igual; como si no hubieran pasado los años, ¡y vaya si han pasado! El tiempo es algo devastador.

—¡Tonterías! Lo que no sé es cómo me recuerda.

—Pinté un retrato de usted, todavía lo conservo. No hay un solo día que no lo mire —le confesó.

—Eso que dice es muy halagador.

—Es la verdad. Por desgracia, ahora apenas toco los pinceles, ya que casi no veo las formas ni distingo los colores.

—Pues a mí bien que me ha reconocido.

—Es que a usted la llevo tatuada en el alma, si me permite decirlo.

Teresa no supo qué comentar; entre ellos se formó un silencio embarazoso, uno de esos silencios de muchas capas.

—¿Y qué anda haciendo por aquí? Salamanca es ahora un lugar muy peligroso para usted con tanto fascista suelto —dejó caer Anselmo.

—Vine al entierro de Unamuno —le explicó—, supongo que se habrá enterado de su muerte.

—¿Y quién no?

—Me encontré con su amigo Manuel, y me he quedado para investigar lo sucedido, ya que estoy segura de que lo han asesinado —le reveló.

—Si fuera así, hasta cierto punto le estaría bien empleado, perdóneme que sea tan duro con él. ¿Acaso no sabe que apoyó a los golpistas?

—Pero enseguida fue consciente de su error y se echó atrás. Por eso mismo debieron de matarlo —argumentó ella.

—Si usted lo dice... No seré yo quien ponga en duda su palabra. Por cierto, ¿sabe que él también estaba enamorado de usted?

Teresa no contestó. Las palabras de Anselmo venían a confirmar lo que el propio Miguel le había confesado en su carta y lo que ella había intuido cuando leyó el libro con su nombre en el título, pero dicho por una tercera persona sonaba como algo nuevo.

—Me di cuenta cuando vi cómo miraba su retrato, ese del que le he hablado —prosiguió el anarquista—. Había venido a mi casa preguntando por usted, pues acababa de conocerla y deseaba saber quién era, hace de eso ya una eternidad. Nada más contemplarlo, el pobre quiso comprarme el cuadro, a pesar de lo tacaño que era, y, como no se lo vendí, me pidió que le hiciera una copia. Al principio le dije que no, pero más tarde me apiadé de él, y se la fui a llevar horas antes de la Nochevieja, como un regalo para que empezara bien el nuevo año.

Teresa seguía muda e inmóvil. Le parecía una jugarreta del destino haberse enterado tan tarde y por diversas vías de que Miguel la había amado en secreto, sin poder evitarlo, contra su propia voluntad.

—Recuerdo muy bien aquella velada —continuó Anselmo—, si hasta me invitó a cenar en su casa, una cena muy frugal, eso sí.

—«Se muere más gente por comer de más que de menos», solía decir —apuntó Teresa con nostalgia.

—Y estuvimos hablando, durante horas, sobre todo lo divino y lo humano, esto es, sobre usted, ya que, según concluimos, participaba de ambas naturalezas; parecíamos dos adolescentes. Si supiera cómo la quería, con qué pasión hablaba de usted, y eso que acababa de conocerla y era ya un cascarrabias.

Al escucharlo, Teresa casi rompió a llorar.

—Y luego brindamos con vino dulce por el año que comenzaba, y casi me emborraché, pues me bebí toda la botella yo solo —confesó Anselmo—. Ahora recuerdo que, a cambio del retrato, él me regaló un poema estremecedor que había escrito ese mismo día y que hablaba de su propia muerte.

—Lo he leído hace poco —comentó ella, sorprendida y abrumada por tantas casualidades, en las que, por cierto, no creía o no quería creer.

—Cuando la otra noche me enteré de que lo habían asesinado en la tarde del 31 de diciembre casi me da algo.

—A mí también me sobrecogió cuando lo descubrí.

—Si eso que usted dice es cierto, tiene que hacerle justicia.

—Ese es mi deseo. ¿Quién cree usted que lo mató? —se animó a preguntar Teresa.

Anselmo se quedó pensativo.

—Me imagino que los falangistas —aventuró—. Están haciendo una buena escabechina en toda la provincia, y eso que aquí no ha habido combates. Cuando salgo a dar un paseo, me hierve la sangre al ver mi ciudad ocupada por esa gentuza. Tenemos que acabar con ellos como sea.

—Por lo que he visto, no va a ser fácil —apuntó Teresa.

—¿Le cuento un secreto? —le preguntó él en voz baja—. Tengo en mi casa escondidos a varios camaradas de la CNT que andan preparando un atentado contra el mismísimo Franco; ya lo tienen todo planeado gracias a los informes que yo les paso. ¿Desea conocerlos? Se van a poner muy contentos. Para ellos, usted es una leyenda viva gracias a mí.

—Ya los saludaré otro día si no le importa; se me ha hecho tarde y, de momento, es mejor que no sepan nada de nuestro encuentro —se justificó ella, pues ya había tenido bastantes emociones esa tarde.

—Como usted quiera. Pero no deje de visitarnos. Y suerte con las pesquisas.

—Gracias por todo lo que me ha contado. Ha sido muy revelador.

—Gracias a usted por haber venido; siempre pensé que no volvería a verla. Y aquí está, como la primera vez.

XIII

El 9 de diciembre Unamuno se enteró de que acababan de matar a Atilano Coco. De nada había valido, pues, su intercesión ante el general Franco. Para más inri, lo habían fusilado justo después del día de la Inmaculada Concepción, uno de los dogmas católicos que los protestantes rechazaban por considerarlo contrario a las Escrituras; en ello veía Unamuno una muestra más de sadismo y perversidad por parte de los golpistas. Cogió papel y tinta y se dispuso a escribir una carta dando cuenta de lo sucedido, pero de sobra sabía que esta no llegaría a su destino; tan solo lo hacían las que enviaba a adeptos al bando de los sublevados; las demás eran interceptadas, con lo que todos sus esfuerzos en ese terreno no estaban sirviendo para nada, salvo para significarse todavía más como un adversario. También había intentado enviarlas a través de algunas personas que tenían previsto escapar a Francia o algún periodista de ese mismo país, pero, por un motivo o por otro, nunca alcanzaban su objetivo. ¿Qué iba a hacer cuando terminara las pesquisas del caso de Daniel Carbajo? ¿Cómo podría dar a conocer lo que le había pasado y los planes del Caudillo para acabar con la República y construir un nuevo Estado?

A nadie se le escapaba que la situación en Salamanca había empeorado, y los rumores acerca de la muerte de José Antonio, que Franco, con toda la intención, no había corroborado de forma oficial, habían hecho que el ambiente en la ciudad fuera cada día más tenso, lo que demostraba que en sus filas también había fisuras. Unamuno era consciente, por otra parte, de que su existencia pendía de un hilo cada vez más fino, de un hilo sustentado por una sola persona, nada menos que el jefe del Estado; de ahí que, por lo general, en sus cartas y declaraciones no hablara mal del Generalísimo. De todos los militares implicados en el alzamiento, él era el único al que mencionaba con cierta deferencia en sus misivas, pues intuía que, gracias a su intervención, seguía con vida. Ese era el motivo de que Unamuno hiciera de él una especie de excepción; en sus críticas y razonamientos, la culpa era siempre de los otros y de sus malas influencias, no del Caudillo, al que consideraba a veces poco menos que como un títere en manos de los demás, y nada más lejos de la realidad. Don Miguel sabía de sobra que el carácter precavido y cauteloso del jefe del Estado lo llevaba a madurar sus decisiones, a darles muchas vueltas a las cosas, y estaba convencido de que, para su excelencia, aún valía más vivo que muerto, de que, en definitiva, era Franco el que decretaba que Unamuno tenía que seguir existiendo, al igual que cada noche determinaba que otros murieran a la mañana siguiente. El Generalísimo, por así decirlo, se había convertido para don Miguel en un protector o ángel de la guarda. ¿Hasta cuándo? ¿A qué precio? ¿Con qué fin? Lo mejor era no hacerse esas preguntas.

Mientras tanto, trataba de continuar con sus asuntos y aparentaba hacer vida normal. Los mejores momentos del día tenían lugar cuando estaba con Miguelín. Todas las mañanas lo llevaba a la escuela, seguido por el policía encargado de vigilarlo. Por el camino iba haciendo bolitas con la miga del pan del desayuno y se las daba a su nieto antes de despedirse, para que jugara con ellas a las canicas, a falta de algo mejor. Acabada la jornada, regresaba a buscarlo y le ayudaba a hacer los deberes. Los domingos solían salir de paseo y, en un quiosco de la plaza, le compraba el *TBO*, que luego leían juntos. Si estaban en casa, el abuelo y Miguelín se sentaban a la mesa camilla de la salita del fondo, la que daba al patio ajardinado, la más caldeada, pues había un brasero y el suelo era de madera. Allí don Miguel trataba de entretenerlo haciéndole dibujos, pajaritas y gorros con papel de periódico o leyéndole algún viejo cuento o alguna historia que él mismo se inventaba para la ocasión.

Sin poder evitarlo, de cuando en cuando miraba a su nieto y, al contemplarlo, se acordaba de su hija Salomé, así como de su yerno José María, que andaba por Madrid, aunque llevaban un tiempo sin saber nada de él. También cavilaba sobre la vida que aguardaría a Miguelín en esa España que se estaba dividiendo en dos mitades irreconciliables y desangrando por los cuatro costados, y al final se preguntaba cuál de esas dos Españas le «helaría el corazón», como diría su querido Antonio Machado. ¿Qué pensarían en fin sus nietos, cuando fueran mayores, de ese abuelo suyo tan singular? ¿Llegarían a enterarse de todo lo que estaba sufriendo durante esos últimos meses? ¿Les hablaría alguien de sus pesquisas, de sus miserias, de sus tribulaciones? ¿Acabarían descubriendo algunos de sus secretos?

Las manos de Unamuno se movían incansables haciendo pliegues en la hoja de papel para poder concentrarse mejor. Al verlo tan absorto y distraído, el niño llamó su atención para que prosiguiera con el cuento que le estaba relatando y había quedado interrumpido. Don Miguel alegró como pudo el semblante antes de retomar su historia, pues de ningún modo quería dejar traslucir ante su nieto sus problemas, su miedo, su crispación, su desengaño, su enorme desasosiego. Entonces se dio cuenta de que muy pronto vendría la Navidad. En la familia, desde luego, no estaban para celebraciones, pero habría que hacer algo para que Miguelín se olvidara de la guerra y de la ausencia de sus padres por unos días. Por otra parte, tenía la sensación de que esa podría ser la última conmemoración navideña de su vida, y eso si llegaba a festejarla.

Días después Unamuno descubrió que habían entrado en su despacho; se trataba de una habitación estrecha y alargada con mucha luz, pues contaba con un balcón que daba a la calle. Además de las estanterías de pino, atestadas de libros amontonados, más que alineados, había un viejo archivador y varias mesas, también cargadas de ejemplares, folletos, pliegos y dibujos enrollados, la guía oficial de trenes y de tarifas postales, algunos sellos, un bote con engrudo, sobres, lacres, varios frascos de tinta, plumas con mango de caña que él mismo preparaba... No parecía una biblioteca particular, sino una librería de viejo, el puesto de un chamarilero ilustrado. Una de las mesas, la del centro, tenía faldillas y brasero y estaba cubierta con un hule negro; a ambos lados había sillones fraileros, el que ocupaba don Miguel y el que ofrecía a las visitas de confianza. En las paredes, tan solo dos cuadros con paisajes románticos, como si fueran proyecciones de su alma.

Tras un breve vistazo, no echó en falta nada, pero algunas carpetas y libros estaban fuera de sitio; alguien había alterado su desorden ordenado, ese que solo él era capaz de detectar. De modo que decidió deshacerse de unos papeles comprometedores que guardaba en el doble fondo de un viejo archivador. En él conservaba todavía el retrato de Teresa, que miró con cierta delectación; al contrario del de Dorian Gray, en este ella cada día parecía más joven y hermosa. También guardaba algunas cartas suyas, no muchas, pero sí muy elocuentes y conmovedoras, escritas por ella con esa letra picuda que tanto le gustaba a lo largo de treinta años, algunas desde la cárcel, otras desde su exilio parisino, donde llegaron a coincidir durante varias semanas, un tiempo que don Miguel recordaba con cierta añoranza y un gran complejo de culpa, o más bien remordimiento, no ya por lo que había sucedido, sino por lo que no había pasado, mejor dicho, por lo que él no había querido que pasara, que es el peor remordimiento de todos, ese que nunca deja de roernos la conciencia y de pedirnos cuentas por lo que no nos atrevimos a hacer.

Inundado por la nostalgia, cogió los papeles que andaba buscando y los arrojó al fogón de la cocina, pero enseguida se arrepintió de ello, para no tener que hacerlo luego, cuando ya fuera tarde, y los rescató de las llamas; el daño no había sido demasiado grave y aún podrían cumplir su función. Al final se los entregó a Aurelia para que los escondiera en sus dominios, donde se suponía que nadie iría a buscarlos ni repararía en ellos. Asimismo, le pidió que le ofreciera un café al vigilante de la calle y la posibilidad de calentarse delante del fuego de la cocina, pues él tenía que salir con sigilo. Necesitaba hablar con doña Eloísa para contarle lo ocurrido en su despacho y extremar las precauciones.

Cuando estaba llamando a la puerta de la viuda, salió la vecina de enfrente para decirle que no estaba en casa. Don Miguel imaginó que se trataba de una de esas cotillas a las que no se le escapaba nada de lo que sucedía en el vecindario, de esas que se pasaban la vida mirando por la ventana, detrás de los visillos, tomando buena nota de todo. Tendría unos cuarenta años y su rostro y su porte la asemejaban a un ave rapaz.

—¿Le importa a usted que espere en su vivienda a que regrese doña Eloísa? —le propuso él—. Fuera hace un poco de frío.

—Faltaría más. Aunque le advierto que la tengo patas arriba, pues me ha pillado haciendo limpieza general.

—Por eso no se preocupe; yo no me fijo en esas cosas.

La mujer lo condujo a una pequeña salita que había en la planta baja, desde la que se veía la casa de enfrente. Unamuno tomó asiento en una de las sillas que había alrededor de la mesa camilla.

—¿Le apetece un café?

—No se moleste, señora.

—Puede llamarme Andrea —se presentó—. Yo ya sé quién es usted.

—Encantado entonces de saludarla.

—¿Y qué, es amigo de doña Eloísa? —inquirió al tiempo que se sentaba frente a don Miguel.

—Lo era más bien de su marido —mintió él a sabiendas de que ella no se lo creería.

—Es una pena lo de su muerte.

—No lo sabe usted bien. ¿Recuerda, por cierto, el día en que sucedió?

—Como para olvidarlo.

—¿Y vio usted si esa mañana acudió alguien a su casa? Andrea fingió hacer esfuerzos para acordarse.

—La verdad es que, muy poco después de que doña Eloísa se fuera a la iglesia, vinieron dos hombres, que llamaron a la puerta, y don Daniel los dejó pasar.

—¿Está segura? —La mujer asintió—. ¿Y cómo eran?

—No pude observarlos bien, porque estaban de espaldas y todo fue muy rápido. Lo único que puedo decirle es que uno era tirando a alto, y el otro, más bien mediano.

—¿Y los vio luego salir?

—Como a la media hora, vi al mediano caminando en dirección al Campo de San Francisco —indicó Andrea—. El más alto debió de irse sin que yo me diera cuenta, o tal vez se marchara por la puerta de atrás, la que da a un patio.

—Pero doña Eloísa me dijo que había hablado con las vecinas y que le habían dicho que no habían visto nada —dejó caer Unamuno.

—Se ve que con la impresión de lo sucedido se me olvidaría comentarlo. Tampoco pensé que tuviera importancia, y no quise complicarme la vida con declaraciones a la policía y todo eso, pues ahora todo anda muy revuelto. ¿Cree usted que esos hombres tuvieron algo que ver con el suicidio de don Daniel? Tal vez le dieran una mala noticia —apuntó la mujer.

—No lo creo —se limitó a decir don Miguel.

Ella no era capaz de imaginarlo, pero esa información obtenida casi por azar lo podría cambiar todo. He ahí la prueba que le faltaba para concluir que se trataba de un asesinato. Ahora solo quedaba averiguar quiénes eran esos hombres y quién les había dado las órdenes.

Estaba a punto de levantarse de la silla cuando, a través de la ventana, vio llegar a la viuda a su domicilio.

—Ahí está doña Eloísa —exclamó—, muchas gracias por todo.

—No hay de qué, ya sabe dónde estoy —comentó la vecina acompañándolo hasta la puerta.

—Hasta otra ocasión.

Mientras cruzaba la calle, Unamuno llamó a la viuda, y esta lo recibió con mucha alegría.

—Pero si está usted aquí. No lo he visto al llegar.

—Vine hace un rato y afortunadamente usted no estaba.

—¿Por qué dice eso? —preguntó sorprendida.

—Porque su ausencia me ha permitido hablar con su vecina de enfrente, que acaba de revelarme que, mientras estaba usted en la iglesia aquel aciago día, a su marido lo visitaron dos hombres con mucha cautela.

—¡Lo sabía, lo sabía! —asintió ella.

—Todavía no cante victoria. Lo único que he averiguado es que uno es más bien alto, y otro, de estatura mediana.

—Pero ya está del todo claro que a mi marido lo mataron. Si no fuera así, ¿qué iban a hacer aquí esos dos hombres justo en ese momento?

—Tan solo nos falta conocer su identidad.

—¿Y qué podemos hacer?

—De momento debemos mantener la calma.

14

Manuel y Teresa se habían dado cita en el interior del teatro Coliseum, que estaba al lado de la plaza Mayor. Habían quedado arriba del todo, al fondo del gallinero, para pasar inadvertidos en la penumbra de la sala. Se trataba de un local grande y moderno que los sublevados solían utilizar como escenario de algunos actos públicos de contenido político; en la pantalla proyectaban *Morena clara*, de Florián Rey, con Imperio Argentina, que estaba siendo un gran éxito. Pero ellos no le prestaron demasiada atención; no estaba la cosa para películas, y menos para comedias musicales como aquella. Su objetivo era poner en común todo lo averiguado en esos últimos días, pues el tiempo apremiaba.

Él le reveló al oído la visita de Aurelia y la entrega de los papeles en los que don Miguel daba cuenta de las pesquisas relacionadas con la muerte del jurista Daniel Carbajo y todo lo que había descubierto, así como la documentación que el escritor había conseguido, tal vez de forma poco lícita.

—Entonces, ¿ese era el caso que estaba investigando? —inquirió ella.

—Eso parece.

A Teresa le resultó muy significativo que Unamuno tuviera entre manos un asunto como aquel a pesar de las difíciles circunstancias por las que pasaba en aquel momento, lo que quería decir que no había cambiado un ápice ni se había rendido, que era el de siempre: valiente, independiente, luchador, indomable, insobornable... Eso la hizo sentirse orgullosa de Miguel y sirvió para reconfortarla en un momento en el que los peligros aumentaban cada día. Manuel le expuso también su hipótesis de que ambos casos pudieran estar vinculados, y a ella le pareció muy plausible. Estaba tan entusiasmada que le dio un abrazo a su amigo por el hallazgo.

De repente alguien se acercó a sus asientos con una linterna. ¿Los habrían descubierto? ¿Acaso iban a detenerlos justo cuando estaban casi a punto de resolver el enigma?

—Pero ¿qué narices está pasando ahí? ¡¿No les da vergüenza, a su edad, andar haciendo manitas en el cine como si fueran dos adolescentes?! Vayan con sus marranadas a otro sitio —los reprendió el recién llegado.

Por suerte se trataba del acomodador, un individuo corpulento con aspecto de guardaespaldas. Ambos se pusieron en pie y escaparon a toda prisa para no seguir haciéndose notar. Una vez en la calle, les dio tal ataque de risa que no pudieron parar durante un buen rato. La situación lo merecía y ellos necesitaban un desahogo para rebajar la tensión. Más valía que los tomaran por una pareja de adúlteros o de enamorados clandestinos, que, a falta de mejor opción, se servían de la oscuridad de la sala para sus escarceos amorosos, que por lo que en realidad eran: dos conspiradores en la sombra.

Tan pronto se sosegaron, Manuel terminó de poner al día a Teresa sobre el caso que investigaba Unamuno y el contexto en el que se desenvolvía, el de la legitimación de los golpistas y el proyecto de construcción de un nuevo régimen, lo que hacía que sus propias pesquisas tuvieran mayor alcance todavía. Así las cosas, decidieron ir a ver a la viuda de Daniel Carbajo para que les contara lo que supiera, ya que su dirección figuraba en los papeles de don Miguel. Pero, cuando llegaron, no estaba en casa. En la de enfrente, la vecina les dijo que la antigua dueña ya no habitaba allí, que hacía un tiempo que no la veía. Por lo que sabía, no tenía hijos ni parientes cercanos, así que las autoridades debían de haberse incautado de la vivienda, pues los cuarteles y demás edificios públicos no eran suficientes para albergar a tanto soldado, y en ella habitaba ahora un militar con su familia. Al parecer, no era un oficial de alta graduación, pero seguro que estaba muy bien relacionado. Según ella, se trataba de una persona correcta y hasta agradable y, por lo general, vestía de paisano, algo extraño en tiempos de guerra. En cuanto a doña Eloísa, no sabía qué había sido de ella.

—La pobre, con lo beata que era, llevaba muy mal el hecho de que a don Daniel lo hubieran enterrado fuera de sagrado —les cotilleó la vecina.

¿Se habrían enterado los sublevados de que doña Eloísa era la que le había encargado las pesquisas a Unamuno?, se preguntó Manuel. ¿Sería ese el motivo de que le hubieran quitado la casa? ¿Y qué habían hecho con la mujer? ¿La habían encarcelado? ¿Estaría en un asilo o fuera de la ciudad? Era raro que la otra, con lo fisgona y entrometida que parecía, no estuviera informada de ello.

—¿Sabe si, antes de que desapareciera, a doña Eloísa le pasó algo, aparte de la muerte de su marido?

La vecina tardó un poco en contestar.

—Se la veía mucho con don Miguel de Unamuno, el escritor, con el que por cierto tuve la oportunidad de hablar aquí mismo un día en que él vino a buscarla y ella no se hallaba en su domicilio —dejó caer.

—¿Quiere decir que doña Eloísa y don Miguel eran amigos?

—Yo diría que algo más —apuntó la mujer como quien no quería la cosa.

—¿A qué se refiere?

—A que se veían a escondidas. Y conste que no los critico; al fin y al cabo, los dos eran viudos, aunque en el caso de ella no desde hacía mucho tiempo, y necesitarían compañía, digo yo.

—Muy a escondidas no se verían si usted estaba al cabo de la calle, ¿o es que se dedica a espiar día y noche a sus vecinos? —intervino Teresa.

271

La mujer levantó la cabeza muy digna y soltó:

—Sé de lo que hablo, y les garantizo que ahí había gato encerrado.

—No pienso consentirle que siga haciendo semejantes insinuaciones —indicó Teresa algo enfadada.

—Yo no insinúo, solo menciono lo que vi.

—Eso es porque se pasa la vida curioseando detrás de los visillos.

—Pues a Unamuno no le pareció tan mal cuando le hice saber que dos hombres habían visitado a don Daniel justo antes de que se suicidara. Si no hubiera sido por mí, no se habría enterado de ello —añadió para darse importancia y fastidiar a Teresa.

Esta y Manuel se miraron sorprendidos. A ver si iba a resultar que la vecina, gracias a sus hábitos deplorables, tenía algo importante que contar.

—¿Podría describirlos?

—Apenas los vi. Ya le dije a don Miguel que uno era más o menos alto, y el otro, mediano, nada más, pues estaban de espaldas, y uno de ellos, el mediano, se fue a la media hora sin que pudiera observarlo de frente.

—¿Y cuándo hablaron de este asunto?

—A mediados de diciembre, si no me equivoco, unas dos semanas antes de que don Miguel muriera. Y puedo asegurarle que la información le interesó mucho, y enseguida fue a comentársela a doña Eloísa, que se alegró bastante al verlo, pues, como ya he dicho, había algo entre ellos, aunque ambos lo disimularan.

—Es usted una mala persona —le soltó Teresa a modo de despedida.

Desde luego, se la veía muy disgustada con las declaraciones de la mujer. El abogado, por su parte, estaba cada vez más perplejo. ¿Quiénes serían esos hombres? ¿Tendrían algo que ver con la muerte del jurista? ¿Lograría don Miguel identificarlos? En las notas que le había entregado Aurelia no hablaba de eso. ¿Y qué pasaba con doña Eloísa? ¿Sería ella la mujer que le iba a dar el dinero para la fuga? Pero doña Eloísa no estaba muerta, que se supiera; de lo contrario, su chismosa vecina se habría enterado.

Después del encuentro con esta, Teresa decidió regresar al hotel, pues necesitaba reflexionar sobre las últimas revelaciones y tomar notas en su libreta. En el vestíbulo, se encontró de bruces con Antoine Durand, el corresponsal de guerra normando, que parecía más sobrio que la primera vez y bastante más serio.

—¿Podemos hablar? —le preguntó este en español, lo cual la escamó, pues lo normal habría sido que le hablara en su lengua, ya que supuestamente eran compatriotas.

—¿Tiene que ser ahora?

—Me temo que es urgente.

—¿De qué se trata?

—No sé si usted será o no corresponsal de prensa, pero desde luego no es de París —soltó el periodista galo.

—Vaya, me ha descubierto —comentó ella aparentando tranquilidad.

—No ha sido difícil —reconoció él—. Es usted demasiado simpática y amable como para ser parisina. Yo, por supuesto, no soporto a las *parigotes*, y, desde un principio, usted me cayó bien.

—Me alegra saberlo —comentó Teresa con ironía.

—Hace unos días, vi por casualidad que estaba usted hablando con un viejo muy amigablemente. De modo que, cuando se fue, me acerqué a él y le di conversación. El pobre tenía tantas ganas de conversar que al final se fue de la lengua sin poder evitarlo. Por lo visto, la quiere a usted mucho.

—Más me habría valido que no me quisiera tanto —comentó Teresa con ironía.

—Por suerte para usted y para él, yo tampoco simpatizo con los sublevados, y menos aún con la causa fascista.

Así que podemos buscar un arreglo. Si fuera usted más joven, el acuerdo sería otro —dijo con una sonrisa lasciva en los labios—, pero, en este caso, me conformo con dinero, pues tengo vicios caros.

—Gracias por su sinceridad. Yo dinero como tal no le puedo dar pero, si no me delata, le ofrezco una exclusiva que le reportará gran fama y muchos beneficios.

—¿A qué se refiere exactamente? —le preguntó el periodista con una mezcla de recelo e interés.

—Verá usted, yo vine a Salamanca para asistir al entierro de don Miguel de Unamuno, a quien conocía bien y a quien, por supuesto, admiraba —le explicó ella—. Aquí me enteré de que había muerto en extrañas circunstancias y de que los falangistas lo consideran ahora uno de los suyos, lo que no es cierto; así que decidí quedarme para investigar el caso y conocer la verdad.

—¿Y qué ha averiguado?

—Cosas por las que algunos periódicos extranjeros pagarían un dineral. Si le interesan, yo me comprometo a revelárselas cuando llegue el momento, para que las difunda. Se lo garantizo. Tan solo le pido que, si a mí me pasara algo, lo cuente también. Eso dará más credibilidad a su historia —añadió con un gesto de complicidad—. ¿Le parece un buen trato?

—¿Y cómo sé que no me está engañando?

—Recuerde que le caigo bien y que no simpatiza con los sublevados. Tómeselo como una apuesta; si lo que le digo es cierto, ganará mucho; y, si no lo fuera, no perdería nada, y, en última instancia, podría denunciarme.

El periodista no pudo evitar sonreír. Le tendió su mano de oso y ella se la estrechó con confianza y un gesto de alivio. Había conseguido una prórroga, un respiro, una moratoria.

XIV

El final del año se acercaba y Unamuno seguía intentando enviar cartas al extranjero a través de algunas personas, pero nadie quería arriesgarse a complacerlo, pues temían que fueran a descubrirlas y eso les costara la vida o les causara un serio disgusto, de ahí que se sintiera cada día más impotente y frustrado. Por primera vez, sus palabras no tenían eco ni resonancia alguna, justo cuando más necesidad había de ellas. Los corresponsales, por otra parte, no contaban todo lo que les decía en las entrevistas, incluso tergiversaban sus argumentos o los adornaban a su gusto.

—Huyo ya de entrevistas, y más con periodistas extranjeros, pues me hacen decir lo que no he dicho, o ponen borlitas en lugar de las palabras que consideran peligrosas o inoportunas —se lamentó don Miguel delante de sus hijas después de hablar por teléfono con uno de ellos—. Y luego está ese tal Gonzalo de Aguilera, el oficial de prensa, que no nos quita ojo ni para de decir atrocidades con su sucio lenguaje cuartelero.

—Ese hombre es un insolente y me da a mí que un pervertido, por la manera de mirarme y de hablar. La próxima vez que venga no lo voy a dejar entrar —comentó María con rabia.

—¿Y qué quieres, que nos metan en la cárcel? —le reprochó su hermana Felisa.

—Creo que debemos pensar en marcharnos de Salamanca —anunció de pronto don Miguel.

—Cuanto antes mejor —comentó María.

—¿Y adónde iremos? —inquirió Felisa, un poco asustada.

—Eso ya se verá. Pero lejos de aquí, preferiblemente a Francia o a algún territorio cercano.

—Ojalá pudiéramos instalarnos en Bilbao —comentó la hija.

—No sería mal destino —convino Unamuno.

Por desgracia, estaba convencido de que su ciudad natal no tardaría en caer en manos de los sublevados, y eso si no caía él antes.

A la mañana siguiente, después de desayunar, se asomó al balcón de su despacho y se fijó en un automóvil que estaba estacionado junto al muro de las Úrsulas. Sin saber por qué, al instante tuvo la certeza de que era el mismo que hacía mes y medio casi lo había atropellado no lejos de allí; incluso le pareció percibir algunos arañazos en uno de los lados, como si se hubiera rozado con una pared. Aunque el día era desapacible, muy propio del diciembre salmantino, permaneció más de media hora asomado para ver si descubría quién era el dueño del vehículo. Como este no asomaba, bajó a la calle en zapatillas de estar por casa para intentar averiguar algo, y, cuando llegó al lugar, el coche ya no estaba. Preguntó entonces a varias personas que se encontraban por allí, y una de ellas le comentó que se trataba de un vehículo en el que habían viajado varias monjas franciscanas desde Burgos para ingresar en el convento de la Anunciación, y el conductor acababa de irse camino de su ciudad, con lo que el misterio quedó aclarado, para gran desconcierto del pobre don Miguel.

—¿Se puede saber de dónde viene con esa pinta? —le preguntó su hija Felisa, al verlo entrar en casa.

—He ido a comprobar algo —balbuceó él.

—¡¿Cómo dice?!

—Nada, cosas mías.

El caso era que don Miguel cada día estaba más alterado, y no era para menos. De la calle le llegaban noticias de que Millán Astray, ese «grotesco y loco histrión», como él lo llamaba, no paraba de amenazarlo ni de soltar pestes contra su persona en sus interminables discursos y declaraciones con el fin de amedrentarlo, aunque no lo mencionara de forma explícita, a pesar del tiempo transcurrido desde el famoso incidente. Según le había contado un amigo, en una arenga pronunciada en un cuartel, había llegado a decir: «¡Ay de aquellos intelectuales que marchen por las sendas tenebrosas! Y los que empleen los caminos sutiles, los disfraces, los juegos de palabras desde los que se lanzan flechas ponzoñosas y se esconde el pecho. ¡Esos serán fulminados!». Muchos de los allí presentes debieron de entender «fusilados» y rompieron a aplaudir con ganas y a clamar contra aquellos profesores viles y traidores que permanecían encubiertos como si fueran ratas de alcantarilla. Rara era la jornada, por lo demás, en la que el fundador de la Legión no hacía una proclama, como si con ello tratara de rehabilitar su deteriorada imagen y recordarles a sus enemigos y detractores que aún seguía en activo.

También desde la Oficina de Prensa y Propaganda se lanzaban notas sibilinas contra ciertos intelectuales, redactadas por Giménez Caballero, que seguía sin ir a visitar a su admirado Unamuno, y supervisadas por Millán Astray, que lo tenía siempre entre ceja y ceja, en las que podían leerse párrafos como este:

Equivocada filosofía, equivocada corriente la de estos hombres a los que una exacta denominación llamó (durante estos últimos tiempos) «intelectuales». Hombres que andaban con el intelecto; los que veían las cosas cabeza abajo, con opiniones al revés (enrevesadas) y cuya especie o casta era muy antigua, sin embargo, en la historia espiritual del mundo. Pues ya en griego se les denominó: «Los de parecer contrario» (hetero-doxos). Y también sofistas: los que ponían la verdad a su gusto.

Por lo visto, para ellos, el problema de tales intelectuales era tener un pensamiento propio y no rendirle pleitesía al fascismo ni al poder militar y eclesiástico. En este caso, el escrito le provocó un gran regocijo a Unamuno por su estilo enrevesado y pretencioso, lo que no quitaba para que lo hiciera sentirse intimidado.

Por su parte, el sacerdote jesuita Juan Tusquets, visitante asiduo del Cuartel General de Franco, de cuya hija era preceptor, acababa de pronunciar en Burgos una conferencia radiada en la que había soltado esta perla: «La masonería ha conducido a España a dos dedos de la ruina y al pueblo a la miseria. Yo acuso, y acuso sin retóricas, con pruebas, a Unamuno, en cuya ayuda intervino toda la francmasonería liberal y socialista de Francia». Se refería a la época en la que don Miguel había estado desterrado y a su traslado desde Fuerteventura a París, pero la acusación era muy grave. Y eso por no hablar de las amenazas y los insultos anónimos que don Miguel continuaba recibiendo por correo o por teléfono en su casa, en los que lo más suave que le decían era «¡Maldito canalla!» o «¡Traidor, te vamos a colgar de la torre de la catedral!». Como para no estar preocupado.

Unos días antes del comienzo de las Navidades, don Miguel recibió la visita de María Luisa González Rodríguez, joven bibliotecaria y profesora, a la que conocía bien, pues le había dado clase unos años antes. Se trataba de una de las primeras estudiantes becadas en la Universidad de Salamanca y una de las pocas mujeres que, en aquella época, cursaban estudios superiores en la ciudad, y, además, de manera muy aventajada.

—Añoro mucho sus clases y la confianza en nosotros mismos que usted nos infundía —comentó tras saludarlo de forma afectuosa.

—Yo también las añoro, así como la confianza en mí mismo —le confesó don Miguel.

María Luisa había nacido en Medina de Pomar, en la provincia de Burgos, pero tenía una estrecha amistad con Unamuno y su familia. Su hermana había sido detenida durante unos días en Salamanca y ella había decidido huir a Francia por temor a ser la siguiente. Como necesitaba un salvoconducto para salir de la zona sublevada, fue a ver a don Miguel para que le aconsejara sobre la mejor manera de proceder.

—Desgraciadamente —le dijo él—, no puedo hacer nada por usted, ya que, si la recomiendo o trato de ayudarla, la detendrán y la fusilarán, como me temo que ha pasado con Salvador Vila. No es que no quiera, créame, es que no deseo perjudicarla. Pero, con dinero y algo de suerte, podrá conseguirlo.

Después le confesó que llevaba un tiempo escribiendo a todo el mundo para que se enterasen de lo que pasaba en Salamanca, pero sus palabras no llegaban a sus destinatarios, pues lo tenían muy vigilado y censurado; así que le encargó que, si recalaba en París, fuera a ver a Marañón y a Ortega y les hablara de la situación que se estaba viviendo en Salamanca y otros lugares, donde los golpistas estaban matando a mucha gente y cometiendo numerosas atrocidades.

—Y adviértales que no vengan a España, que esto es una feroz locura colectiva —añadió con vehemencia.

—Se lo diré, descuide —aseguró ella, poniéndose en pie.

Cuando estaba a punto de irse, don Miguel le entregó una carta dirigida a los dueños del hotel de Hendaya en el que se había albergado durante su exilio en esa población en tiempos del dictador Primo de Rivera, para que luego estos la difundieran en Francia.

—Por supuesto, no está obligada a llevarla consigo —le advirtió.

—Viajaré con mis hijos y no quisiera correr ningún riesgo —se justificó ella—, pero yo le prometo que memorizaré las partes más significativas de la carta y se las trasladaré a esas personas en cuanto llegue.

A don Miguel aquello le pareció una idea muy hermosa y se sintió conmovido por el gesto de su antigua alumna. También le hizo sentirse orgulloso, pues veía que sus clases habían calado hondo en ella.

—Será usted, pues, mi paloma mensajera, mejor aún, una especie de carta ambulante —le dijo—. Si esto sigue así, llegará el momento en que los militares fascistas querrán acabar con la literatura y cada uno de nosotros tendrá que aprenderse un libro de memoria para que no desaparezca.

—En ese caso, yo memorizaré alguno de los suyos, no se preocupe —comentó su discípula con una leve sonrisa.

Don Miguel se despidió de ella como si fuera una hija que tuviera que exiliarse de su patria y abandonar su casa, y sintió que muy pronto él tendría que intentar hacer lo mismo si no quería que lo mataran. Lo que no sabía era cómo.

Unamuno estaba ya plenamente convencido de que a Daniel Carbajo lo habían asesinado. La presencia de los dos hombres en su casa justo en el momento en el que se habría producido el «suicidio» no hacía más que corroborarlo. Entre uno y otro habrían podido colgarlo de la viga fácilmente, aunque se hubiera resistido, como probaban sus heridas. Con un poco de suerte, acabaría dando con alguno de ellos. Pero lo importante no era la mano ejecutora, sino la persona, el grupo o el organismo que había dado las órdenes, ya fueran sus colegas de la Universidad, los falangistas, la policía, los militares sublevados o el propio Franco, que por entonces no era todavía jefe del Estado, pero ya se le veía venir. Don Miguel tenía sus dudas al respecto. En cuanto a los motivos del crimen, resultaban más que evidentes: castigar al jurista por negarse a colaborar en la legitimación de los sublevados y evitar que pudiera hacer público lo que sabía en un momento muy delicado para los golpistas.

Así las cosas, podían haberlo acusado de traición o de lo que les viniera en gana y haberle montado un juicio sumarísimo, o haberle dado el *paseo* sin más. Si no lo hicieron de esa forma era porque en este caso no era conveniente para ellos, bien porque la acusación no resultaría creíble o aceptable, bien porque el caso llamaría mucho la atención y alguien podría tratar de averiguar qué había detrás. Y estaba claro que, si los hechos se llegaban a conocer, suscitarían el rechazo de una buena parte de la comunidad internacional. El que se tratara de un anciano y de un jurista de gran prestigio sin militancia conocida provocaría sin duda un escándalo en todo el mundo, algo que de ningún modo interesaba a los golpistas, tan preocupados ellos por ver legitimada su causa y justificadas sus acciones. Y habría sido una ironía o una paradoja que acabaran deslegitimándose por matar abiertamente a alguien que se negaba a legitimarlos.

Doña Eloísa, por su parte, no paraba de apremiar a don Miguel para que intentara convencer al Caudillo de que hablara con el obispo ahora que sabían la verdad, aunque no tuvieran pruebas de ello. Pero Unamuno le dejó bien claro que, bajo ningún concepto, las autoridades debían enterarse de que ellos estaban al tanto de lo que supuestamente había ocurrido, que ya bastante se habían arriesgado y que todo esto solo podría darse a conocer fuera de España, tan pronto ellos y su familia estuvieran a salvo. De todas formas, le prometió que acudiría al día siguiente al palacio episcopal para recordarle al Generalísimo la petición que le había expresado a primeros de octubre.

Y eso fue lo que hizo esa misma tarde. Pero su secretario personal le dijo que Franco estaba muy ocupado y no podía recibirlo. Cuando salía del edificio, el escritor se encontró con Carmen Polo, que volvía de hacer unas compras navideñas, acompañada de varios soldados que ejercían de guardaespaldas y porteadores. Esta le preguntó qué tal estaba, y, al ver que no se hallaba muy bien, lo invitó a tomar un café en una de las salas privadas.

Se sentaron en sendas butacas delante de una mesita baja, sobre la que una doncella de uniforme no tardó en dejar una bandeja con las humeantes tazas y un platito con pastas. Desde su sitio, don Miguel observó que las paredes de la sala estaban llenas de estampas religiosas, unas de carácter beatífico, y otras, un poco macabras para su gusto, pues mostraban escenas muy vívidas de diferentes martirios. ¿Las habría mandado colocar la esposa del Generalísimo o habría sido el señor obispo?

—Supongo que ha venido a hablar con mi esposo —comenzó a decir ella.

—Así es —reconoció él—. Quería recordarle una solicitud que le hice en nombre de la viuda de un antiguo catedrático de Derecho Penal que presuntamente se suicidó, por lo que fue sepultado en el cementerio civil. La mujer, devota y piadosa, como usted, quiere que lo exhumen y lo entierren en sagrado, en la sepultura familiar, pero el obispo se niega en firme.

—Es lógico que la Iglesia no quiera permitirlo, puesto que se trata de un suicida y, por tanto, de un renegado —coincidió Carmen Polo.

—Pero no está del todo claro que se quitara la vida, puede que se tratara de otra cosa —se le escapó a Unamuno.

—¿De qué? ¿Y qué dice la justicia al respecto?

—No lo han investigado; han dado por seguro que la víctima se mató —indicó don Miguel.

—Si han concluido eso, sus razones tendrán, al igual que el obispo para no haber consentido que lo enterraran en sagrado —argumentó Carmen Polo—. Frente a ello, mi marido no puede ni debe hacer nada; ni yo se lo pediría.

Unamuno tenía claro que, para ese asunto, ya no había solución; en realidad nunca la había habido. Se trataba de una partida de ajedrez perdida de antemano, y él no era más que un simple peón con ínfulas de torre, una torre que estaba a punto de caer.

—¿Me permite usted que le pregunte algo?

—Adelante —lo invitó ella con gesto aburrido.

—¿Cree usted que su marido tendrá en cuenta las otras peticiones que le hice?

—Déjeme que le conteste con otra pregunta. ¿Por qué no deja usted de meterse donde no lo llaman? —le reprochó la esposa del Generalísimo con tono admonitorio—. En lugar de enredar todo el santo día y preocuparse por lo que no le conviene, debería usted ponerse a escribir otro poema como *El Cristo de Velázquez*, que sin duda es lo mejor de su obra. Le confieso que a veces, cuando lo releo, me hace llorar. Pero ahora se ha convertido usted en un ateo, peor aún, en un hereje recalcitrante.

—Ojalá pudiera volver a mi fe de la infancia —suspiró Unamuno sin poder evitarlo—. En todo caso, mucho me temo que en estos momentos no serviría de nada, pues parece que Dios le ha dado la espalda a España.

—Se la habrá dado a usted —replicó Carmen Polo con cierto enfado— o, mejor dicho, es usted el que se la ha dado a Él, ya que Dios está con nosotros, con la verdadera España, la de los místicos y la Inquisición, la de santa Teresa y el apóstol Santiago. Y quien no está con Él está contra nosotros y, por consiguiente, es nuestro enemigo, que le quede bien claro.

—Me ha quedado, se lo aseguro —dejó caer don Miguel, absolutamente desesperanzado.

—Pues enciérrese en casa y componga de una vez ese poema. Eso es lo único que, a estas alturas, podría redimirlo.

Unamuno salió bufando del palacio episcopal. ¿Quién se había creído esa señora que era? ¿Cómo se le había ocurrido decirle lo que tenía que hacer? A él, que había sido destituido varias veces de su cargo de rector, la primera en 1914, por decir lo que no convenía que dijera; que había sido condenado a dieciséis años de cárcel por sus ataques al rey Alfonso XIII y a su madre; y que había sido desterrado a Fuerteventura por la dictadura de Primo de Rivera por ejercer su libertad de expresión y su derecho a la crítica. Antes la muerte que escribir al dictado de la mujer del César.

Esa noche, don Miguel no pudo conciliar el sueño. Tenía la certeza de que ahora sí que había caído definitivamente en desgracia y los chacales y las hienas se iban a echar de inmediato sobre él para devorarlo y, de paso, destruir a su familia y su memoria. ¿Se habría colmado el vaso de la paciencia de Franco? ¿Lo habrían convencido los suyos de que lo mejor era dejar que lo crucificaran de una vez y, como Poncio Pilato, acabaría lavándose las manos y mirando para otro lado harto de defenderlo? Como el célebre gobernador romano, el Generalísimo tenía la prerrogativa de condenar o salvar a aquellos que llevaban ante su presencia. En un principio, a él lo había salvado contra viento y marea, pues le resultaba útil para sus planes, pero don Miguel había tensado tanto la cuerda de su descontento y de su rechazo que quizá había llegado la hora de que sus detractores lo sacrificaran. Lo que faltaba por saber era quiénes y cómo lo ejecutarían. Después de ver cómo podrían haberse deshecho de Daniel Carbajo, Unamuno estaba ya del todo convencido de que, dada su notoriedad, a él tampoco lo iban a fusilar ante un paredón o junto a una zanja, como habían hecho con Salvador Vila o Atilano Coco, o a darle el *paseo* tras sacarlo ilegalmente de la cárcel, como al alcalde Casto Prieto; ni, por supuesto, lo iban a encarcelar como a Filiberto Villalobos. ¿Simularían entonces un suicidio o un accidente? ¿Quién sería el judas que lo traicionaría y lo conduciría hasta el Gólgota? ¿Quién, el centurión que le traspasaría el costado con su lanza? Y, cuando todo se hubiera consumado, ¿habría alguien que investigara su muerte como él estaba haciendo con la de Daniel Carbajo? ¿Algún futuro evangelista contaría fielmente su historia, pondría en cuestión los relatos apócrifos y desenmascararía a los falsos discípulos? ¿Se le haría justicia y se respetaría por fin su memoria en la posteridad? Confiaba en que sí, pero en ese momento tenía muchas dudas y también muchos temores.

15

Con el fin de ampliar sus pesquisas, Manuel decidió volver a la vivienda de la calle de Bordadores para ver a Aurelia; quería preguntarle si sabía algo acerca del caso que don Miguel estaba investigando cuando lo mataron, cuáles habían sido sus movimientos durante aquellos días, si conocía a doña Eloísa... Lo más seguro era que no pudiera contarle nada nuevo, pero esa mujer se había revelado como un pozo de sorpresas y no estaría de más hablar con ella. La mujer le dijo que no estaba enterada del asunto, ya que el señor nunca le comentaba esas cuestiones, y que no sabía quién era doña Eloísa. Manuel la notó angustiada y atemorizada, como si todavía hubiera algo que la torturara y no la dejara dormir ni descansar ni pensar en otras cosas.

—¿Hay algo que quiera contarme? —le preguntó el abogado mirándola a los ojos.

Aurelia no fue capaz de sostenerle la mirada.

—¿A qué se refiere? —balbuceó.

Manuel se dio cuenta de que la mujer ya no podía más.

—Dígamelo usted.

—No le entiendo.

—¿De verdad?

Aurelia se estremeció.

—Sí que hay algo —reconoció por fin.

—Entonces, ¿por qué no me lo cuenta?

—Porque siento mucho miedo, y no solo por mí —confesó ella—. Pero últimamente esta situación no me deja vivir.

—En ese caso, lo mejor es que se desahogue y lo suelte usted —le aconsejó Manuel con tono afectuoso.

—Eso intento.

—Hágalo por don Miguel.

La mujer suspiró con fuerza.

—Está bien, se lo contaré, y que sea lo que Dios quiera. El caso es que la tarde en la que el señor murió, la tarde en la que lo mataron —se corrigió—, entró en casa... un segundo hombre.

—¿Un segundo hombre? ¿Qué quiere decir?

—Que, mientras estaba el profesor falangista, alguien más se metió en la vivienda —le explicó Aurelia—. Debió de abrirle el propio Bartolomé Aragón, pues así lo habrían concertado entre ellos; de hecho, estando en la cocina, me pareció oír la puerta, pero salí al pasillo y no vi a nadie.

—¿Y cómo es que esa segunda persona ya no estaba en la casa cuando el señor Aragón salió diciendo que don Miguel había muerto?

—Supongo que porque ya se habría ido. Recuerdo que hubo un momento en el que creí sentir que alguien se marchaba —confesó—. Esa vez abandoné la cocina a toda prisa y me dirigí a las escaleras, pero nada. Tampoco en el portal. En la calle me encontré con una muchacha, la hija de un vecino llamada Filomena, una niña muy simpática y cariñosa, y también muy avispada. —Manuel se acordó de la chiquilla que jugaba a la rayuela—. Le pregunté si había visto salir a alguien y ella me comentó que no; le dije que si estaba segura, y ella asintió y se marchó corriendo, lo que me extrañó. La noté muy asustada. Pero con todo lo que sucedió luego, cuando regresé a casa, ya no volví a pensar en ello, hasta que, al día siguiente, el del entierro, me encontré con Filomena cerca de las Úrsulas, sentada en el escalón de una puerta. La vi muy triste y pesarosa, y le pregunté si le pasaba algo.

»—Estoy así porque han matado a don Miguel —me soltó.

»—¿Por qué piensas que lo han matado? ¿Acaso viste algo?

»—No lo sé —respondió encogiéndose de hombros.

»—¿Estás segura? —le dije.

»Entonces, Filomena me miró y se echó a llorar.

»—No llores, mi niña —le rogué—; debes confiar en mí.

»—Se lo contaré, pero tiene que prometerme que no se lo dirá a nadie.

»Me lo dijo con tal sentimiento que accedí a su petición sin pensarlo, pues no veía la hora de que me revelara lo que sabía, ya que parecía importante. Entonces, me comentó que el día anterior, cuando le pasó eso a don Miguel, ella estaba en el portal, que había entrado para preguntar por él, pues hacía tiempo que no lo veía, pero al final no se había atrevido a subir. Se había quedado parada delante de la escalera, como una tonta, cuando de repente bajó un hombre corriendo y, al pasar junto a ella, casi la tiró al suelo. Luego este se detuvo y le pidió que no le revelara a nadie que lo había visto, que, si lo hacía, iría a su casa y la mataría a ella, a sus padres y a sus hermanos, si es que los tenía, y también a aquellos a quienes se lo contara y a sus familias y al nieto de don Miguel.

Aurelia se detuvo y comenzó a llorar.

—¿Eso es todo? —inquirió Manuel.

—Después, me hizo jurar de nuevo que no se lo diría a nadie —añadió ella entre lágrimas—. Yo le insistí en que no lo haría nunca, pasara lo que pasase. Por eso hasta ahora no se lo he contado a usted; le ruego que me perdone por ello. He intentado mantener la promesa. Pero ya no podía seguir ocultándolo por más tiempo. Quiero que se haga justicia; no hay derecho a que hayan matado de esa forma a un hombre tan bueno e inteligente como don Miguel y amenazado de esa forma a una niña. La gente tiene que enterarse.

—Está haciendo usted lo correcto —le aseguró el abogado.

—Un favor quiero pedirle, eso sí; y es que, antes de que haga usted nada, deseo hablar con Filomena y confesarle que se lo he dado a conocer. Le aseguraré que usted era muy amigo de don Miguel y que ahora está tratando de descubrir quién lo mató para que así se sepa la verdad, y que nuestro secreto podría ayudarlo a resolver el caso —le planteó Aurelia.

—Ya lo creo que sí, esto lo cambia todo —confirmó Manuel—. Yo, por mi parte, nunca revelaré su nombre, ni tampoco el suyo, naturalmente.

—Se lo agradezco —suspiró ella, más aliviada.

—¿Le dio la muchacha alguna descripción del individuo en cuestión?

—Me dijo que todo había sido muy rápido. Pero yo insistí en preguntarle. Por lo que deduje de sus contestaciones, tendría una edad parecida a la de su padre, tal vez algo más, o sea, que no llegará a los cuarenta años. Alto de estatura y más bien fornido. Llevaba el sombrero muy calado y las solapas del abrigo, que era largo y de color oscuro, subidas, así que no le pudo contemplar bien la cara. Pero sí recuerda que tenía una cicatriz en la mejilla derecha, como de una cuchillada, pues eso la sobrecogió.

—Ese detalle es muy interesante —indicó Manuel—. ¿Algo más?

—Eso es todo. Ahora sí —insistió la mujer.

—Por cierto, ¿qué se sabe del policía o soldado que ese día estaba de guardia en la puerta? ¿Él no observó nada? Nunca hemos hablado de ello.

—Me temo que no estaba; yo al menos no lo vi. Tampoco Filomena me dijo nada de él —añadió Aurelia.

—Es extraño.

—Tenía que haberme dado cuenta antes de eso —se lamentó Aurelia—. Pero lo cierto es que esa tarde no fue nadie a vigilar la casa, y le aseguro que nunca faltaban a su cita, por mucho frío que hiciera, si bien en los últimos días eran nuevos.

—¿Qué quiere decir?

—Que ya no eran los mismos de las semanas anteriores. ¿Piensa usted que ese otro hombre podría ser el propio vigilante?

—No lo creo. Lo importante es que ahora tenemos una buena pista. Todo parece indicar que, además de Bartolomé Aragón, hubo otro individuo y que este accedió a la casa a escondidas, tal vez con la ayuda del primero, lo que concuerda con algo que apuntó el doctor Núñez cuando fui a hablar con él y confirmaría, por tanto, la hipótesis del asesinato. Gracias, Aurelia, y déselas también a Filomena por su gran ayuda.

Ya en la calle, Manuel Rivera se encontró con Federico Albo, un erudito local que alardeaba de conocer a Unamuno mejor de lo que el propio don Miguel se había conocido a sí mismo y sus múltiples yoes. Este, por su parte, siempre lo había despreciado y más de una vez se había burlado de él por su osadía y su necedad. Pero el otro no se desanimaba y seguía empeñado en enmendarle la plana a todo el mundo y ser el guardián de las esencias de Unamuno, y más ahora que había muerto y ya no podía contradecirlo. Andaría ya por los setenta años y era delgado, con la barba canosa y aspecto de santurrón; parecía un personaje salido de un cuadro del Greco.

—Sé muy bien lo que está haciendo: investigar en secreto la muerte de Unamuno —le espetó a Manuel—. Pero está usted cometiendo un grave error. Como todo el mundo sabe, el maestro murió de forma apacible y natural. Lo único que busca usted es sembrar cizaña y darse importancia. De modo que no debería seguir por ahí si no quiere encontrarse con lo que no anda buscando.

—¿Me está usted amenazando? —replicó Manuel.

—Trato de hacerle un favor. Deje usted las cosas de Unamuno para los que sabemos del tema y aténgase a la verdad.

—¿A qué verdad? ¿A la impuesta por la mentira y la fuerza de las armas? Si, como dice, usted fuera amigo y admirador de Unamuno, sabría que su lema preferido era «Primero la verdad que la paz», y a ello me atengo yo también sin importarme las consecuencias —le explicó el abogado, indignado—. Así que no me venga con monsergas ni sermones.

—Se cree su discípulo amado porque en el pasado fue su colaborador y cómplice en las pesquisas de sus casos, pero lo cierto es que usted lo abandonó cuando más lo necesitaba. En realidad, no es más que un apóstata y un hereje, indigno, por tanto, de ser ahora su apóstol.

—Es posible que sea un hereje, y a mucha honra; al fin y al cabo, él también lo era, y no como usted, que es un mojigato. Y, si me separé de él, fue porque se había puesto cabezota. Pero estoy dispuesto a averiguar la verdad y honrar su memoria.

—Pagará caro su atrevimiento —se revolvió el otro—. Es usted peor que Judas.

—Judas es el que traiciona a su maestro, reniega de él o tergiversa su pensamiento, no el que trata de averiguar quiénes y por qué lo mataron.

En ese momento apareció en escena Carpio Sáez, un individuo taimado y sinuoso con el que Federico Albo siempre andaba a la greña, pues, al igual que él, se jactaba de saberlo todo sobre Unamuno y de haber coleccionado algunos documentos suyos o sobre su persona. Era más joven que Albo y más corpulento.

—Si anda usted investigando la causa de la muerte de Unamuno —anunció dirigiéndose a Manuel—, le comunico que yo empecé antes y tengo una carta que le escribió a un novelista residente en el extranjero que lo aclara todo. Y no me pregunte cómo llegó a mis manos, pues no pienso revelárselo. Tan solo le comentaré que me costó mucho hacerme con ella y la daré a conocer cuando me convenga.

Manuel se encogió de hombros, como si no se lo creyera.

—¿Y qué dice la misiva si se puede saber? —le preguntó para ponerlo a prueba.

—Eso tampoco puedo contarlo por ahora. Pero le advierto que esa carta es mi triunfo, mi as en la manga, y nadie podrá privarme de la gloria de haberla descubierto cuando llegue la hora de proclamar la verdad.

—Lo más seguro es que esa carta —intervino Albo—, que usted debe de haber conseguido además de forma fraudulenta y a saber dónde, no demuestre nada.

—Eso habrá que verlo. Lo que no entiendo es a qué viene tanto empeño por su parte en negar las evidencias —se lamentó Carpio Sáez, muy ofendido.

—¡¿Qué evidencias?! Su hipótesis, como la del señor Rivera, es una pura invención —replicó el otro.

—Bueno, mientras ustedes discuten, yo voy a seguir con lo mío —se despidió Manuel—. Por su actitud está claro que a ninguno de los dos le importa en realidad don Miguel ni la verdad ni la justicia. Son tal para cual. Con amigos así, Unamuno ya no necesita enemigos.

XV

Doña Eloísa cada vez estaba más desesperada y amenazaba con hacer alguna locura, como pagar a varios operarios para que exhumaran clandestinamente los restos de su marido y los enterraran en la tumba de su familia, aunque no figurara en ella su nombre, pues estaba convencida de que no tardaría en acompañarlo. Don Miguel consiguió disuadirla, pero no las tenía todas consigo. Las noticias del frente tampoco eran muy esperanzadoras. De vez en cuando, el escritor acudía a la plaza Mayor para escuchar el parte de guerra, como hacían muchos salmantinos, con la ilusión de que en algún momento empezaran a cambiar las tornas y los sublevados tuvieran que dar marcha atrás. Pero la aviación alemana e italiana no paraba de bombardear poblaciones, lo que permitía el avance de los sublevados. Los soldados de permiso o convalecientes de alguna herida que se congregaban frente al ayuntamiento se mostraban tan eufóricos por las noticias recibidas que parecían niños a la salida del colegio y arrojaban los gorros y boinas al aire en señal de júbilo. Era como si detrás de las cifras que allí se daban no hubiera muertos ni heridos, que, en algún caso, podrían ser hasta conocidos o antiguos amigos o parientes más o menos lejanos, y eso hacía que Unamuno volviera a casa enrabietado.

La víspera de Navidad, cuando don Miguel se disponía a atravesar el arco de la plaza que daba a la calle del Prior, camino de su domicilio, creyó ver bajo los soportales a Teresa Maragall. De manera instintiva se fue en su busca, pero pronto la perdió de vista, y eso lo entristeció. En todo caso, estaba claro que no podía ser ella, dado que parecía más joven de la edad que tendría en ese momento, como de la época en la que coincidieron en Fuerteventura, durante su destierro, unos doce años antes, en un tiempo más feliz y llevadero. Y, además, ¿qué iba estar haciendo allí, en zona sublevada, una anarquista como Teresa? Se preguntó dónde estaría y en qué andaría metida. Seguro que promoviendo la revolución libertaria vestida de miliciana, como había oído que estaba ocurriendo en algunos lugares de la zona republicana. ¿Se acordaría de su viejo amigo? Y él, ¿la echaba de menos? Si tuviera que ser sincero consigo mismo, debía reconocer que sí, y mucho, sobre todo ahora que andaba tan perdido; de hecho, cada día pensaba más en ella. Si estuviera a su lado, sabría qué decirle para confortarlo y animarlo y también cómo ayudarlo a culminar la aventura en la que se había metido, como había ocurrido otras veces.

Dada su ansia de ser y de eternidad, Unamuno pensaba que lo peor de la vida era haber tenido que renunciar a tantas existencias posibles, a tantos yoes exfuturos, como él los llamaba, yoes que pudieron ser y no fueron, que se torcieron o se quedaron en el camino o que, como mucho, se convirtieron en personajes de algún libro y adquirieron así cierta realidad y pervivencia, como Rafael, a través del cual había dado cauce a su amor por Teresa, sublimándolo y sacándolo del tiempo y, en consecuencia, haciéndolo eterno. ¿Cómo habría sido su vida juntos en el mundo real si hubiera sido posible? ¿Habrían permanecido unidos mucho tiempo? ¿Habrían sido felices? ¿Habría sido el suyo un amor trágico o un amor tranquilo? Cualquiera sabía.

La última vez que se habían visto había sido en Asturias, concretamente en Oviedo, pocas semanas después de que acabara la revolución del 34, en la que, por supuesto, ella había participado y en cuya represión el general Franco había desempeñado un papel fundamental, amparado por el ministro de Guerra, Diego Hidalgo. Por entonces, don Miguel ya se había jubilado y doña Concha, su mujer, acababa de morir, después de tantos años juntos, casi desde niños; él se hallaba a la deriva, sin fuerzas y sin ganas, un poco como ahora. Había acudido a la capital asturiana porque no tenía nada mejor que hacer. Un periódico le había encargado que escribiera una serie de artículos sobre lo allí acontecido y las secuelas ocasionadas: una parte de la ciudad estaba destruida y la otra era una especie de cementerio. Y en Oviedo estaba también ella: vencida pero no rendida, eso nunca; en derrota, mas no en doma. Durante varios días vagaron por las calles de Vetusta, como la llamaba él, en homenaje a *La Regenta* de Clarín, lamiéndose las heridas e investigando un caso de asesinato con el que se toparon por azar y que resolvieron por pura necesidad, un caso que luego, tras la sentencia injusta e insuficiente que se dictó contra los encausados, había adquirido gran notoriedad y dado lugar a una campaña de protesta protagonizada por varios intelectuales; Unamuno, entre ellos. En su conjunto, fueron días tristes y amargos, pero él los recordaba con dulzura y alegría y, en lo más hondo de su corazón, deseaba que, de alguna manera, retornaran ahora, aunque bien sabía que, como en el célebre poema, esas oscuras golondrinas nunca volverían; entre otras cosas, porque en los nidos de antaño ya no había pájaros hogaño.

Aunque no estaban para turrones ni para cánticos, los mayores de la casa trataron de esforzarse por estar a tono con la Nochebuena y, de esa forma, alegrar a Miguelín, que no paraba de recordar a su madre y de preguntar por su padre. Con este fin, Aurelia preparó una buena cena con lo que tenía a mano, acompañada de dulces y un bizcocho, y acabaron cantando villancicos a media voz, contando viejas historias navideñas y jugando a las cartas al calor del brasero. El día de Navidad salieron todos juntos para ver algunos belenes y visitar iglesias. La guerra parecía estar muy lejos, pero se palpaba en las calles, tristes y apagadas, donde no se escuchaba una voz más alta que la otra.

Por la tarde, al volver a casa, Unamuno cayó de pronto en la cuenta de que los policías o soldados de paisano encargados de vigilarlo ya no eran los de siempre. Los de ahora no se mostraban con él tan amables ni cordiales como los de semanas anteriores; por no hablar de que, cuando lo seguían por la ciudad a cierta distancia, llevaban siempre la mano derecha metida en el bolsillo del abrigo, donde debían de ocultar un arma, probablemente cargada y lista para ser disparada. Tampoco se andaban con miramientos a la hora de tratar a quienes se acercaban a charlar con él. Algo debía de haber pasado para que se hubiera producido ese cambio de actitud en sus guardianes. Asimismo, había observado desde el balcón de su casa que Millán Astray se paseaba con frecuencia por delante del edificio, y lo hacía con ademanes de perdonavidas, como si quisiera provocarlo o retarlo para que se asomara o saliera a la calle y se enfrentara a él, como en aquel 12 de octubre, del que parecía que aún no se había olvidado ni deseaba olvidarse, pero que a don Miguel se le antojaba ya muy remoto, como de otra vida.

Su futuro pintaba tan mal que Unamuno se preguntó si debería tratar de hablar con Franco del asunto, aunque solo fuera para tener las cosas claras y saber a qué atenerse, pero no creía que fuera a servir de nada, si es que lo recibía. Lo más probable era que, a esas alturas, el Generalísimo ya se hubiera enterado de sus pesquisas en torno a la muerte de Daniel Carbajo y de todos sus intentos de hacer llegar cartas y declaraciones contra los sublevados al extranjero, y, en consecuencia, hubiera decidido dejar de protegerlo, dado que el saldo de su cuenta con los golpistas, el balance entre el debe y el haber, debía de ser ahora muy negativo para él. Si esto era así, tenía que parar un poco, pues su vida corría serio peligro y también la de los miembros de su familia. Pero, si al final se cruzaba de brazos y no hacía públicas sus averiguaciones, ¿de qué habría servido tanto esfuerzo y tanto riesgo?

Ante tamaño dilema, no le quedaba otra opción que tratar de seguir los pasos de su antigua discípula y huir al extranjero. El problema era que no iba a ser fácil conseguirlo y habría que tener mucha paciencia mientras llegaba el momento propicio. Por otro lado, los vigilantes de turno estaban estrechando cada vez más el cerco en torno a él y era muy difícil burlarlo, lo que desesperaba mucho a Unamuno, que se pasaba el día entero despotricando o yendo de un lado para otro de la casa como un animal enjaulado. ¿Se habrían olido algo los sublevados y habrían dado órdenes de no pasar ni una? ¿Tendría ya los días contados? Fuera cual fuese la respuesta, don Miguel no aguantaba más. Debía hablar cuanto antes con doña Eloísa y encontrar una solución. Dada la urgencia, decidió hacerlo al día siguiente, después de la misa de once, en el templo de la Purísima, como la primera vez que se vieron, mientras el policía o el soldado aguardaba fuera, ya que a estos no solían gustarles mucho las iglesias.

Cuando faltaba ya poco para que acabara el año, el periodista Luis Calvo, que era corresponsal del periódico londinense *The Observer*, logró burlar la vigilancia y acceder a la vivienda de Unamuno con la idea de entrevistarlo y ver cómo estaba. Cuando Aurelia lo mandó pasar a la salita, el visitante se encontró al ilustre escritor dando puñetazos sobre la mesa camilla, fuera de sí.

—¿Qué le ocurre, don Miguel? —le preguntó el periodista, sorprendido.

—¡Que estoy harto, harto de todo esto! —exclamó Unamuno—. Me tienen encerrado y amordazado y no me dejan ver a casi nadie, tan solo a algún que otro falangista de cuando en cuando, que encima no para de querer llevarme al huerto, como si yo fuera una doncella a la que todos ellos quieren seducir. Estoy tan asqueado que una noche me voy a ir a pie hasta la costa de Portugal, pues es un país que conozco bien, y desde allí me pienso embarcar rumbo a América, donde me quieren más que aquí.

El asunto, naturalmente, quedó en un simple desahogo, para diversión de Luis Calvo, que no se lo acababa de tomar en serio. ¿Adónde se suponía que iba a ir ese hombre con setenta y dos años y una familia que atender? Y no es que no lo creyera capaz de recorrer caminando la distancia hasta Oporto o hasta donde fuera, puesto que sabía que don Miguel era muy andariego y de constitución fuerte, pero el crudo invierno ya estaba ahí y no creía que dispusiera de ayuda ni de dinero para los gastos ni, menos aún, para el pasaje del barco. No obstante, le faltó tiempo para contárselo a algunos colegas.

Lo que no sabía el periodista era que Unamuno tenía un plan muy distinto al de huir solo y a pie. Este consistía en escapar en dos automóviles con su familia, la que residía en Salamanca, incluida Aurelia. Lo harían durante la Nochevieja, cuando la mayoría anduviese de fiesta y la vigilancia se hubiera relajado. Primero irían hasta Portugal y luego embarcarían rumbo a Francia, no a América, pues tenía una importante y urgente misión que cumplir. Al menos eso era lo que había acordado en la iglesia de la Purísima con doña Eloísa, que había prometido darle el dinero que ello costara, del que tenía una buena provisión en su caja fuerte, ya que quería que el caso de su marido se conociera en todo el mundo y honrar así su memoria y conseguir, por fin, sepultarlo en sagrado.

—Y usted, ¿no viene? —le había preguntado don Miguel.

—Yo no puedo dejar solo a mi marido. Si yo me voy, ¿quién se va a encargar de que lo entierren como es debido?

—¿Y si también la matan a usted?

—Entonces, no les quedará más remedio que ponernos juntos.

Al final convinieron en que Unamuno se ocuparía de las gestiones necesarias y, cuando todo estuviera listo, la viuda de Daniel Carbajo le entregaría la cantidad que fuera menester a través de Aurelia, que era la única en la casa, aparte de don Miguel, que estaba al tanto del asunto, si bien no conocía todos los detalles. Con ese dinero tendría que pagar a los chóferes de confianza, el alquiler de los automóviles, el combustible, la documentación falsa, los correspondientes sobornos, los pasajes del barco, la comida y, en fin, todo lo necesario para un viaje como ese, una singladura en principio sin retorno, salvo que la situación cambiara en España. Los hijos por ahora no sabían nada; de hecho, don Miguel no se lo pensaba decir hasta la noche misma del 31 de diciembre, durante la cena, justo media hora antes de las campanadas; de esa manera no se pondrían nerviosos, ni se lo contarían a nadie, ni los que vivían fuera de la casa acudirían con demasiado equipaje, y así no llamarían la atención. Esa era la sorpresa que Unamuno les tenía reservada para comenzar el nuevo año de 1937.

Dos días antes de la fecha prevista para la fuga, don Miguel se dirigió al cementerio para despedirse de sus difuntos: especialmente de su esposa, su hija Salomé y su hijo Raimundín. Lo acompañaron el falangista Eugenio Montes y, unos pasos por detrás, el vigilante de turno. Cuando llegaron, estos dos lo esperaron en la puerta para no incomodarlo. Era uno de esos días gélidos en los que el frío se mete dentro de los huesos y amenaza con quebrarlos. Entre las tumbas no se veía a nadie, lo que hacía que el lugar estuviera más desolado que de costumbre. Pensó en todos los que habían sido fusilados en la provincia de Salamanca en esos últimos meses; debían de ser cientos. «Aquí yace media España; murió de la otra media», había escrito Larra de forma anticipada en un artículo titulado «El día de Difuntos de 1836», hacía justo cien años. Eso sí que era clarividencia, si bien nadie parecía haber reparado en ello.

Unamuno se situó frente a los nichos de sus seres queridos y se dispuso a monodialogar con ellos, que era su forma particular de rezar. A su esposa le dijo que la echaba mucho de menos y que sentía tener que ausentarse de Salamanca y dejarla sola, pero era la única salida que le quedaba si no deseaba que lo mataran, que la situación se había puesto muy difícil y él no podía permanecer callado por más tiempo, que tenía que contarle al mundo lo que pasaba en la retaguardia salmantina: los continuos asesinatos, fusilamientos y encarcelamientos por cualquier cosa y lo que le había sucedido a Daniel Carbajo por no querer colaborar con los sublevados, que eso no era una guerra civil, sino una locura desatada y un exterminio, y él debía hacer algo, necesitaba redimirse como fuera por haber apoyado a los militares al principio, cuando no se sabía en qué podía caer aquello que llamaban alzamiento.

También le rogó que lo perdonara por haber caído en la debilidad de fijarse en otra mujer, para enseguida añadir que, por supuesto, él siempre le había sido leal y nunca había cometido infidelidades de pensamiento, palabra, obra u omisión, que ella lo sabía de sobra y que la seguía queriendo; lo que no quitaba para que se hubiera enamorado de esa persona, con la que nunca había ocurrido nada indecente, eso sí, ni siquiera en su imaginación, pero a la que no había sabido o querido apartar totalmente de su pensamiento ni de su corazón, hasta convertirla en eso que algunos llamaban un amor platónico, un amor puro y casto que no se había apagado con el tiempo, que durante más de treinta años había estado ahí, latente pero persistente, oculto pero pugnando por salir a la luz. Y es que, a veces, para lograr vencer la tentación, había que aprender a convivir con ella, en lugar de pretender arrancarla de raíz.

—Pero tú no estés preocupada, que muy pronto me reuniré contigo —le dijo en voz baja para concluir.

A Raimundín, fallecido a los seis años por culpa de la hidrocefalia, le pidió que permaneciera junto a su madre, que estar siempre cerca de ella era lo mejor que le podía ocurrir, y que él lo recordaba para que siguiera existiendo en este mundo y que lo quería mucho. Por último, a Salomé, que había muerto con treinta y seis años, le prometió que él y sus hermanas cuidarían de su hijo, de Miguelín, ahora que su padre estaba ausente, que no se preocupara, que cariño y calor no le faltarían nunca y que procurarían alejarlo de todo peligro hasta que pudiera reunirse con José María, al que consideraba un hijo más. También le dijo que todos se acordaban mucho de ella y que sin su presencia su vida ya no había sido la misma, y que jamás la olvidaría.

Era ya tarde cuando don Miguel retornó al mundo de los vivos y se puso de nuevo en marcha. Por costumbre, dirigió la vista hacia la parte civil del cementerio y creyó ver a doña Eloísa junto a la tumba de su marido. Aprovechando que se encontraba solo, sin el lastre de su vigilante, decidió ir a saludarla. La mujer estaba inmóvil, de rodillas e inclinada sobre la lápida. Cuando Unamuno llegó a su altura, carraspeó para hacerse notar, pero ella permaneció en la misma postura, como si no hubiera oído nada. De modo que se acercó para tocarle un hombro.

—Doña Eloísa, ¿está usted bien?

Como la mujer seguía sin moverse ni contestar, don Miguel se agachó e hizo que se girara un poco hacia él. Tenía los ojos cerrados y la piel muy fría. Alarmado, trató de comprobar si aún respiraba y enseguida descubrió que estaba muerta.

Unamuno se incorporó y comenzó a ir de un lado para otro con el fin de encontrar a alguien que pudiera ayudarlo. A su izquierda, creyó descubrir a un hombre detrás de un panteón. Caminó deprisa hacia él, pero allí tampoco había nadie. Escuchó un ruido a su espalda, como un crujir de rama. Se volvió y solo había huellas en la nieve. Se sentía tan asustado que comenzó a correr entre los sepulcros en dirección a la salida, tropezando aquí y allá, hasta que estuvo a punto de caer en una tumba recién abierta.

—Tenga cuidado —le gritó un sepulturero desde el fondo—, que casi se me viene encima.

—Pero ¿por qué corría tanto? Ni que hubiera visto un fantasma —comentó otro.

—Hay una persona muerta en una de las sepulturas —balbuceó don Miguel.

—¿Y cómo quiere usted que esté? Esto es un cementerio.

Una vez aclaradas las cosas, el vigilante de don Miguel avisó a un médico, que certificó el fallecimiento de doña Eloísa e indicó que, en su opinión, había sido causado por un infarto. También acudió la policía, que tomó declaración al escritor y a los dos sepultureros. Y con eso se acabó todo; no hubo ningún intento de averiguar si en el cementerio había alguna persona más, como había sugerido don Miguel.

Al pasar por el taller de marmolería que había cerca de la entrada del camposanto, Unamuno se detuvo para preguntarle al dueño por el precio de una lápida para su futuro nicho. El hombre, sin inmutarse, le dijo una cantidad y el escritor la apuntó con un lapicero en un papel, lo que dejó muy impresionados a sus dos acompañantes. ¿Estaba don Miguel convencido de que iba a morir pronto ahora que su plan de fuga parecía haberse frustrado?

Cuando llegó a casa, temblaba y tenía el semblante descompuesto. Iba escoltado por el falangista y el guardia, que habían querido subir con él.

—Le tengo dicho que salga de casa bien abrigado —le reprochó Aurelia con cariño.

—Se empeñó en ir al cementerio y allí se topó con una muerta, mire que es mala suerte —intervino el encargado de vigilarlo antes de irse.

—Descanse, don Miguel —le deseó Eugenio Montes.

—¿Y se sabe quién era la persona fallecida? —le preguntó Aurelia cuando se fueron.

—La misma que me iba a dar el dinero para el viaje —respondió Unamuno sin querer entrar en más pormenores—. Era una buena mujer. Su muerte es una tragedia.

Aurelia lo miró con tristeza y no quiso comentar nada, pues sabía lo que la muerte de esa mujer significaba para don Miguel. Con su repentina desaparición terminaban también sus esperanzas de huir de la ciudad con los suyos, incluida ella.

16

Teresa se detuvo ante la puerta del cuarto de Bartolomé Aragón. Manuel acababa de hacerle partícipe de la información que le había brindado Aurelia. Para ello se habían reunido en el atrio de la iglesia del convento de San Esteban. Como había pensado el abogado, la aparición de un segundo visitante en el escenario del crimen lo alteraba todo, y los dos estaban de acuerdo en que había que averiguar cuanto antes su identidad y confirmar su participación en el asesinato, lo que no iba a ser fácil. Con este fin, ella se había dirigido a la habitación del profesor falangista. Llamó con los nudillos y este le abrió. Desde el umbral, pudo observar que el joven preparaba su marcha: su maleta estaba abierta sobre la cama y la ropa guardada en su interior. Parecía muy nervioso.

—¿Qué hace aquí? —inquirió—. He pedido en la recepción que no se me moleste.

—Necesito hablar con usted; es muy urgente —le informó ella.

—Ya le dije que...

—Es muy importante, también para usted.

Bartolomé frunció la frente.

—Ahora mismo estoy ocupado.

—Le prometo que seré breve.

Él la dejó pasar con ademán de fastidio; se le veía cansado y con ganas de perderla de vista para siempre.

—¿Qué se le ofrece?

—Me he enterado de que, en la tarde de autos, había otra persona en la casa de Unamuno, además de la asistenta y usted.

—¡Eso es absurdo! —rechazó él.

—Lo mejor para usted sería que me contara la verdad. Hay gente que sigue pensando que asesinó a don Miguel.

—Eso son solo rumores esparcidos por los republicanos y gente malintencionada —se defendió el profesor.

—También algunos falangistas desconfían de usted; no lo dicen, pero se nota que no acaba de gustarles.

—¡Eso es mentira! —gritó él dirigiéndose hacia la puerta.

Teresa sacó la pistola del bolsillo de su abrigo y le apuntó a la cabeza sin que le temblara el pulso, como si eso no fuera nada nuevo para ella. Aragón se mostró muy asustado.

—Esta vez no lo dejaré irse hasta que me confiese la verdad —le advirtió ella.

—Por favor, baje el arma —le rogó él.

—No lo haré hasta que me conteste.

—Esto le va a costar caro.

—Me hago cargo. Pero ahora mando yo —le comunicó ella con firmeza.

—¿Qué quiere saber?

—A pesar de su fanatismo y de su agresividad, estoy segura de que usted solo es incapaz de matar a una mosca por voluntad propia; así que más le vale que me diga quién lo acompañaba esa tarde en el lugar del crimen.

—A mí tan solo me pidieron que concertara una cita con Unamuno, nada más —alegó Bartolomé.

—¿Quién se lo pidió?

—No conozco su identidad, se lo juro. Alguien me llamó por teléfono al hotel; me dijo hablar en nombre de una persona muy importante y con poder en el bando sublevado —le explicó Bartolomé—. Yo imaginé que se trataba de Millán Astray, pues hacía unos días que me había comentado que quería que colaborara con él; supuse que en la Oficina de Prensa y Propaganda, dada mi experiencia en Huelva, aunque no llegamos a hablar de ello. Pero la llamada no tenía nada que ver con ese asunto. Como le he dicho, el que me telefoneó me ordenó que consiguiera una cita con Unamuno esa misma tarde. Yo, claro, me negué, pues me parecía muy precipitado, y más en una fecha como esa. Pero él me amenazó con hacer cosas que ahora no vienen a cuento, y no me quedó más remedio que aceptar. Así que llamé a don Miguel. Al teléfono se puso su hijo Rafael, y, tras consultarlo con el padre, me dijo que sí, que no había problema en que me pasara a las cuatro y media, como me habían pedido. Desde luego, yo no sabía con qué fin ni tampoco que a la reunión iba a acudir alguien más. Me vi involucrado en ello sin quererlo, se lo aseguro. Fue una trampa urdida por otro, y yo, un simple señuelo. A eso de las dos volvieron a llamarme y me pidieron que, a las cinco en punto, me las arreglara para franquearle la entrada a otra persona sin que en la casa se dieran cuenta, que luego él se encargaría de todo. «¿Encargarse de qué?», pregunté. Y ahí me colgaron.

A Teresa le pareció que Bartolomé estaba siendo sincero, pues acababa de reconocer que había participado en los hechos, aunque fuera obligado por una autoridad superior y con un papel muy secundario, pero no podía fiarse del todo.

—¿Y qué es lo que hizo usted?

—Estaba tan fuera de mí que, durante la comida, no pude probar bocado. Cuando me dirigía a mi habitación, vi en una mesa del Novelty al rector Madruga, que me llamó y me pidió que tomara un café con él. Yo acepté, y, mientras hablábamos, se me escapó decir que esa tarde pensaba visitar a Unamuno, o tal vez me traicionara el inconsciente, no sé exactamente con qué fin. Él me comentó que iría conmigo de buen grado, pero que a esa misma hora tenía un funeral, que lo sentía en el alma. ¡Ojalá me hubiera acompañado! De esa forma, nada habría ocurrido, o eso quiero creer. Pero todo estaba en mi contra y yo no era capaz de desobedecer —añadió Bartolomé con tono lastimero.

—Continúe, por favor, y deje de hacerse la víctima.

—Como ya sabe, no pude echarme atrás, adónde iba a ir, y me presenté en la casa de Unamuno más o menos a la hora acordada tras mucho dudar... La criada me miró con desconfianza, pero me condujo a la salita que hay al fondo de la vivienda, donde don Miguel me estaba aguardando. Después de saludarnos, hablamos de asuntos varios, hasta que dieron las cinco en el reloj de la plaza y yo me fui a abrir la puerta, qué otra cosa podía hacer. Y allí estaba, puntual a la cita, como un funcionario público.

—¿Quién era ese hombre?

—No lo sé, créame.

—Descríbamelo entonces —exigió ella—; si no obedece, me veré obligada a usar el arma contra usted. Si me detienen, les diré que usted me agredió, y teniendo en cuenta su mala fama...

Bartolomé la miró sorprendido, como si por fin cayera en la cuenta del verdadero peligro al que se enfrentaba, y debió de verla muy capaz de cumplir su amenaza y llegar hasta el final.

—Vestía un abrigo largo de color negro y sombrero de fieltro —comenzó a decir—. Tendría unos cuarenta años y era alto y de complexión atlética; con el pelo castaño y bien cortado, la nariz recta y una cicatriz en la mejilla derecha, que era lo único que lo delataba como alguien habituado a convivir con el peligro. Fuera de eso, parecía una persona normal y corriente; quiero decir, que no tenía aspecto de sicario. Pero, por lo que pude ver enseguida, no era la primera vez que asesinaba, no que mataba, pues matar se puede hacer en una guerra de una manera ciega y empujado por las circunstancias o porque se cree con firmeza en una buena causa, yo mismo lo había experimentado recientemente, pero asesinar es algo diferente, y más cuando se hace a sangre fría y la víctima es un anciano de setenta y dos años que no te ha hecho nada —añadió como para distanciarse del otro.

—¿Y por qué supo que no era la primera vez?

—Porque en la conversación que tuvieron don Miguel y él aludieron al asesinato de un tal Daniel, el apellido no lo recuerdo ahora, y de su esposa.

—¿Carbajo? —apuntó Teresa para confirmar.

—Eso era, sí.

—Entonces, ¿a la esposa también la mató? —preguntó ella conmovida.

Bartolomé se dio cuenta de que no tenía que haber hablado de esos crímenes que no le concernían. Pero ya era demasiado tarde para retroceder.

—Eso creo. ¿Y usted cómo sabe quiénes son?

—Porque soy periodista, y las preguntas las hago yo. ¿Tuvo usted algo que ver con esas otras muertes? Por lo que yo sé, cuando el sicario asesinó a don Daniel, lo acompañaba otro hombre.

—¡Nada en absoluto! Ya ha visto que ni siquiera sabía quiénes eran. Y el otro no habló de ningún cómplice.

—Y el sicario, ¿en nombre de quién actuaba? ¿Quién le había dado las órdenes?

—No lo sé, no me lo dijo; apenas hablamos.

—¿Y Unamuno no comentó nada acerca de eso?

—No, que yo recuerde.

—Está bien. Cuénteme entonces cómo lo mataron.

—Yo no lo maté, se lo juro —rechazó Bartolomé—. Yo no participé. A mí me utilizaron para entrar en la casa, pues don Miguel apenas salía ya a la calle, nada más. Yo solo le abrí la puerta.

—Y el otro, ¿qué le hizo a mi amigo?

—Tampoco quise observar ni saber nada. Estaba atemorizado, y no era capaz de moverme ni de reaccionar. ¡Yo no debía haber estado allí! —exclamó el falangista con tono afligido.

Teresa estaba al borde de perder la paciencia, y le dio a entender que en cualquier momento podría apretar el gatillo.

—¿Cómo murió don Miguel? Y no me mienta.

—Tan solo me ocupé de que no se moviera demasiado, y lo hice por el bien de don Miguel, para que no sufriera más de lo debido. Fue el otro quien lo mató; algo le hizo por detrás en el cuello, no sé exactamente qué, pues no quise mirar. Lo que sí puedo decirle es que fue todo muy rápido y Unamuno no padeció. Desde luego, no gritó y, cuando me aparté de su lado, se derrumbó sobre el borde de la mesa camilla, como si se hubiera quedado dormido, y, al caer, se rompió uno de los cristales de las gafas —le explicó Bartolomé.

—Está bien, ya confirmaré más tarde todo ello, y como me haya mentido...

—Es todo lo que recuerdo, créame —insistió.

Aragón parecía muy angustiado, o lo fingía muy bien.

—¿Cómo puedo localizar al otro hombre?

—Aunque quisiera, en esto no puedo ayudarla, pues no lo conozco. Tan pronto acabó su tarea, se escabulló como un fantasma, sin que, al parecer, nadie más lo viera. Pero no hará falta que lo busque mucho; estoy convencido de que él dará con usted, como dará conmigo, por más que huya, en cuanto se entere de que lo he delatado —añadió con voz temblorosa.

Teresa pensó que no exageraba y que muy pronto el otro la encontraría si es que ella no se adelantaba y lo encontraba a él.

—¿Y qué me dice del testimonio que escribió en su habitación?

—De modo que reconoce que usted lo robó.

—Eso da lo mismo ahora —indicó ella—. Lo relevante es que, para estar tan afectado, se preocupó mucho de dejar constancia escrita cuanto antes de lo que supuestamente había pasado.

Bartolomé torció el gesto.

—En ese momento, temía que todas las sospechas pudieran recaer sobre mí, pues del otro hombre, del asesino, nadie sabría nada; así que me adelanté a dar una versión de los hechos que fuera verosímil y no despertara suspicacias. Eso es todo.

—¿Un escrito exculpatorio, pues?

—Algo parecido —reconoció.

—¿Y qué hizo luego con él?

—Después de mecanografiarlo, se lo entregué a José María Ramos Loscertales, el decano de Letras y antiguo rector, que se había acercado al hotel para ver qué tal estaba, con la intención de que con ello escribiera un prólogo para el libro que voy a publicar. Por supuesto, desconoce la verdad de los hechos.

—Así que no solo nos cuela su falsa versión de lo acontecido, avalada por un conocido historiador, sino que además consigue que Unamuno figure en el prólogo, como era su deseo. ¡Enhorabuena, es usted un gran estratega! —exclamó ella con ironía.

—No fue premeditado. Las cosas salieron así —se justificó él.

—Le pido, por favor, que no me tome el pelo, que ya soy muy mayor.

—No era mi intención; le ruego que me perdone. Y, ahora, ¿qué piensa hacer conmigo? —preguntó, angustiado.

Ella no respondió. Sin dejar de amenazarlo con la pistola, amordazó a Bartolomé Aragón con un pañuelo y lo ató con mucho cuidado a la cama con varias corbatas que halló en la maleta y un cinturón. Ya se ocuparía más tarde de él. Ahora tenía asuntos más urgentes que llevar a cabo.

Tal y como habían convenido, Teresa volvió a reunirse con Manuel en el atrio del convento de San Esteban. Desde la puerta, se oía cantar a los dominicos en el coro, lo que infundía algo de paz entre tanta desazón. Ella le contó lo que había averiguado en su amigable charla con el profesor falangista: la confirmación de que en efecto había habido otro hombre, que, según el propio Bartolomé Aragón, fue quien asesinó a Unamuno; que él se vio forzado a abrirle la puerta de la casa y que no sabía quién era, por lo que solo disponían de su descripción, y esta coincidía en un detalle muy importante con la que había dado Filomena. Por otra parte, le había revelado sin querer que el sicario era el mismo que había matado a Daniel Carbajo y también a doña Eloísa, con lo que quedaba probado que la muerte de Unamuno y la del jurista y su esposa estaban relacionadas: que una, en buena medida, era consecuencia de las otras dos y que las tres tenían algo en común.

—El asesino de don Miguel sería entonces el más más alto de los hombres de los que nos habló la vecina.

—Así es; del otro, del mediano, no habló. ¿Quién cree usted que podría ser el sicario? —preguntó Teresa.

—Seguramente, un militar —aventuró Manuel.

—Lo que abundan ahora en Salamanca son militares —comentó ella.

—Eso es cierto. Pero no creo que haya muchos con una cicatriz en la mejilla derecha.

—Esperemos que no. Aun así, va a ser difícil dar con él. ¡Un momento! —exclamó Teresa—. ¿Y si se tratara precisamente del que ahora vive en la casa de doña Eloísa y don Daniel?

—Desde luego, eso explicaría que se hubiera quedado con la vivienda —indicó el abogado.

—¿Y cómo es que la vecina no lo ha reconocido?

—Según dijo, tan solo lo había visto de espaldas un momento, o vaya usted a saber.

Sin más dilación, se dirigieron a la casa de la mujer para pedirle que les dijera cómo era su nuevo vecino de enfrente. Al verlos, ella se alarmó un poco, e iba a cerrar la puerta cuando Teresa le dijo que sentía mucho lo que había pasado la otra vez, que no había sido su intención insultarla ni criticarla, y que no habrían vuelto a su casa si no fuera por una razón muy importante, un asunto de vida o muerte en realidad. La vecina la miró con una mezcla de extrañeza y sorpresa. Precisamente esa mañana había visto al hombre por el que preguntaban, y, al pasar junto a ella, la había saludado con mucha educación.

—¿Es que lo buscan por algo? —se atrevió a preguntar—. Miren que yo no quiero meterme en ningún lío, y menos con los militares.

—Por eso no se preocupe. Creemos que podría tratarse de un familiar al que dábamos por desaparecido y tenemos que comunicarle algo muy importante —mintió Teresa.

La mujer no parecía demasiado convencida con la explicación, pero, ante la insistencia persuasiva de Manuel, les hizo una breve descripción del individuo en cuestión, y resultó que en ella también había un rasgo muy característico: un corte, según dijo, en la cara. Asimismo, había otras coincidencias, como la estatura, la complexión, la edad aproximada, el abrigo largo y de color oscuro...

—Me temo que no se trata de él —le comentó Teresa a la vecina, pues no querían darle ninguna explicación—, pero le estamos igualmente agradecidos, y perdone de nuevo por las molestias.

—A mandar —contestó la mujer, que se quedó con la mosca tras la oreja.

Teresa y Manuel estaban tan entusiasmados con el hallazgo que de buena gana habrían ido a la casa de Unamuno para contárselo a Aurelia y a sus hijas. Pero había que proceder con cautela si no querían que los militares y los falangistas se enteraran de sus pesquisas y todo se fuera al traste. Para discutir el asunto, se refugiaron en el Campo de San Francisco, que a esas horas estaba en penumbra.

—Entonces, ¿usted está convencida de que se trata de nuestro hombre, a pesar de que nos lo han descrito como una persona educada y un honrado padre de familia? —comentó Manuel.

—¿Qué mejor camuflaje para un asesino que parecer una persona normal? Pero lo importante es que su aspecto

313

coincide con la descripción que tenemos, y, de entrada, hay algún que otro indicio circunstancial.

—Así es —convino Manuel—. Y, ahora, ¿qué hacemos?

—Debemos hablar con él y, después de comprobar que, en efecto, es el hombre que buscamos, obligarlo a que nos diga quién le dio las órdenes —se apresuró a contestar Teresa.

—¿Y no sería mejor someterlo a vigilancia y ver qué descubrimos? —propuso él.

—No tenemos tiempo para eso, y le recuerdo que estamos en una ciudad ocupada por los militares y los fascistas.

—¿Cuál es entonces su plan?

—Entrar en la casa por sorpresa y, si es él, amenazarlo hasta que confiese.

Manuel hizo un gesto de rechazo con las manos.

—¡¿Nosotros?!

—Sé de un grupo de anarquistas que estará encantado de ayudarnos —le anunció ella.

—¡¿Unos anarquistas?! ¿Acaso son amigos suyos?

—En realidad, no los he visto nunca. Pero se esconden en casa de Anselmo Sánchez, un antiguo conocido mío y de Miguel que vive al otro lado del río —le informó Teresa.

—Me acuerdo de él —indicó Manuel—. ¿Y los otros son de confianza?

—Según Anselmo, lo son y tienen necesidad de actuar.

—¿Y qué hacemos, cuando entremos en la casa, con su esposa y sus hijos?

—Ya se nos ocurrirá algo.

—La verdad es que no acabo de verlo claro.

—¿Acaso tiene usted alguna otra opción?

—Habría que encontrar la manera de que todo esto se supiera fuera de España —propuso Manuel.

—Por supuesto, pero todavía nos faltan pruebas y datos importantes. Entre otras cosas, tenemos que averiguar quién fue el instigador y por qué razón lo mandó matar exactamente —apuntó Teresa.

—Creo que lo que usted busca es venganza —aventuró él.

—¡Eso no es cierto! —rechazó ella—. Y me parece muy injusto que piense así. No olvide que estamos en guerra y que los presuntos culpables, además de asesinos de nuestro amigo y de otras personas, son del bando enemigo, y es nuestra obligación combatirlos sin contemplaciones si surge la oportunidad. Usted puede hacer lo que quiera; yo, por mi parte, pienso acabar lo que empecé. Le doy las gracias por haberme ayudado, pero esto va mucho más allá de lo que imaginamos al principio. En cuanto se conozca en detalle fuera de aquí, el caso de don Miguel removerá muchas conciencias, créame, así como el de don Daniel. Algunos países que presumen de neutrales se lo pensarán mejor y puede que acaben apoyando a la República y condenando sin ambages a los sublevados, y eso se lo deberemos a él, a él y a Daniel Carbajo, que también tuvo que sacrificarse. Por eso necesitamos completar la investigación, y la única manera que tenemos es interrogando a la mano ejecutora.

—Puede que tenga razón, pero, si esta noche perdemos la vida o nos encarcelan, todo eso que hemos averiguado se irá por el sumidero y nuestro sacrificio y el de ellos habrá sido en balde —le advirtió el abogado.

—Ya he tomado mis medidas para que eso no suceda. Pase lo que pase, el mundo se enterará, se lo aseguro.

—También podrían morir Aurelia, Filomena, que es tan solo una niña, y las hijas de don Miguel.

—Pues hagamos que todo salga bien. En cualquier caso, es muy posible que, a estas alturas, esa gente ya esté enterada de nuestros movimientos y estemos todos en peligro.

Tras despedirse de Manuel, que quería pasar por su casa para dejar resueltos ciertos asuntos, Teresa se dirigió a toda prisa a la de Anselmo. Este le presentó a sus camaradas, que la saludaron con entusiasmo. Eran cuatro, entre cuarenta y cincuenta años; todos delgados, casi famélicos, pálidos y de aspecto muy descuidado, ya que vivían como topos, sin apenas salir a la calle. Después de saludarlos, ella les pidió ayuda para atrapar al asesino de Unamuno y ellos aceptaron sin pensárselo dos veces, pues llevaban mucho tiempo con ganas de entrar en acción. Al parecer, tenían varias pistolas y dos armas de caza. En principio, era más que suficiente. Quedaron citados a las nueve y media de la noche en el Campo de San Francisco; Teresa les recomendó que fueran por separado y con ropa oscura. Anselmo le rogó con insistencia que le dejara acompañarlos, pero ella le exigió que permaneciera en casa, guardando el fuerte, dado que se trataba de una acción peligrosa y él no estaba para muchos trotes.

—Alguien tiene que contar la historia si los demás perecemos en el intento —le comentó con una sonrisa—. Si nos pasara algo, aquí le dejo una nota con algunas instrucciones —añadió alargándole un papel.

—Haré lo que me pida, pero cuídese, se lo suplico.

Después Teresa se fue al hotel para dar cuenta en su libreta de los últimos hallazgos sobre el caso y de aquello que todavía faltaba para terminar de resolverlo, no fuera a ser que luego todo se precipitara y no tuviera tiempo de llevarlo a cabo.

XVI

Bartolomé Aragón se presentó en la casa de Unamuno con algo de retraso, ya que, después de llegar al portal, dudó durante unos minutos si subir o no; de hecho, se fue calle arriba, pero al final regresó. ¿Adónde iba a huir si no se presentaba a la cita? Tenía la sensación de haber sido manipulado desde un principio, al menos desde que, a mediados de noviembre, recibiera en su casa de Huelva una carta oficial en la que se le instaba a regresar a Salamanca con el fin de cumplir con algunas de sus obligaciones académicas, lo que le extrañó, pues se había alistado voluntario en los requetés y llevaba a cabo una importante labor de propaganda en la retaguardia como miembro de Falange. ¿Y qué podía haber más importante que eso en plena guerra?

Había viajado en transporte militar el 20 de noviembre y, a su llegada a Salamanca, alguien le hizo llegar el rumor de que habían fusilado a José Antonio, lo que, de ser cierto, iba a ser un gran mazazo para él y para el futuro de la organización. Ya fuera cierta o no la noticia, algunos viejos camaradas se quejaban con amargura de que Franco no hubiera hecho nada por intentar librar al padre fundador de la cárcel y de una posible muerte. Otros iban más lejos e insinuaban que, si no había actuado, era porque, en el fondo, el Caudillo siempre había deseado su desaparición. En cualquier caso, los falangistas se sentían huérfanos, pero estaban dispuestos a colaborar. Y es que no era el momento de crear conflictos en el bando de los golpistas, como ocurría entre los republicanos, que se llevaban a matar, pues había una contienda que ganar entre todos y, para

317

ello, había que estar unidos, aunque no revueltos ni confundidos, eso nunca.

Desde entonces, Bartolomé Aragón no había hecho más que ir de un lado para otro de la ciudad y esperar, aguardar una visita, una carta o una llamada que lo pusiera en movimiento. Es cierto que le habían encomendado algunas labores represivas y que había desempeñado unas pocas tareas académicas. Pero todo ello de escasa relevancia, y él quería servir a la causa de una manera más notoria y efectiva y, de paso, por qué no, mejorar su situación. Las guerras son momentos de grandes oportunidades para los más osados.

Por supuesto, no se consideraba un hombre de acción, sino más bien de números y de letras, debido a su formación académica; de modo que se fue a ver a Millán Astray, al que había conocido meses antes en Huelva, para ofrecerse como colaborador de la Oficina de Prensa y Propaganda. Este le había dicho de forma escueta que no se preocupara, que lo avisarían. También había hablado con algunos de sus compañeros de la Facultad de Derecho, que le aseguraron que le buscarían algo dentro de su campo. Pero pasaba el tiempo y no lo llamaban. Así que, cuando telefonearon para encargarle una misión, no quiso decir que no; tampoco le habrían dejado negarse, una orden era una orden, y más si venía de arriba. ¿No deseaba que le dieran una oportunidad de demostrar su entrega y su valor? Pues ahí la tenía. Que se trataba de algo poco heroico y honorable, más bien mezquino y despreciable, ¿y qué esperaba? Al fin y al cabo, estaban en guerra, y en la guerra había que mancharse de barro todos los días, sobre todo en las trincheras, pero también en la retaguardia. Por supuesto, él no iba a ser capaz de matar a nadie a sangre fría, y menos a alguien como don Miguel, a quien de verdad admiraba, aunque en muchas cosas no estuviera de acuerdo con él ni con su actitud; por no hablar de que se trataba de un anciano de setenta y dos años ya muy castigado por la vida. Para eso, para el trabajo realmente sucio, estaba el otro hombre. Él se limitaría a cumplir con su pequeño cometido con la debida sumisión, sin querer averiguar nada más. En todo caso, no había marcha atrás. *Alea iacta est.* El dado ya había sido lanzado al aire, y él nada podía hacer para cambiar la suerte, ni la suya ni la de Unamuno.

Subió las escaleras lentamente, arrastrando los pies, y llamó a la puerta. La asistenta lo hizo pasar a una salita muy austera que había al fondo de la casa, con vistas a un pequeño jardín. Tras los saludos y las palabras de cortesía, se sentaron ante la mesa camilla; las sillas eran sólidas y tenían los asientos de enea. El joven profesor le mostró entonces a don Miguel el original de un libro sobre economía corporativa que pensaba publicar el año próximo, en unos pocos meses en realidad, y le solicitó un prólogo para el mismo. Como esperaba, el escritor rechazó la petición aduciendo que él no entendía nada de economía fascista ni le interesaba el asunto lo más mínimo, puesto que él era liberal y lo iba a seguir siendo hasta el final de sus días. Bartolomé no se lo tomó a mal, ya sabía bien cómo era. Luego le ofreció un ejemplar del periódico *La Provincia (Diario de Falange Española de las JONS)*, que él mismo había refundado y dirigido en Huelva unos meses antes.

—No quiero verlo, no quiero ver esas publicaciones de ustedes, porque... ¿cómo se puede ir contra la inteligencia?

—Don Miguel, nosotros no estamos contra la inteligencia; la Falange acaba de hacer un llamamiento a los trabajadores de la cultura —le informó Bartolomé.

—¡Cómo es eso! —exclamó don Miguel con ironía, más que con sorpresa.

—Sí, sí, lo ha hecho, y ellos le prestarán su apoyo —le explicó el otro, mientras consultaba su reloj de bolsillo.

—Lo dudo mucho.

—Eso piensa usted en la superficie, pero yo sé que lo cree en el meollo de su alma, y lo cree porque lo espera, porque en verdad lo desea —arguyó Bartolomé no muy convencido.

—¡Menudo galimatías! Usted sabe que yo, en estas cosas, no tengo dobleces —replicó el viejo catedrático con gesto de fastidio, a la par que con el puño daba un golpe en la mesa, que sobresaltó al joven profesor.

Después, la conversación, mejor dicho, el monodiálogo de Unamuno, discurrió por diversos vericuetos, ya que el ilustre escritor llevaba mucho tiempo sin hablar y necesitaba desahogarse y decir lo que pensaba sin meditarlo demasiado, y del tema de la inteligencia y de la cultura pasó a Ortega y de este a la situación de España, al eterno problema de España, o de las Españas, y a la «guerra incivil», como él la llamaba, y aquí el tono fue subiendo y haciéndose más agudo y las palabras comenzaron a atropellarse unas a otras, como si don Miguel tuviera mucho que contar y temiera que no le fuese a dar tiempo, como si, en realidad, no quisiera callar nunca más.

Los minutos corrían y Bartolomé estaba cada vez más inquieto; tenía miedo de que de repente pudiera presentarse la criada, ya que le había parecido verla en el patio a través de los cristales empañados. ¿Sospecharía algo? ¿Los estaría espiando? Por suerte, ya se había ido, aunque puede que permaneciera en algún rincón ojo avizor.

En ese momento se escucharon varias campanadas en el carillón del ayuntamiento. No hacía falta contarlas. De sobra sabía que eran las cinco en punto de la tarde. Eran las cinco en todos los relojes, como había escrito Lorca en su famosa elegía, también en el suyo, pero Unamuno no paraba de hablar y hablar y hablar, como si a él también le hubieran dado cuerda y no fuera a parar hasta el día del juicio final, ese día en el que los relojes se detendrían y dejarían de tener sentido.

—Son las cinco —lo interrumpió Bartolomé Aragón—. Si me disculpa usted un instante, voy a abrir la puerta, pues a esta hora ha quedado en venir un amigo mío que desea conocerlo.

—Vaya, vaya, no lo haga esperar —lo apremió don Miguel, que tenía ganas de reanudar su plática, y con mayor motivo si se sumaba otro oyente.

Al poco rato, el joven profesor volvió con un hombre alto y de aspecto fornido que vestía un abrigo largo y de color oscuro y exhibía una oscura cicatriz en la mejilla derecha, una cicatriz que parecía latir con vida propia, como si ese individuo respirara por la herida. «El signo del maligno», comentó don Miguel para sí.

—Perdone que irrumpa de este modo en su casa —se disculpó el recién llegado con toda naturalidad—. Soy un amigo del señor Aragón y he acudido a saludarlo a usted y a presentarle mis respetos.

—No hace falta que finja, sé muy bien a lo que ha venido —le espetó Unamuno con semblante tranquilo.

El otro, sorprendido, retrocedió un paso, pero enseguida se recuperó, pues era un profesional.

—Es usted muy inteligente, no me extraña que se haya hecho tan famoso en todo el mundo. En cualquier caso, quiero que sepa que esto no es algo personal —se adelantó a confesarle.

—Ya me imagino. ¿Lo envía Millán Astray?

—Ahí se equivoca —advirtió el otro con una sonrisa de suficiencia.

—No le creo —rechazó Unamuno.

—Allá usted. Para su información, le diré que el fundador de la Legión no tiene ningún poder ni capacidad de decisión ahora mismo y su gestión está en entredicho. Si disfruta todavía de un cargo, es por ser amigo del Caudillo; como supongo sabrá, los dos estuvieron en el Tercio y eso une mucho. Pero el que realmente lleva la Oficina de Prensa y Propaganda es Ernesto Giménez Caballero.

—Ahora entiendo por qué Ernestito no ha venido nunca a visitarme —se lamentó don Miguel sin poder evitarlo—. Es una pena; con lo que yo lo he ayudado en el pasado...

—No se lo tenga en cuenta; está muy ocupado.

—Urdir mentiras todo el santo día debe de ser agotador. Y usted, por cierto, ¿quién es exactamente?

—Digamos que soy su Némesis, la de don Miguel de Unamuno, si se me permite la presunción.

El viejo catedrático lo miró sorprendido, como si hubiera algo que no acabara de encajar.

—Entonces yo debo de ser el héroe de esta vulgar tragedia. Pero me temo que esa palabra griega le viene a usted demasiado grande, dado que originariamente significaba «indignación justa» o «venganza divina», y lo suyo nada tiene que ver con la justicia ni con la divinidad. «Sicario» le iría mucho mejor; esta procede del latín *sicarius*, que a su vez deriva de *sica*, una daga o puñal corto y curvo que se podía ocultar fácilmente y se utilizaba para cometer asesinatos por encargo, como es su caso —explicó Unamuno sin poder evitarlo.

—Como prefiera; por eso no vamos a disputar en un momento como este.

—Es una pena, porque a mí me gusta mucho discutir y también contar historias, como a Sherezade, ya que eso lo mantiene a uno vivo al menos un día más. Por otra parte, debo confesar que llevaba un tiempo aguardándolo. ¿Puede revelarme quién lo envía en realidad? Creo que tengo derecho a saberlo.

—Ustedes los intelectuales se creen con más prerrogativas que nadie, como si fueran seres superiores, y no es así.

—Considérelo más bien como la última petición de un condenado a muerte.

—Está bien. Su nombre en clave es Ángel Exterminador. Es todo lo que puedo decirle.

—¿Por Abadón, el famoso demonio bíblico, o por la sociedad secreta que, desde hace años, pretende hacer resurgir la Inquisición y acabar con el liberalismo? —bromeó don Miguel, que seguía pareciendo muy tranquilo.

—Yo no soy el que propone los nombres.

—Ya comprendo; usted tan solo los elimina por orden directa de Franco —concluyó Unamuno—. Sí, ya sé que no va a querer reconocerlo, pero el que lo envía no puede ser otro. Tiene que tratarse de él, ahora lo veo claro: ese es mi archienemigo mortal. Siempre pensé que, llegado el momento, se limitaría a ejercer de Poncio Pilato, mas ya veo que conmigo ha actuado como sumo sacerdote y jefe supremo del sanedrín.

—Considérelo entonces como un honor para usted —indicó el otro.

—Si todavía voy a tener que darle las gracias —comentó el escritor con cierta sorna.

—En cierto modo.

—¿Y qué pinta el señor Aragón en esta historia? —preguntó don Miguel.

—Yo diría que a él lo han implicado por ser de Falange, para así tener a alguien a quien echarle la culpa si el asunto llegara a trascender —explicó el visitante.

Bartolomé hizo un gesto de contrariedad por el lamentable papel que le habían asignado.

—Ya veo que todo está muy pensado. ¿Y por qué han tardado tanto en venir?

—Porque hasta ahora el Generalísimo no lo había creído necesario; incluso había dado órdenes de que nadie lo tocara mientras pudiera seguir siendo útil a la causa —explicó el visitante.

—Entonces, ¿por qué una noche intentaron atropellarme en mi propia calle? Explíquemelo.

—De eso no fuimos responsables nosotros. Al que intentó matarlo lo detuvieron poco después y un juez lo condenó a ser fusilado al día siguiente —le reveló—. Se trataba de un militante de un partido de derechas que se la tenía jurada; es todo lo que le puedo decir. Y conste que no ha sido el único al que le hemos parado los pies para que no lo asesinara en estos últimos meses. No se imagina la cantidad de gente que andaba con ganas de ajustarle las cuentas en Salamanca, sobre todo a raíz de lo del 12 de octubre, aprovechando que estamos en guerra y el río está revuelto. De modo que bien podría decirse que le ha salvado la vida varias veces. Pero todo tiene un límite.

Unamuno se quedó pensativo. Entonces era verdad que, durante un tiempo, Franco lo había protegido, aunque fuera por cálculo e interés. Sus intuiciones, pues, eran ciertas, mas, a la larga, de nada le habían servido. Y ahora su muerte no iba a ser trágica ni heroica, sino banal.

—Y, en mi caso, ¿cuál fue ese límite? —quiso saber.

El hombre hizo un gesto de impaciencia, como si pretendiera decirle que ya había hablado demasiado y no pensaba contestar. Pero lo cierto era que en el fondo Unamuno le parecía una persona admirable, debido sobre todo a su valentía, y, además, no le quedaba mucho tiempo de vida, por lo que se merecía una respuesta. Ya que lo iba a sacrificar en el ara de un dios en el que, al parecer, no creía, que muriera al menos con la curiosidad satisfecha.

—Yo diría que fue una acumulación de hechos, de esos que van minando poco a poco la paciencia de cualquiera: primero fueron las cartas enviadas al exterior y las declaraciones a algunos corresponsales, luego sus continuas intromisiones en asuntos que ni le importaban ni le competían, por no hablar del incidente del paraninfo... Para colmo —añadió—, no se le ocurrió nada más que ponerse a investigar la muerte de Daniel Carbajo, de un traidor y un indeseable.

—Lo mató usted, ¿no es cierto?

—La duda ofende, pero eso ahora no importa.

—Usted era el más alto de los dos. ¿Quién era el que lo acompañaba, el de estatura mediana?

—¡Y qué más da! ¿Por qué lo quiere saber todo? Es usted insaciable. El caso es que había averiguado usted tanto y se había vuelto tan molesto y peligroso que tuvimos que empezar a tomar medidas para neutralizarlo de una manera lo menos traumática posible —indicó el sicario—. Y al final las cosas se precipitaron cuando supimos que tenía previsto fugarse con su familia esta misma noche.

—Por desgracia, ha habido un cambio de planes —se quejó Unamuno.

—Por supuesto, eso también lo sabemos, ya que el dinero con el que contaba para la fuga no ha podido llegar a sus manos. Pero esa era al menos su intención, y para nosotros ya no había posibilidad de retroceder. Y estábamos seguros de que, si lo dejábamos pasar, volvería a intentarlo con más ahínco, pues es muy testarudo. De modo que pusimos en marcha la operación Búho, lista ya desde hacía unas semanas, y el Búho, naturalmente, es usted.

—Conque Búho... No sé cómo tomármelo; como no saben cómo clasificarme, siempre me andan identificando con animales —comentó Unamuno.

—Ya le he dicho que en estas cuestiones no entro; yo me limito a cumplir órdenes.

—¿Hay algún motivo para que eligieran esta fecha?

—Esa era la que había escogido usted para la fuga, por no hablar de su simbolismo; y, además, de este año no podía pasar. Los vigilantes, por otra parte, nos habían informado sobre sus hábitos y sabíamos que esta tarde iba a encontrarse solo con la sirvienta y que ella estaría muy ocupada con la preparación de la cena.

Unamuno asintió con un leve movimiento de cabeza. Había que reconocer que se habían esforzado.

—¿Y por qué mató a doña Eloísa? Ella era una buena mujer.

—Precisamente porque le había encargado a usted que hiciera las pesquisas y porque sabía demasiado, y, por supuesto, para que no pudiera facilitarle el dinero de la fuga. ¿Le parece poco?

—No debería haberla implicado en ese asunto —se lamentó don Miguel.

—¡Tonterías! Además, ella lo traicionó a usted —le hizo saber el otro—. Pero no se lo tenga en cuenta; era una persona muy creyente y piadosa y no podía soportar la idea de que fuera a matarla simulando un suicidio, como había hecho con su marido; de modo que no tuvo más remedio que contármelo todo como forma de asegurarse una muerte más digna y adecuada a su fe, y yo diría que muy romántica, a juzgar por la puesta en escena.

—¡Es usted un canalla! —bramó don Miguel.

—Pero un canalla con estilo —replicó el visitante.

Unamuno hizo una pausa para calmarse.

—Y, ahora, ¿qué va a pasar?

—Creo que ya lo sabe. Le recomiendo, eso sí, que no grite ni arme ruido; si lo hace, tendremos que acabar también con la criada o con cualquiera que acuda en su auxilio, así que usted sabrá lo que le conviene.

—No gritaré, no se preocupe. Y usted, ¿no hará nada ahora que sabe que es un tonto útil, como lo era yo hasta hace no mucho? ¿Por qué es usted tan sumiso? —preguntó don Miguel dirigiéndose a Bartolomé.

—Yo también cumplo órdenes de arriba. Si no lo hago, me matarán a mí y a mi familia. Le ruego que, por mi parte, no se lo tome tampoco como algo personal; es la maldita política —añadió encogiéndose de hombros.

—No se equivoque, la política es una tarea noble, la más noble de todas. Lo de esa gente que le da las órdenes es puro resentimiento, ansia de venganza y ambición desorbitada de poder —lo corrigió Unamuno.

—Así y todo, le pido disculpas.

—Está bien, tarde o temprano tenía que ocurrir, con usted o con cualquier otro —se resignó don Miguel.

—Lo felicito por su actitud —comentó el sicario.

—Pero yo tampoco quiero que mi muerte parezca un suicidio. No sería justo, dado mi carácter agónico, aunque debo reconocer que me he pasado la vida obsesionado con esa idea, mas siempre la deseché, y no estaría bien que ahora... —arguyó el escritor.

—Para usted, don Miguel, reservo algo mucho mejor —le indicó el visitante—: una muerte aparentemente apacible y natural. Ese es el deseo de su Ángel Exterminador. No quiere sufrimientos innecesarios ni escándalos ni polémicas ni barullos, tampoco, por supuesto, cabos sueltos; una muerte, en fin, que no llame demasiado la atención.

—No acaba de convencerme —objetó el escritor.

Él, desde luego, habría preferido algo más épico y digno de ser recordado, pero, por otro lado, pensó que para la familia la muerte repentina y natural sería más llevadera.

—Me temo que no hay otra opción, y más vale que no se resista.

—No lo haré si me promete que no causarán daño alguno a los míos.

—Cuente con ello. Nosotros no matamos por matar. Esto solo va con usted.

—Pues adelante. Todo está consumado —convino don Miguel—. Como dijo don Quijote: «Yo sé quién soy, y sé que puedo ser, no solo los que he dicho, sino todos los Doce Pares de Francia, y aun todos los nueve de la Fama, pues a todas las hazañas que ellos todos juntos y cada uno por sí hicieron se aventajarán las mías».

El sicario lo miró perplejo. Bartolomé Aragón, por su parte, observaba la escena con mirada atónita, desde la distancia, desde un palco o una barrera imaginaria, como si fuera un mero espectador y la situación no tuviese nada que ver con él. Pero también para el joven falangista había llegado la hora de mancharse un poco las manos contra su voluntad. Con un gesto, su compañero le pidió que lo ayudara a inmovilizar a la víctima, ya que don Miguel, aunque anciano, se mantenía en buena forma. Y, como no obedecía, el otro insistió.

Unamuno trató entonces de levantarse; no quería pedir auxilio para no poner en peligro a Aurelia o a su hija María, que estaba en el piso de al lado, pero sí morir con cierta dignidad. El visitante impidió que se incorporara sujetándolo con fuerza por detrás. A pesar de ello, Unamuno se revolvió; no pensaba dejarse asesinar así como así, como si fuera un animal desvalido. Bartolomé reaccionó y trató de echarse sobre él. Don Miguel pataleó entonces de forma enérgica por debajo de las faldillas. Mientras forcejeaban, Unamuno perdió una zapatilla, que fue a parar al brasero, y el otro, la insignia con el yugo y las flechas, que rodó por la tarima. El joven profesor intentó agarrarlo para que se calmara y las gafas de don Miguel salieron disparadas y cayeron al suelo, lo que lo dejó aún más desprotegido. Al final, el escritor tuvo que ceder y el otro pudo inmovilizarlo contra el respaldo de la silla, para después cerrar los ojos, pues no quería ver ni saber nada más. El hombre de la cicatriz sacó entonces de un bolsillo del abrigo una aguja larga y fina con una especie de mango, su *sica* particular, y se la clavó con fuerza a Unamuno en el cuello, justo debajo de la nuca. Lo hizo de un solo golpe y con gran habilidad hasta alcanzar el bulbo raquídeo, lo que provocó que el escritor muriera de inmediato, sin apenas darse cuenta. Después de extraer la aguja, el sicario aplicó un trozo de algodón en el pinchazo y lo mantuvo apretado durante un rato.

Al tiempo que se retiraba de su posición, Bartolomé arrimó un poco la silla a la mesa con cuidado, y el cadáver de Unamuno se derrumbó sobre la camilla. En la salita olía a goma quemada. El falangista se dio cuenta, sobresaltado, de que la pantufla de don Miguel había comenzado a arder en el brasero y la apartó de allí con presteza; tras arrojarla al suelo, la pisoteó, pero no pudo impedir que dejara una marca en la tarima, que a él se le antojó una huella simbólica del crimen cometido. Intentó borrarla con la suela de su zapato una y otra vez, sin conseguirlo.

Terminada la tarea, el sicario guardó de nuevo la aguja en su bolsillo y abandonó la sala sin decir nada, satisfecho por el deber cumplido, aunque todavía algo azorado, pues no había sido tan fácil como había creído. Unamuno había resultado ser una persona con mucho temple y mucho valor en un momento tan crítico. Mientras bajaba, se subió las solapas del abrigo y se caló algo más el sombrero.

En el portal, iba ya tan deprisa y tan ciego que casi se llevó por delante a una muchacha con la que se tropezó. Esta se le quedó mirando con gesto desafiante, por lo que decidió pararse y amenazarla.

—Tú no me has visto, ¿entendido? —le ordenó el hombre—. Si dices algo, iré a tu casa y te mataré a ti y a tus padres y a tus hermanos, si es que los tienes, y también a aquellos a los que se lo cuentes y a sus familias y al nieto de don Miguel. Asiente con la cabeza si lo has comprendido.

Aunque el miedo la había paralizado, la muchacha asintió de forma mecánica, como un autómata. Y de pronto el hombre desapareció en la calle, como si se hubiera desvanecido en el aire. ¿De verdad lo había visto? ¿O había sido solo imaginación suya?

En la casa, Bartolomé no sabía qué hacer. Se sentía perdido, confuso y desorientado, como si ignorara qué es lo que acababa de suceder. A simple vista, parecía que Unamuno se había quedado dormido sobre la mesa camilla en medio de una de sus peroratas. No obstante, el joven profesor echó un vistazo a su alrededor para comprobar que todo estuviera en orden. Tras recoger las gafas del suelo, descubrió que estas tenían un cristal roto, lo que consideró una señal de mal agüero. Se las volvió a poner a don Miguel y luego colocó su cabeza de tal forma que pareciera que la lente se había quebrado al caer sobre el borde de la mesa. Por último, cuando estaba alisándose las solapas del traje, reparó en que había perdido su insignia con el yugo y las flechas, pero estaba tan alterado que no fue capaz de dar con ella.

Bartolomé oyó ruido fuera y, sin pensárselo más, salió al pasillo.

—¡Don Miguel ha muerto! ¡Yo no he sido, yo no lo he matado! —comenzó a gritar con tono desesperado ante la mirada estupefacta de la criada, que volvía de la calle.

17

A eso de las diez menos veinte, Teresa y Manuel irrumpieron, con la ayuda de los cuatro anarquistas, en el que fuera el domicilio de doña Eloísa y don Daniel, y sorprendieron a una familia que estaba terminando de cenar. Todos los asaltantes iban armados y llevaban pasamontañas para no ser reconocidos, aunque a esas alturas ya poco importaba. Por un momento, pensaron que con las prisas se habían equivocado de domicilio, pero enseguida se acordaron de lo que les había contado la vecina. El hombre, además, era alto y lucía una cicatriz en la mejilla, e hizo el gesto de buscar bajo su chaqueta un arma que, en ese momento, no llevaba consigo, pues tenía la costumbre de guardarla en un cajón cuando estaba en casa. Lo agarraron entre varios anarquistas y, tras registrarlo, lo ataron a una silla ante la mirada estremecida de su mujer y sus tres hijos: una niña de dos años, otro de cuatro y el mayor de cinco.

—¿Qué pretenden? ¿Por qué han entrado así en mi casa? —protestó el padre de familia.

—Para empezar, esta casa no es suya, sino de dos personas a las que usted asesinó —le recordó Teresa.

—Pero ¡¿qué está diciendo?!

—¿Es eso verdad? —se sorprendió su mujer.

—Pues claro que no —afirmó él, indignado.

—Y no son los únicos —continuó Teresa—. También asesinó a don Miguel de Unamuno el pasado 31 de diciembre.

—¡Deje ya de soltar disparates! —protestó el otro.

—¿Quién es esta mujer? ¿Por qué dice esas cosas tan horribles? —comentó su esposa, cada vez más desconcertada.

Los niños se miraban unos a otros con gesto aterrorizado.

—No lo sé, te lo aseguro.

—Tenemos pruebas de que fue usted. Lo único que queremos es saber por qué lo hizo y quién se lo ordenó.

—Ya le he dicho que...

—Le advierto que no voy a tolerar que nos mienta ni que se burle de nosotros.

—Pero si yo...

—Por última vez, ¿quién dio las órdenes?

—No sé de qué me habla.

Teresa les comentó algo al oído a dos de los anarquistas, que se llevaron a la mujer y a los niños a otra habitación.

—Oiga, ¿qué va a hacer?

—Mataremos a su esposa y a sus hijos, de uno en uno, si no nos cuenta la verdad —lo amenazó ella.

En un principio, el sicario no dijo nada, se limitó a mirar a Teresa con rabia, como si quisiera comunicarle con los ojos que, si no paraba, iba a matarla en cuanto tuviese la menor oportunidad. Pero ella le mantuvo la mirada y le hizo saber al otro de lo que era capaz.

—Llévenme a mí, pero a ellos déjenlos en paz —le pidió él.

—De momento, solo queremos que hable. Luego ya veremos...

—No tengo nada que decir.

—Coged al mayor y pegadle un tiro —gritó ella hacia la otra habitación.

—Un momento, ¿qué significa esto? —se alarmó Manuel.

—Lo que ha oído. Usted manténgase al margen. Es hora de hacer justicia, y no tenemos mucho tiempo —explicó Teresa.

—Eso no es justicia, es venganza y crueldad.

—Si no está de acuerdo con mis métodos, ya puede largarse.

—Por el amor de Dios, no les hagan nada —imploró el padre.

—Pues ya sabe lo que tiene que contarnos.

—Pero si yo no sé nada, ya se lo he dicho.

—Disparad de una vez —gritó Teresa.

En la habitación de al lado se oyó una detonación y un grito de horror, que enseguida derivó en llanto, secundado por algunos gemidos y sollozos entrecortados.

—Pero ¡¿qué han hecho?! ¡¿Qué le han hecho?! —exclamó el padre, desesperado.

Manuel se dirigió corriendo a la habitación. Dentro se oyeron pasos nerviosos y algunos ruidos apagados.

—De momento ha sido solo un disparo en el muslo, y ellos le cortarán la hemorragia y le limpiaran la herida —le explicó Teresa con frialdad—. Si se da prisa en hablar, podrán terminar de curarlo sin grandes daños. Si no, le dispararemos en la cabeza, y luego a los demás, incluida su mujer, uno detrás de otro.

—Está bien, está bien. Se lo contaré todo, todo, pero basta ya.

—Adelante, y más le vale que no nos mienta.

—Prométame que a mi mujer y a mis hijos no les harán nada.

—Le doy mi palabra, siempre que hable con sinceridad.

—¿Puedo saber cómo me han descubierto? —preguntó el hombre, tal vez para ganar tiempo.

—Si no se hubiera venido a vivir a esta casa, es posible que no lo hubiésemos encontrado. De modo que la culpa es solo suya, por ruin y mezquino. Y más vale que confiese de una vez si no quiere que... —lo apremió Teresa.

—Está bien. Tiene razón yo los maté... a los tres —confesó el sicario con la voz rota.

—¿Por qué motivo?

—Eso supongo que ya lo ha adivinado.

—Quiero oírlo de su propia boca.

Al otro se le arrugó la frente, como si se estuviera librando una gran batalla en su interior.

—De acuerdo, se lo contaré. Al jurista, lo ejecuté por haberse negado a colaborar con sus colegas y amenazar con revelarlo todo —informó el sicario.

—Sabemos que en este caso también tuvo un cómplice.

—Era alguien que conocía a Daniel Carbajo y se había citado con él con el pretexto de examinar un asunto jurídico. Como la víctima estaba bien de salud, optamos por simular un suicidio, y debo confesar que nos costó un poco. Más que la muerte, lo que lo horrorizaba era que pudiera parecer que se había quitado la vida; de ahí que se resistiera, y a nosotros nos costara varios intentos. Si no hubiera sido porque la viuda era muy desconfiada, nadie se habría dado cuenta del engaño.

—Se dio cuenta porque era inteligente y sensible y porque quería a su marido. ¡Es usted un miserable!

—Es mi trabajo, nada más. En cuanto a Unamuno, debo decir que acabamos con él precisamente por haber descubierto que detrás del supuesto suicidio se escondía un asesinato y por querer huir al extranjero para hacerlo público, pero también por ser un traidor, ya que al principio nos apoyó y luego no paró de denunciarnos, desprestigiarnos y embarrar nuestra causa.

—Ya entiendo; lo mataron porque era una persona íntegra y valiente —replicó Teresa—. ¿Y por qué a la viuda?

—La mujer fue la que le pidió a Unamuno que investigara el caso de su marido y la que le iba a dar el dinero para la fuga, pues era rica por familia; así que me vi obligado a acabar con ella en el cementerio, mientras rezaba ante la tumba de su esposo. En este caso, lo llevé a cabo yo solo.

Teresa lo miró con asco, reprimiendo a duras penas el deseo de dispararle en medio de la frente.

—Y de paso se ha quedado con la casa, ¿no es cierto?

—Tengo mujer e hijos, y ellos ya no la necesitan.

—¡Nunca he visto un ser tan despreciable! —le escupió Teresa.

—Cada uno se busca la vida como puede, y más en tiempo de guerra.

—Ustedes fueron los que la iniciaron. Y, en adelante, limítese a responder a mis preguntas.

—Eso intento.

—A ver si es verdad. Recuerde que, si no contesta, lo pagarán sus hijos y su esposa —le recordó—. ¿Quién le dio las órdenes?

—Lo ignoro.

—No me lo creo.

—Me las hacen llegar de manera encriptada, pero no sé de dónde vienen ni quién las envía —balbuceó el otro.

—¿Es acaso agente del SIM?

—No lo soy, aunque a veces trabajo con ellos.

—Dígame de una vez quién se lo mandó. Y no me venga con subterfugios.

Los anarquistas que estaban junto a ellos los miraban sin parpadear, aguardando con impaciencia la hora de intervenir.

—Le he dicho que no lo sé.

—Adelante —gritó de nuevo hacia la habitación.

—¡Espere, espere! —suplicó él.

—Última oportunidad —le advirtió ella.

—El general Franco —dejó caer el sicario.

Teresa y los anarquistas apretaron los puños con rabia en torno a sus armas. La respuesta, aunque esperable, no dejaba de provocarles mucha rabia.

—¿Puede repetirlo para que quede claro?

—El actual jefe del Estado nacional, el Generalísimo de los Ejércitos, el Caudillo o como lo quiera usted llamar —enumeró el sicario.

—¿Directamente él?

—Así es.

—¿Alguna prueba de ello?

—Si se refiere a algún documento, no lo hay, no. Como le he dicho, eran mensajes encriptados, que, una vez recibidos, debían destruirse.

—Entonces, ¿no se veían?

—Yo nunca he ido al Cuartel General, y, entre nosotros, hemos usado siempre nombres en clave.

—¿Cómo cuáles?

—Él suyo era Ángel Exterminador, y el mío, Némesis.

—Un poco pretenciosos, ¿no le parece?

—Es posible.

—¿Cuál es, por cierto, su nombre real? —quiso saber ella.

—Soy el sargento Mario García Giner —contestó, pues no tenía ningún sentido ocultarlo, ya que era muy posible que los asaltantes no pasaran de esa noche; ahora lo importante, para él, era salvar a su hijo y ganar tiempo.

—Y las víctimas, ¿también tenían nombre en clave?

—Unamuno era el Búho, por su aspecto y su sabiduría, y Daniel Carbajo, el Hurón, en este caso ignoro el motivo. Yo no era el que el que los ponía —explicó él.

—¿Por qué Franco le dio la orden de matar a don Miguel precisamente el 31 de diciembre? —quiso saber Teresa.

—Por lo que sé, Unamuno se había convertido en una bomba de relojería que podía estallar en cualquier momento y provocar un daño incalculable a nuestra causa. De modo que había que hacer algo con él. El asunto se precipitó cuando un agente del SIM se enteró de que don Miguel quería escapar y de que tenía ya un plan. —Teresa se acordó de lo que, en su día, Aurelia le había confesado a Manuel—. Su idea era huir con la familia en la noche del 31 de diciembre, justo antes de las campanadas del nuevo año, por eso necesitaba con urgencia el dinero que la viuda del jurista le había prometido. Pero, como he dicho, yo la maté dos días antes y su proyecto se malogró. El nuestro, en todo caso, siguió adelante, ya que estábamos convencidos de que volvería a intentarlo de alguna otra manera.

Había cartas en las que insinuaba que tenía que irse, que no podía esperar más.

Teresa hizo una breve pausa para reflexionar, antes de la siguiente pregunta:

—¿Y por qué las muertes de Unamuno y Daniel Carbajo no se llevaron a cabo por los cauces habituales?

—No hay cauces habituales, en una guerra como esta todo vale; es como si se hubiera abierto la veda en sentido absoluto, sin ninguna clase de restricción moral ni legal —explicó el sargento—. Por lo general, en las labores punitivas y represoras, el general Franco deja hacer a los falangistas allá donde los militares no llegan o no quieren llegar, y mira para otro lado. Pero, en los casos especiales, no se fía de nadie y se ocupa él personalmente del asunto, encargándoselo a gente discreta y de confianza como yo.

—¿Y eso por qué?

—¡Qué más da! ¡Quiero ver a mi hijo!

—Responda.

—Porque el Generalísimo es una persona muy precavida y cuidadosa, y más desde lo que pasó con García Lorca, el poeta, que tan mala imagen nos ha dado ante el mundo. Desde entonces, los ojos de las grandes potencias están puestos en España y un acto como el fusilamiento de Unamuno habría suscitado de inmediato numerosas reacciones de rechazo y de repulsa que podrían haber inclinado la balanza del apoyo internacional hacia el bando republicano, con lo que el curso de la guerra habría sido muy distinto. Eso fue lo que lo libró de ser ejecutado de inmediato a la luz del día. No era oportuno que ese viejecillo honorable, conocido en casi todo el orbe y respetado todavía por muchos, sufriera algún daño de forma explícita. Pero hay otras formas mucho más sutiles y menos escandalosas y onerosas de dejar fuera de combate a alguien cuando se tienen los medios y el poder para ello.

—¿Tanto le importa a Franco la buena imagen que los sublevados tengan fuera de España?

—Su objetivo no es solo ganar la guerra en el campo de batalla, algo que no le preocupa demasiado dadas sus grandes dotes militares, y conste que no lo digo solo yo, sino también en el terreno de la propaganda. Dicho en palabras del propio Unamuno: para vencer hay que convencer; en este caso, convencer al mundo de que el alzamiento y la guerra consiguiente son legítimos y necesarios, frente a un Gobierno de la República ilegítimo y criminal. Y aquí es donde el gran escritor le vino al pelo a Franco, pues, además de brindarle su apoyo, no paraba de suministrarle munición retórica para sus propias proclamas y discursos; bien mirado, era una especie de trofeo para él, hasta que empezó a distanciarse y a investigar la muerte de Daniel Carbajo, otro caso también muy especial. Luego vino la provocación del 12 de octubre y a partir de ahí se volvió cada vez más crítico, más osado, más peligroso; se desmandó tanto que hubo que pararle los pies, y más teniendo en cuenta que pensaba fugarse. Estoy seguro de que el general Franco no deseaba que el asunto terminara de esa manera; de hecho, lo protegió durante bastante tiempo. Pero al final no hubo otro remedio; así es la guerra —concluyó el sicario.

—Cállese, no lo soporto más —le gritó Teresa, enfurecida.

—Es usted la que me ha obligado a contárselo. Y ahora, si me lo permite, quiero ir a atender a mi hijo.

—Su hijo está bien, no ha sufrido ningún daño —le informó Teresa.

El otro la miró incrédulo.

—Lo de hacerle creer que mi compañero le había disparado ha sido solo una argucia, muy efectiva, por cierto, para que usted hablara. La urgencia del caso lo requería —confesó Teresa.

—¿Lo ve? Usted también justifica sus crueles acciones apelando a la necesidad —arguyó él—. Pero, de todas formas, me alegra saber que mi niño está sano y salvo.

—No todos somos tan bárbaros como usted.

—En eso se equivoca, con frecuencia los sicarios, esbirros y verdugos somos gente normal, con mujer e hijos, como ha podido ver, que ejecutamos lo que nuestros superiores nos ordenan con diligencia y esmero, y lo hacemos, además, por una modesta recompensa y, sobre todo, por amor a la patria. Nosotros llevamos a cabo el trabajo sucio, eso es todo, pero no somos responsables de lo que les suceda a las víctimas; la responsabilidad es del que da las órdenes y, en última instancia, del Estado, que es la razón por la que actuamos de ese modo; no hay nada personal en ello —puntualizó él.

—El hecho de que pudiera tratarse de un crimen de Estado no le quitaría a usted ni a quien se lo ordenó la responsabilidad de esa muerte —replicó Teresa.

—Si no le importa, me gustaría volver con mi familia.

—Antes debe responder unas cuantas preguntas más.

—Acabemos de una vez, se lo ruego.

—¿Quién se encargaba de mantener vigilado a Unamuno?

—Los agentes del SIM bajo la supervisión directa de su jefe, el coronel Salvador Múgica, que era el que le enviaba los informes directamente a Franco. Y, por otro lado, la Comisaría de Seguridad y Vigilancia, dependiente de la Policía y del Gobierno Civil.

—¿Qué papel tuvo Bartolomé Aragón el día de autos?

—Me ayudó a entrar en la casa y poco más. Él también cumplía órdenes, y, en su caso, no debieron de darle muchas opciones. Si no lo hacía, caería en desgracia y su familia estaría en peligro; entre otras cosas, tiene un hermano republicano y masón. De modo que tampoco era nada personal. Fue decisión del Generalísimo.

—¿Por qué lo eligieron a él?

—Alguien que lo conocía se lo propondría a Franco; supongo que porque sabía que deseaba hacer méritos y medrar a toda costa durante la guerra. También por su perfil:

en concreto, por ser profesor y, hasta cierto punto, admirador de Unamuno, y, desde luego, por ser un falangista muy exaltado; así tendríamos un buen chivo expiatorio a quien echarle la culpa en el caso de que el asunto saliera a la luz.

—¿Y qué es lo que pasaría con él, también pensaban matarlo para no dejar cabos sueltos?

—El señor Aragón no sabe nada de todo esto, pero está involucrado en los hechos, aunque fuera contra su voluntad. Fue él el que se citó con Unamuno, por lo que no se atreverá a contar nada. En cuanto a mí, casi nadie me conoce, prácticamente no existo.

—Por último, dígame cómo lo hizo, cómo murió don Miguel.

—¿Para qué quiere...?

—Porque era mi amigo y una persona admirable, y deseo saberlo todo, apurar el cáliz de la verdad hasta el final. Tengo derecho.

—Simplemente, le clavé, con mucho cuidado, una aguja larga y de gran dureza en la parte de atrás del cuello, bajo la nuca, hasta alcanzar el bulbo raquídeo, algo que no es fácil.

Teresa no pudo reprimir un gesto de horror al pensar en la indigna muerte sufrida por la persona a la que tanto amaba y respetaba. Habría sido mejor un disparo o una puñalada en el pecho.

—Le aseguro que apenas sufrió, pues fue una acción rápida y bien ejecutada —añadió el otro con orgullo profesional, como jactándose del buen trabajo que había hecho, digno de una medalla.

—¡Maldito cabrón! —exclamó ella dando un paso hacia delante con gesto amenazador, aunque al final se contuvo, pues aún faltaba una pregunta—. ¿Cuáles fueron sus últimas palabras?

—Creo que una cita del *Quijote*, aquella que comienza: «Yo sé quién soy...». No lo entendí muy bien.

De repente se oyeron ruidos en la puerta, como si alguien quisiera forzarla. Los que estaban dentro apenas tuvieron tiempo de reaccionar. Una patrulla de soldados entró en la casa y comenzó un tiroteo. Los anarquistas pidieron a Teresa y a Manuel que se escaparan por una ventana que daba a un patio trasero, pues así podrían completar su misión. Ellos, por su parte, tratarían de cubrirlos y repeler el ataque, y luego se ocuparían del sicario. Cuando ya se iban, este consiguió desatarse y sacar del cajón del aparador una pistola, pero uno de los anarquistas lo descubrió y disparó varias veces sobre él.

—Así es la guerra —comentó Teresa con ironía al tiempo que emprendía la huida.

Ya en el patio, Manuel resultó herido en un costado justo en el momento en el que se disponía a trepar por el muro del patio. Ella, que ya se había encaramado a lo alto de la tapia, se volvió para intentar ayudarlo.

—Márchese —le gritó el abogado desde el suelo—. Yo no tengo salvación, para mí ya ha terminado el juego de la rayuela.

—¿De qué me habla?

—Cosas mías. Y ahora váyase —le suplicó—. Usted tiene todavía una importante tarea que llevar a cabo. Esta aventura aún no ha terminado.

—Gracias por todo lo que ha hecho por mí y por Miguel.

—Al igual que él, espero haberme redimido en estos últimos días de mis errores. La maldita guerra lo alteró todo, pero al final vamos a estar unidos para siempre —comentó Manuel—. Le deseo mucha suerte. Ha sido un honor colaborar con usted. Le ruego que no se olvide nunca de mí.

XVII

En la noche del 31 de diciembre de 1936, mientras la familia de Unamuno preparaba el velatorio, al que acudirían, sobre todo, algunos miembros de la Falange y del claustro universitario, Bartolomé Aragón se encerró en su cuarto del hotel Novelty para redactar cuanto antes un escrito con el relato de los hechos supuestamente sucedidos hacía apenas unas horas. Su deseo era entregárselo a su amigo el historiador y exrector José María Ramos Loscertales, con el fin de que este pudiera redactar un prólogo para un libro que el propio Aragón tenía pensado publicar muy pronto bajo el rótulo de *Síntesis de economía corporativa*, ya que se trataba de una persona muy reconocida y respetada. Ironías de la vida; al final se iba a salir con la suya, y don Miguel aparecería en el prólogo, aunque no como firmante, sino como objeto del mismo.

La intención última del joven profesor era que ese relato se convirtiera en la base de la versión oficial de la muerte del ilustre escritor, completada y matizada luego con otras informaciones y detalles, y así poder hacer frente a cualquier posible sospecha sobre su participación en ella, sin traicionar al sicario que la había llevado a cabo ni, por supuesto, a aquel que la había ordenado. El relato, naturalmente, era falso, pero, de tanto repetirlo, llegaría a ser cierto y así aparecería en la prensa y, pasado el tiempo, en los libros de historia, en las biografías de Unamuno y en los artículos de los especialistas, y hasta él acabaría creyéndoselo a pie juntillas y dejaría por fin de sentirse culpable. ¿Hasta cuándo? Hasta que alguien descubriera la verdad, que siempre acaba aflorando a la superficie, pero para entonces él ya estaría muerto.

Ya lo dijo su admirado Joseph Goebbels, el ministro de Propaganda de Hitler: «Una mentira repetida adecuadamente mil veces se convierte en verdad». De modo que cogió una cuartilla con membrete del hotel Novelty y escribió a modo de título: «Cuando Miguel de Unamuno murió».

El sargento Mario García Giner, por su parte, esa noche se fue a cenar con la familia, una cena modesta, nada del otro mundo, en su nueva casa, una casa burguesa bien amueblada y acondicionada que no le había costado nada; era un regalo personal del Caudillo por sus servicios a la patria. El 36 había sido un buen año y había muchos motivos para estar alegre y satisfecho. ¿A cuántas personas había quitado de en medio por orden directa de Franco con o sin ayuda de otros? Calculaba que a una docena en seis meses, casi todos ellos gente relevante; amén de haber llevado a cabo otros encargos de menor importancia. Por supuesto, para el Generalísimo estos asesinatos estaban plenamente justificados y avalados por la razón de Estado y no significaban nada desde el punto de vista ético o legal; sus víctimas habían sido solo chinas en el zapato o piedras en el camino hacia la conquista del poder y hacia la victoria definitiva; granitos de arena, en fin, en el inexorable engranaje de la historia.

Ya lo decía el general Sanjurjo: «Franquito es un cuquito que va a lo suyito». Y claro que iba a lo suyo; si no, que se lo preguntaran al propio Sanjurjo, fallecido en circunstancias misteriosas en un extraño accidente aéreo dos días después del alzamiento, que por su rango y trayectoria él tenía que haber dirigido. Una muerte muy oportuna, por no decir providencial para Franco. Se especuló mucho con la posibilidad de un sabotaje, pero todo quedó en meras elucubraciones y sospechas sin fundamento, sobre todo porque la operación había sido una chapuza, debido sobre todo a la premura con la que se había llevado a cabo, y nadie podía creerse que detrás de ello hubiera algo premeditado, a pesar de que en Portugal había llegado a decirse que el percance lo había causado una bomba, preparada, según ellos, por un anarquista.

Muy distinto era el caso del general Amado Balmes, a quien se le disparó la pistola, qué casualidad, cuando estaba haciendo prácticas de tiro en Las Palmas dos días antes del golpe militar, al que por cierto no había querido sumarse, lo que lo convertía en un serio obstáculo para que los planes inmediatos del general Franco llegaran a buen puerto. Aquí sí que podría hablarse de una ejecución bien planeada y mejor realizada. El glorioso alzamiento nacía, por tanto, manchado con un asesinato, el primero de muchos, pero de ese ningún observador se dio cuenta y enseguida se echó en el olvido, por lo que luego nadie fue capaz de vislumbrar que en todo esto había un patrón. Y sin duda algo muy parecido le podría acabar pasando también al general Mola en cuanto se descuidase, pues, una vez que el Caudillo se había hecho con la jefatura del Estado, ya no la iba a soltar hasta que muriera, y si no al tiempo.

En todas estas actuaciones secretas, el sargento García Giner había sido solo un peón, un esbirro fiel y un secuaz leal, dispuesto a lo que fuera por complacer y ayudar al general en jefe, al que lo unía una inmensa deuda de gratitud, ya que, entre otras cosas, le debía la vida, pero esa era otra historia, de la que aún conservaba un recuerdo imborrable en forma de cicatriz. Era el Caudillo, sí, el que daba las órdenes, el inductor intelectual de los crímenes, el que decidía quién debía morir y quién debía vivir y de qué modo; un militar que había resultado ser tan astuto y eficaz como el famoso príncipe ideado por Maquiavelo. Con ese aspecto de pobre hombre, de no haber roto nunca un plato, los tenía engañados a casi todos, incluidos los otros generales y muchos miembros de la Falange y demás comparsas y títeres de su bando. Si fuera necesario, acabaría con ellos de una manera u otra, tan pronto se le opusieran, le hicieran sombra, no le obedecieran o se mostraran reacios, tibios, molestos o poco diligentes. Era tan taimado, sibilino y solapado que los mataba callando, por persona interpuesta, sin decir nada a nadie, sin dejar huellas ni cabos sueltos que pudieran generar sospechas. Y, en el caso remoto de que alguien descubriera algo, también moriría y así sucesivamente hasta que no quedara ningún testigo de cargo contra él. Eso era lo que lo diferenciaba de los otros generales; de ahí que hubiera llegado tan lejos en tan poco tiempo.

Esa noche el general Franco quiso dar un mensaje de fin de año a los españoles desde su Cuartel General en Salamanca. Así que le pidió a Millán Astray que montara con urgencia una emisora de radio en su despacho. A eso de las nueve de la noche llegó al palacio episcopal el número dos de la Oficina de Prensa y Propaganda, Giménez Caballero, con un ingeniero militar para hacer la transmisión; el fundador de la Legión no acudió porque estaba con fiebre en su habitación del Gran Hotel, o eso pretextó él, pues en verdad no le apetecía nada tener que ver al Caudillo en ese momento. El ingeniero instaló un micrófono en una especie de palo de escoba y dio con la punta de los dedos unos golpecitos en la rejilla para probarlo, uno, dos, tres, uno, dos, tres, sin éxito. En ese momento entró Carmen Polo con su hija Nenuca para ver cómo iba todo, impaciente por estar a solas con su marido en una fecha tan señalada como esa.

Dos horas y media antes de las doce apareció un ayudante del Generalísimo, y, tras obtener permiso para acercarse, le dijo algo al oído. Franco le pidió con un gesto cierta confirmación y, cuando el otro asintió de forma discreta, esbozó una sonrisa de complacencia y lo invitó a que se fuera con la debida cortesía.

Sin más demora, el jefe del Estado tomó los folios de su discurso, escritos poco antes de su puño y letra, y se dispuso a leerlos, pero el micrófono se negaba a funcionar. Giménez Caballero se preparó para recibir el chaparrón que le iba a caer encima, ya que conocía por experiencia su carácter. Sin embargo, el general no se enfadó; por el contrario, permaneció tranquilo y sonriente, como si no hubiera pasado nada. Después pidió que les sirvieran unas botellas de champán.

—Tenemos motivos para brindar —comentó sin entrar en detalles.

Tan pronto los criados llenaron las copas, Giménez Caballero, henchido de gozo, propuso un brindis con la mano derecha en alto:

—¡Por la victoria, por España, por Franco!

Y todos los presentes respondieron al unísono entre emocionados y divertidos. El Generalísimo apenas mojó los labios, pues la noche iba a ser larga y había mucho que meditar. Acto seguido volvió a coger los folios y se los entregó a Giménez Caballero, que los recibió como si se tratara de las tablas de la ley.

—Que lo publiquen en todos nuestros periódicos —le ordenó el jefe del Estado.

—Así se hará, excelencia.

—Ah, y que se me informe sobre Unamuno —añadió como quien no quiere la cosa.

—¿Unamuno? —inquirió Giménez Caballero con sorpresa.

—Parece ser que ha muerto —le comunicó Franco con naturalidad.

18

Teresa sabía de sobra que, cuando alguien muere, lo único que queda es la memoria, el recuerdo de sus obras, de sus palabras, de sus actos. Eso es lo único que en verdad permanece, la única forma de inmortalidad o vida eterna que les cabe esperar a los que no tienen fe, la única posibilidad de pervivencia. Pero, en el caso de Unamuno, su memoria había sido secuestrada de inmediato por la Falange, que lo había enterrado como a uno de los suyos y se había apropiado de su legado, por lo que cabía hablar de una doble muerte: la física, ordenada directamente por Franco, y la simbólica, no menos cruel que la anterior, provocada por los falangistas, esos que nunca se resignaron a que Unamuno los rechazara una y otra vez. Se trataba de una auténtica infamia, pues con esta segunda muerte le estaban arrebatando algo más preciado para él que la propia vida; aquello por lo que había luchado durante toda su existencia y a lo que había consagrado la mayor parte de su tiempo y de su esfuerzo: la manera en que sería recordado después de su desaparición. De ahí su ansia de perpetuar su nombre y su fama, su tremenda lucha por singularizarse, por sobrevivir de algún modo en la memoria de los otros y de los venideros. Ahora entendía por qué Unamuno había querido cerrar con esas palabras de don Quijote, que ella conocía bien, su último acto.

La muerte de Unamuno había sido una tragedia borrada y silenciada por la propaganda franquista, que la había convertido en una especie de cuento navideño o en un drama de mesa camilla, lo que todavía la hacía mucho más trágica. Como los grandes héroes, había muerto por haber transgredido o desobedecido la ley del tirano, por haberse enfrentado, en definitiva, al poder. Y, para Teresa, había llegado por fin el momento de contarlo y hacerlo público. Durante su investigación, había ido tomando notas de todo lo que había averiguado y reflexionado en una especie de diario de sus pesquisas. Ahora tan solo faltaba completarlo y darlo a conocer. De modo que se dirigió a toda prisa al hotel. Allí sacó de su escondrijo la libreta y escribió a vuelapluma lo vivido y lo descubierto durante esas últimas horas, y, en cuanto terminó, la metió en un sobre con membrete del hotel junto a los otros papeles que había guardado, incluida la carta de Miguel. Antes de volver a la calle, lo dejó en la recepción con el ruego de que se lo hicieran llegar sin falta a Antoine Durand, el corresponsal de prensa galo con el que había llegado a una especie de acuerdo, pues estaba segura de que este no dejaría pasar la oportunidad de publicarlo en Francia.

Al pisar la acera de nuevo, un piquete de soldados la detuvo con gran discreción y la condujo a rastras a un camión, que la llevó a un cuartelillo cercano. Allí se encontró con el oficial de prensa Gonzalo de Aguilera, que no pudo evitar sonreírse al verla esposada.

—Volvemos a tropezarnos.

—Eso parece.

—Ya sabía yo que esto ocurriría —presumió él.

—Era una profecía de fácil cumplimiento dadas las circunstancias y su empeño en atraparme —ironizó ella—. ¿Cómo lo averiguó?

—Es una larga historia, y no disponemos de toda la noche.

—¿Y mis amigos?

—Los anarquistas están todos muertos, y el abogado, en el hospital; acaban de interrogarlo y, en su favor, debo decir que se ha negado a declarar contra usted, pero terminará contándonos lo que queramos —le informó el oficial de prensa.

—*Fills de puta!* —escupió Teresa llena de rabia y dolor.

—Ya no hace falta que disimule hablando en francés. Le confieso que, al principio, me engañó. Es usted una gran actriz, se lo digo sin ironía, casi con admiración —comentó él.

—Gracias, pero no era francés, sino catalán, mi lengua materna —lo corrigió ella con cierta sorna.

—Una razón más para fusilarla —sentenció el militar.

—Será un honor para mí. No puedo imaginarme una muerte mejor.

—Por cierto, ¿escribió ya su artículo sobre la muerte de Unamuno?

—Aún me falta el final.

—Pues eso hay que arreglarlo. Pronto podrá usted ponerle un buen broche de oro. La pena es que no se hará público y nadie se enterará —añadió con una mueca burlona.

Teresa lo miró con desprecio y aire retador.

—No sé por qué se sonríe tanto. Tarde o temprano se sabrá lo ocurrido con Unamuno —anunció ella—, al igual que saldrán a la luz los cadáveres que están enterrados en zanjas y fosas comunes y todos los asesinatos y atrocidades cometidos por los fascistas.

—No, si nosotros vencemos; y venceremos, se lo aseguro. Llevadla de una vez a la sala de interrogatorios —ordenó a los soldados.

Después de torturarla sin éxito durante buena parte de la noche en los sótanos del cuartelillo, ante la mirada fría y atenta de Gonzalo de Aguilera, un juez castrense le montó un juicio sumarísimo y la condenó a pena de muerte sin apelación posible. Lo único que declaró fue que Manuel Rivera Jambrina era inocente, que ella lo había obligado por la fuerza a secundarla. No creía que con eso fueran a soltarlo, pero tal vez así pudiera salvarle la vida.

Franco, que nunca dormía, firmó la orden de que la fusilaran al filo del amanecer, junto a la tapia del cementerio, por roja, por espía, por separatista y por conspiradora; y también por ser cómplice de asesinato de un sargento del ejército nacional.

En el trayecto, no quiso perder el tiempo en lamentaciones; ahora que ya no había remedio y su suerte estaba sentenciada, deseaba que sus últimos pensamientos fueran para Miguel. Si su amor se había mantenido durante más de treinta años a pesar de las diferencias de carácter y de las diversas circunstancias que los habían separado, estaba segura de que se prolongaría más allá del tiempo y de la muerte. Por su mente, desfilaron los pocos días que habían disfrutado juntos en Salamanca, Fuerteventura, París, Hendaya, Oviedo..., esos encuentros breves pero intensos que ella había ido atesorando y que la habían alimentado en sus largas temporadas de soledad en la cárcel o en el exilio. Por supuesto, había habido otros hombres en su vida, pero sus relaciones con ellos no habían pasado de meros devaneos carnales, momentos de desahogo y placer en medio de la lucha política, pero lo que se dice amor solo lo había sentido por Miguel, que era con el único con el que le habría gustado tener hijos.

Cuando la bajaron del camión, Teresa no permitió que la llevaran del brazo. Caminó erguida a pesar de los golpes recibidos, con paso regular y la mirada al frente, pensando con orgullo en lo que diría de ella Unamuno si pudiera verla desde su nicho, que, por lo que calculó, se encontraba justo al otro lado del lienzo de muro que habían escogido —¿de forma consciente?— para fusilarla. También fantaseó con la idea de que la enterraran allí mismo o en el interior del cementerio, aunque fuera en una fosa común, para estar cerca de él, a pesar de no creer en el más allá.

Mientras el pelotón de fusilamiento procedía a los preparativos de la ejecución, ella recordó algunos fragmentos de la carta que le había escrito su amado poco antes de morir y los musitó para sí, como si se tratara de una oración laica. Esas palabras tan sentidas la reconfortaban y la preparaban para morir, pues era consciente de que, gracias a ellas, su existencia cobraba sentido y perviviría en la memoria de muchos; incluso imaginó que, tiempo después, tal vez en el siglo siguiente, alguien escribiría una novela o *nivola* con su historia, esa de la que no hablarían los libros académicos ni las biografías oficiales de Unamuno.

Una vez lista para la ejecución, les pidió a los soldados que no le taparan los ojos, que quería ver quiénes iban a disfrutar del privilegio de asesinarla, que no todos los días tendrían la oportunidad de disparar sobre una mujer como ella, y que no era comunista, como habían dicho en la farsa de juicio al que la habían sometido, sino anarquista, y a mucha honra, que por la causa del anarquismo había luchado desde el vientre materno, puesto que su madre también lo había sido y lo fue hasta el momento de su muerte.

—¡A callar! —gritó el jefe de pelotón, al ver que los soldados se miraban unos a otros con cierto desasosiego.

—Me mataréis, pero no podréis acabar con la verdad —les gritó mientras le apuntaban al pecho con manos temblorosas—. Como ya os dijo don Miguel de Unamuno, venceréis, pero no...

La última palabra no llegó a oírse por el estampido de las balas. Antes de caer a tierra, Teresa miró al cielo con rabia, como pidiendo cuentas a un dios en el que no creía, pero que siempre ayudaba al enemigo.

XVIII

Salamanca, 31 de diciembre de 1936

Querida Teresa:

Cuando lea usted esta carta, yo ya estaré muerto. Ignoro en qué momento llegará a sus manos, si es que le llega y puede leerla. Tampoco sé exactamente cuándo me van a asesinar, pero tengo el pálpito de que será esta misma tarde. Esta mañana ha llamado por teléfono un tal Bartolomé Aragón para pedirme una cita urgente, pues está muy empeñado en verme y en enseñarme no sé qué. Se puso mi hijo Rafael y, a través de él, le dije que sí. Podía haberme negado a recibirlo, pero, a estas alturas de la vida, ya no tiene ningún sentido andar huyendo del destino o tratar de aplazar el último acto. Nací durante una guerra civil, y ahora voy a terminar mi vida en otra guerra civil. Toda mi existencia he llevado la guerra civil en el alma. Así que estoy cansado. También creo que, si desaparezco yo, dejarán en paz a mi familia, y eso que saldremos ganando, puesto que ya no es posible la fuga que tanto había anhelado.

Me gustaría imaginar que, en cuanto usted se entere de mi fallecimiento, viajará a Salamanca de incógnito para asistir a mi entierro y, en el cementerio, se encontrará con mi querido amigo Manuel Rivera y, entre las tumbas y los nichos, hablarán con nostalgia de mí. Usted le propondrá entonces investigar el caso, ya que mi muerte le resultará sospechosa; él acabará aceptando y, poco a poco, irán averiguando cómo transcurrieron mis últimos meses, qué es lo que en verdad pasó la tarde en que me asesinaron y quiénes y de qué forma lo hicieron.

Asimismo, descubrirán que, durante ese tiempo, yo también estuve llevando a cabo mis propias pesquisas con la idea de redimirme y hacer algo con lo que compensar mis recientes errores y pecados. Convencido estoy de que, con mi caso, resolverán del todo el otro y algún día conseguirán darlos a conocer para que se haga justicia, y, de esa forma, seguiré vivo, no solo como escritor, sino también como alguien que trató de ayudar a los demás y de encontrar la verdad. En eso consiste, me imagino, la inmortalidad: en vivir en la memoria de aquellos que te quieren y te recuerdan y de aquellos que leen tus obras y te admiran por tus palabras y tus actos. No pido otra cosa.

Han pasado más de treinta años desde que nos conocimos en Salamanca y, desde entonces, no ha habido un solo día en que no haya pensado en usted, no siempre para añorarla o suspirar por su ausencia, también para maldecirla y detestarla por haberla conocido y haberme enamorado de usted. Esto no quiere decir que dejara de querer a mi esposa o que no le fuera fiel. Se trataba de dos formas muy distintas de amor, que yo he intentado que fueran compatibles. Uno reconocido y cotidiano, otro apasionado y secreto; de ahí que tampoco se lo confesara a usted.

Por eso le estoy escribiendo ahora esta misiva, aunque no sepa adónde enviársela. Supongo que, en estos momentos, andará usted por Madrid o Barcelona, haciendo la revolución anarquista, sin domicilio fijo, en paradero desconocido, libre e independiente, como yo siempre la quise. De modo que no me quedará más remedio que confiar en que por azar llegue a sus manos. Edgar Allan Poe, a quien he leído con gran atención, me enseñó en La carta robada *que la mejor forma de ocultar una carta era camuflarla entre otras. Y eso haré yo con esta, hasta que alguien repare en ella y la ponga en sus manos, espero que a tiempo para que yo pueda seguir viviendo en usted. Ese que morirá esta tarde y enterrarán en un nicho no soy yo.*

Ese es otro, algo así como un Unamuno exfuturo. Yo continuaré existiendo gracias a Teresa, mi Teresa, pues usted es la única que sabe quién soy.

Se despide de usted, con el deseo de que lo recuerde con añoranza y no se olvide de que la amó,

Miguel

Agradecimientos y deudas

Quiero dar públicamente las gracias a algunas de las personas que me han ayudado en la aventura de escribir esta novela. Al cineasta Manuel Menchón, que llevó a cabo conmigo *La doble muerte de Unamuno*, por su aliento, sus investigaciones, sus conversaciones y su amistad continuada. También a Ana Chaguaceda, directora de la Casa-Museo Unamuno, por su ayuda constante; a Ricardo Rivero, por prestarme su piso cuando necesitaba silencio y sus charlas de café; a Fernando Carbajo Cascón, por su asesoramiento; a Pablo Vivas, quien sin darse cuenta me suministró un dato muy relevante sobre la muerte de Unamuno; a Miren Billelabeitia y Jon Kortazar por darme cobijo en su casa de Mundaka para rematar la novela con la debida tranquilidad; a Antonio García Madrid, que me pasó algún documento sobre la depuración y represión de Juana Vila; a Severiano Hernández Vicente, director del Centro Documental de la Memoria Histórica de Salamanca; y, por último, al psicólogo y profesor Francisco Javier de Santiago Herrero por sus interesantes observaciones sobre perfiles criminales y por invitarme a hablar del caso Unamuno en la inauguración del máster de Análisis de la Conducta Criminal, impartido en la Universidad de Salamanca, del que surgió el proyecto de crear un grupo de investigación con el objetivo de aclarar de una vez y hasta donde sea posible la muerte del escritor de origen vasco. En este grupo, además de nosotros dos, se han integrado ya Manuel Menchón, Ana Chaguaceda, la psicolingüista María Montfragüe García, la catedrática de Derecho Penal Ana Cepeda, el grafólogo forense Javier Caro y el presidente de la Asociación Salamanca Memoria y Justicia Julio Fernández García. Asimismo, quiero mencionar a María Fasce, Ilaria Martinelli, José Antonio Montilla, Maya Granero, Martín Schifino y el resto del equipo de la editorial Alfaguara por su buen hacer y su complicidad. Y, por supuesto, a los lectores de *El primer caso de Unamuno*, por su estímulo y sus comentarios, los positivos y los que no lo son tanto.

También va dedicada a la memoria de la gran editora independiente Ana Santos Payán y de su abuela Filomena Domínguez, que me inspiró el personaje del mismo nombre que aparece —breve, pero intensamente— en la novela y que había inspirado ya mi relato *El último café*, que escribí para Ana y que ella misma editó en El Gaviero, en el libro *Muertos S. A.* (2005), y en agradecimiento a su hija, la escritora Luna Miguel, con la que tuve la oportunidad de conversar por teléfono sobre su madre y su bisabuela.

En Salamanca, a 30 de julio de 2025, día de mi sexagésimo quinto cumpleaños.

Esta novela o *nivola* o lo que sea, pues como autor no me atrevo a calificarla, es una interpretación libre, personal y literaria de sucesos históricos y biográficos y está basada, hasta donde me ha sido posible, en hechos y personas reales. Inevitablemente, debido al complejo asunto que trata, lleno de lagunas y misterios, contiene una buena dosis de ficción e invención en las situaciones, los personajes y los diálogos, pero todo ello ajustado de forma creativa y, a la vez, coherente con los datos históricos y biográficos y con la personalidad del principal protagonista, don Miguel de Unamuno, que en una parte de la trama es sujeto y, en la otra, objeto de una investigación criminal. Dada la naturaleza literaria de este relato y la libertad de creación y de expresión que ella conlleva, su objetivo no es lograr la verdad histórica y jurídica, sino la verosimilitud y la justicia poética.

Para su preparación, he consultado, directamente o a través de Manuel Menchón, los archivos analógicos o digitales de los periódicos *ABC, Arriba, El País, La Gaceta Regional de Salamanca, El Adelanto* (Salamanca), *La Provincia* (Huelva), *Imperio* (Zamora); el archivo digital del *BOE*; el archivo de la Casa-Museo Unamuno; los archivos y bibliotecas de la Universidad de Salamanca; el Centro Documental de la Memoria Histórica (Archivo de la Guerra Civil de Salamanca); el Archivo Militar de Ávila; el Registro Civil de Salamanca... Asimismo, he indagado en los siguientes libros y artículos, entre otros, que aquí pongo por si le pueden servir al lector para terminar de saciar su curiosidad:

Bartolomé Aragón, *Síntesis de economía corporativa*, Salamanca: Librería La Facultad, 1937; Bartolomé Aragón, *Con Intendencia Militar de las Gloriosas Brigadas Navarras*, Madrid: Imprenta del Patronato de Huérfanos de Intendencia e Intervención Militares, 1940; Bartolomé Aragón, *Cuatro estudios sobre sindicalismo vertical*, Zaragoza: Tipografía La Académica, 1939; Luis Arias González, *Gonzalo de Aguilera Munro, XI conde de Alba de Yeltes (1886-1965): vidas y radicalismo de un hidalgo heterodoxo*, Salamanca: Ediciones de la Universidad de Salamanca, 2013; Asociación Salamanca Memoria y Justicia [Severiano Delgado Cruz], *Salamanca, 19 de julio de 1936. Crónica del tiro de la plaza* [19-7-2011], https://salamancamemoriayjusticia.org/bib/CronicadelTirodelaPlaza.pdf; Ángel Bahamonde y Rosario Ruiz Franco (eds.), *Los libros sobre la Guerra Civil*, Madrid: Cátedra, 2021; Francisco Blanco Prieto, *Unamuno, profesor y rector en la Universidad de Salamanca*, Salamanca: Hergar (Antema), 2011; Francisco Blanco Prieto, *Miguel de Unamuno. Mitos y leyendas*, Salamanca: Fundación Salamanca Ciudad de Cultura y Saberes, 2020; Francisco Blanco Prieto, «La muerte de Unamuno fue natural, imprevista y repentina», noviembre de 2020, www.todoslosnombres.org; Guillermo Blanco,

Unamuno: el león sin sus gafas, Santiago de Chile: Andrés Bello, 2003; Luis Bolín, *España: los años vitales*, Madrid: Espasa-Calpe, 1967; Sandro Borzoni, *Miguel de Unamuno frente a las ideologías totalitarias en la década de los treinta*, tesis doctoral, dirigida por Manuel Heras García y Mariano Esteban de Vega, Universidad de Salamanca, 2009; Francisco Bravo, *José Antonio. El hombre, el jefe, el camarada*, Madrid: Ediciones Españolas, 1939; Francisco Bravo, *Historia de Falange Española de las JONS*, Madrid: Editora Nacional, 1943; Luis Castro, *«Yo daré las consignas». La prensa y la propaganda en el primer franquismo*, Madrid: Marcial Pons, 2020; Jaume Claret Miranda, *El atroz desmoche. La destrucción de la Universidad española por el franquismo, 1936-1945*, Barcelona: Crítica, 2006; Severiano Delgado Cruz, *Arqueología de un mito. El acto del 12 de octubre de 1936 en el Paraninfo de la Universidad de Salamanca*, Madrid: Sílex, 2019; Elías Díaz, *Revisión de Unamuno. Análisis crítico de su pensamiento político*, Madrid: Tecnos, 1968; Ana María Díaz Marcos, «Unamuno, la carta perdida y las hermanas González Rodríguez», charla impartida en la Casa-Museo Unamuno de Salamanca, el 24 de septiembre de 2024; Francisco Espinosa Maestre, *La Guerra Civil en Huelva*, Huelva: Diputación Provincial, 1996; Francisco Espinosa Maestre, *La justicia de Queipo: violencia selectiva y terror fascista en la II División en 1936*, Barcelona: Crítica, 2006; Francisco Espinosa Maestre, *La columna de la muerte. El avance del ejército franquista de Sevilla a Badajoz*, ed. revisada, Barcelona: Crítica, 2017; Ronald Fraser, *Recuérdalo tú y recuérdalo a otros. Historia oral de la guerra civil española*, Barcelona: Crítica, 2016; Luciano G. Egido, *Agonizar en Salamanca. Unamuno, julio-diciembre de 1936*, Barcelona: Tusquets, 2006 (1985); Luis García Jambrina, *El primer caso de Unamuno*, Madrid: Alfaguara, 2024; Luis García Jambrina y Manuel Menchón, *La doble muerte de Unamuno*, Madrid: Capitán Swing, 2021; Antonio García Madrid, *Qué fue de los maes-*

tros de Salamanca durante la guerra civil I. La depuración, Salamanca: Universidad Pontificia de Salamanca, 2021; Ernesto Giménez Caballero, *Memorias de un dictador*, Barcelona: Planeta, 1979; Gemma Gordo Piñar, «Del sentimiento trágico del suicidio en los hombres y en los pueblos», *Revista de Humanidades*, Centro Asociado de la UNED de Sevilla, 53 (2024), pp. 177-202; Antonio Heredia Soriano, «Bartolomé Aragón: último interlocutor de Unamuno», *Naturaleza y Gracia*, 2-3, 2000, pp. 837-867; Javier Infante Miguel-Motta, «Por el imperio hacia Dios bajo el mando del Caudillo: profesores de la Facultad de Derecho de Salamanca durante el primer franquismo», en *Cultura, política y práctica del derecho: juristas de Salamanca, siglos XV-XX*, coord. por Salustiano de Dios de Dios y Eugenia Torijano Pérez, 2012, pp. 473-567; José María Jover Zamora, Guadalupe Gómez-Ferrer Morant y Juan Pablo Fusi Aizpurúa, *España: sociedad, política y civilización (siglos XIX-XX)*, Madrid: Areté, 2001; Jon Juaristi, *Miguel de Unamuno*, Madrid: Taurus, 2012; Jesús Málaga Guerrero, *La vida cotidiana en la Salamanca del siglo XX, 1924-1939*, Salamanca: Fundación Salamanca Ciudad de Cultura y Saberes, 2020; Ana Martínez Rus, *La persecución del libro. Hogueras, infiernos y buenas lecturas (1936-1951)*, Gijón: Trea, 2014; Manuel Menchón, *Palabras para un fin del mundo*, película documental escrita y dirigida por Manuel Menchón y producida por RTVE, Imagine Factory Films y Pantalla Partida, 2020; Fernando Peón, «Franco y los "Sucesos de Salamanca" en 1937», https://www.comounlibro.com/2023/09/19/franco-y-los-sucesos-de-salamanca-en-1937; Tomás Francisco Pérez Delgado y Antonio Fuentes Labrador, «De rebeldes a cruzados: pioneros del discurso legitimador del Movimiento Nacional: Salamanca, julio-octubre de 1936», *Studia Historica. Historia Contemporánea*, 4, 1986, pp. 235-266; María Luz de Prado Herrera, *La contribución popular a la financiación de la Guerra Civil: Salamanca, 1936-1939*, Salamanca:

Universidad de Salamanca, 2012; Paul Preston, *Franco, «Caudillo de España»*, Barcelona: Grijalbo, 1994; Carlos Pulpillo Leiva, «La configuración de la propaganda en la España nacional (1936-1941)», *La Albolafia: Revista de Humanidades y Cultura*, 1, 2014, pp. 115-136; Colette y Jean-Claude Rabaté, *Miguel de Unamuno. Biografía*, Madrid: Taurus, 2009; Colette y Jean-Claude Rabaté, *Miguel de Unamuno (1864-1936). Convencer hasta la muerte*, Barcelona: Galaxia Gutenberg, 2019; Colette y Jean-Claude Rabaté, *En el torbellino. Unamuno en la Guerra Civil*, Madrid: Marcial Pons, 2019; Alberto Reig Tapia y Josep Sánchez Cervelló (coords.), *La Guerra Civil española, 80 años después. Un conflicto internacional y una fractura cultural*, Madrid: Tecnos, 2029; Wenceslao E. Retana, *Vida y escritos del Dr. José Rizal*, epílogo de Miguel de Unamuno, Madrid: Librería General de Victoriano Suárez, 1907; Ricardo Robledo (ed.), *Esta salvaje pesadilla. Salamanca en la guerra civil española*, Barcelona: Crítica, 2007; Carlos Rojas, *¡Muera la inteligencia! ¡Viva la muerte! Salamanca, 1936*, Barcelona: Planeta, 1995; Margaret Rudd, *The Lone Heretic. A Biography of Miguel de Unamuno y Jugo*, Nueva York: Gordian Press, 1976 [Austin: University of Texas Press, 1963]; Carlos Sá Mayoral, *Miguel de Unamuno: ¿muerte natural o crimen de Estado? Henry Miller y Francisco Franco en la desaparición del escritor*, Madrid: Cuadernos del Laberinto, 3.ª ed., 2024 [1.ª ed., 2023]; Enrique Sacanell Ruiz de Apodaca, *El general Sanjurjo, héroe y víctima. El militar que pudo evitar la dictadura franquista*, Madrid: La Esfera de los Libros, 2004; Emilio Salcedo, *Vida de don Miguel (Unamuno, un hombre en lucha con su leyenda)*, Salamanca: Anthema, 1998 (1964); Francisco Serrat y Bonastre, *Salamanca, 1936: memorias del primer "ministro" de Asuntos Exteriores de Franco*, ed. y estudio de Ángel Viñas, Barcelona: Crítica, 2014; Luis E. Togores, *Millán Astray, legionario*, Madrid: La Esfera de los Libros, 2003; Andrés Trapiello, *Las armas y las letras. Literatura y* *guerra civil (1936-1939)*, ed. corregida y ampliada, Barcelona: Destino, 2019 (1994); Javier Tusell, *Franco en la Guerra Civil: una biografía política*, Barcelona: Tusquets, 1992; Miguel de Unamuno, *Obras completas*, XVI tomos, ed. de Manuel García Blanco, Madrid: Afrodisio Aguado, 1958; Miguel de Unamuno, *Novelas completas*, ed. de Juan Antonio Garrido Ardila, Madrid: Cátedra, 2017; Miguel de Unamuno, *El resentimiento trágico de la vida. Notas sobre la revolución y guerra civil españolas*, ed. de Colette y Jean-Claude Rabaté, Valencia: Pre-Textos, 2019; *Unamuno y la política. De la pluma a la palabra*, catálogo de la exposición, Salamanca: Universidad de Salamanca, 2022; Manuel M.ª Urrutia, «Un documento excepcional: el "manifiesto" de Unamuno a finales de octubre-principios de noviembre de 1936», *Revista de Hispanismo Filosófico*, 3, 1998, pp. 95-101; Ángel Viñas, *La otra cara del Caudillo. Mitos y realidades en la biografía de Franco*, Barcelona: Crítica, 2015; Ángel Viñas, Miguel Ull Laita y Cecilio Yusta Viñas, *El primer asesinato de Franco. La muerte del general Balmes y el inicio de la sublevación*, Barcelona: Crítica, 2018.

Índice

Este libro se terminó
de imprimir en
Móstoles, Madrid,
en el mes de
enero de 2026

«Para viajar lejos no hay mejor nave que un libro».

Emily Dickinson

Gracias por leer este libro.

En **penguinlibros.club** encontrarás las mejores
recomendaciones de lectura.

Únete a nuestra comunidad y viaja con nosotros.

penguinlibros.club